Donantes

Tess Gerritsen

DONANTES

Traducción de
Diana Trujillo

Círculo de Lectores

A Jacob, mi marido y mi mejor amigo.

1

Era pequeño para su edad, más pequeño que los otros niños que mendigaban en el puente de Arbats-Kaya, pero a los doce años ya había hecho de todo. Hacía cuatro que fumaba, tres y medio que robaba y dos que se prostituía. Esto último a Yákov no le gustaba, pero el tío Misha insistía. ¿Cómo, si no, iban a comprar pan y tabaco? Siendo el más pequeño y el más rubio de los niños del tío Misha, Yákov cargaba con lo más pesado del trabajo. Los clientes siempre preferían a los más pequeños y a los rubios. Al parecer, no les importaba que a Yákov le faltara la mano izquierda; es más, muchos ni siquiera reparaban en el muñón. Quedaban totalmente fascinados por su baja estatura, sus cabellos claros, sus imperturbables ojos azules.

Yákov soñaba con dejar aquella vida y ganarse el sustento trabajando de carterista, como los niños mayores. Todas las mañanas, al despertar en el piso de Misha, y todas las noches antes de dormirse, alargaba la mano y se agarraba del barrote de la cabecera de la cama. Se estiraba esperando añadir una fracción de centímetro a su estatura. Ejercicio inútil, como le decía el tío Misha. Yákov era pequeño porque venía de una estirpe canija. La mujer que lo había abandonado en Moscú, hacía ocho años, también era canija. Él apenas la recordaba; y tampoco podía recordar mucho más de su vida antes de llegar a la ciudad. Lo único que sabía era lo que el tío Misha le había contado, y de eso sólo se creía la mitad. A la tierna edad de doce años, Yákov era al mismo tiempo diminuto y sabio.

De modo que en aquel momento observaba con su

escepticismo habitual al hombre y a la mujer que hablaban de negocios con el tío Misha sentados a la mesa.

La pareja había llegado al piso en un gran coche negro de lunas ahumadas. El hombre, Gregor, vestía traje y corbata, y calzaba zapatos de piel auténtica. La mujer, Nadiya, era rubia, vestía falda y chaqueta de lana fina y llevaba una maleta herméticamente cerrada. No era rusa, eso era evidente para los cuatro niños que había en el piso. Quizás estadounidense, o tal vez inglesa. Hablaba ruso con fluidez, pero con acento.

Mientras los dos hombres hablaban de negocios y tomaban vodka, la mirada de la mujer se paseaba por el reducido espacio del piso, observando los viejos catres del ejército arrimados contra la pared, los montones de ropa de cama sucia, y a los cuatro niños apretados unos contra otros en un silencio expectante. Tenía unos bonitos ojos color gris claro y los miró a todos uno por uno. Primero a Piotr, el mayor, de quince años. Luego, a Stepán, de trece, y a Alexéi, de diez.

Y por fin se fijó en Yákov.

Éste estaba acostumbrado a aquel tipo de escrutinio por parte de los adultos y le devolvió la mirada con calma. Pero a lo que no estaba acostumbrado era a que hicieran caso omiso de su persona. Por lo general la gente pasaba por alto a los otros niños. Aquella vez fue el desgarbado Piotr, con su cara llena de granos, el que se ganó la atención de la mujer.

Nadiya le dijo a Misha:

–Haces lo que debes, Mijaíl Isáievich. Estos niños no tienen ningún futuro aquí. ¡Les estamos dando una gran oportunidad! –Y dirigió una sonrisa a los pequeños.

Stepán, el tonto, le sonrió como un idiota enamorado.

–Pero quiero que lo entiendan; no hablan inglés –dijo el tío Misha–. Apenas unas palabras.

–Los niños aprenden rápido. Para ellos no representa ningún esfuerzo.

–Necesitarán tiempo para aprender. El idioma, la comida...

–Nuestra agencia tiene muy presente esas necesidades transitorias. Trabajamos con muchos niños rusos, huérfanos como éstos. Permanecerán un tiempo en una escuela especial, lo que les permitirá adaptarse.

–¿Y si no lo consiguen?

Nadiya vaciló.

–A veces hay excepciones..., los que tienen dificultades emocionales. –Recorrió con la mirada a los cuatro niños–. ¿Hay alguno en particular que te preocupe?

Yákov sabía que él era quien tenía las dificultades de que hablaban. Era él quien no reía casi nunca y jamás lloraba, a quien el tío Misha llamaba su «niño de piedra». Él desconocía la razón por la que no lloraba nunca. Los otros, cuando se hacían daño, derramaban lágrimas gruesas y pesadas. Yákov se limitaba a poner la mente en blanco, como se pone en blanco la pantalla del televisor de noche, cuando las emisoras terminan la transmisión. Nada de transmisión, nada de imágenes, sólo el consuelo de una bruma blanca.

El tío Misha dijo:

–Son todos buenos chicos. Excelentes.

Yákov miró a los otros tres niños. Piotr tenía la frente protuberante y los hombros permanentemente encogidos, como los de un gorila. Stepán, las orejas raras, pequeñas y arrugadas, y entre ellas flotaba un cerebro de mosquito. Alexéi se chupaba el pulgar.

«Y yo tengo una sola mano –pensó Yákov mirándose el muñón–. ¿Por qué dirán que somos excelentes?» Sin embargo, era en eso precisamente en lo que insistía el tío Misha. Y la mujer seguía asintiendo. Eran niños buenos, niños sanos.

–¡Ni siquiera tienen caries! –señaló Misha–. ¿Lo ven?, ni uno podrido. Y miren qué alto es mi Piotr.

–Aquél parece desnutrido. –Gregor señaló a Yákov–. ¿Qué le pasó en la mano?

–Nació así.

–¿La radiación?

–Sí, pero no lo afectó en nada más. Sólo le falta la mano.

–No habrá problemas –dijo Nadiya y se levantó del asiento–. Tenemos que irnos. Ya es hora.

–¿Tan pronto?

–Hay que cumplir un horario.

–Pero... la ropa de los niños...

–La agencia se la proporcionará. Mejor que la que llevan puesta ahora.

–¿Tiene que ser tan rápido? ¿No tenemos tiempo de despedirnos?

Un relámpago de irritación pasó por los ojos de la mujer.

–Sólo un momento. No queremos perder el contacto.

El tío Misha miró a sus niños, sus cuatro niños, con los que no lo unían lazos de sangre, ni siquiera el afecto, pero sí la dependencia mutua. La necesidad mutua. Los abrazó uno por uno. Cuando llegó a Yákov lo estrechó un poco más y durante más tiempo. El tío Misha olía a cebolla y a cigarrillos, olores conocidos. Olores buenos. Pero el instinto de Yákov lo hizo apartarse de él. No le gustaba que lo abrazaran o que lo tocaran. Nadie.

–Acordaos de vuestro tío –susurró Misha–. Cuando seáis ricos, en los Estados Unidos. Acordaos de cómo os cuidaba.

–Yo no quiero ir a los Estados Unidos –dijo Yákov.

–Es por tu bien. Por el bien de los cuatro.

–¡Quiero quedarme contigo, tío! Quiero quedarme aquí.

–Tienes que ir.

–¿Por qué?

–Pues porque yo lo he decidido así. –El tío Misha lo cogió por los hombros y lo sacudió–. Lo he decidido y ya está.

Yákov miró a los otros niños, que sonreían, y pensó: «Están contentos. ¿Por qué soy el único que tiene dudas?».

La mujer cogió a Yákov de la mano.

–Los llevaré al coche. Gregor puede terminar aquí lo de los papeles.

–¿Tío? –llamó Yákov.

Pero Misha ya se había vuelto y miraba por la ventana.

Nadiya llevó a los cuatro niños por el pasillo y escaleras abajo. Eran tres plantas hasta la calle. Todo el ruido de las pisadas y la estrepitosa energía infantil parecían retumbar en el hueco de la escalera.

Ya estaban en la planta baja cuando de pronto Alexéi se paró en seco y gritó.

–¡Esperad! ¡Me he olvidado de *Shu-Shu*! –Y salió corriendo escaleras arriba.

–¡Ven aquí! –exclamó Nadiya–. ¡No puedes subir!

–¡No puedo dejarla! –gritó Alexéi.

–¡Vuelve ahora mismo!

Alexéi siguió corriendo por la escalera. La mujer estaba a punto de salir tras él cuando Piotr dijo:

–No se irá sin *Shu-Shu*.

–¿Quién demonios es *Shu-Shu*? –preguntó ella.

–Su perra de peluche. Hace siglos que la tiene.

Ella miró por el hueco de la escalera hacia el cuarto piso y en aquel momento Yákov vio en los ojos de la mujer algo que no comprendió.

Temor.

La mujer dudaba entre salir detrás de Alexéi y dejarlo ir. Cuando el niño volvió corriendo escaleras abajo con la andrajosa *Shu-Shu* en brazos, ella se mostró tan aliviada que pareció derretirse contra la barandilla.

–¡Aquí está! –exclamó Alexéi, abrazado a la perra de peluche.

–Ahora vámonos –dijo la mujer, guiándolos afuera.

Los cuatro niños se amontonaron en el asiento trasero del coche. No había mucho espacio y Yákov tuvo que sentarse a medias sobre las rodillas de Piotr.

–¿No puedes poner ese culo huesudo en otro sitio? –rezongó éste.

–¿Dónde quieres que lo ponga? ¿Quieres que te lo ponga en la cara?

Piotr lo empujó. Yákov le devolvió el empujón.

–¡Basta! –ordenó la mujer desde el asiento de delante–. Portaos bien.

–Pero es que no cabemos –dijo Piotr.

–Pues haced sitio. ¡Y silencio!

La mujer miró hacia la parte de arriba del edificio, hacia el cuarto piso. Hacia el piso de Misha.

–¿Qué estamos esperando? –preguntó Alexéi.

–A Gregor. Está firmando los papeles.

–¿Falta mucho?

La mujer se reclinó en el asiento y miró hacia delante.

–No mucho.

«Ha estado cerca», pensó Gregor cuando aquel niño, Alexéi, salió del piso por segunda vez y cerró la puerta a sus espaldas. Si aquella pequeña bestia hubiera aparecido un momento después, se habría armado un buen lío. ¿Cómo es que la estúpida de Nadiya había permitido a aquel mocoso volver a subir? Él se había opuesto desde el principio a que fuera Nadiya. Pero Reuben insistió en elegir a una mujer. La gente confía en una mujer.

Las pisadas del niño se perdieron por el hueco de la escalera: un ruido fuerte al que siguió el de la puerta del edificio.

Gregor se volvió hacia el explotador de niños.

Misha estaba de pie junto a la ventana, mirando hacia la calle, hacia el coche donde estaban sus cuatro niños. Apretó la mano contra el vidrio, abriendo los cinco dedos en un gesto de despedida. Cuando se volvió a mirar a Gregor tenía los ojos húmedos.

No obstante, lo primero que hizo fue preguntar por el dinero.

–¿Está en la maleta?

–Sí –dijo Gregor.

–¿Todo?

–Veinte mil dólares estadounidenses. Cinco mil por niño. Es el precio acordado.

–Sí. –Misha suspiró y se pasó una mano por la cara. Una cara cuyas arrugas mostraban claramente el efecto del exceso de vodka y cigarrillos–. ¿Los van a adoptar buenas familias?

–Nadiya se ocupará de eso. Adora a las criaturas, ¿sabe? Por eso eligió este trabajo.

Misha logró esbozar una tenue sonrisa.

–Tal vez pueda conseguir que me adopte a mí una familia norteamericana.

Gregor tenía que apartarlo de la ventana. Señaló la maleta, que había dejado sobre una mesita auxiliar.

–Adelante. Compruébelo si quiere.

Misha fue hacia la maleta y la abrió. Dentro había montones de billetes ordenados en fajos. Veinte mil dólares, suficiente para todo el vodka que necesita un hombre para destrozarse el hígado. «Qué barato es en esta época comprarle el alma a un hombre –pensó Gregor–. En las calles de esta nueva Rusia se puede comerciar con cualquier cosa. Una caja de naranjas israelíes, un televisor norteamericano, los placeres de un cuerpo de mujer. Oportunidades en todas partes para quienes tengan talento para encontrarlas.»

Misha se quedó mirando el dinero, su dinero, pero no con aire de triunfo. Más bien sentía asco. Cerró la maleta y permaneció con la cabeza gacha y las manos apoyadas sobre el duro plástico negro.

Gregor se situó a sus espaldas, levantó el cañón de una pistola automática con silenciador y le disparó dos tiros en la cabeza.

La sangre y la materia gris salpicaron la pared de enfrente. Misha cayó de cara al suelo, arrastrando en su caída la mesilla auxiliar. La maleta quedó tirada sobre la alfombra, a su lado.

Gregor la levantó rápidamente antes de que la sangre pudiera mancharla. Algunos trocitos de tejido humano se habían pegado en uno de sus lados. Fue al baño, limpió el plástico con papel higiénico, tiró el papel al inodoro y dejó correr el agua. Cuando volvió a la habitación donde yacía Misha, el charco de sangre ya había avanzado por el suelo y estaba empapando la alfombra.

Gregor miró a su alrededor para asegurarse de que su trabajo allí había terminado y que no quedaba ninguna evidencia. Estuvo tentado de llevarse la botella de vodka, pero decidió no hacerlo. Tendría que explicar por qué tenía en su poder la preciosa botella de Misha, y Gregor no era lo suficientemente paciente para someterse a las preguntas de los niños. Ése era el trabajo de Nadiya.

Salió del piso y bajó por las escaleras.

Nadiya y los niños esperaban en el coche. Ella lo miró cuando se sentó al volante, con una pregunta evidente en la mirada.

–¿Ya habéis firmado todos los papeles? –preguntó.

–Sí, todos.

Nadiya se reclinó en el asiento, exhalando un perceptible suspiro de alivio.

«No tiene madera para esto», pensó Gregor mientras ponía en marcha el coche. Dijera Reuben lo que dijera, aquella mujer era un peligro.

Se oyeron ruidos de forcejeos en el asiento de atrás. Gregor miró por el espejo retrovisor y vio que los niños se empujaban unos a otros. Todos menos el pequeño, Yákov, que miraba hacia delante. En el espejo sus miradas se encontraron y Gregor tuvo la extraña sensación de que no eran los ojos de un niño sino los de un adulto los que miraban en la cara de aquel niño.

Entonces Yákov se volvió y le dio un puñetazo en el hombro al niño de al lado. En un instante, el asiento de atrás se convirtió en un lío de cuerpos que se retorcían y brazos y piernas que se agitaban.

–¡Portaos bien! –dijo Nadiya–. ¿No os podéis estar quietos? Nos espera un largo viaje hasta Riga.

Los niños se tranquilizaron. Por un momento se quedaron en silencio. Pero Gregor pudo ver, por el espejo retrovisor, cómo el pequeño, el de los ojos de adulto, volvía a darle un codazo a su vecino. Sonrió. No había razón para preocuparse, pensó. Después de todo, no eran más que niños.

2

Eran las doce de la noche y Karen Terrio luchaba por mantener los ojos abiertos. Luchaba por seguir en la carretera.

Había estado conduciendo casi sin parar durante los dos últimos días; partió inmediatamente después del entierro de tía Georgina y no se había detenido más que para dormir un poco o para tomarse una hamburguesa con café. Litros de café. El entierro de su tía ya quedaba lejos; después de dos días, formaba parte de los recuerdos. Gladiolos marchitándose. Primos sin nombre. Bocadillos echados a perder. Obligaciones. ¡Malditas obligaciones!

En aquel momento lo único que quería era llegar a casa.

Pero antes tendría que parar otra vez y tratar de dormir un poco. Sin embargo, estaba muy cerca; sólo le quedaban ciento sesenta kilómetros para llegar a Boston. En el último Dunkin Donuts se había tomado tres tazas más de café. Eso la había ayudado un poco; le había dado suficiente ímpetu para conducir desde Springfield a Sturbridge. Pero en aquel momento el efecto de la cafeína comenzaba a desaparecer y, aunque ella creía estar despierta, era consciente de que más de una vez se le había caído la cabeza sobre el pecho y de que se había quedado dormida, aunque sólo fuera un segundo.

El cartel de un Burger King la llamó desde la oscuridad. Salió de la carretera.

Después de entrar en el local, pidió un café y un bollo y se sentó a una mesa. A aquellas horas de la noche había pocos clientes en el comedor, y los pocos que había mostraban la misma máscara pálida de agotamiento. Fantasmas de la autopista, pensó Karen. Almas cansadas que parecían estar en todas las áreas de servicio. En el ambiente reinaba un silencio extraño: todo el mundo se concentraba en tratar de mantenerse despierto para volver a la carretera.

En la mesa de al lado vio a una mujer de aspecto deprimido, con dos niños que comían galletas en silencio. Aquellos niños, tan bien educados, tan rubios, le recordaron a sus hijas. Al día siguiente cumplirían años. Aquella noche, dormidas en sus camas, pensó, les faltaban sólo unas horas para tener trece años. Un día más alejándose de la niñez.

«Cuando despierten ya estaré en casa», pensó.

Volvió a llenar la taza de café, cogió una tapa de plástico y se encaminó hacia el coche.

En aquel momento sentía la cabeza despejada. Lo conseguiría. Dos horas, ciento sesenta kilómetros, y cruzaría el umbral de la puerta de su casa. Puso en marcha el coche y salió del aparcamiento.

«Ciento sesenta kilómetros –pensó–. Sólo ciento sesenta kilómetros.»

Treinta kilómetros más adelante, estacionados detrás de un supermercado, Vince Lawry y Chuck Servis terminaban el último *pack* de cervezas. Se habían dedicado a ello durante cuatro horas sin parar; no era más que una apuesta entre amigos para ver quién se metía más Buds entre pecho y espalda sin vomitar. Chuck llevaba una de ventaja. Habían perdido la cuenta, pero por la mañana, cuando contaran las latas de cerveza amontonadas en el asiento de atrás, lo sabrían.

Sin embargo, Chuck parecía saber que llevaba ventaja y se regodeaba con ello, lo cual irritaba a Vince, porque su amigo siempre era mejor en todo. Pero no era justo; él podría haber seguido bebiendo, aunque se les habían terminado las Buds y Chuck ya tenía aquella sonrisa de satisfacción a pesar de saber que no era una competición leal.

Vince abrió de un empujón la puerta del coche y bajó del asiento del conductor.

–¿Adónde vas? –preguntó Chuck.

–Voy a traer más.

–¡Pero si no puedes más!

–Vete a la mierda –dijo Vince y se encaminó tambaleándose por el aparcamiento hacia la puerta del supermercado.

Chuck rió.

–¡Ni siquiera puedes caminar! –le gritó por la ventanilla.

«Imbécil», pensó Vince. Qué mierda, claro que podía caminar. Caminaba perfectamente. Entraría en el supermercado y compraría otros dos *packs* de media docena. Tal vez tres. Sí, podría fácilmente con tres. Tenía el estómago de hierro y, aparte de tener que mear a cada momento, no sentía los efectos en absoluto.

Tropezó con la puerta... «Umbral de mierda, tan alto, podría demandarlos por eso...», pero se enderezó. Sacó de la nevera tres *packs* con seis botellines cada uno y se acercó hasta la caja. Allí depositó un billete de veinte dólares.

El empleado miró el dinero y negó con la cabeza.

–No puedo vendértelas –dijo.

–¿Qué quieres decir con que no puedes vendérmelas?

–No puedo venderle cerveza a un cliente embriagado.

–¿Estás diciendo que estoy borracho?

–Así es.

–Mira, es dinero, ¿no? ¿No te gusta mi dinero?

–No quiero que me demanden. Vuélvelas a poner en su sitio, ¿quieres? O mejor todavía, ¿por qué no te tomas un café o compras algo para comer? ¿Un perrito caliente?

–No quiero ningún perrito caliente.

–Entonces sal de aquí, muchacho. Vamos.

Vince arrojó uno de los *packs* de cerveza por encima del mostrador. El *pack* cayó al suelo con estruendo. Iba a arrojar otro cuando el empleado sacó un arma. Vince se quedó mirándolo, paralizado en mitad del gesto.

–Vamos, sal de aquí –dijo el empleado.

–Está bien. –Vince retrocedió, con los brazos en alto en señal de sumisión–. Está bien. Lo he entendido.

Volvió a tropezar con el umbral al salir.

–¿Dónde está la cerveza? –preguntó Chuck cuando Vince subió al coche.

–Se les ha terminado.

–No se les puede haber terminado la cerveza.

–Pues así es, mierda, ¿está claro?

Vince puso en marcha el coche y pisó el acelerador. Salieron del aparcamiento haciendo chirriar los neumáticos sobre el asfalto.

–¿Y ahora adónde vamos? –preguntó Chuck.

–A buscar otra área de servicio. –Entornó los ojos para ver en la oscuridad–. ¿Dónde está la rampa de salida? Tiene que estar por aquí.

–Hombre, date por vencido. No podrás tomarte otra sin vomitar.

–¿Dónde está esa rampa de mierda?

–Creo que te la has pasado.

–No, ahí está.

Vince giró a la izquierda. Los neumáticos volvieron a chirriar sobre el pavimento.

–¡Eh! –dijo Chuck–. ¡Eh!, no creo que...

–Tengo veinte pavos y me los voy a fundir. Alguien los aceptará.

–¡Vince, vas en dirección contraria!

–¿Qué?

–¡Que vas en dirección contraria! –gritó Chuck.

Vince sacudió la cabeza y trató de fijar la atención en la carretera. Pero las luces eran demasiado fuertes y le daban directamente en los ojos. Parecía que se hacían cada vez más intensas.

–¡Ponte a la derecha! –gritó Chuck–. ¡Es un coche! ¡Ponte a la derecha!

Vince lo hizo.

Las luces también.

Oyó un grito desconocido, inhumano.

No había sido Chuck, sino él mismo.

La doctora Abby DiMatteo estaba cansada, más cansada de lo que lo había estado en toda su vida. Hacía treinta horas que no dormía, sin contar la cabezada de diez minutos que había dado en la recepción de rayos X, y sabía que se le notaba el agotamiento. Mientras se lavaba las manos en el lavabo de la Unidad de Cuidados Intensivos de la planta de Cirugía (UCIC), se miró en el espejo y se quedó espantada al ver las ojeras de cansancio debajo de sus ojos oscuros, y el pelo desordenado, que en aquel momento era un estropajo. Ya eran las diez de la mañana y todavía no se había duchado ni cepillado los dientes. El desayuno había consistido en un huevo duro y una taza de café con azúcar que le había dado, hacía ya una hora, una comprensiva enfermera de la UCIC. Tendría suerte si encontraba tiempo para comer, y más suerte aún si podía salir del hospital a las cinco para llegar a su casa a las seis. En aquellos momentos, el mero hecho de dejarse caer en una silla era todo un lujo.

Pero nadie se sentaba los lunes, durante las rondas de la mañana, y menos si estaban a cargo del doctor Colin Wettig, presidente del Programa de Residencia de Cirugía del Hospital Bayside. General de la Armada retirado, el doctor Wettig era famoso por sus preguntas incisivas y despiadadas. Abby, al igual que los demás residentes del departamento de cirugía, le tenía miedo.

En aquel momento había once residentes en la UCIC, formando un semicírculo de batas blancas y verdes. Sus miradas estaban todas clavadas en el doctor Wettig. Sabían que podía pillar a cualquiera de ellos con una pregunta. Verse atrapado sin una respuesta que dar era sinónimo de quedar sometido a una prolongada sesión de humillación personal.

El grupo ya había visto cuatro pacientes en estado posoperatorio y había hablado sobre planes de tratamiento y pronósticos. En aquel momento estaban reunidos alrededor de la cama número 11 de la unidad de cuidados intensivos, la última que le había tocado a Abby, así que era a ella a quien le correspondía presentar el caso.

Aunque tenía un sujetacuadernos en la mano, no miró sus notas. Presentó el caso de memoria, fijando los ojos en el rostro serio del general.

–La paciente es una mujer caucásica de treinta y cuatro años, ingresada a la una de la madrugada por el servicio de urgencias después de sufrir un grave accidente en la carretera Noventa. Fue intubada y estabilizada en el lugar de los hechos y luego evacuada en helicóptero. Cuando llegó a urgencias presentaba evidencias de traumatismo múltiple. Tenía politraumatismo craneal con fracturas deprimidas, fractura de la clavícula y el húmero izquierdo e importantes heridas en la cara. En el examen preliminar vi que se trataba de una mujer de mediana constitución, bien alimentada. No respondió a los estímulos, excepto algunos cuestionables movimientos del músculo extensor...

–¿Cuestionables? –preguntó el doctor Wettig–. ¿Eso qué significa? ¿Tuvo o no movimiento en el extensor?

Abby sintió que le martilleaba el corazón. Mierda, ya lo tenía encima. Tragó saliva y se explicó.

–Los miembros de la paciente respondieron de forma desigual ante un estímulo de dolor. Unas veces se extendieron y otras no.

–¿Cómo lo interpreta usted con respecto a la escala de coma de Glasgow para la respuesta motriz?

–Bien. Dado que la falta de respuesta se cuenta como uno y el movimiento del extensor como dos, supongo que podría considerarse que esta paciente es... uno y medio.

Hubo un murmullo de risas incómodas entre el círculo de residentes.

–No existe la medida uno y medio –dijo el doctor Wettig.

–Lo sé –dijo Abby–. Pero esta paciente no encaja en...

–Continúe con el examen –dijo el general interrumpiéndola.

Abby hizo una pausa y miró a su alrededor, al círculo de caras. ¿Había metido la pata? No estaba segura. Respiró hondo y continuó.

–Los signos vitales eran presión arterial nueve y seis y pulso cien. Ya estaba intubada. No hubo respiración espontánea, por lo que fue necesaria la respiración asistida a veinticinco por minuto.

–¿Por qué se eligió un ritmo de veinticinco?

–Para mantenerla hiperventilada.

–¿Por qué?

–Para disminuir el anhídrido carbónico en la sangre. Así también disminuimos la posibilidad de edema cerebral.

–Continúe.

–El examen de la cabeza, como dije, reveló un politraumatismo parietotemporal izquierdo con fracturas deprimidas. Las heridas e inflamación de la cara dificultaron la evaluación de las fracturas faciales. Tenía las pupilas en posición media y sin reacción. La nariz y la garganta...

–¿Reflejos oculocefálicos?

–No he hecho un reconocimiento.

–¿No?

–No, señor. No quise tocar la nuca. Temía una posible dislocación vertebral.

Vio, por la imperceptible inclinación de cabeza de él, que la respuesta había sido aceptable.

Describió los resultados de la exploración física. Control respiratorio normal. El corazón, sin nada especial. El abdomen, en perfecto estado. El doctor Wettig no la interrumpió. Cuando terminó de describir los datos neurológicos se sentía más segura. Casi eufórica. ¿Y por qué no? Estaba segura de lo que había hecho.

–Entonces, ¿qué conclusiones ha sacado –preguntó el doctor Wettig– antes de mirar las radiografías?

–Basándome en la posición media de las pupilas, sin reacción –dijo Abby–, he pensado en una probable compresión en el cerebro medio, seguramente producida por un hematoma subdural o epidural agudo. –Se detuvo y añadió, con un sereno tono de confianza–: La tomografía así lo ha confirmado. Una gran subdural izquierda con una severa inclinación en la línea media. Por lo tanto, se imponía la neurocirugía. Hicieron una evacuación de emergencia del coágulo.

–¿Lo que me dice entonces es que su impresión inicial era absolutamente acertada, doctora DiMatteo?

Abby asintió.

–Veamos cómo están las cosas esta mañana –dijo el doctor Wettig, acercándose a la cama. Alumbró con la linternita los ojos de la paciente–. Las pupilas no responden –dijo. Hizo presión, fuerte, con un nudillo sobre el esternón. Ella permaneció fláccida, inmóvil–. No hay respuesta al dolor. Ni del extensor ni nada.

Los demás residentes se habían acercado, pero Abby se quedó a los pies de la cama con la mirada clavada en la cabeza vendada de la paciente. Mientras Wettig continuaba con su examen, golpeando los tendones con un martillo de goma, flexionando codos y rodillas, Abby sintió que su atención se diluía en una oleada de cansancio. Siguió mirando la cabeza de la mujer. Recordó el color de sus cabellos antes de que se los afeitaran; eran castaños y espesos, enmarañados entre sangre y vidrios. También tenía un pedazo de cristal incrustado en la ropa. En la sala de urgencias, Abby había ayudado a cortar y quitarle la blusa. Era una blusa de seda azul y blanca con una etiqueta de Donna Karan. Este último detalle pareció quedársele grabado en la memoria. No fueron la sangre ni los huesos rotos ni la cara destrozada, sino una etiqueta: Donna Karan. Una marca que ella misma había comprado hacía tiempo. Pensó en el momento en que aquella mujer seguramente estuvo en una tienda, mirando blusas, oyendo el chirrido de las perchas al ser desplazadas sobre la barra...

El doctor Wettig se enderezó y miró a la enfermera de la UCIC.

–¿A qué hora drenaron el hematoma?

–Salió de recuperación a eso de las cuatro de la madrugada.

–¿Hace seis horas?

–Sí, unas seis horas.

Wettig se volvió hacia Abby.

–Entonces, ¿por qué no ha habido ningún cambio?

Abby salió de su aturdimiento y vio que todos la observaban. Miró a la paciente. El pecho que subía y bajaba, subía y bajaba a cada movimiento de los fuelles del respirador.

–Puede... haber inflamación posoperatoria –dijo, y miró el monitor–. La presión intracraneal está sólo elevada a veinte milímetros.

–¿Le parece suficientemente alta como para producir cambios pupilares?

–No. Pero...

–¿La reconoció inmediatamente después de la operación?

–No, doctor. Fue transferida al servicio de neurocirugía. Después de la operación hablé con el residente y me dijo...

–No le estoy preguntando al residente de neurocirugía. Le estoy preguntando a usted, doctora DiMatteo. Usted diagnosticó un hematoma subdural, que ha sido evacuado. Entonces, ¿por qué tiene todavía las pupilas en posición media y sin mostrar reacción alguna seis horas después de la intervención?

Abby vaciló. El general la miraba, como todos los demás. Sólo el ruido del respirador interrumpía aquel humillante silencio.

El doctor Wettig miró imperiosamente al círculo de residentes.

–¿Hay alguien que pueda ayudar a la doctora DiMatteo a responder la pregunta?

Abby se enderezó.

–Yo puedo contestarla –dijo.

El doctor Wettig se volvió hacia ella, con las cejas levantadas.

–¿Sí?

–Los... cambios pupilares..., la postura en extensor de los miembros... eran signos del cerebro medio alto. Anoche supuse que se debía a que el hematoma subdural presionaba el cerebro medio. Pero como la paciente no ha mejorado, creo..., creo que eso demuestra que me equivoqué.

–¿Cree?

Ella respiró ruidosamente.

–Me equivoqué.

–¿Cuál es su diagnóstico ahora?

–Hemorragia del cerebro medio. Puede ser debida a la fuerza del corte, o a un daño residual del hematoma subdural. Los cambios podrían no aparecer todavía en la tomografía.

El doctor Wettig la observó un momento con expresión inescrutable. Luego se volvió hacia los otros residentes.

–Hemorragia en el cerebro medio es una suposición razonable. Con una escala de coma de Glasgow de tres... –miró a Abby– y medio –se corrigió–, el pronóstico es cero absoluto. La paciente no tiene respiración espontánea ni movimientos espontáneos y parece haber perdido todos los reflejos del tallo cerebral. En estos momentos no tengo otra sugerencia que la vida artificial, aparte de empezar a pensar en la extirpación de sus órganos para un posible trasplante.

Hizo una leve inclinación de cabeza a Abby y se encaminó hacia el siguiente paciente.

Uno de los otros residentes apretó el brazo de Abby.

–Eh, DiMatteo –susurró–. Éxito absoluto.

–Gracias –dijo Abby, asintiendo con cansancio.

La doctora Vivian Chao, jefa de los residentes de cirugía, era una leyenda viviente entre los residentes del Hospital Bayside. Según se decía, a los dos días de su primera rotación como interna, su compañero de guardia tuvo un brote psicótico y tuvieron que llevárselo al manicomio. Vivian se vio obligada a sustituirlo. Así pues, durante veintinueve días sin descanso fue la única residente de guardia en traumatología, las veinticuatro horas del día. Trasladó sus cosas a la sala de médicos y no tardó en adelgazar casi tres kilos después de seguir la dieta inflexible de la cafetería. Durante veintinueve días no cruzó las puertas del hospital, y el día que hacía treinta, cuando terminó su rotación y salió para dirigirse a su coche, descubrió que se lo habían llevado una semana antes. Al empleado del aparcamiento le había parecido que estaba abandonado.

A los cuatro días de comenzar la siguiente rotación, cirugía vascular, su compañero fue atropellado por un autobús y hospitalizado con la pelvis destrozada. Alguien tenía que cubrir la ausencia, así que Vivian Chao volvió a mudarse a la sala de médicos del hospital.

A los ojos de los demás residentes, había alcanzado así la masculinidad honoraria, elevada condición que fue reconocida más tarde, en la cena anual de entrega de premios, cuando le entregaron una caja con un par de bolas de acero.

Cuando Abby oyó por primera vez las historias que

se contaban de Vivian tuvo dificultades para identificar la fama de bolas de acero con lo que veía: una mujer callada, de tipo oriental, tan pequeña que tenía que subirse a una pequeña banqueta para operar. Aunque Vivian rara vez hablaba durante las rondas con los residentes, se la encontraba siempre en la primera fila del grupo, con expresión de frío desapasionamiento.

Con su habitual aire de indiferencia, Vivian se acercó a Abby, aquella tarde, en la UCIC. En aquel momento, Abby se movía en medio de un mar de agotamiento, cada paso era una batalla y cada decisión un acto de voluntad pura. Ni siquiera se dio cuenta de que Vivian estaba junto a ella hasta que le habló.

–He oído que has recibido un traumatismo cerebral AB positivo.

Abby levantó la mirada del gráfico donde estaba anotando el progreso de un paciente.

–Sí. Anoche.

–¿El paciente vive?

Abby miró el cubículo de la cama número 11.

–Depende de lo que se entienda por «vivir».

–¿Corazón y pulmones en buen estado?

–Funcionando.

–¿Edad?

–Treinta y cuatro años. ¿Por qué?

–He estado siguiendo la evolución de un paciente en la unidad de recuperación. Paro congestivo en la última fase. Sangre AB positivo. Está esperando un corazón nuevo. –Vivian buscó entre las historias–. ¿Qué cama?

–Once.

Vivian sacó el historial del fichero y levantó la tapa de metal. Su rostro no dejaba traslucir la menor emoción mientras pasaba las hojas.

–Ya no es paciente mía –dijo Abby–. La transferí a neurocirugía. Le drenaron un hematoma subdural.

Vivian siguió leyendo.

–Han pasado sólo diez horas desde la operación –dijo

Abby–. Me parece muy pronto para hablar de donación de órganos.

–Hasta ahora ningún cambio neurológico, por lo que veo.

–No, pero hay una posibilidad...

–¿Con una escala de Glasgow de tres? No lo creo.

Vivian volvió a guardar el historial y se dirigió a la cama número 11.

Abby la siguió.

Desde la puerta del cubículo observó a Vivian mientras ésta llevaba a cabo un rápido examen fisiológico. De la misma manera se comportaba Vivian en el quirófano, sin perder tiempo ni esfuerzo. Durante su primer año, el año de residencia, Abby a menudo la observaba operando y había llegado a admirar aquellas manos pequeñas y veloces; había mirado asombrada cómo aquellos dedos delicados hacían nudos perfectos. Ella, en comparación, se sentía torpe. Invertía horas de práctica y metros y metros de hilo aprendiendo a hacer nudos quirúrgicos en los tiradores de los cajones de su cómoda. Aunque en aquel momento dominaba la técnica bastante bien, sabía que jamás tendría las manos mágicas de Chao.

En aquel momento, mientras observaba a Vivian examinar a Karen Terrio, Abby sintió que la eficiencia de aquellas manos era profundamente estremecedora.

–No hay respuesta a estímulos de dolor –dijo Vivian.

–Todavía es pronto.

–Tal vez sí. Tal vez no. –Vivian sacó del bolsillo un martillo de reflejos y comenzó a golpear los tendones–. ¿Es AB positiva?

–Sí.

–Un golpe de suerte.

–No sé cómo puedes hablar así.

–Mi paciente de la unidad de cuidados intensivos es AB positivo. Hace un año que espera un corazón. Ésta es la mejor oportunidad que se le ha presentado.

Abby miró a Karen Terrio y recordó, una vez más, la blusa azul y blanca. Se preguntó qué pensamientos habría tenido cuando se la abotonó por última vez. Pensamientos ligeros, seguro. Nada sobre la muerte, ni sobre una cama de hospital, ni sobre tubos intravenosos o aparatos que bombean aire a los pulmones.

–Me gustaría comparar los linfocitos. Quiero asegurarme de que son compatibles –dijo Vivian–. Y ya podríamos empezar a determinar el HLA para los demás órganos. ¿Le habéis hecho el electroencefalograma?

–No es competencia mía –dijo Abby–. De todas maneras, me parece prematuro. Ni siquiera hemos hablado con el marido.

–Alguien tendrá que hacerlo.

–Tiene hijos. Necesitarán tiempo para hacerse a la idea.

–Los órganos no pueden esperar mucho tiempo.

–Lo sé. Sé que hay que hacerlo. Pero, como ya te he dicho, hace sólo diez horas que la operaron.

Vivian se acercó a la pila y se lavó las manos.

–No estarás esperando un milagro, ¿verdad?

En la puerta del cubículo apareció una enfermera de la UCIC.

–Ha llegado el marido y sus hijas. Esperan para verla. ¿Falta mucho?

–Yo ya he terminado –dijo Vivian.

Arrojó la toalla de papel arrugada en el cubo de la basura y salió.

–¿Puedo hacerlos pasar? –le preguntó la enfermera a Abby.

Abby miró a Karen Terrio. En aquel instante comprendió, con dolorosa certeza, lo que vería una criatura que contemplara aquella cama.

–Espere –dijo Abby–. Todavía no.

Se acercó a la cama y rápidamente alisó las sábanas. Mojó una toalla de papel y limpió los restos de flema seca de la mejilla de la mujer, cambió la bolsa de orina a un lado de la cama, donde no fuera tan visible y luego, dando un paso atrás, le echó una última mirada. Se dio cuenta de que nada de lo que pudiera hacer, de que nada de lo que nadie pudiera hacer, mitigaría el dolor que esperaba a aquellas niñas.

Suspiró y le hizo una inclinación de cabeza a la enfermera.

–Déjelos pasar.

A las cuatro y media de aquella tarde, Abby apenas podía concentrarse en lo que escribía, apenas podía enfocar la mirada en las cosas. Había estado de guardia treinta y tres horas y media seguidas. Pero ahora ya había terminado las rondas de la tarde y por fin podía irse a casa.

Sin embargo, cuando estaba a punto de cerrar la última historia clínica, descubrió que su mirada se dirigía, otra vez, a la cama 11. Entró en el cubículo y se quedó un rato a los pies de la cama, mirando obnubilada a Karen Terrio; tratando de pensar en cualquier otra cosa que se pudiera hacer.

No oyó las pisadas que se le acercaron por atrás, y sólo cuando la voz le dijo: «Hola, guapa», Abby se volvió y vio al doctor Mark Hodell, con sus cabellos castaños y sus ojos azules, dedicándole aquella sonrisa que tanto había echado de menos durante todo el día. Durante la mayoría de las jornadas de trabajo en el hospital, Abby y Mark se las ingeniaban para compartir un almuerzo rápido o, al menos, saludarse al pasar. Pero hoy no se habían visto, y encontrarse con él en aquel momento le produjo una suave oleada de alegría. Mark se inclinó para darle un beso. Luego, retirándose un poco, le miró los cabellos despeinados y la ropa arrugada.

–Debe de haber sido una mala noche –murmuró en tono comprensivo–. ¿Has dormido algo?

–No lo sé. Media hora.

–He oído que te has apuntado mil puntos con el general esta mañana.

Ella se encogió de hombros.

–Digamos que no me ha dejado a la altura del betún.

–Eso es todo un triunfo.

Ella sonrió. Luego su mirada volvió a la cama 11 y la sonrisa se desvaneció. Karen Terrio estaba medio oculta entre tanto aparato. El respirador, las bombas de perfusión continua. Los tubos de succión y los monitores de electrocardiograma, presión arterial y presión intracraneal. Un aparato para medir cada función del cuerpo. En esta nueva era de la tecnología, ¿por qué molestarse en tomar el pulso, o apoyar las manos en un pecho? ¿De qué sirven los médicos cuando las máquinas pueden hacer todo el trabajo?

–La atendí anoche –dijo Abby–. Treinta y cuatro años. Marido y dos hijas. Han venido a verla. Hace un rato. Y es extraño, Mark, pero no la han tocado. Se quedaron mirándola. Sólo la miraban. Pero no la tocaron. Yo no dejaba de pensar: «Tienen que tocarla. Tienen que tocarla ahora porque puede ser la última vez que lo hagan. La última ocasión que tengan de hacerlo». Pero no lo han hecho. Y creo que algún día se... –Sacudió la cabeza. Se pasó la mano rápidamente por los ojos–. He oído que el otro tipo iba en dirección contraria, borracho. ¿Y sabes lo que más me irrita, Mark? Pues que él va a sobrevivir. En este preciso momento está arriba, en traumatología, lloriqueando por unos cuantos huesos rotos. –Abby respiró hondo otra vez y al soltar el aire pareció que con él se le iba toda la rabia–. Joder, se supone que estoy aquí para salvar vidas, y no para desear que ese tipo hubiera reventado en la carretera. –Se apartó de la cama–. Creo que ya es hora de irme a casa.

Mark le pasó la mano por la espalda; un gesto de consuelo y de posesión al mismo tiempo.

–Vamos –dijo–. Te acompaño hasta la salida.

Salieron de la UCIC y entraron en el ascensor. Cuando se cerraron las puertas, ella sintió que se tambaleaba y se apoyó en él. Mark la estrechó enseguida en el círculo cálido y familiar de sus brazos. De este modo se sentía segura; siempre se había sentido segura cuando él la abrazaba.

Pero apenas hacía un año, Mark Hodell no había sido para ella una presencia en absoluto tranquilizadora. Abby era interna y Mark el médico que estaba a cargo del departamento de cirugía torácica..., pero no era cualquier médico, sino un importante cirujano del equipo de trasplantes cardíacos de Bayside. Se habían conocido en el quirófano, en una urgencia. El paciente, un niño de diez años, había llegado en ambulancia con una flecha que le salía del pecho, resultado de una pelea entre hermanos y de un regalo de cumpleaños mal elegido. Mark ya estaba vestido cuando Abby entró en el quirófano. Era su primera semana como interna y estaba nerviosa, intimidada por la idea de tener que asistir al distinguido doctor Hodell. Se acercó a la mesa. Con timidez miró al hombre que estaba de pie frente a ella y lo que vio por encima de la mascarilla fue una frente ancha e inteligente y unos hermosos ojos azules. Muy directos. Muy inquisitivos.

Los dos operaron al niño, que sobrevivió.

Un mes después, Mark la invitó a salir. Ella se negó dos veces. No porque no quisiera salir con él sino porque no lo consideraba oportuno.

Pasó un mes. Él volvió a invitarla. En esa ocasión, Abby no pudo resistir la tentación. Aceptó.

Así que sólo hacía cinco meses y medio que ella se había mudado a la casa de Mark en Cambridge. Al principio no fue fácil aprender a vivir con un solterón de cuarenta y un años que jamás había compartido su vida, ni su casa, con una mujer. Pero en aquel momento, mientras sentía a Mark abrazándola, sosteniéndola, no se podía imaginar viviendo con otra persona.

–Pobrecita –murmuró él. Ella sintió su cálida respiración en los cabellos–. Es agotador, ¿no?

–No estoy hecha para esto. ¿Qué diablos hago yo aquí?

–Lo que siempre habías soñado hacer. Eso al menos es lo que me dijiste.

–Ya ni me acuerdo siquiera de mi sueño. Lo olvido siempre.

–¿No tenía algo que ver con salvar vidas humanas?

–Exacto. Y aquí estoy deseando que el borracho del otro coche hubiera muerto. –Sacudió la cabeza, asqueada de sí misma.

–Abby, estás pasando por lo peor. Te quedan dos días más en urgencias. Tienes que sobrevivir sólo dos días más.

–Magnífico. Y después empiezo torácica.

–En comparación, es como coser y cantar. Urgencias siempre ha sido el coco. Súfrelo como todo el mundo.

Ella se hundió más entre sus brazos.

–Si me pasara a psiquiatría, ¿me perderías el respeto?

–Totalmente. No lo dudes.

–Eres un cretino.

Mientras reía, él le besó la cabeza.

–Muchos piensan lo mismo que tú, pero eres la única que tienes permiso para decírmelo.

Salieron del ascensor en la planta baja y, después, del hospital. Ya era otoño, pero Boston se abrasaba en el sexto día de una ola de calor de fines de septiembre. Mientras cruzaban el aparcamiento, Abby sintió que las últimas reservas de energía la abandonaban, y cuando llegaron al coche, casi no podía arrastrar los pies.

«Esto es lo que nos hace –pensó–. Es el fuego por el que caminamos para convertirnos en cirujanos. Los días interminables, el agotamiento mental y emocional, seguir adelante horas y horas aunque se nos queden pedacitos de vida por el camino.» Sabía que era sencillamente un proceso de selección despiadado y necesario. Mark había sobrevivido; ella también lo haría.

Él la abrazó de nuevo y la besó.

–¿Seguro que puedes irte sola a casa? –le preguntó.
–Pondré el coche en piloto automático.
–Yo tardaré todavía una hora. ¿Compro una pizza por el camino? Ella se sentó al volante y bostezó.
–Por mí no.
–No vas a cenar?
Ella puso en marcha el motor.
–Esta noche lo único que quiero –dijo, suspirando– es una cama.

3

Por la noche lo sintió como el más delicado de los susurros o como el roce de las alas de un hada en la mejilla: «Me estoy muriendo». Esta certeza no asustó a Nina Voss. Durante semanas, mientras se cambiaban los turnos de las tres enfermeras privadas y se sucedían las visitas diarias del doctor Morissey, con sus dosis cada vez más altas de furosemida, Nina había mantenido la serenidad. ¿Y por qué no mantenerla? Su vida había estado colmada de bendiciones. Había conocido el amor, la alegría y el asombro. En sus cuarenta y seis años, había visto el amanecer por encima de los templos de Karnak, paseado a la hora del crepúsculo por las ruinas de Delfos y subido a las montañas del Nepal. Y había conocido la tranquilidad que sólo se consigue cuando se acepta el lugar que a cada uno le toca ocupar en el universo del Señor. Sólo había dos cosas que le causaban pesar. Una, el hecho de no haber tenido nunca un hijo.

La otra, que Victor se quedaría solo.

Durante toda la noche, su esposo la había velado, le había sostenido la mano durante todas aquellas largas horas de respiración trabajosa y de toses, durante el cambio de los tubos de oxígeno y las visitas del doctor Morissey. Incluso en su sueño había sentido la presencia de Victor. Cerca del amanecer, entre la nebulosa de sus sueños, le oyó decir: «Es tan joven... Tan joven... ¿No se puede hacer nada, cualquier cosa?».

¡Algo! ¡Cualquier cosa! Así era Victor. No creía en lo inevitable.

Pero Nina sí.

Abrió los ojos y vio que la noche por fin había pasado y que la luz del sol entraba por la ventana del dormitorio. Más allá de aquella ventana había una vista panorámica de su amado canal de Rhode Island. En los días anteriores a la enfermedad, antes de que la cardiomiopatía le quitara todas las fuerzas, el alba, por lo general, encontraba a Nina despierta y vestida. Solía salir al balcón de su dormitorio a ver la salida del sol. Incluso en las mañanas en que la niebla envolvía el canal, cuando el agua parecía poco más que un temblor de plata en la neblina, ella veía de pie cómo la tierra arremetía, cómo el día se derramaba sobre su persona. Igual que aquel día.

«He visto muchos amaneceres. Te doy las gracias, Señor, por cada uno de ellos.»

–Buenos días, cariño –susurró Victor.

Nina fijó los ojos en la cara de su marido, que le sonreía. Quien mirara a Victor Voss vería el rostro de la autoridad. Algunos veían el genio o la crueldad. Pero aquella mañana, mientras miraba a su marido, Nina sólo veía el amor. Y la desolación.

Alargó la mano buscando la suya. Él la cogió y se la llevó a los labios.

–Tienes que dormir un poco, Victor –dijo ella.

–No estoy cansado.

–Yo creo que sí.

–No, en serio.

Volvió a besarle la mano y ella sintió los labios cálidos contra la piel helada. Se miraron un instante. El oxígeno siseaba suavemente a través de los tubos en su nariz. Desde la ventana abierta llegaba el sonido de las olas del mar que lavaban las rocas.

Nina cerró los ojos.

–¿Recuerdas aquella vez...? –Se le fue la voz cuando se interrumpió para respirar.

–¿Qué vez? –la apremió con delicadeza.

–Cuando... me rompí la pierna... –Sonrió.

Fue la semana en que se conocieron, en Gstaad. Más

tarde, Victor le confesó que ya la había visto antes bajando en línea recta por una pista negra; la había seguido montaña abajo, luego en el telesilla y montaña abajo otra vez. Hacía veinticinco años de eso.

Desde entonces no se habían separado ni un solo día.

–Lo supe entonces –murmuró ella–. En el hospital..., cuando te quedaste junto a mi cama. Lo supe.

–¿Supiste qué, amor mío?

–Que eras el hombre de mi vida. –Abrió los ojos y volvió a sonreírle. Sólo entonces vio la lágrima que corría por la mejilla arrugada de Victor. ¡Pero si él no lloraba! No lo había visto llorar nunca, ni una sola vez en aquellos veinticinco años juntos. Siempre pensó que Victor era el fuerte, el valiente. En aquel momento, mirándolo, se dio cuenta de lo equivocada que estaba–. Victor –dijo, apretándole la mano entre las suyas–. No tienes que tener miedo.

Rápida y casi airadamente, él se pasó la mano por la cara.

–No voy a permitir que suceda. No voy a perderte.

–Nunca me perderás.

–No. ¡No, eso no me basta! Te quiero aquí, en esta tierra. Conmigo. Conmigo.

–Victor, si hay algo..., algo que sé... –respiró hondo, buscando el aire– es que este tiempo... que tenemos aquí... es una parte muy pequeña... de nuestra existencia.

Nina sintió que se ponía rígido de impaciencia, que se apartaba. Él se levantó de la silla y caminó hasta la ventana, donde se quedó mirando el canal. Ella sintió que el calor de la mano de él se le iba de la piel. Sintió que volvía el frío.

–Yo me haré cargo de esto, Nina –dijo Victor.

–Hay cosas... en esta vida... que no podemos cambiar.

–Ya he tomado mis medidas.

–Pero Victor...

Él se volvió a mirarla. Sus hombros, enmarcados por la ventana, parecían tapar la luz del amanecer.

–Todo saldrá bien, mi amor –dijo–. No te preocupes por nada.

Era uno de aquellos atardeceres cálidos y perfectos: la puesta de sol, los cubitos de hielo que tintineaban en los vasos, las señoras perfumadas que pasaban flotando entre sedas y gasas. A Abby, de pie en el jardín del doctor Bill Archer, le parecía que hasta el aire era mágico: las clemátides y las rosas colgaban sobre el enrejado de una pérgola; montones de flores que pintaban anchas manchas de color sobre el césped. El jardín era el orgullo y la alegría de Marilee Archer, cuya voz de contralto canturreaba nombres botánicos mientras guiaba a las otras esposas de los médicos de un cuadro de flores a otro.

Bill Archer, de pie en el patio, con un vaso en la mano, reía.

–Marilee sabe más latín que yo.

–Yo estudié latín tres años en el instituto –dijo Mark–, pero lo único que recuerdo es lo que aprendí en la Facultad de Medicina.

Se hallaban de pie, al lado de la barbacoa de ladrillo. Eran Bill Archer, Mark, el general y los dos residentes quirúrgicos. Abby era la única mujer del grupo. Ser la única mujer en un grupo era algo a lo que no se había acostumbrado jamás. Podía olvidarlo por un momento, pero cuando miraba a su alrededor en una habitación donde estuvieran reunidos cirujanos, experimentaba aquella familiar incomodidad al comprobar que estaba rodeada de hombres.

Aquella noche, por supuesto, habían acudido las esposas a la fiesta de Archer, pero parecían moverse en un universo paralelo que rara vez se cruzaba con el de sus maridos. Abby, sentada con los cirujanos, oía de vez en cuando fragmentos de las conversaciones de las mujeres.

Charlas sobre rosas damascenas, viajes a París o comidas. Sentía que tiraban de ella por ambos lados, como si se hallara en la línea divisoria entre hombres y mujeres, sin pertenecer a ninguno de los dos universos y sin embargo atraída por ambos.

Era Mark quien la ataba a aquel círculo de hombres. Él y Bill Archer, también cirujano torácico, trabajaban en estrecha colaboración. Archer, jefe del equipo de trasplantes cardíacos, había sido uno de los médicos que había introducido a Mark en Bayside hacía siete años. Así pues, no era sorprendente que se llevaran tan bien. Ambos eran emprendedores, atléticos y ferozmente competitivos. En el quirófano trabajaban como un equipo, pero fuera del hospital, su amistosa rivalidad se manifestaba de igual manera en las pistas de esquí de Vermont que en las aguas de la bahía de Massachusetts. Los dos tenían sendos veleros J-35 anclados en el club náutico de Marblehead y aquella temporada, hasta la fecha, el *Red Eye* de Archer iba por delante del *Gimme Shelter* de Mark por el tanteo de seis a cinco. Mark planeaba igualar el tanteo aquel fin de semana. Ya había reclutado a Rob Lessing, el otro residente de segundo año, como tripulación.

«¿Qué les pasa a los hombres con los barcos?», se preguntó Abby. Las conversaciones sobre máquinas de navegar eran especializadas, de alta tecnología, impulsadas por la testosterona. En aquel círculo, el centro de la escena pertenecía a los hombres de cabellos entrecanos. A Archer, con su melena plateada. A Colin Wetting, ya de un gris distinguido. Y también a Mark, cuyas sienes comenzaban a platear.

Cuando la conversación llegó al mantenimiento del casco, el diseño de la quilla y el precio exorbitante de los *spinnakers*, la atención de Abby se dispersó. Entonces reparó en el doctor Aaron Levi y su esposa Elaine, que llegaban tarde a la fiesta. Aaron, el cardiólogo del equipo de trasplantes, era un hombre tremendamente tímido, y ya se había retirado con su copa a un rincón alejado del jardín, donde permanecía en silencio con los hombros encogidos. Mientras, Elaine miraba a su alrededor en busca de una cabecera de puente para entablar una conversación.

Era la oportunidad de Abby para huir de la charla sobre barcos. Se apartó de Mark y fue a reunirse con los Levi.

–¿Señora Levi? Me alegro de volver a verla.

Elaine le devolvió una sonrisa de reconocimiento.

–Eh... Abby, ¿no?

–Sí, Abby DiMatteo. Creo que nos conocimos en una excursión de los residentes.

–Ah, sí, cierto. Hay tantos residentes que no consigo acordarme de todos. Pero de usted sí que me acordaba.

Abby rió.

–Hay sólo tres mujeres en el equipo de cirugía..., y destacamos.

–Es mucho mejor que antes, cuando no había ninguna. ¿En qué grupo está ahora?

–Mañana empiezo cirugía torácica.

–Entonces trabajará con Aaron.

–Si tengo la suerte de asistir en algún trasplante.

–Seguramente. El equipo ha tenido mucho trabajo últimamente. Hasta están recibiendo demandas del General de Massachusetts, lo que fascina a Aaron. –Elaine se inclinó hacia Abby–. Hace años lo rechazaron para una cátedra. Y ahora le mandan pacientes a él.

–Lo único que tiene mejor el General de Massachusetts en comparación con el Bayside es esa mística de Harvard –dijo Abby–. Conoce a Vivian Chao, ¿verdad? ¿Nuestra jefa de residentes?

–Por supuesto.

–Se graduó entre los diez primeros de la Facultad de Medicina de Harvard. Pero cuando le tocó escoger la residencia, su primera elección fue el Bayside.

Elaine se volvió hacia su marido.

–Aaron, ¿has oído eso?

Con desgana, él levantó la mirada de su copa.

–¿Qué?

–Vivian Chao eligió el Bayside en lugar del General de Massachusetts. ¿Te das cuenta, Aaron? Aquí estás en la cúspide. ¿Por qué quieres irte?

–¿Irse?

Abby miró a Aaron, pero el cardiólogo tenía la vista clavada en su esposa. El repentino silencio fue lo que más intrigó a Abby. Del otro lado del jardín se oían risas, retazos de conversaciones, pero, en aquel rincón, no se decía nada.

Aaron se aclaró la garganta.

–Es una idea en la que he estado pensando –dijo–. Lo normal. Salir de la ciudad. Mudarse a un pueblo pequeño. Todo el mundo sueña con esta idea, pero después, de hecho, nadie quiere abandonar la ciudad.

–Yo no –dijo Elaine.

–Yo crecí en un pueblo pequeño –intervino Abby–. Belfast, en Maine. No veía la hora de irme.

–Eso me imaginaba –contestó Elaine–. Desesperados por llegar a la civilización.

–Bueno, tampoco era tan malo.

–Pero no volvería, ¿verdad?

Abby vaciló.

–Mis padres han muerto y mis dos hermanas se han ido del estado. De manera que no tengo ninguna razón para volver. Pero sí muchas para quedarme aquí.

–Era sólo una fantasía –dijo Aaron y tomó un largo trago de su bebida–. En realidad, nunca me lo planteé en serio.

En el embarazoso silencio que siguió, Abby oyó que la llamaban. Se volvió y vio a Mark haciéndole señas.

–Perdón –dijo, y atravesó el jardín hacia él.

–Archer nos ofrece una visita asistida por su santuario –dijo Mark.

–¿Qué santuario?

–Ven. Ya verás.

La cogió de la mano y la llevó por la terraza hasta entrar en la casa. Subieron por la escalera hasta el primer piso. Abby sólo había estado una vez en el piso superior de la casa de los Archer, y había sido para ver los óleos colgados en la galería.

Aquella noche era la primera vez que la invitaban a entrar en la habitación que había al final del vestíbulo.

Archer ya les esperaba dentro. En un grupo de sillas forradas de cuero se hallaban sentados los doctores Frank Zwick y Raj Mohandas. Pero Abby sólo reparó un instante en las personas, ya que fue la habitación lo que más la impresionó.

Era un verdadero museo de instrumentos de medicina antiguos. En estuches, se exhibía una variedad de instrumentos fascinantes y aterradores al mismo tiempo. Escalpelos y palanganas para recoger sangre. Jarras para sangrías. Fórceps con pinzas capaces de aplastar la cabeza de una criatura. Sobre la chimenea había una pintura al óleo: la batalla entre la muerte y el médico por la vida de una joven. En el estéreo sonaba uno de los *Conciertos de Brandeburgo*.

Archer bajó el volumen y de pronto se hizo un silencio total en la habitación, sólo se oía el murmullo de la música como fondo.

–¿No viene Aaron? –preguntó Archer.

–Ya le conoces. Estará en camino –dijo Mark.

–Bien. –Archer dirigió a Abby una sonrisa–. ¿Qué te parece mi pequeña colección?

Ella estudió el contenido de una vitrina.

–Es fascinante. Ni siquiera sé qué son algunas de estas cosas.

Archer le señaló un extraño aparato de engranajes y poleas.

–Este aparato es interesante. Servía para generar una corriente eléctrica suave que se aplicaba a diferentes partes del cuerpo. Se decía que era útil para cualquier cosa, desde problemas femeninos hasta diabetes. Gracioso,

¿no? Las tonterías que nos hace creer la ciencia médica.

Abby se detuvo ante la pintura y observó la imagen vestida de negro de la muerte. «El médico como héroe, el médico como conquistador», pensó. Y por supuesto que el objeto del rescate era una mujer. Una mujer hermosa.

Se abrió la puerta.

–Aquí está –dijo Mark–. Ya creíamos que te habías olvidado, Aaron.

Aaron entró en la habitación. No dijo nada; se limitó a hacer una inclinación de cabeza y a sentarse en una silla.

–¿Te sirvo otro, Abby? –preguntó Archer, indicándole el vaso.

–No, está bien así.

–¿Un poco de coñac? Conduce Mark, ¿no?

Abby sonrió.

–Bueno, gracias.

Archer sirvió a Abby y le devolvió el vaso. La habitación se había quedado extrañamente silenciosa, como si todos esperaran a que terminara aquella formalidad. Entonces Abby se dio cuenta de que era la única residente que se encontraba allí. Bill Archer celebraba ese tipo de fiestas cada dos o tres meses, para dar la bienvenida a cada tanda de residentes en los turnos de cirugía torácica y traumatología. En aquel momento, había otros seis residentes quirúrgicos deambulando por el jardín. Pero allí, en el refugio privado de Archer, sólo estaba el equipo de trasplantes.

Y Abby.

Se sentó en el diván junto a Mark y bebió un trago. Ya sentía el calor del coñac y la calidez de aquella atención especial. Como interna, había mirado a aquellos cinco hombres con respeto, se había sentido privilegiada sólo por trabajar en el mismo quirófano con Archer y Mohandas. Aunque su relación con Mark la había introducido en su círculo social, nunca olvidaba quiénes eran ellos. No olvidaba tampoco el poder que tenían sobre su porvenir.

Archer se sentó frente a ella.

–He oído comentarios muy halagadores sobre ti, Abby. Del general. Esta noche, antes de irse, te hizo unos hermosos cumplidos.

–¿El doctor Wettig? –Abby no pudo contener una risita nerviosa–. Para ser sincera, nunca estoy muy segura de lo que opina de mi trabajo.

–Bueno, así es el general. Reparte un poco de inseguridad por el mundo.

Los otros hombres rieron. Abby también.

–Yo respeto mucho la opinión de Colin –dijo Archer–. Y sé que estás entre los mejores residentes del nivel dos del programa. He trabajado contigo y pienso que tiene razón.

Abby se movió incómoda en su asiento. Mark le cogió la mano y se la apretó. El gesto no le pasó inadvertido a Archer, que sonrió.

–Obviamente, Mark te considera algo muy especial. Y ésa es en parte la razón por la que mantenemos esta charla. Sé que puede parecer algo prematuro, pero planificamos a largo plazo, Abby. Creemos que no está de más explorar el territorio por adelantado.

–Creo que no entiendo –dijo Abby.

Archer cogió la botella de coñac y se sirvió un poco.

–Nuestro equipo de trasplantes está interesado sólo en lo mejor. Las mejores credenciales, el mejor trabajo. Estamos siempre buscando entre los residentes materia prima para cubrir becas. Tenemos un motivo egoísta, por supuesto: preparar gente para el equipo. –Hizo una pausa–. Y nos preguntábamos si te interesaría la cirugía de trasplantes.

Abby le dirigió una mirada sorprendida a Archer. Él asintió.

–No es algo que tengas que decidir ahora –dijo éste–, pero queremos que lo pienses. Tenemos unos años más para conocernos. Entonces, tal vez ni siquiera quieras una beca. Quizá la cirugía de trasplantes no te interese en absoluto.

–Sí que me interesa. –Ella se inclinó hacia delante, con la cara sonrosada por el entusiasmo–. Creo que... esto me sorprende. Y me halaga. Hay muy buenos residentes en el programa. Vivian Chao, por ejemplo.

–Sí, Vivian es buena.

–Me parece que ella quiere una beca para el año que viene.

–No vamos a discutir aquí que la técnica quirúrgica de la doctora Chao no sea sobresaliente –dijo Mohandas–. De hecho, se podría mencionar a varios residentes con una técnica excelente. Pero ¿conoces el dicho? Uno le puede enseñar a operar a un mono; lo difícil es enseñarle cuándo ha de operar.

–Creo que lo que Raj quiere decir es que buscamos un buen juicio clínico –dijo Archer–. Y sentido del trabajo en equipo. En ese aspecto eres alguien que trabaja bien, no creas conflictos y eso es algo en lo que insistimos, Abby; en el trabajo en equipo. Cuando uno se está matando en el quirófano, hay un sinfín de cosas que pueden salir mal. Fallan los equipos. Se te cae el bisturí. Se pierde el corazón por el camino. Tenemos que ser capaces de unirnos, llueva o truene. Y eso es lo que hacemos nosotros.

–Nos ayudamos unos a otros –dijo Frank Zwick–. Tanto dentro del quirófano como fuera.

–En todo –dijo Archer–. ¿No estás de acuerdo, Aaron?

Éste se aclaró la garganta.

–Sí. Nos ayudamos unos a otros. Es uno de los beneficios de unirse a este equipo.

–Uno de los muchos beneficios –añadió Mohandas.

Por un momento, nadie habló. Uno de los *Conciertos de Brandeburgo* sonaba suavemente al fondo.

–Este fragmento me gusta –dijo Archer, y subió el volumen.

Mientras el sonido de los violines se extendía desde los altavoces, Abby se encontró, otra vez, mirando a la muerte enfrentada al médico. La batalla por la vida de una paciente, por el alma de una paciente.

–Has mencionado... otros beneficios –dijo Abby.

–Por ejemplo –intervino Mohandas–, cuando yo terminé mi residencia de cirugía, tenía pendientes de pago muchos préstamos de mi época como estudiante. Y eso fue parte del acuerdo de mi ingreso. Bayside me ayudó a pagarlos.

–Eso es algo de lo que podemos hablar, Abby –dijo Archer–. Hay muchas maneras para hacer que esto te parezca atractivo. En la actualidad, los cirujanos jóvenes acaban su residencia a los treinta años. La mayoría ya están casados y tienen uno o dos hijos. Y deben... ¿cuánto? Cien mil dólares en préstamos. ¡Ni siquiera tienen una casa propia! Sin una ayuda tardarían diez años en salir del endeudamiento. Para entonces ya tienen cuarenta años y deben empezar a preocuparse por el colegio de los hijos. –Negó con la cabeza–. No entiendo por qué la gente sigue estudiando medicina en estos tiempos. Seguro que no es para hacer dinero.

–En todo caso –dijo Abby–, es un trabajo sacrificado.

–Y no tendría que serlo. Ahí es donde puede ayudar Bayside. Mark nos ha contado que mientras estuviste en la facultad, necesitaste siempre ayuda financiera.

–Una combinación de becas y préstamos. La mayoría préstamos.

–Uf qué angustioso.

Abby asintió, con pesar.

–Estoy empezando a sentir la angustia.

–¿Préstamos para la fase inicial también?

–Sí. Mi familia tenía... problemas económicos –admitió Abby.

–Lo dices como si fuera algo vergonzoso.

–Más bien fue una cuestión de mala suerte. Mi hermano pequeño tuvo que ser hospitalizado unos meses y no teníamos ningún tipo de seguro. Pero en el pueblo de donde yo soy casi nadie estaba asegurado.

–Señal de lo mucho que habrás trabajado para luchar contra las adversidades. Aquí todos saben cómo es eso. Raj era un inmigrante, y a los diez años no hablaba ni una palabra de inglés. Yo fui el primero de mi familia que estudió. Créeme, no hay ni un maldito pijo de Boston en esta habitación. Ni padres millonarios ni cómodos fondos de fideicomiso. Sabemos lo que es luchar contra las adversidades porque todos lo hemos hecho. Ése es el empuje que buscamos para este equipo.

La música creció en los últimos compases, y cuando el acorde final de trompetas y cuerdas se diluyó, Archer apagó el estéreo y miró a Abby.

–Bueno, piénsatelo –dijo–. No estamos haciéndote ninguna oferta en firme, por supuesto. Esto es más bien como una... –Archer dirigió una sonrisa a Mark– primera cita.

–Entiendo –dijo Abby.

–Hay algo que debes saber. Eres la única residente con la que hemos hablado. La única en la que estamos verdaderamente interesados. Sería prudente que no le mencionaras esto a nadie. Mejor no despertar celos.

–Claro que no.

–Bien –Archer miró a su alrededor–, creo que estamos todos de acuerdo. ¿Verdad, caballeros?

Hubo una inclinación generalizada de cabezas.

–Tenemos consenso –dijo Archer y, sonriendo, cogió otra vez la botella de coñac–. Esto es lo que yo llamo un verdadero equipo.

–¿Qué te parece? –le preguntó Mark mientras se dirigían a casa.

Abby echó la cabeza atrás y gritó fascinada:

–¡Estoy encantada! ¡Joder, qué noche!

–¿Estás contenta entonces?

–¿Estás bromeando? Estoy aterrada.

–¿Aterrada? ¿De qué?

–De meter la pata y echarlo todo a perder.

Él se rió y le apretó la rodilla.

–Oye, hemos trabajado con todos los otros residentes, ¿de acuerdo? Sabemos que estamos escogiendo lo mejor.

–¿Y cuánto de esto se debe a su influencia, doctor Hodell?

–Ah, yo puse mi granito de arena. Pero los otros estuvieron completamente de acuerdo.

–Me lo imagino.

–Es cierto. Créeme, Abby, eres nuestra primera opción. Y creo que a ti también te parecerá un arreglo magnífico.

Ella se reclinó en el asiento, sonriendo. Fantaseando. Hasta aquella noche sólo había tenido una idea muy remota de dónde estaría trabajando al cabo de tres años y medio. Probablemente, matándose en cualquier institución. La práctica privada estaba desapareciendo. Ella no le veía ningún futuro, al menos en la ciudad de Boston. Y era en Boston donde quería quedarse.

Donde estaba Mark.

–Quiero mucho todo esto –dijo–. Sólo espero no desilusionaros.

–No lo harás. El equipo sabe lo que quiere. Estamos todos juntos en esto.

Ella guardó silencio por un momento.

–¿Incluso Aaron Levi? –preguntó.

–¿Aaron? ¿Y por qué no?

–No lo sé. Estuve hablando con su mujer esta noche. Con Elaine. Me dio la impresión de que Aaron no está muy contento. ¿Sabes que ha estado pensando en marcharse de la ciudad?

–¿Qué? –Mark la miró sorprendido.

–Sí, mudarse a un pueblo pequeño.

Él rió.

–Eso no sucederá. Elaine es una mujer de Boston.

–No era por Elaine. La idea era de Aaron.

Durante un rato Mark condujo sin decir una palabra.

–Tienes que haberlo entendido mal –dijo por fin.

Ella se encogió de hombros.

–Quizá sí.

–Luz, por favor –dijo Abby.

Una enfermera alargó el brazo y ajustó la lámpara, enviando el haz de luz sobre el pecho de la paciente. El sitio de la operación estaba dibujado sobre la piel con rotulador negro: dos equis diminutas conectadas por una línea que recorría la parte superior de la quinta costilla. Era un pecho pequeño, de una mujer pequeña. Mary Allen, una viuda de ochenta y cuatro años, había sido internada en Bayside hacía una semana aquejada de una pérdida de peso importante y fuertes dolores de cabeza. Una radiografía puso de manifiesto un descubrimiento alarmante: nódulos múltiples en ambos pulmones. Durante seis días la habían reconocido, examinado y hecho radiografías. Tenía un broncoscopio en la garganta y agujas que le atravesaban la cavidad torácica, pero el diagnóstico todavía no era claro.

Aquel día obtendrían la respuesta.

El doctor Wettig cogió el bisturí y movió la hoja sobre el lugar donde había que practicar la incisión. Abby esperó a que cortara, pero no lo hizo. Por el contrario, la miró por encima de la mascarilla, con aquel azul duro y metálico de sus ojos.

–¿En cuántas biopsias de pulmón ha participado, DiMatteo? –preguntó.

–Cinco, creo.

–¿Está familiarizada con la historia de esta paciente? ¿Con las placas?

–Sí, doctor.

Wettig le tendió el bisturí.

–Suya, doctora.

Abby miró sorprendida el bisturí que brillaba en la mano del general. Éste rara vez lo entregaba, ni siquiera a los residentes de nivel superior.

Ella lo cogió, sintió el peso de la hoja de acero inoxidable que se adaptaba cómodamente y con mano firme hizo la incisión, estirando la piel mientras cortaba una línea por el extremo superior de la costilla. La paciente era muy delgada, por lo que había poca grasa subcutánea para tapar las señales. Otra incisión apenas más profunda separó los músculos intercostales.

Ya estaba en la cavidad pleural.

Pasó un dedo por la incisión y pudo sentir la superficie del pulmón. Suave, esponjosa.

–¿Todo bien? –preguntó al anestesista.

–Sí.

–Bueno, retraiga –dijo Abby.

Las costillas quedaron separadas, ensanchando la incisión. El respirador lanzó otra bocanada de aire y un pequeño segmento de tejido pulmonar salió por la incisión. Abby lo sujetó, todavía inflado.

Volvió a mirar al anestesista.

–¿Todo bien?

–Sí.

Abby concentró la atención en el segmento de tejido pulmonar que había quedado a la vista. Bastó una mirada para localizar uno de los nódulos. Pasó los dedos por él.

–Parece muy sólido –dijo–. No me gusta.

–No me sorprende –contestó Wettig–. Por los rayos X ya vimos que se necesitaba quimioterapia especial. Sólo estamos confirmando el tipo de célula.

–¿Y los dolores de cabeza? ¿Metástasis cerebral?

Wettig asintió.

–Es agresivo. Hace ocho meses los resultados de los rayos X eran normales. Ahora es un hervidero de cáncer.

–Tiene ochenta y cuatro años –dijo una de las enfermeras–. Al menos ha tenido una vida larga.

«Pero ¿qué clase de vida?», se preguntó Abby mientras resecaba la parte del pulmón que contenía el nódulo. El día anterior había visto a Mary Allen por primera vez. La encontró sentada, quieta y callada en la habitación del hospital. Habían bajado la persiana y la cama estaba en penumbra. Era por los dolores de cabeza, dijo Mary. «El sol me molesta en los ojos. Sólo cuando duermo se me va. Cada dolor es distinto. Por favor, doctora, ¿no podría darme un somnífero más fuerte?»

Abby terminó de resecar y suturó el borde cortado del pulmón. Wettig no hizo ningún comentario. Se limitó a observar su trabajo con la mirada tan fría como siempre. El silencio ya era todo un cumplido; hacía tiempo que ella sabía que el simple hecho de escapar a la crítica del general era un verdadero triunfo.

Por fin, con el pecho cerrado y el tubo de drenaje en su lugar, Abby se quitó los guantes ensangrentados y los depositó en el cubo que tenía la etiqueta de «contaminado».

–Ahora viene la parte difícil –dijo, mientras las enfermeras sacaban a la paciente del quirófano–. Darle la mala noticia.

–Ya lo sabe –dijo Wettig–. Siempre lo saben.

Los dos siguieron el chirrido de las ruedas de la camilla hasta la sala de recuperación. Cuatro pacientes de posoperatorio en diferentes estados de conciencia ocupaban los cubículos cortinados. Mary Allen, en el último, comenzaba a despertar. Movió un pie. Se quejó. Trató de soltarse la mano.

Con el estetoscopio, Abby auscultó rápidamente los pulmones de la paciente y luego dijo:

–Denle cinco miligramos de morfina intravenosa.

La enfermera le inyectó la morfina. Suficiente para mitigar el dolor y al mismo tiempo permitir un suave retorno a la conciencia. Los quejidos de Mary cesaron. El registro en el monitor del corazón seguía firme y regular.

–¿Instrucciones para el posoperatorio, doctor Wettig? –preguntó la enfermera.

Se hizo un momento de silencio. Abby miró a Wettig, que dijo:

–La doctora DiMatteo está a cargo.

Y salió de la habitación.

Las enfermeras se miraron. Wettig siempre escribía sus órdenes para el posoperatorio. Otro voto de confianza para Abby.

Ella llevó el historial clínico al escritorio y se puso a escribir. «Transferencia a 5 Este, Servicio de Cirugía Torácica. Diagnóstico: biopsia de pulmón posapertura para nódulos pulmonares múltiples. Estado: estable». Escribió con mano firme prescripciones alimenticias, medicamentos, actividad. Llegó al renglón codificado de la «condición» del paciente. Escribió automáticamente «absoluto».

Miró por encima del escritorio a Mary Allen, inmóvil en la camilla. Pensó cómo sería tener ochenta y cuatro años y enfermar de cáncer, tener los días contados, cada uno de ellos lleno de sufrimiento. ¿Preferiría la enferma una muerte más dulce y rápida? Abby no lo sabía.

–¿Doctora DiMatteo? –dijo una voz por el interfono.

–¿Sí? –dijo Abby.

–La han llamado de 4 Este hace unos diez minutos. Quieren que vaya.

–¿A neurocirugía? ¿Han dicho para qué?

–Algo sobre una paciente llamada Terrio. Quieren que usted hable con el marido.

–Karen Terrio ya no es mi paciente.

–Yo sólo le paso el mensaje, doctora.

–Está bien, gracias.

Después de exhalar un suspiro, Abby se puso de pie y se acercó a la camilla de Mary Allen para controlar otra vez el monitor del corazón y los signos vitales. El pulso estaba un poco acelerado y la paciente se quejaba otra vez. Seguía dolorida.

Abby miró a la enfermera.

–Otros dos miligramos de morfina –dijo.

El gráfico del monitor del electrocardiograma se movía a un ritmo lento y regular.

–Tiene un corazón fuerte –murmuró Joe Terrio–. No quiere abandonar. Ella no quiere abandonar.

Estaba sentado junto a la cama de su esposa, apretándole una mano, con los ojos clavados en aquella línea verde que serpenteaba en el osciloscopio. Parecía intrigado por todos los aparatos que había en la habitación. Los tubos, los monitores, la bomba de succión. Intrigado y atemorizado. Fijaba toda su atención en el monitor del electrocardiograma como si tratara de alguna manera de dominar los secretos de aquella caja misteriosa, para poder dominar todo lo demás. Como si pudiera llegar a comprender por qué y cómo había llegado a estar sentado junto a la cama de la mujer que amaba, de la mujer cuyo corazón se negaba a detenerse.

Eran las tres de la madrugada, sesenta y una horas después de que un conductor borracho se estrellara contra el coche de Karen Terrio. Ella tenía treinta y cuatro años, era HIV negativa, y no tenía cáncer ni infecciones. También estaba cerebralmente muerta. En suma, era un supermercado vivo de saludables órganos para poder donar. Corazón. Pulmones. Riñones. Páncreas. Hígado. Huesos. Córneas. Piel. Con una extracción total pero terrible, se podrían salvar o mejorar al menos media docena de vidas.

Abby acercó una silla y se sentó frente al marido. Era la única médica que había pasado mucho tiempo hablando con Joe, de modo que fue a ella a quien llamaron las enfermeras para que hablara con él. Para convencerlo de que firmara los papeles y permitiera que su esposa muriera de una vez. Se quedó un momento sentada en silencio. El cuerpo de Karen Terrio se extendía entre ellos; su pecho subía y bajaba a un ritmo constante: unas veinte respiraciones por minuto.

–Tiene razón, Joe –dijo Abby–. El corazón es fuerte. Podría seguir funcionando un tiempo. Pero no para siempre. Al final el cuerpo lo sabe. El cuerpo comprende.

Joe la miró con los ojos enrojecidos por las lágrimas y la falta de sueño.

–¿Comprende?

–Sí, comprende que el cerebro ha muerto. El corazón sabe que no hay razón para seguir latiendo.

–¿Cómo lo sabe?

–Necesitamos nuestro cerebro, no sólo para pensar y sentir, sino también para darle un propósito al resto de nuestro cuerpo. Cuando ese propósito se ha ido, el corazón, los pulmones, todo empieza a fallar. –Abby miró el respirador–. Esa máquina está respirando por ella.

–Lo sé. –Joe se pasó la mano por la cara–. Lo sé. Lo sé..., lo sé.

Abby no dijo nada. En aquel momento, Joe se balanceaba en la silla, con las manos en la cabeza. Su garganta emitía pequeños gemidos y quejidos, lo más cercano al llanto que se puede permitir un hombre. Cuando volvió a levantar la cabeza tenía mechones de pelo mojados por las lágrimas.

Volvió a mirar el monitor. El único punto en la habitación en que se sentía seguro mirando.

–Me parece demasiado pronto.

–No lo es. Contamos con poco tiempo antes de que los órganos comiencen a deteriorarse. Después no se podrán utilizar. Y eso no ayuda a nadie, Joe.

La miró por encima del cuerpo de su mujer.

–¿Ha traído los papeles?

–Los tengo.

Apenas miró los formularios. Simplemente firmó al pie y se los devolvió. Una enfermera de cuidados intensivos y Abby fueron testigos. Las copias del formulario irían a la ficha de Karen Terrio, al banco de órganos de Nueva Inglaterra y a los ficheros de la coordinadora de trasplantes de Bayside. Sólo entonces se practicaría la extracción de los órganos.

Mucho después de que Karen Terrio fuera enterrada, pequeñas partes de ella seguirían viviendo. El corazón que una vez había sentido golpeándole en el pecho cuando jugaba, a los cinco años, cuando se casó, a los veinte, o cuando sufrió en el parto, a los veintiuno, seguiría latiendo en el pecho de un extraño. Eso es lo más cercano a la inmortalidad.

Pero no era mucho consuelo para Joe Terrio, que continuó su silenciosa vigilia junto a la cama de su mujer.

Abby encontró a Vivian Chao desnudándose en el vestuario del quirófano. Ésta acababa de salir de una operación de urgencias de cuatro horas de duración y, sin embargo, la bata que acababa de quitarse y arrojar sobre un banco no mostraba ni una gota de sudor.

–Tenemos el consentimiento para la extracción –dijo Abby.

–¿Están firmados los papeles? –preguntó Vivian.

–Sí.

–Bien, pediré el estudio de linfocitos.

Vivian cogió una bata limpia. Sólo llevaba puesto el sujetador y las bragas y se le notaba cada costilla en su plano y frágil pecho. «La masculinidad honoraria es un estado de la mente, no del cuerpo», pensó Abby.

–¿Cómo están los signos vitales? –preguntó Vivian.

–Estacionarios.

–Tenemos que mantener alta la presión arterial. Hay que regar los riñones. No todos los días se encuentra un bonito par de riñones AB positivo.

Vivian se puso unos pantalones de hilo y se metió la blusa por dentro. Cada movimiento que hacía era preciso. Elegante.

–¿Vas a asistir en la extracción? –preguntó Abby.

–Si le asignan el corazón a mi paciente, sí. La extracción es la parte fácil. La cosa se pone interesante cuando se vuelven a conectar los tubos. –Vivian cerró la puerta del armario y el candado–. ¿Tienes un minuto? Te presentaré a Josh.

–¿Josh?

–Mi paciente de la unidad de recuperación. Está en la unidad de cuidados intensivos.

Salieron del vestuario y recorrieron el pasillo hasta el ascensor. Vivian compensaba sus piernas cortas con pasos rápidos, casi bruscos.

–No puedes juzgar el éxito de un trasplante de corazón si no has visto el antes y el después –dijo Vivian–. Por eso voy a mostrarte el antes. Tal vez te haga las cosas más fáciles.

–¿Qué quieres decir?

–Tu paciente tiene corazón pero no tiene cerebro. Mi muchacho tiene cerebro pero prácticamente no tiene corazón. –Las puertas del ascensor se abrieron–. Una vez que logras superar la tragedia, todo tiene sentido.

Viajaron en silencio en el ascensor.

«Claro que tiene sentido –pensó Abby–. Es perfecto. Vivian lo ve con toda claridad. Pero parece que yo no puedo superar la imagen de dos niñas pequeñas de pie junto a la cama de su madre. Con miedo a tocarla...»

Vivian la condujo a la unidad de cuidados intensivos. Joshua O'Day dormía en la cama 4.

–Ha estado durmiendo mucho estos días –susurró la enfermera, una rubia de rostro dulce con el nombre «Hannah Love, ATS» en el uniforme.

–¿Cambio de medicamentos? –preguntó Vivian.

–Creo que es depresión. –Hannah sacudió la cabeza y suspiró–. Hace semanas que soy su enfermera. Desde que lo internaron. Es un muchacho increíble, ¿sabe? De verdad, encantador. Un poco inocente. Pero últimamente no hace más que dormir. O mirar sus trofeos.

Señaló un estante junto a la cama donde había un muestrario de premios y cintas amorosamente dispuestos. Una de las cintas era del tercer grado..., una mención de honor para un *boy scout* en las carreras de Pinewood. Abby conocía las carreras de Pinewood. Al igual que Joshua O'Day, su hermano también había sido *boy scout*.

Abby se acercó a la cama. El chico parecía mucho más joven de lo que ella había esperado. Diecisiete años, según la fecha de nacimiento escrita en la hoja de Hannah Love. Podría pasar por catorce. Un bosque de tubos de plástico rodeaba la cama: cánulas de intravenosas, arteriales y de Swan-Ganz. Esta última se utilizaba para controlar la presión en la aurícula derecha y en la arteria pulmonar. En la pantalla, Abby leyó la presión arterial derecha. Alta. El corazón del muchacho estaba demasiado débil para bombear la sangre con eficacia, por lo que ésta se acumulaba en el sistema venoso. Incluso sin mirar el monitor, habría llegado a esa misma conclusión sólo viendo cómo le sobresalían las venas del cuello.

–Estás mirando a la estrella de béisbol del instituto de Redding de hace dos años –dijo Vivian–. Yo no entiendo el juego, de modo que no puedo juzgar su actuación. Pero el padre parece muy orgulloso de él.

–¡Ah!, el padre está muy orgulloso –dijo Hannah–. Vino el otro día con una pelota y un guante. Tuve que echarlo por las malas: se pusieron a jugar. –Hannah rió–. ¡El padre está tan loco como el hijo!

–¿Cuánto hace que está enfermo? –preguntó Abby.

–Hace un año que no va a la escuela –contestó Vivian–. El virus lo atacó hará unos dos años. Se trata del virus Coxsackie B. A los seis meses tuvo un paro cardíaco congestivo. Ya hace un mes que está en cuidados intensivos esperando un corazón. –Vivian se interrumpió y sonrió–. ¿No es cierto, Josh?

El muchacho había abierto los ojos. Parecía estar mirándolas como a través de unas cortinas de gasa. Parpadeó unas cuantas veces y luego le sonrió a Vivian.

–Hola, doctora Chao.

–Veo nuevas condecoraciones –dijo Vivian.

–Ah, ¿ésas? –Josh volvió los ojos–. No sé de dónde las saca mi madre. Lo guarda todo, ¿sabe? Tiene hasta una bolsita de nailon con todos mis dientes de leche. A mí me parece asqueroso.

–Josh, he traído a alguien que quiere conocerte. Te presento a la doctora DiMatteo, una de nuestras residentes de cirugía.

–Hola, Josh –dijo Abby.

Al parecer, el muchacho necesitó un momento para volver a centrar la mirada. No dijo nada.

–¿No te importa que la doctora DiMatteo te reconozca? –preguntó Vivian.

–¿Para qué?

–Cuando tengas un corazón nuevo vas a ser como ese loco *Correcaminos* de la televisión. No vamos a poder atarte para examinarte.

Josh sonrió.

Abby se aproximó a la cama. Josh ya se había levantado el camisón, dejando el pecho al descubierto. Era blanco y lampiño, no el pecho de un adolescente sino el de un niño. Ella apoyó la mano sobre el corazón y lo sintió aleteando como las alas de un pájaro contra la cárcel de las costillas. Apoyó el estetoscopio y escuchó los latidos, consciente siempre de la mirada del muchacho, alerta y desconfiada. Había visto aquella mirada en niños que han estado mucho tiempo en salas pediátricas, niños que han aprendido que cada nuevo par de manos trae consigo una nueva variedad de dolor. Cuando por fin se incorporó y se guardó el estetoscopio en el bolsillo, vio la mirada de alivio en el rostro del muchacho.

–¿Ya está? –preguntó él.

–Ya está. –Abby le alisó el camisón–. ¿Cuál es tu equipo predilecto, Josh?

–¿Y cuál va a ser?

–¡Ajá! Los Red Sox.

–Mi padre me ha grabado todos los partidos. Antes íbamos al campo. Cuando vuelva a casa, voy a ver todas las grabaciones. Tres días de béisbol sin parar… –Respiró hondo, aire con oxígeno, y miró al techo. Después, dijo suavemente–: Quiero irme a mi casa, doctora Chao.

–Lo sé –contestó Vivian.

–Quiero volver a ver mi cuarto. Lo echo de menos. –Tragó saliva, pero no pudo contener las lágrimas–. Sólo quiero verlo. Eso es todo. Volver a ver mi habitación.

Entonces Hannah se acercó, lo abrazó y lo acunó entre sus brazos. Él luchaba por no llorar, con los puños apretados y la cara escondida entre los cabellos de ella.

–Está bien –murmuraba Hannah–. Llora, pequeño, llora. Estoy contigo. Me voy a quedar a tu lado, Josh. Todo el tiempo que tú quieras. Todo está bien.

La mirada de Hannah se encontró con la de Abby por encima del hombro del muchacho. Las lágrimas en las mejillas de la enfermera no eran de Josh sino de ella.

En silencio, Abby y Vivian salieron de la habitación.

En la sala de enfermeras de cuidados intensivos, Abby observó a Vivian firmar por duplicado la orden para el estudio comparativo de linfocitos entre la sangre de Josh O'Day y la de Karen Terrio.

–¿Cuándo se podrá someter a Josh a la operación? –preguntó Abby.

–Podríamos estar listos para trabajar mañana por la mañana. Cuanto antes, mejor. El chico tuvo cuatro episodios de taquicardia ventricular ayer. Con un ritmo cardíaco tan inestable, no le queda mucho tiempo. –Vivian se volvió y se quedó frente a Abby–. De verdad, me gustaría que ese muchacho pudiera ver otro partido de los Red Sox. ¿A ti no?

La expresión de Vivian era tan serena y oscura como siempre. Podía ser suave como el terciopelo por dentro, pensó Abby, pero Vivian jamás lo dejaría entrever.

–¿Doctora Chao? –dijo la secretaria de la sala.

–¿Sí?

–Acabo de llamar a la UCIC para ese estudio comparativo. Dicen que ya están haciendo el de Karen Terrio.

–Estupendo. Por primera vez vamos bien.

–Pero, doctora, el estudio no se hace con la sangre de Josh O'Day,

Vivian se volvió en redondo y miró a la secretaria.

–¿Qué?

–La UCIC dice que lo están haciendo con la sangre de otra persona. Una paciente privada llamada Nina Voss.

–¡Pero Josh es un caso crítico! Es el primero de la lista.

–Lo único que dijeron es que el corazón está asignado a esa otra paciente.

Vivian se puso de pie de un salto. En tres zancadas llegó junto al teléfono y marcó un número. Un momento después, Abby la oía decir:

–Soy la doctora Chao. Quiero saber quién ordenó que se hiciera un análisis comparativo de linfocitos a Karen Terrio.

Escuchó. Luego, frunciendo el entrecejo, colgó.

–¿Te han dicho quién ha sido? –preguntó Abby.

–Sí.

–¿Quién?

–Mark Hodell.

4

Abby y Mark habían reservado mesa aquella noche en el Casablanca, un restaurante situado en la esquina más cercana a su casa de Cambridge. Aunque iba a ser una celebración para conmemorar los seis meses que llevaban viviendo juntos, en la mesa había cualquier cosa menos alegría.

–Lo único que quiero saber –decía Abby– es quién demonios es Nina Voss.

–Ya te lo he dicho, no lo sé –contestó Mark–. Ahora, ¿podemos cambiar de tema?

–El muchacho es un caso crítico. Entra en crisis prácticamente dos veces al día. Hace un año que está en la lista de espera. Ahora, por fin, aparece un corazón AB positivo, y vosotros pasáis por encima del sistema de registro y le dais el corazón a una paciente privada que sigue viviendo en su casa.

–No se lo estamos «dando», ¿eh? Fue una decisión clínica.

–¿De quién fue la decisión?

–De Aaron Levi. Me ha llamado esta tarde y me ha dicho que mañana ingresaría Nina Voss. Me ha pedido que ordenara los análisis de control sobre la donante.

–¿Eso ha sido todo?

–En resumen, sí. –Mark cogió la botella de vino y volvió a llenar su copa, derramando borgoña sobre el mantel–. Y ahora, ¿podemos cambiar de tema?

Ella lo observó mientras se bebía el vino. No la miraba; evitaba su mirada.

–¿Quién es esa paciente? –preguntó–. ¿Cuántos años tiene?

–No quiero hablar de eso.

–Tú eres quien la va a operar. Tienes que saber qué edad tiene.

–Cuarenta y seis.

–¿Es de fuera del estado?

–De Boston.

–He oído decir que venía de Rhode Island. Eso me dijeron las enfermeras.

–Ella y el marido viven en Newport durante el verano.

–¿Quién es el marido?

–Un tipo llamado Victor Voss. Eso es todo lo que sé de él, el nombre.

Ella hizo una pausa.

–¿Cómo hizo su dinero Victor Voss?

–¿He mencionado yo el dinero?

–¿Con una casa en Newport? Vamos, Mark...

Él seguía sin mirarla, seguía sin levantar la vista de la copa de vino.

Ella lo había mirado muchas veces a través de una mesa y visto las cosas que primero lo atrajeron de él: la mirada franca, las típicas arrugas que produce un rostro siempre alegre, la sonrisa rápida... Pero aquella noche ni siquiera la miraba.

–No sabía que fuera tan fácil comprar un corazón –dijo ella.

–Estás sacando conclusiones precipitadas.

–Dos pacientes necesitan un corazón. Uno es un muchacho pobre, sin seguro, que está en el servicio de recuperación. La otra tiene una casa de veraneo en Newport. ¿Quién se queda con el premio? Es bastante obvio.

Él volvió a coger la botella de vino y se sirvió otra copa..., la tercera. Para un hombre que se preciaba de llevar un estilo de vida sobrio, estaba bebiendo como un cosaco.

–Escucha –dijo–, me paso todo el día en el hospital, así que de lo que menos tengo ganas de hablar es de él. De modo que dejemos ese tema.

Los dos guardaron silencio. El tema del corazón de Karen Terrio era como una manta que sofocaba la chispa de cualquier otra conversación. Tal vez ya se habían dicho todo lo que tenían que decirse, pensó ella. Tal vez habían llegado a aquella fase desoladora en una relación en la que se habían contado las historias de sus vidas y había llegado el momento de buscar nuevo material. Hacía sólo seis meses que estaban juntos y ya habían comenzado los silencios.

–Ese niño me recuerda a Pete –dijo Abby–. Pete era un fanático de los Red Sox.

–¿Quién?

–Mi hermano.

Mark no dijo nada. Permaneció sentado con los hombros encogidos, evidentemente incómodo. Nunca se había sentido cómodo con el tema de Pete. Pero claro, la muerte no es un tema con el que los médicos se sienten cómodos. Todos los días jugamos un juego de disfraces con esa palabra, pensó Abby. Decimos «expiró» o «no pudo reanimarse» o «estado terminal». Pero rara vez empleamos la palabra murió.

–Estaba loco por los Red Sox –dijo ella–. Tenía gran cantidad de cromos de béisbol. Ahorraba el dinero del almuerzo para comprárselos. Y después gastaba fortunas en cubiertas de plástico para protegerlos. Una cubierta de cinco céntimos para un pedazo de papel de un céntimo. Supongo que ésa es la lógica de una criatura de diez años.

Mark bebió un sorbo de vino. Estaba envuelto en su incomodidad, aislado contra los intentos que hacía ella de seguir con la conversación.

La cena de celebración fue un fracaso. Comieron sin dirigirse la palabra.

Cuando regresaron a la casa que compartían en Cambridge, Mark se escondió detrás de su montón de revistas médicas. Así reaccionaba siempre a sus desavenencias, apartándose. Joder, ella prefería una buena pelea, era lo más saludable. La familia DiMatteo, con sus tres testarudas hijas y el pequeño Pete, había resistido los embates de más conflictos adolescentes y rivalidades fraternales de los previsibles, pero el amor que se tenían nunca había sido cuestionado. Ah, sí, a Abby no le molestaba en absoluto una buena discusión.

Era el silencio lo que no podía soportar. Frustrada, se fue a la cocina y se puso a limpiarla.

«Me estoy volviendo como mi madre –pensó, contrariada–. Me enfado y ¿qué hago? Limpio la cocina.»

Repasó los fogones de la cocina, después sacó los quemadores y también los limpió. Cuando oyó que por fin Mark subía al dormitorio, ella había dejado reluciente aquella maldita cocina.

Lo siguió.

En la oscuridad yacieron el uno junto a la otra, sin tocarse. El silencio de él la había afectado hasta tal punto que Abby no encontraba la manera de romperlo sin parecer la necesitada, la débil. Pero no pudo soportarlo más.

–No me gusta que hagas esto –dijo.

–Por favor, Abby, estoy cansado.

–Yo también. Los dos estamos cansados. Parece que siempre estamos cansados. Pero yo no puedo dormirme así. Y tú tampoco.

–Está bien, ¿qué quieres que te diga?

–¡Cualquier cosa! Sólo quiero que me sigas hablando.

–No veo el sentido de hablar por hablar.

–Hay cosas de las que yo necesito hablar.

–Bien, te escucho.

–Pero me escuchas a través de un muro. Es como si me estuviera confesando. Como si te hablara a través de una reja, sin verte. –Suspiró y miró en la oscuridad. Tuvo la sensación, súbita y vertiginosa, de estar flotando, libre, sin ataduras, sin conexiones–. El chico está en cuidados intensivos –dijo–. Tiene apenas diecisiete años.

Mark no dijo nada.

–Me recuerda tanto a mi hermano... Pete era mucho más pequeño. Pero tiene esa especie de falso coraje que tienen todos los muchachos... y que Pete también tenía.

–No es sólo decisión mía –dijo él–. Hay otros médicos. Todo el equipo de trasplantes. Aaron Levi, Bill Archer. Hasta Jeremiah Parr.

–¿Por qué el presidente del hospital?

–Parr quiere que tengamos buena imagen en las estadísticas. Y toda la investigación muestra que los pacientes externos tienen más posibilidades de sobrevivir a un trasplante.

–Sin un trasplante, Josh O'Day no va a sobrevivir.

–Sé que es una tragedia. Pero así es la vida.

Ella se quedó muy quieta, azorada por aquel tono indiferente.

Él estiró una mano para tocar la de ella. Abby la apartó.

–Podrías hacerlos cambiar de idea –dijo–. Podrías hablar con ellos y...

–Es demasiado tarde. El equipo ya lo ha decidido.

–¿Qué es el equipo, después de todo? ¿Dios?

Hubo un largo silencio. Finalmente, Mark dijo en voz baja:

–Ten cuidado con lo que dices, Abby.

–¿Te refieres al santo equipo?

–La otra noche, en casa de Archer, se habló en serio. Es más, Archer me dijo después que tú eras el mejor material que ha visto en tres años. Pero Archer es muy cauteloso con la gente que capta, y yo le doy la razón. Necesitamos gente que trabaje con nosotros, no contra nosotros.

–¿Aunque no esté de acuerdo con el resto?

–Es parte de lo que significa pertenecer a un equipo, Abby. Todos tenemos nuestros puntos de vista, pero tomamos las decisiones juntos. Y las llevamos a cabo. –Volvió a alargar el brazo para cogerle la mano. Esta vez ella no se apartó. Tampoco le devolvió el apretón–. Vamos, Abby –dijo él, con suavidad–, hay residentes capaces de matarse por una beca con el equipo de trasplantes de Bayside. A ti prácticamente acaban de entregarte una en bandeja. Es lo que quieres, ¿no?

–Claro que es lo que quiero. Me da miedo desearlo tanto. Lo curioso es que no sabía lo mucho que lo deseaba hasta que Archer me hizo pensar en la posibilidad... –Aspiró hondo y dejó escapar el aire en un largo suspiro–. No me gusta querer siempre más. Siempre quiero más. Hay algo que te atrae continuamente. Primero el colegio, luego la facultad. Después una residencia en cirugía. Y ahora esta beca. Estoy lejos de donde comencé. Yo sólo quería ser médica...

–Ya no es suficiente, ¿no?

–No. Ojalá lo fuera, pero no.

–Entonces no lo estropees, Abby. Hazlo por ti y por mí.

–Lo dices como si tú fueras el que lo perdería todo.

–Yo soy el que sugirió tu nombre. Les dije que eres la mejor elección que podían hacer. –La miró–. Sigo creyéndolo.

Por un momento permanecieron en silencio, manteniendo sólo el contacto a través de las manos. Luego él estiró un brazo y le acarició la cadera. No fue un abrazo real, pero sí un intento.

Fue suficiente. Ella dejó que la tomara entre sus brazos.

El pitido simultáneo de media docena de buscapersonas fue seguido de un conciso anuncio por los altavoces del hospital:

«Código, azul. Unidad de cuidados intensivos. Código azul. Unidad de cuidados intensivos.»

Abby se unió a los otros residentes de cirugía que se abalanzaban hacia la escalera. Cuando llegó corriendo a cuidados intensivos, ya había una gran cantidad de personal médico que atestaba la zona. Una mirada le confirmó que había más gente de la necesaria para un código azul. La mayoría de los residentes comenzaban a salir de la sala. Abby también se habría ido, de no haber visto que el código era en la cama 4. El cubículo de Joshua O'Day.

Se abrió camino entre el lío de batas blancas y de cirujanos. En el centro estaba Joshua O'Day, con su frágil cuerpo totalmente expuesto al resplandor de las luces. Hannah Love le hacía masajes torácicos y su pelo rubio se agitaba a cada envite. Otra enfermera se desesperaba buscando en los cajones del carrito de emergencias, sacando jeringas y frascos de medicamentos y dándoselos a los residentes médicos. Abby miró la pantalla del monitor cardíaco.

Fibrilación ventricular. El patrón de un corazón que agonizaba.

–¡Tubo esofágico de siete y medio! –gritó una voz.

Sólo entonces Abby vio a Vivian Chao agachada detrás de la cabeza de Joshua, con el laringoscopio a punto.

La enfermera del carrito de emergencias rasgó la cubierta de plástico de un tubo esofágico y se lo pasó a Vivian.

–¡Sigan bombeándolo! –ordenó ésta.

El técnico del respirador, que sostenía una máscara de anestesia encima de la cara de Josh, siguió apretando el depósito con forma de balón unas cuantas veces más, introduciendo manualmente oxígeno en los pulmones del muchacho.

–Está bien –dijo Vivian–. Intubemos.

El técnico le quitó la máscara. Vivian sólo necesitó unos segundos para poner el tubo esofágico en su lugar y conectarlo al oxígeno.

–La lidocaína ya está –dijo una enfermera.

El residente médico miró el monitor.

–Mierda, sigue en fibrilación ventricular. Probemos otra vez con las paletas. Doscientos julios. –Una enfermera le alargó las paletas del desfibrilador. Él las aplicó al pecho. El lugar ya estaba marcado por almohadillas con gel conductivo: una almohadilla cerca del esternón y la otra al lado de la tetilla–. Todo el mundo atrás.

La electricidad atravesó el cuerpo de Joshua O'Day, estremeciendo cada músculo en un espasmo simultáneo. Dio una grotesca sacudida y luego se quedó quieto.

Las miradas de todos se dirigieron a la pantalla del monitor.

–Sigue en fibrilación –dijo alguien–. Bretilium doscientos cincuenta.

Automáticamente, Hannah reanudó los masajes. Su cara estaba roja y sudaba; tenía una expresión de miedo.

–Yo puedo seguir –dijo Abby.

Hannah asintió y se hizo a un lado.

Abby se subió al taburete y apoyó las manos sobre el pecho de Joshua, la palma sobre el tercio inferior del esternón. El pecho parecía delgado y frágil, como si fuera a quebrarse bajo la presión de unos pocos envites vigorosos. Ella casi tuvo miedo de apoyarse.

Comenzó a bombear. Era una tarea que no requería ningún esfuerzo mental. Sólo aquel movimiento repetitivo de inclinarse hacia delante, soltar, inclinarse hacia delante, soltar. El ritmo alfa de resurrección cardiopulmonar. Abby participaba en el caos y sin embargo estaba apartada de él; su mente se retiraba, se alejaba. No podía mirar la cara del muchacho, no pudo mirar cuando Vivian puso en su lugar el tubo esofágico. Sólo podía concentrarse en el pecho, en aquel punto de contacto entre el esternón y las manos cruzadas de ella. Los esternones eran anónimos. Aquél podía ser el pecho de cualquiera. De un viejo, de un desconocido. «Apoyarse, soltar. –Se concentró–. Apoyarse, soltar.»

–¡Todo el mundo atrás otra vez! –gritó alguien.

Abby se apartó. Otra sacudida de las paletas, otro espasmo grotesco.

Fibrilación ventricular. El corazón avisando que no podía más.

Abby cruzó las manos y volvió a apoyarlas sobre el pecho del muchacho. «Vuelve, Joshua –le decían sus manos–. Vuelve con nosotros.»

Una nueva voz se sumó al pandemónium.

–Intentemos con cloruro de calcio –dijo Aaron Levi.

Estaba allí, cerca de los pies de la cama, con la mirada clavada en el monitor.

–Pero está con digoxina –dijo el residente médico.

–A estas alturas, no tenemos nada que perder.

Una enfermera llenó una jeringa y se la entregó al residente.

–Cien miligramos de cloruro de calcio.

Le inyectaron el cloruro en la cánula intravenosa. Una moneda arrojada al pozo de los deseos de la química.

–Bien, hay que intentarlo otra vez con las paletas –gritó Aaron–. Cuatrocientos julios esta vez.

–¡Todo el mundo atrás!

Abby se apartó. Los miembros del muchacho se sacudieron y luego se quedaron quietos.

–Otra vez –dijo Aaron.

Otra sacudida. El registro del monitor subió bruscamente. Cuando volvió a la línea de base, había una línea sola: el pico mellado de un complejo de ondas QRS. Enseguida volvió a fibrilación ventricular.

–¡Una vez más! –gritó Aaron.

Pusieron las paletas sobre el pecho. El cuerpo se sacudió bajo el impacto de cuatrocientos julios. Hubo un súbito silencio mientras las miradas de todos se dirigían al monitor.

Cruzó una QRS. Luego otra. Y otra más.

–Estamos en ritmo sinusal –dijo Aaron.

–¡Le encuentro el pulso! –gritó una enfermera–. ¡Le siento el pulso!

–Presión arterial siete y cuatro... nueve y cinco...

Un suspiro generalizado pareció inundar la sala. A los pies de la cama, Hannah Love lloraba sin avergonzarse.

«Bienvenido, Josh» pensó Abby; su mirada estaba nublada por las lágrimas.

Poco a poco, los demás residentes comenzaron a irse, pero Abby no podía, se sentía demasiado exhausta para moverse. En silencio ayudó a las enfermeras a reunir las jeringas y los frascos que había esparcidos, todos los pedacitos de vidrio y plástico que quedan después de cualquier código azul. A su lado, Hannah Love se sonaba la nariz y limpiaba la pasta de los electrodos mientras con el paño acariciaba amorosamente el pecho de Joshua.

Fue Vivian la que rompió el silencio.

–Josh podría estar recibiendo ese corazón en este preciso instante –dijo. Vivian estaba de pie junto a la repisa donde se encontraban los trofeos de Joshua. Cogió la cinta de *boy scout,* carrera de Pinewood, tercer grado–. Podría haber ido al quirófano esta mañana. A las diez ya habría estado trasplantado. Si lo perdemos, será por su culpa, Aaron.

Vivian miró a Aaron Levi, cuyo bolígrafo se había detenido mientras firmaba la hoja del código.

–Doctora Chao –intervino Aaron con serenidad–, ¿querría, por favor, hablar de esto en privado?

–¡No me importa que me oigan! La compatibilidad es perfecta. Yo quería que Josh fuera al quirófano esta mañana. Pero usted no pudo tomar una decisión. Se retrasó. Y sigue haciéndolo. ¡Y vaya si se retrasa! –Respiró hondo y miró la cinta que tenía en la mano–. No sé qué diablos se creen que están haciendo todos ustedes.

–Mientras no se tranquilice, no pienso hablar del tema –dijo Aaron. Se volvió y echó a andar.

–Sí que va a hablar. Claro que va a hablar –respondió Vivian siguiéndolo fuera del cubículo.

A través de la puerta abierta, Abby alcanzó a oír a Vivian siguiendo a Aaron por toda la unidad de cuidados intensivos. Las preguntas airadas, la exigencia de una explicación.

Abby se agachó y recogió la cinta de la carrera de Pinewood que se le había caído al suelo a Vivian. De color verde, no se trataba de la cinta de un ganador, sino simplemente de una mención de honor por las horas que se había pasado trabajando un pedazo de madera: lijándolo, pintándolo, engrasando los ejes, introduciendo las pesas de pescar de plomo para que se hundiera más rápido. Todo aquel esfuerzo merecía una recompensa. Los niños necesitan que se complazca su pequeña vanidad.

Vivian volvió al cubículo. Estaba pálida y silenciosa. Se detuvo a los pies de la cama de Josh y miró al muchacho; su pecho subía y bajaba al ritmo del respirador.

–Voy a trasladarlo –dijo.

–¿Qué? –Abby la miró con expresión incrédula–. ¿Adónde?

–Al Hospital General de Massachusetts. Al servicio de trasplantes. Preparen a Josh para la ambulancia. Voy a hacer una llamada.

Las dos enfermeras no se movieron. Miraban a Vivian.

–Pero tal como está, no se le puede mover –protestó Hannah.

–Si se queda aquí, lo perderemos –argumentó Vivian–. ¡Seguro que lo perdemos! ¿Estáis dispuestas a eso?

Hannah bajó la vista al frágil pecho que subía y bajaba debajo de su paño.

–No –dijo–. No. Quiero que viva.

–Ivan Tarasoff fue profesor mío en Harvard –explicó Vivian–. Es el jefe del equipo de trasplantes. Si nuestro equipo no lo hace, entonces lo hará Tarasoff.

–Aun en el caso de que Josh sobreviviera al traslado –dijo Abby–, sigue necesitando un donante.

–Entonces tendré que conseguirle uno. –Vivian miró directamente a Abby–. Karen Terrio.

Fue entonces cuando Abby entendió exactamente lo que tenía que hacer. Asintió.

–Hablaré ahora mismo con Joe Terrio.

–Tiene que ser por escrito. Asegúrate de que lo firme.

–¿Y la extracción? No podemos usar el equipo de Bayside.

–A Tarasoff le gusta enviar a su propio cirujano. Nosotras le asistiremos. Incluso haremos la entrega puerta a puerta. No puede haber ningún retraso. Tenemos que hacerlo rápido, antes de que nadie de aquí pueda impedírnoslo.

–Espere un momento –dijo la otra enfermera–. Usted no puede autorizar un traslado al General de Massachusetts.

–Claro que puedo –contestó Vivian–. Josh O'Day se encuentra en reanimación, lo que significa que los jefes de residentes están a cargo del servicio. Asumo toda la responsabilidad. Usted siga mis órdenes y prepárelo para el traslado en ambulancia.

–Por supuesto, doctora Chao –dijo Hannah–. Es más, yo lo acompañaré.

–Hágalo. –Vivian miró a Abby–. Muy bien, DiMatteo –habló en tono imperioso–. Consíguenos un corazón.

Noventa minutos más tarde, Abby estaba preparándose para el quirófano. Se lavó por última vez y, con los brazos doblados, cruzó de espaldas las puertas batientes del quirófano número tres.

La donante estaba sobre la mesa, un cuerpo pálido inundado de luz fluorescente. La enfermera anestesista cambiaba frascos de solución intravenosa. No había necesidad de anestesia para aquella paciente; Karen Terrio no sentiría el menor dolor.

Vivian, vestida y enguantada, estaba a un lado de la mesa. El doctor Lim, cirujano de riñones, al otro. Abby había trabajado con él en casos anteriores. Era un hombre de pocas palabras, famoso por su estilo rápido y silencioso.

–¿Firmado y sellado? –preguntó Vivian.

–Por triplicado. Está en la carpeta.

Ella misma había escrito a máquina el consentimiento de la donación dirigida, una declaración que especificaba que el corazón de Karen Terrio debía ser trasplantado a Josh O'Day, de diecisiete años.

Fue la edad del muchacho lo que convenció a Joe Terrio. Estaba sentado junto a la cama de su esposa, cogiéndola de la mano, y escuchó en silencio cuando Abby le habló del muchacho de diecisiete años que añoraba el béisbol. Sin decir una palabra, Joe firmó el papel.

Acto seguido, le dio un beso de despedida a Karen.

Ayudaron a Abby a ponerse una bata esterilizada y guantes de talla seis y medio.

–¿Quién va a hacer la extracción? –preguntó.

–El doctor Frobisher, del equipo del doctor Tarasoff. Yo trabajé con él –dijo Vivian–. Está en camino.

–¿Noticias de Josh?

–Tarasoff llamó hace diez minutos. Le analizaron la sangre y tienen listo un quirófano. Están a la espera. –Miró a Karen Terrio con impaciencia–. Joder, podría extraer el corazón yo misma. ¿Dónde diablos está Frobisher?

Esperaron. Diez minutos, quince. El interfono zumbó y se oyó la voz de Tarasoff, desde el General de Massachusetts. ¿Estaban haciendo ya la extracción?

–Todavía no –dijo Vivian–. En cualquier momento.

El interfono volvió a zumbar.

–El doctor Frobisher acaba de llegar –dijo la enfermera–. Se está preparando.

Cinco minutos más tarde, la puerta del quirófano se abrió y entró Frobisher; el agua le chorreaba de sus fornidos brazos.

–Guantes talla nueve –dijo.

El ambiente en el quirófano se volvió tenso inmediatamente. Aparte de Vivian, nadie había trabajado antes con Frobisher y su feroz expresión no animaba a iniciar ninguna conversación. Con silenciosa eficiencia, la enfermera lo ayudó a ponerse la bata y los guantes.

Se acercó a la mesa y observó con mirada crítica el campo operatorio.

–¿Otra vez causando problemas, doctora Chao?

–Como de costumbre –contestó Vivian. Le presentó a las demás personas que se hallaban de pie alrededor de la mesa–. El doctor Lim hará los riñones. La doctora DiMatteo y yo asistiremos en lo que se nos necesite.

–¿La historia clínica de esta paciente?

–Daño cerebral. Electroencefalograma plano, formularios de donación firmados. Tiene treinta y cuatro años, y antes del accidente era una persona sana, ya se ha verificado la sangre.

El doctor cogió un bisturí y por un instante lo mantuvo inmóvil sobre el pecho de Karen Terrio.

–¿Algo más que deba saber?

–Nada. El banco de órganos de Nueva Inglaterra confirma que la compatibilidad es perfecta. Confíe en mí.

–Me pongo muy nervioso cuando me dicen eso –murmuró Frobisher–. Bien, echémosle una rápida ojeada a ese corazón, para comprobar que esté en buen estado. Luego nos apartaremos para que el doctor Lim haga primero su trabajo. –Tocó con la hoja del bisturí el pecho de Karen Terrio. Con un veloz corte fue hasta el fondo, dejando expuesto el esternón–. Sierra de esternón.

La enfermera le alcanzó la sierra eléctrica. Abby cogió el retractor. Mientras Frobisher cortaba el esternón, Abby no pudo evitar apartar la mirada. El chirrido de la sierra y el olor a polvo de hueso le producían náuseas, aunque no parecía inmutar a Frobisher, cuyas manos se movían con veloz habilidad. En unos instantes estuvo en la cavidad del pecho, con el bisturí sobre el saco pericárdico.

Cortar el esternón había parecido un acto de fuerza bruta. Pero lo que les quedaba por hacer ahora era una tarea mucho más delicada. Cortó la membrana.

Al ver el corazón palpitante, emitió un suave murmullo de satisfacción. Miró a Vivian y le preguntó:

–¿Su opinión, doctora Chao?

Con silencio casi reverente, Vivian metió los dedos dentro de la cavidad del pecho. Parecía acariciar el corazón: los dedos recorrían las paredes, rastreaban el curso de cada arteria coronaria. El órgano palpitaba vigorosamente entre sus manos.

–Es hermoso –dijo suavemente. Con los ojos brillantes, miró a Abby–. Es el corazón apropiado para Josh.

Sonó el interfono.

–El doctor Tarasoff está al teléfono –dijo una enfermera.

–Dígale que el corazón está en buen estado –contestó Frobisher–, y que ahora mismo iniciamos la extracción de los riñones.

–Quiere hablar con alguno de los doctores. Dice que es muy urgente.

Vivian miró a Abby.

–Ve, no te preocupes por la esterilización. Atiende esa llamada.

Abby se quitó los guantes y fue a atender el teléfono de la pared.

–Hola, doctor Tarasoff, habla Abby DiMatteo, una de las residentes. El corazón está en muy buen estado. Creo que estaremos ahí en una hora y media.

–Tal vez ya sea demasiado tarde –respondió Tarasoff. Al otro lado de la línea, Abby podía oír mucho ruido: un rápido intercambio de voces, el sonido de los instrumentos de metal al chocar unos contra otros. Tarasoff mismo parecía tenso, aturdido. Lo oyó apartarse y hablar con alguien. Luego volvió al teléfono–. El muchacho ha entrado en estado de emergencia dos veces en los últimos diez minutos. En este momento acabamos de devolverlo a un ritmo sinusal, pero no podemos esperar más. O lo conectamos ahora a la máquina de *bypass* o lo perdemos. Con todo, quizá lo perdamos de todas maneras. –Volvió a apartarse del teléfono, esta vez para escuchar algo. Cuando volvió a la línea, fue sólo para decir–: Voy a colgar. Vengan lo más pronto que puedan. ¿De acuerdo?

Abby colgó y le dijo a Vivian:

–Van a conectar a Josh al *bypass*. Ha entrado en emergencia dos veces. Necesitan el corazón ahora.

–Tardaré una hora en extraer los riñones –dijo el doctor Lim.

–Al diablo con los riñones –espetó Vivian–. Vamos derechos al corazón.

–Pero...

–Tiene razón –dijo Frobisher. Llamó a la enfermera–: ¡Solución salina helada! Preparen el contenedor. Y que alguien llame a una ambulancia para hacer el traslado.

–¿Vuelvo a esterilizarme? –preguntó Abby.

–No. –Vivian cogió el retractor–. Terminaremos en pocos minutos. Te necesitamos para la entrega.

–¿Y mis pacientes?

–Yo te sustituiré. Deja tu buscapersonas en el escritorio del quirófano.

Una enfermera comenzó a envolver en hielo un recipiente. Otra dispuso cubos de solución fisiológica helada cerca de la mesa de operaciones. Frobisher no tuvo que dar más órdenes; las enfermeras sabían a la perfección lo que tenían que hacer.

Mientras el bisturí de Frobisher se movía con rapidez, liberando el corazón en una disección preliminar, el órgano seguía palpitando, y con cada latido arrojaba la sangre rica en oxígeno dentro de las arterias. Había llegado el momento de detenerlo; el momento de interrumpir los últimos vestigios de vida en Karen Terrio.

Frobisher inyectó quinientos centímetros cúbicos de una solución de alto contenido de potasio en la raíz aórtica. El corazón latió una vez, dos veces, y se detuvo. Quedó fláccido, con los músculos paralizados tras la inyección de potasio. Abby no pudo evitar mirar el monitor. No había actividad en el electrocardiograma. Karen Terrio estaba por fin clínicamente muerta.

Una enfermera vertió un cubo de solución helada dentro de la cavidad del pecho, enfriando rápidamente el corazón. Entonces Frobisher se puso a trabajar, ligando, cortando...

Poco después extrajo el corazón del pecho y lo depositó delicadamente en una palangana. La sangre formó remolinos en la solución fría. Una enfermera se acercó, sosteniendo en las manos una bolsa de plástico abierta. Frobisher sumergió unas cuantas veces más el corazón en el líquido y luego lo puso en la bolsa. Vertieron más solución fisiológica helada y lo pusieron en otra bolsa y después en el contenedor.

–Suyo, DiMatteo –dijo Frobisher–. Vaya usted en la ambulancia. La seguiré en el coche.

Abby cogió el contenedor. Ya salía por las puertas del quirófano cuando oyó la voz de Vivian que le decía:

–Que no se te caiga.

5

«Llevo la vida de Josh O'Day entre las manos», pensó Abby apretando el contenedor contra la falda. El tráfico de Boston, congestionado como siempre al mediodía, se abría como por arte de magia ante las luces intermitentes de la ambulancia. Abby no había viajado nunca en una ambulancia. En otras circunstancias podría haber disfrutado del paseo, de la emocionante experiencia de observar a los conductores de Boston, los más rudos del mundo, ceder por fin el paso. Pero estaba demasiado concentrada en la carga que llevaba sobre la falda, demasiado consciente de que cada segundo que pasaba era otro segundo menos de vida para Josh O'Day.

–¿A quién lleva vivo ahí dentro, doctora? –preguntó el conductor de la ambulancia. «G. Furillo», según rezaba la identificación.

–Un corazón –dijo Abby–. Uno muy bonito.

–¿Y para quién es?

–Para un chico de diecisiete años.

Furillo maniobró haciendo un rodeo entre una hilera de coches. Sus brazos ligeros conducían con una gracia casi indiferente.

–He traído riñones desde el aeropuerto. Pero tengo que confesarle que éste es mi primer corazón.

–También para mí –dijo Abby.

–¿Durante cuánto tiempo se mantiene en buen estado? ¿Cinco horas?

–Aproximadamente.

Furillo la miró y sonrió.

–Tranquila. Todavía nos sobrarán cuatro horas y media.

–No es el corazón lo que me preocupa. Es el chico. Según la última comunicación, no estaba nada bien.

Furillo clavó los ojos con mayor atención en el tráfico.

–Ya casi estamos. Cinco minutos, como máximo.

Una voz resonó por el radioteléfono:

–Unidad veintitrés, aquí Bayside. Unidad veintitrés, aquí Bayside.

Furillo cogió el micrófono.

–Veintitrés, Furillo.

–Veintitrés, vuelva a Bayside.

–Imposible, estoy transportando un órgano vivo al General de Massachusetts. ¿Me ha oído? Me dirijo al General de Massachusetts.

–Veintitrés, sus instrucciones son volver inmediatamente a Bayside.

–Bayside, busque otra unidad, por favor. Llevamos un órgano vivo a bordo...

–Esta orden es específica para la unidad veintitrés. Vuelva inmediatamente.

–¿Quién lo ordena?

–Directamente el doctor Aaron Levi. No continúe hacia el General de Massachusetts. ¿Entendido?

Furillo miró a Abby.

–¿Qué diablos es esto?

«Lo han descubierto –pensó Abby–. Joder, lo han descubierto. Y tratan de detenernos.»

Miró el contenedor con el corazón de Karen Terrio. Pensó en los meses y los años de vida que le esperaban a ese muchacho de diecisiete años.

–No vuelva –dijo–. Siga.

–¿Qué?

–Le digo que siga.

–Pero me están ordenando...

–Unidad veintitrés, aquí Bayside –interrumpió la radio–. Responda, por favor.

–¡Lléveme al General de Massachusetts! –dijo Abby–. ¡Hágalo!

Furillo miró la radio.

–Joder –dijo–. No sé...

–¡Está bien, entonces déjeme bajar! –le ordenó Abby–. ¡Iré andando el resto del camino!

–Unidad veintitrés –dijo la radio–, aquí Bayside. Responda de inmediato, por favor.

–Ah, que se vayan a la mierda –murmuró Furillo, dirigiéndose a la radio.

Y apretó el acelerador.

Una enfermera de verde esperaba en la entrada de ambulancias. Cuando Abby bajó llevando el contenedor, la enfermera preguntó:

–¿De Bayside?

–Llevo el corazón.

–Sígame.

Abby apenas se había despedido de Furillo con un ademán de la mano cuando ya estaba siguiendo a la enfermera por los pasillos de urgencias. Corriendo tras ella, Abby alcanzó a ver corredores y salas con mucha actividad. Se metieron en un ascensor y la enfermera puso la llave de urgencias.

–¿Cómo está el muchacho? –preguntó Abby.

–Conectado al *bypass*. No podíamos esperar.

–¿Ha vuelto a entrar en crisis?

–No para de hacerlo. –La enfermera miró el contenedor–. Lo que usted tiene ahí es su última oportunidad.

Bajaron del ascensor, recorrieron casi corriendo otra serie de puertas y entraron en el ala de cirugía.

–Aquí. Déme el corazón –le dijo la enfermera.

A través de la ventana de la habitación, Abby vio una docena de caras que se volvieron cuando el contenedor fue a parar, a través de la puerta, a manos de una enfermera dentro del quirófano. De inmediato lo abrieron y sacaron el corazón de su lecho de hielo.

–Si se cambia, puede entrar. El vestuario de mujeres está al final del pasillo.

–Gracias, creo que lo haré.

Cuando Abby se hubo puesto la bata, la cofia y las polainas, el equipo del quirófano ya había retirado el corazón enfermo de Josh O'Day. Abby se deslizó entre el personal pero se dio cuenta de que no podía ver nada por encima de tantos hombros. Ahora bien, oía la conversación de los cirujanos. Era tranquila, hasta jovial. Todos los quirófanos son iguales, el mismo color azul verdoso y las luces fuertes. Lo único que varía es el ambiente para los que trabajan allí, y el ambiente lo determina la personalidad del cirujano jefe.

A juzgar por la conversación distendida, Ivan Tarasoff era un cirujano con quien era cómodo trabajar.

Abby se acercó a la cabecera de la mesa y se detuvo junto al anestesista. Por encima de ellos, el monitor cardíaco mostraba una línea plana. Ya no había un corazón que palpitara en el pecho de Josh; la máquina de *bypass* estaba haciendo todo el trabajo. Le habían cerrado los ojos para que las córneas no se le resecaran y le habían cubierto el pelo con un gorro de papel. De todos modos se había escapado un mechón oscuro, que le caía en un rizo sobre la frente. «Todavía vive –pensó ella–. Vas a lograrlo, criatura.»

El anestesista miró a Abby.

–¿Usted es de Bayside? –susurró.

–Soy encargada de transportarlo. ¿Cómo va todo?

–Hemos estado en la cuerda floja durante un rato. Pero ahora ya ha pasado lo peor. Tarasoff es rápido. Ya está en la aorta.

Señaló con un movimiento de cabeza al cirujano jefe.

Con sus cejas blancas como la nieve y aquella mirada dulce, Ivan Tarasoff era la imagen del abuelo preferido para cualquiera. Cuando pedía una aguja nueva para suturar, o más succión, usaba el mismo tono delicado con que uno podría pedir otra taza de té, por favor. Nada de dramatismo ni una vanidad exigente, sólo un técnico sereno trabajando en lo suyo.

Abby volvió a mirar el monitor. Seguía mostrando una línea plana.

Aún no había señales de vida.

Los padres de Josh O'Day estaban en la sala de espera, donde se mezclaban los sollozos con las risas. Había sonrisas por doquier. Eran las seis de la tarde y la tortura había terminado por fin.

–El nuevo corazón está funcionando bien –dijo el doctor Tarasoff–. En realidad, empezó a latir antes de lo previsto. Es un buen corazón, fuerte. A Josh le va a durar toda la vida.

–No esperábamos esto –dijo el señor O'Day–. Lo único que supimos es que lo traían aquí. Que había una emergencia. Pensamos... pensamos...

Se volvió y abrazó a su esposa. Se quedaron aferrados el uno al otro, sin hablar. Sin poder decir una sola palabra.

–¿Los señores O'Day? –preguntó una enfermera, con dulzura–. Si quieren ver a Josh, se está despertando.

Un Tarasoff sonriente observó a los O'Day mientras les acompañaban a la sala de recuperación. Luego se volvió y miró a Abby, con los ojos azules resplandecientes detrás de las gafas de montura metálica.

–Por eso lo hacemos –dijo suavemente–. Por momentos como éste.

–Ha estado cerca.

–Demasiado cerca. –Sacudió la cabeza–. Y yo me estoy haciendo demasiado viejo para tanta tensión.

Entraron en la sala de cirujanos y él sirvió café para los dos. Sin el gorro y con los cabellos grises despeinados, parecía más un profesor desgreñado que el famoso cirujano torácico. Le dio una taza a Abby.

–Dígale a Vivian que me avise con tiempo la próxima vez –advirtió–. Recibo una llamada telefónica y al instante me planta al muchacho en la puerta. Yo sí que he estado a punto de entrar en crisis.

–Vivian sabía lo que hacía al mandárselo a usted.

Él rió.

–Vivian Chao siempre sabe lo que hace. Era igual de estudiante.

–Es una gran jefa de residentes.

–¿Usted está en el programa de cirugía de Bayside?

Abby asintió y bebió el café caliente.

–Segundo año.

–Bien. No hay muchas mujeres en ese campo. Demasiados bisturíes machos. Todo lo que quieren hacer es cortar.

–Nadie diría que el que habla es un cirujano.

Tarasoff miró a los otros médicos reunidos cerca de la cafetera.

–Un poquito de crítica es muy saludable –susurró.

Abby terminó el café y consultó su reloj.

–Tengo que volver a Bayside. Creo que no tendría que haberme quedado a la intervención. Pero me alegro de haberlo hecho. –Sonrió–. Gracias, doctor Tarasoff. Gracias por salvarle la vida a ese chico.

Él le estrechó la mano.

–No soy más que el fontanero, doctora DiMatteo –dijo–. Usted es quien ha traído la parte vital.

Ya eran más de las siete cuando el taxi dejó a Abby en la entrada de Bayside. Al acercarse a la puerta, lo primero que oyó fue su nombre por los altavoces. Cogió un teléfono.

–Soy DiMatteo –dijo.

–Doctora, hace horas que la estamos llamando –contestó la operadora.

–Se suponía que Vivian Chao iba a suplirme. Le dejé mi buscapersonas.

–Tenemos su buscapersonas aquí en la centralita. Quien la ha estado llamando es el señor Parr.

–¿Jeremiah Parr?

–Su extensión es cinco seis seis. Administración.

–Son las siete. ¿Sigue en la oficina?

–Estaba allí hace cinco minutos.

Abby colgó con un cosquilleo de alarma en el estómago. Jeremiah Parr, presidente del hospital, era un administrador, no un médico. Había hablado sólo una vez con él, en la comida campestre que cada año se celebraba para dar la bienvenida al personal interno. Se habían estrechado las manos, intercambiado algunas palabras corteses y luego Parr se había ido a saludar a los otros residentes. Aquel breve encuentro la había dejado con la vívida impresión de que era un hombre inconmovible, y que usaba unos trajes magníficos.

Lo había visto más veces, por supuesto. Se habían sonreído y saludado con una pequeña inclinación de cabeza al encontrarse en los ascensores o pasillos, pero ella dudaba de que él recordara su nombre. Sin embargo, en aquel momento la llamaba por los altavoces a la siete de la tarde.

«Esto no presagia nada bueno –pensó–. Esto no presagia nada bueno.»

Cogió el teléfono y marcó el número de la casa de Vivian. Antes de hablar con Parr, tenía que saber qué pasaba. Vivian lo sabría.

No contestó nadie.

Abby colgó más asustada todavía.

«Llegó la hora de enfrentarse con las consecuencias. Tomamos una decisión; le salvamos la vida a un chico. ¿Cómo pueden acusarnos por eso?»

Con el corazón golpeándole en el pecho, subió en el ascensor al primer piso.

El ala de administración estaba iluminada sólo por una hilera de paneles fluorescentes en el techo. Abby caminó bajo el sendero de luz con pisadas que no hacían ruido sobre la alfombra. Las oficinas situadas a ambos lados estaban a oscuras y los escritorios de las secretarias, vacíos. Pero al final del corredor se veía una luz por debajo de una puerta cerrada. Había alguien en la sala de conferencias.

Se dirigió a aquella puerta y llamó.

Se abrió enseguida. Jeremiah Parr se quedó mirándola, pero ella no podía leer nada en aquel rostro inmutable iluminado desde atrás. A sus espaldas, sentados a la mesa de conferencias, había media docena de hombres. Abby miró a Bill Archer, Mark y Mohandas. El equipo de trasplantes.

–Doctora DiMatteo –dijo Parr.

–Perdón, no sabía que estaba tratando de localizarme –contestó Abby–. No estaba en el hospital.

–Ya sabemos dónde estaba.

Parr salió de la habitación. Mark apareció detrás de él y ambos acorralaron a Abby en aquel pasillo de luz mortecina. Habían dejado la puerta entreabierta y Abby vio a Archer levantarse de la silla y cerrar la puerta mientras ella lo miraba.

–Venga a mi oficina –dijo Parr. Apenas entraron, cerró la puerta con fuerza y dijo–: ¿Se da cuenta del daño que ha hecho? ¿Tiene idea?

Abby miró a Mark, pero el rostro de él no le dijo nada. Eso fue lo que más la asustó: no poder ver, más allá de la máscara, al hombre que amaba.

–Josh O'Day está vivo –dijo–. El trasplante le ha salvado la vida. No puedo creer que eso haya sido un error.

–El error es cómo lo hizo –dijo Parr.

–Estábamos de pie junto a su cama, viendo cómo se moría. Un muchacho de su edad no podía...

–Abby –dijo Mark–. No ponemos en duda tus intenciones. Fueron buenas, por supuesto que fueron buenas.

–¿Qué es esa tontería de las intenciones, Hodell? –preguntó Parr–. ¡Robaron un corazón! ¡Sabían perfectamente lo que estaban haciendo y no les importó a quién involucraban! Las enfermeras. El conductor de la ambulancia. ¡Engañaron hasta al doctor Lim!

–Se supone que lo que Abby tenía que hacer exactamente era seguir las órdenes de su jefa de residentes. Y eso hizo. Obedecer órdenes.

–Tiene que haber represalias. Despedir a la jefa de residentes no es suficiente.

«¿Despedida? ¿Vivian despedida?» Abby miró a Mark en busca de confirmación.

–Vivian lo ha admitido todo –espetó Mark–. Admite que te conminó a ti y también a las enfermeras a hacer lo que ella ordenó.

–No me parece que la doctora DiMatteo sea tan dócil –argumentó Parr.

–¿Y Lim? –preguntó Mark–. Él también estuvo en el quirófano. ¿A él también va a despedirlo?

–Lim no tenía la menor idea de lo que estaba pasando –contestó Parr–. Estaba allí sólo para extraer los riñones. Lo único que sabía era que el General de Massachusetts tenía un receptor en la mesa de operaciones, y que había un formulario de donación dirigida en la historia clínica. –Parr se volvió hacia Abby–. Que usted rellenó y en el que firmó como testigo.

–Joe Terrio lo firmó por propia voluntad –dijo Abby–. Estuvo de acuerdo en que el corazón fuera para el muchacho.

–Lo que significa que no se puede acusar a nadie de robo de órganos –señaló Mark–. Fue perfectamente legal, Parr. Vivian sabía exactamente qué cuerdas tocar y las tocó. Incluyendo a Abby.

Abby iba a hablar para defender a Vivian pero vio la mirada de advertencia en los ojos de Mark: «Cuidado. No caves tu propia tumba».

–Tenemos una paciente que vino a que le trasplantaran un corazón. Y ahora no tenemos ningún corazón para darle. ¿Qué diablos le voy a decir al marido? «Lo siento, señor Voss, pero perdimos el corazón.» –Parr se volvió hacia Abby, con la cara rígida de ira–. Usted no es más que una residente, doctora DiMatteo. Usted tomó una decisión que no le correspondía tomar. Voss ya se ha enterado. Ahora Bayside tendrá que pagar. Y mucho.

–Vamos, Parr –intervino Mark–. Aún no hemos llegado a ese punto.

–¿Usted piensa que Victor Voss no llamará a sus abogados?

–¿Con qué fundamento? Hay un consentimiento de donación dirigida. El corazón tenía que ir a ese muchacho.

–¡Sólo porque ella animó al marido para que así lo hiciera! –espetó Parr, señalando a Abby con furia.

–Lo único que hice fue hablarle de Josh O'Day –contestó ella–. Le expliqué que tenía sólo diecisiete años...

–Eso es suficiente para despedirla –dijo Parr. Miró el reloj–. A partir de las siete y media, es decir, de ahora mismo, queda fuera del programa de residencia.

Abby lo miró, atónita. Iba a protestar, pero descubrió que tenía la garganta seca, se le atragantaron las palabras.

–No puede hacer eso –gritó Mark.

–¿Por qué no? –dijo Parr.

–Por ejemplo, porque ésa es una decisión que corresponde al director del programa. Conociendo al general, no creo que acepte que se usurpe su autoridad. Por otro lado, nuestro personal residente de cirugía ya es bastante escaso. Perder a Abby significará que el servicio torácico tendrá que trabajar día sí y día no. Se cansarán, Parr. Cometerán errores. Si quiere abogados llamando a su puerta, ésa es la manera. –Miró a Abby–. Mañana por la noche estás de guardia, ¿no?

Ella asintió.

–Entonces ¿qué hacemos, Parr? –dijo Mark–. ¿Conoce a algún otro residente de segundo año que pueda venir a ocupar su puesto?

Jeremiah Parr miró a Mark.

–Esto es provisional. Créame, es sólo provisional. –Se volvió hacia Abby–. Mañana va a tener más noticias sobre este tema. Ahora puede irse.

Aunque le temblaban las piernas, Abby se las arregló para salir de la oficina de Parr. Se sentía demasiado aturdida para pensar. Caminó hasta la mitad del pasillo y se detuvo. Sintió que la confusión dejaba paso a las lágrimas. Se habría desplomado y puesto a llorar allí mismo de no haber sido por Mark, que se acercó a ella.

–Abby... –La hizo volverse para que lo mirara de frente–. Esto ha sido un campo de batalla toda la tarde. ¿Qué has hecho?

–Le he salvado la vida a un chico. ¡Eso es lo que he hecho! –Se le quebró la voz y se deshizo en sollozos–. Lo hemos salvado, Mark. Es exactamente lo que teníamos que hacer. Yo no estaba cumpliendo órdenes. Cumplía con mi instinto. ¡Mi instinto! –Hizo un ademán furioso para secarse las lágrimas–. Si Parr quiere vengarse en mí, que lo haga. Presentaré los hechos ante cualquier comité de ética. Un chico de diecisiete años frente a la esposa de un hombre rico. Lo explicaré con todos los detalles, Mark. Tal vez al final me despidan, pero voy a irme pateando y gritando.

Se volvió y continuó su camino por el pasillo.

–Hay otro camino más fácil.

–A mí no se me ocurre ninguno.

–Escúchame. –Volvió a cogerla del brazo–. ¡Que Vivian cargue con todo el peso de la culpa! De todas maneras le va a tocar hacerlo.

–Lo que yo hice no fue simplemente cumplir órdenes.

–¡Abby, acepta un regalo que te dan en bandeja! Vivian ha reconocido su culpa. Lo ha hecho para protegeros a ti y a las enfermeras. Déjalo así.

–¿Y a ella qué le va a suceder?

–Ya ha renunciado. Peter Dayne será el nuevo jefe de residentes.

–¿Y adónde irá?

–Eso es problema de ella, no de Bayside.

–Hizo lo que tenía que hacer. Le salvó la vida a su paciente. ¡No se puede despedir a alguien por eso!

–Violó la regla número uno de este lugar, que es jugar con el equipo. Este hospital no puede darse el lujo de tener cánones flexibles como Vivian Chao. Un médico está con nosotros o contra nosotros. –Hizo una pausa–. ¿Tú dónde estás?

–No lo sé. –Sacudió la cabeza. Sintió las lágrimas que comenzaban a rodar otra vez–. Ya no lo sé.

–Considera tus opciones, Abby. O tu falta de opciones. Vivian ya ha terminado sus cinco años de residencia. Ya puede ejercer. Puede encontrar trabajo, comenzar la práctica quirúrgica. Pero tú todo lo que tienes es una residencia. Si te despiden ahora jamás serás cirujana. ¿Qué vas a hacer? ¿Pasarte el resto de tu vida haciendo medicina para compañías de seguros? ¿Es eso lo que quieres?

–No. –Respiró hondo y soltó el aire con desolación–. No.

–¿Qué diablos quieres?

–¡Yo sé exactamente lo que quiero! –Se secó la cara con un ademán furioso de la mano. Respiró hondo otra vez–. Lo he sabido hoy. Esta tarde, viendo a Tarasoff operar en el quirófano. Lo vi coger el corazón del donante, una cosa fláccida, un montón de carne muerta. Y había un muchacho sobre la mesa. Los conectó a ambos y el corazón comenzó a latir. Y de pronto hubo vida otra vez... –Hizo una pausa, tragándose las lágrimas–. Sólo en ese momento supe lo que quería. Quiero hacer lo que hace Tarasoff. –Miró a Mark–. Injertar un pedazo de vida en chicos como Josh O'Day.

Mark asintió.

–Entonces tienes que hacer que suceda lo que quieres que suceda. Abby, todavía podemos salvar esto: tu trabajo, la beca. Todo.

–No sé cómo.

–Yo fui quien sugirió tu nombre para el equipo de trasplantes. Sigues siendo mi elección número uno. Puedo hablar con Archer y los demás. Si todos te apoyamos, Parr tendrá que echarse atrás.

–Es una probabilidad remota.

–Puedes contribuir a ello. Primero, que Vivian cargue con toda la culpa. Era la jefa de residentes. Lo que ha hecho es un error. Un error de juicio.

–¡Pero no ha sido así!

–Tú sólo has visto la mitad de la película. No sabes nada del otro paciente.

–¿Qué otro paciente?

–Nina Voss. La han internado hoy al mediodía. Tal vez deberías ir a verla. Ve a ver por ti misma que la elección no era tan clara. Date cuenta de que es posible que hayáis cometido un error.

Abby tragó saliva.

–¿Dónde está?

–En el cuarto piso. En la UCIC.

Desde el pasillo Abby pudo oír la conmoción en la UCIC: la cacofonía de voces, el chirrido de una máquina portátil de rayos X, dos teléfonos que sonaban al mismo tiempo. Pero cuando ella atravesó la puerta, en el recinto se hizo un silencio total. Hasta los teléfonos callaron de pronto. Algunas de las enfermeras se quedaron observándola, pero la mayoría apartaron la vista intencionadamente para mirar a otro lado.

–Doctora DiMatteo –dijo Aaron Levi. Acababa de salir del cubículo 5 y estaba de pie, mirándola con una ira apenas disimulada–. Tal vez convenga que vengas a ver esto.

El grupo de enfermeras se hizo a un lado en silencio para permitir que Abby se aproximara al cubículo 5. Se dirigió a la ventana. A través del vidrio vio a una mujer acostada en la cama, una mujer de aspecto frágil con cabellos casi blancos de tan rubios y un rostro tan blanco como las sábanas. Le habían insertado un tubo esofágico por la garganta y estaba conectada a un respirador. Luchaba contra la máquina; el pecho se movía espasmódicamente mientras ella trataba de aspirar el aire. La máquina no cooperaba. Las alarmas sonaban mientras el aparato le daba aire a un ritmo previamente fijado, haciendo caso omiso de las inhalaciones desesperadas de la paciente. La mujer tenía las manos atadas. Un médico residente insertaba una cánula arterial en una de las muñecas de la paciente; cortaba hondo debajo de la piel e introducía un catéter de plástico en la arteria radial. La otra muñeca, atada a la cama, parecía un acerico de cánulas intravenosas y pinchazos. Una enfermera le murmuraba algo a la paciente, intentando calmarla, pero la mujer, totalmente consciente, la miraba con expresión de indecible espanto. Era la mirada de un animal torturado.

–Ésa es Nina Voss –dijo Aaron.

Abby guardó silencio, impresionada por el horror que veía en los ojos de la mujer.

–La internaron hace ocho horas. Casi desde su llegada su estado ha ido empeorando. A las cinco entró en crisis. Taquicardia ventricular. Hace veinte minutos, volvió a entrar en crisis. Por eso está intubada. Iba a ser operada esta noche. El equipo estaba preparado. El quirófano estaba preparado. La paciente estaba más que preparada. Y entonces descubrimos que el donante había ido a cirugía horas antes de lo previsto. Y que el corazón que debía ir a esta mujer había sido robado. Robado, doctora DiMatteo.

Abby seguía sin decir nada. Estaba paralizada por el sufrimiento que presenciaba en el cubículo 5. En aquel instante, los ojos de Nina Voss se alzaron hacia los suyos. Fue sólo un breve encuentro de miradas, una petición de clemencia. El dolor en aquellos ojos la dejó conmocionada.

–Nosotras no lo sabíamos –susurró Abby–. No sabíamos que su estado fuera crítico.

–¿Te das cuenta de lo que sucederá ahora? ¿Tienes idea?

–El muchacho... –Se volvió hacia el doctor Levi–. El muchacho está vivo.

–¿Y qué pasará con la vida de esta mujer?

No había respuesta posible para Abby. No importaba lo que dijese, cómo pudiera defenderse; ello no podía justificar el sufrimiento que veía al otro lado de aquella ventana.

En esos momentos ni siquiera reparó en la presencia de un hombre que se le aproximaba desde la oficina de las enfermeras. Sólo cuando él le preguntó si era la doctora DiMatteo lo miró a la cara. Tendría unos sesenta años, era alto e iba bien vestido: el tipo de hombre cuya sola presencia exige atención.

Ella respondió en voz baja.

–Sí, soy Abby DiMatteo.

Mientras lo decía se dio cuenta de que lo que veía en los ojos de aquel hombre era odio; un odio puro y violento. Casi retrocedió cuando él avanzó hacia ella con la cara enrojecida por la furia.

–Así que usted es la otra –dijo–. Usted y esa doctora china.

–Señor Voss, por favor –le interrumpió Aaron.

–¿Ustedes piensan que pueden burlarse de mí? –Le gritó Voss a Abby–. ¿Que pueden burlarse de mi esposa? Tomaré mis medidas, doctora. ¡Mierda, no voy a parar hasta ver las consecuencias de todo esto!

Con los puños apretados, dio otro paso hacia Abby.

–Señor Voss –dijo Aaron–. Créame. Nosotros arreglaremos lo de la doctora DiMatteo como corresponda.

–¡Quiero verla fuera de este hospital! ¡No quiero volverle a ver la cara!

–Señor Voss –dijo Abby–. Lo lamento muchísimo. No puedo decirle cuánto lo lamento...

–¡Fuera de mi vista! –rugió Voss.

Rápidamente Aaron se interpuso entre ellos, cogió a Abby con firmeza de un brazo y la sacó del cubículo.

–Será mejor que te vayas –dijo.

–Si pudiera hablar con él..., explicarle.

–Lo mejor que puedes hacer en este momento es irte de aquí.

Ella miró a Voss, de pie frente al cubículo 5 como protegiendo a su esposa de un ataque. Nunca antes había visto tal mirada de odio. Ninguna palabra, ninguna explicación podría con aquel odio.

Con mansedumbre, asintió.

–Está bien –dijo con suavidad–. Me iré.

Se volvió y salió de la UCIC.

Tres horas más tarde, Stewart Sussman se detuvo en la Tanner Avenue y desde el coche observó el número 1451. La casa era un modesto edificio de persianas oscuras y porche cubierto. Una cerca de madera blanca rodeaba la propiedad. Aunque estaba demasiado oscuro para que Sussman alcanzara a ver mucho del jardín, el instinto le decía que la hierba estaría cortada y los macizos de flores libres de maleza. Un suave aroma a rosas inundaba el aire.

Sussman salió del coche, cruzó la entrada y subió los escalones del porche. Los ocupantes se encontraban en casa. Las luces estaban encendidas y vio movimiento a través de las cortinas que cubrían las ventanas.

Pulsó el timbre.

Abrió una mujer de cara y ojos cansados, con los hombros caídos bajo el peso de algún terrible sufrimiento psíquico.

–¿Sí? –preguntó.

–Lamento molestarla. Mi nombre es Stewart Sussman. ¿Podría hablar con Joseph Terrio?

–Él no quiere hablar con nadie. Sucede que... hemos tenido una pérdida en la familia.

–Entiendo, señora...

–Terrio. Soy la madre de Joe.

–Sé lo de su nuera, señora Terrio. Y lo siento mucho. Pero es importante que hable con su hijo. Tiene que ver con la muerte de Karen.

La mujer vaciló sólo un momento. Luego dijo:

–Perdóneme –y cerró la puerta. La oyó llamar–: ¿Joe?

Poco después la puerta volvió a abrirse y apareció un hombre con los ojos rojos. Cada movimiento que hacía parecía cargado de dolor.

–Soy Joe Terrio –dijo.

Sussman le tendió la mano.

–Señor Terrio, me ha enviado alguien muy interesado en las circunstancias que rodearon el fallecimiento de su esposa.

–¿Las circunstancias?

–Era paciente del Centro Médico Bayside, ¿me equivoco?

–Mire, no entiendo a qué se refiere.

–Me refiero a la atención prodigada a su esposa, señor Terrio. Y a si se cometió algún error. Algún error que pudo haber resultado fatal.

–¿Quién es usted?

–Soy abogado de la firma Hawkes, Craig and Sussman. Mi especialidad es la práctica médica.

–No necesito abogados. No quiero que me moleste ningún buitre.

–Señor Terrio...

–Váyase a la mierda.

Joe comenzó a cerrar la puerta, pero Sussman puso un pie para impedírselo.

–Señor Terrio –dijo Sussman en voz baja, tranquilo–, tengo razones para creer que uno de los médicos de Karen cometió un error. Un error terrible. Es posible que su esposa no tuviera que haber muerto. Todavía no estoy seguro, pero, con su permiso, puedo examinar los registros. Puedo averiguar la verdad. Toda la verdad.

Poco a poco, Joe fue soltando la puerta.

–¿Quién lo envía? Antes me ha dicho que venía de parte de alguien. ¿De quién?

Sussman lo miró con expresión condescendiente.

–De un amigo.

6

Abby nunca había tenido miedo de ir a trabajar; pero aquella mañana al entrar en el Hospital Bayside se sintió como si entrara directamente en el infierno. La noche anterior, Jeremiah Parr la había amenazado con las consecuencias y aquel día tendría que afrontarlas. Pero mientras Wettig no le retirara los privilegios, estaba decidida a continuar con sus obligaciones como siempre. Tenía pacientes que visitar y casos para el quirófano. Aquella noche estaba de guardia. Iba a hacer su trabajo y a hacerlo bien. Se lo debía a sus pacientes... y a Vivian. Habían hablado por teléfono apenas hacía una hora y las últimas palabras de Vivian habían sido: «Alguien tiene que hablar por los Josh O'Day. Quédate, DiMatteo. Hazlo por las dos».

Apenas entró en la UCIC, las voces bajaron de volumen. Todo el mundo tenía que saber ya lo de Josh O'Day. Aunque nadie le dijo una palabra, Abby alcanzaba a oír los disimulados murmullos de las enfermeras, sus miradas de incomodidad. Fue a la estantería y cogió los historiales clínicos de sus pacientes para ir a hacer la ronda. Tuvo que apelar a toda su concentración para terminar aquella tarea. Puso los historiales en un carrito y salió de la sala de enfermeras rumbo al cubículo del primer paciente de la lista. Fue un alivio entrar en él, apartarse de las miradas de todo el mundo. Corrió las cortinas para impedir que la vieran desde la puerta, y se volvió hacia la paciente.

Mary Allen estaba acostada, con los ojos cerrados y los delgadísimos brazos y piernas encogidos en posición fetal. Tras la biopsia a pulmón abierto de hacía dos días siguieron dos breves episodios de hipotensión, de manera que la habían dejado en la UCIC en observación. Según las notas de la enfermera, la presión arterial de Mary se había mantenido estable en las últimas veinticuatro horas y no se habían notado ritmos cardíacos anormales. Lo más probable era que la trasladaran a una habitación menos controlada en la sala de cirugía.

Abby se acercó a la cama y dijo:

–¿Señora Allen?

La mujer se despertó.

–¿Doctora DiMatteo? –murmuró.

–¿Cómo se encuentra hoy?

–No muy bien. Todavía me duele.

–¿Dónde?

–El pecho. La cabeza. Y ahora la espalda, también. Me duele todo.

Abby vio en el historial que las enfermeras le habían estado administrando morfina sin cesar. Estaba claro que no había sido suficiente; tendría que ordenar una dosis más alta.

–Le daremos algo más fuerte para calmar el dolor –dijo Abby–. Lo que necesite para sentirse cómoda.

–Y para dormir. No puedo dormir. –Mary exhaló un suspiro de profundo cansancio y cerró los ojos–. Quiero dormirme, doctora. Y no despertarme más...

–¿Señora Allen? ¿Mary?

–¿No podría hacerme ese favor? Usted es mi doctora. Podría hacer que todo fuera muy fácil. Muy sencillo.

–Podemos hacer desaparecer el dolor –dijo Abby.

–Pero no pueden quitarme el cáncer, ¿verdad?

Los ojos volvieron a abrirse y miraron a Abby con una mirada que pedía la verdad sin reservas.

–No –dijo Abby–, no podemos quitárselo. El cáncer se ha extendido a muchos lugares. Podemos darle quimioterapia, para detener el ritmo, para ganar un poco de tiempo.

–¿Tiempo? –Mary lanzó una risita resignada–. ¿Para

qué quiero tiempo? ¿Para estar aquí una semana más, un mes más? Prefiero terminar con todo esto.

Abby le cogió la mano. Era como coger un montón de huesos envueltos en pergamino, sin carne.

–Primero vamos a ocuparnos del dolor. Si conseguimos eliminarlo, tal vez vea las cosas de diferente manera.

Como respuesta, Mary se limitó a ponerse de lado, apartándose de Abby. La apartaba, la dejaba fuera.

–Supongo que quiere auscultarme el pulmón –fue todo lo que dijo.

Las dos sabían que el examen era una mera formalidad. Una ceremonia inútil, la de poner aquel estetoscopio en el pecho, sobre el corazón. De todas maneras, Abby cumplió el rito. Tenía muy poco más para ofrecerle a Mary aparte de tocarla. Cuando terminó, la paciente seguía dándole la espalda.

–Vamos a sacarla de la unidad de cuidados intensivos –le dijo Abby–. Podrá ir a una habitación de la sala general. Estará más tranquila. No la molestarán tanto.

No hubo respuesta. Sólo una respiración profunda, un largo suspiro.

Abby salió del cubículo sintiéndose más vencida, más inútil que nunca. Era muy poco lo que podía hacer. La ausencia de dolor era lo mejor que tenía para ofrecer. Eso y la promesa de dejar que la naturaleza siguiera su curso.

Abrió el historial de Mary y escribió: «La paciente expresa el deseo de morir. Aumentaremos el sulfato de morfina para controlar el dolor y cambiar su condición». Escribió las órdenes de transferencia y se las entregó a Cecily, la enfermera.

–Quiero que esté cómoda –dijo Abby–. Aumente la dosis para mitigar el dolor. Denle todo lo que necesite para dormir.

–¿Cuál es el límite?

Abby se quedó pensativa. Consideró la delgada línea que separa el bienestar de la inconsciencia, el sueño del coma y dijo:

–No hay límite. Se está muriendo, Cecily. Quiere morir. Si la morfina le facilita las cosas, nuestra obligación es administrársela, aunque eso signifique que el fin va a llegar un poco antes.

Cecily asintió con una mirada de conformidad no expresada.

Cuando se disponía a entrar en el siguiente cubículo, oyó que Cecily le decía:

–¿Doctora DiMatteo?

Abby se volvió.

–¿Sí?

–Quería decirle... Creo que, bueno... –Cecily miró nerviosa a su alrededor. Vio a otras enfermeras mirando. Esperando. Cecily se aclaró la garganta–. Quiero que sepa que pensamos que usted y la doctora Chao hicieron lo que debían dándole el corazón a Josh O'Day.

Abby parpadeó para librarse de unas lágrimas inesperadas. Musitó:

–Gracias. Muchas gracias.

Sólo entonces, al mirar a su alrededor, Abby vio que todas inclinaban la cabeza en señal de aprobación.

–Usted es una de las mejores residentes que hemos tenido, doctora –dijo Cecily–. Queríamos que supiera eso también.

En el silencio que siguió, unas manos comenzaron a aplaudir. Otras se le unieron, y luego otras. Abby escuchó en silencio, apretando una historia clínica contra el pecho, mientras todas las enfermeras de la unidad de cuidados intensivos estallaban en un sonoro y espontáneo aplauso. La aplaudían a ella.

Fue una ovación en toda regla.

–Quiero que la echen del hospital –dijo Victor Voss–. Y haré lo que sea para lograrlo.

Jeremiah Parr había afrontado numerosas crisis en sus ocho años como presidente del Centro Médico Bayside. Había hecho frente a dos huelgas de enfermeras, a varios juicios por negligencia médica con millones de dólares de indemnización y a las protestas de los militantes del derecho a la vida en el vestíbulo del hospital, pero jamás se había enfrentado con una furia tan desmesurada como la que veía en aquel momento en el rostro de Victor Voss. A las diez de la mañana, acompañado por sus dos abogados, Victor Voss se había presentado en la oficina de Parr pidiendo una reunión. Ya eran casi las doce del mediodía y el grupo había aumentado para incluir al director de residentes quirúrgicos, Colin Wettig, y a Susan Casado, la abogada que representaba al Bayside. Llamar a Susan había sido idea de Parr. Hasta el momento nadie hablaba de acciones legales, pero Parr hacía gala de la máxima precaución. Más aún cuando se trataba de alguien tan poderoso como Victor Voss.

–Mi esposa se está muriendo –gritó Voss–. ¿Entienden? Se está muriendo. Puede que no pase de esta noche. Yo culpo directamente a esas dos residentes.

–La doctora DiMatteo está en el segundo año de la residencia –argumentó Wettig–. No fue ella quien tomó la decisión. La jefa de residentes sí, y la doctora Chao ya no está en nuestro programa.

–Quiero también la renuncia de la doctora DiMatteo.

–No la ha presentado.

–Entonces encuentren una razón para despedirla.

–Doctor Wettig –explicó Parr, con mucha calma, en tono razonable–. Tenemos que encontrar algún motivo para despedirla.

–No hay ninguno –contestó Wettig, defendiendo su terreno con empecinamiento–. Todas sus evaluaciones han sido excelentes y están registradas. Señor Voss, sé que ésta es una situación difícil para usted. Sé que es normal querer encontrar culpables. Pero yo creo que su ira está mal dirigida. El problema real radica en la escasez de órganos. Hay miles de personas que necesitan corazones nuevos y hay muy pocos disponibles. Piense en lo que pasaría si despedimos a la doctora DiMatteo. Puede apelar. El asunto iría a instancias superiores. Investigarán este caso y harán preguntas. Preguntarán por qué un muchacho de diecisiete años no recibió ese corazón desde el principio.

Se hizo un silencio.

–Joder –murmuró Parr.

–¿Comprende lo que estoy diciendo? –preguntó Wettig–. Es un feo asunto. Hace que el hospital no quede demasiado bien. Éstas son las cosas que uno no quiere que salgan en los diarios. Indicios de una lucha de clases. Los pobres, a los que les toca la peor parte del pastel. Así es como lo verá el público. Aunque no sea verdad.

Wettig lanzó una mirada inquisitiva por toda la mesa. Nadie dijo una sola palabra.

«Nuestro silencio es muy elocuente», pensó Parr.

–No podemos permitir que el público reciba una información equívoca –añadió Susan–. Por atroz que parezca, la más mínima sospecha sobre negocios relacionados con órganos humanos en la prensa nos destruiría.

–Yo sólo hablo de cómo se entenderá –dijo Wettig.

–A mí me importa un comino cómo se entenderá –espetó Voss–. Robaron ese corazón y punto.

–Fue una donación personal. El señor Terrio tenía todo el derecho del mundo a especificar el receptor.

–Le habían garantizado el corazón a mi esposa.

–¿Garantizado? –Wettig frunció el entrecejo y miró a Parr–. ¿Hay algo que yo ignore?

–Se decidió antes de internarla –argumentó Parr–. La compatibilidad era perfecta.

–Con el muchacho también –adujo Wettig.

Voss se puso en pie de un salto.

–Permítanme que les explique algo. Mi esposa se está muriendo por culpa de Abby DiMatteo. Ahora bien, ustedes a mí no me conocen. Déjenme avisarles entonces de que nadie que intente perjudicarnos, a mí o a mi familia, se sale con la suya...

–Señor Voss –interrumpió uno de sus abogados–, será mejor que hablemos de esto...

–¡Mierda! ¡Déjeme terminar!

–Por favor, señor Voss. No está beneficiando sus intereses.

Voss miró a su abogado con odio. Con evidente esfuerzo, interrumpió el ataque y se sentó.

–Quiero que hagan algo con la doctora DiMatteo –dijo.

Y miró fijamente a Parr.

En aquel momento Parr sudaba. Joder, sería muy fácil despedir a aquella residente y acabar de una vez. Por desgracia, el general no entraba en el juego. A la mierda con aquellos cirujanos y su vanidad; se tomaban a mal que cualquier otra persona moviera los hilos. ¿Por qué Wettig estaba tan empecinado con aquel asunto?

–Señor Voss –dijo Susan Casado en el tono de voz más conciliador de que era capaz; el tono de domadora de bestias salvajes–, ¿puedo sugerir que todos nos tomemos un poco de tiempo para reflexionar? Por lo que parece, apresurarse a emprender acciones legales no es lo mejor que se puede hacer. Dentro de unos días tal vez podamos atender sus peticiones.

Susan dirigió a Wettig una mirada cargada de intenciones.

El general hizo caso omiso de ella.

–Dentro de unos días –repitió Voss– mi esposa puede estar muerta. –Se puso de pie y miró a Parr con desprecio–. No necesito reflexionar. Quiero que se haga algo con respecto a la doctora DiMatteo. Y quiero que se haga ya.

–Veo la bala –dijo Abby.

Mark ajustó el haz de luz y lo enfocó sobre la parte posterior de la cavidad torácica. Algo metálico relumbró y enseguida desapareció detrás del pulmón que se inflaba.

–Vista aguda, Abby. Ya que la has visto tú primero, ¿quieres hacer los honores?

Abby cogió un par de tenazas de aguja de la bandeja de instrumental. Los pulmones habían vuelto a expandirse, tapándole la visión de la cavidad.

–Hay que desinflar. Sólo por un segundo.

–Ya está –contestó el anestesista.

Abby hundió la mano en el tórax, siguiendo la curva interna de las costillas. Mientras Mark apartaba ligeramente el pulmón derecho, ella cogió con las tenazas el fragmento de metal y con cuidado lo retiró de la cavidad.

La bala, una veintidós achatada, tintineó en la palangana de metal.

–No sangra. Parece que podemos cerrar.

–Un tipo con suerte –dijo Mark, mirando la trayectoria probable–. El orificio de entrada está justo a la derecha del esternón, la costilla tiene que haberla desviado o algo así. Y encontró el camino libre por el espacio pleural. Lo peor que le puede pasar es un neumotórax.

–Espero que aprenda la lección –dijo Abby.

–¿Qué lección?

–No jorobar nunca más a su mujer.

–¿Fue ella quien le disparó?

–Hemos avanzado mucho, chico.

Se dispusieron a cerrar el pecho de aquel paciente, trabajando juntos con la tranquilidad de dos personas que se conocen bien. Eran las cuatro de la tarde. Abby estaba de guardia desde las siete de la mañana. Ahora ya le dolían las piernas de estar todo el día de pie, y aún le quedaban veinticuatro horas de guardia. Pero en aquel momento estaba contenta, animada por el éxito de la operación... y por la oportunidad de operar con Mark. Así era exactamente como se había imaginado el futuro juntos: compartiendo el trabajo, cada uno seguro de sí mismo y del otro. Mark era un cirujano excelente, muy rápido pero al mismo tiempo concienzudo. Desde el primer día en que lo había asistido, Abby había quedado impresionada por el ambiente cómodo de su quirófano. Mark nunca perdía la calma, nunca le hablaba a gritos a una enfermera, ni siquiera levantaba la voz. Ella había decidido entonces que, si alguna vez la tenían que operar, el único cirujano que le gustaría que lo hiciera sería Mark Hodell.

En aquel momento estaba trabajando a su lado, rozando con su mano enguantada la de él, y sus cabezas inclinadas estaban muy cerca. Aquél era el hombre que amaba y aquél el trabajo que amaba. Sólo por un momento olvidó a Victor Voss y la crisis que ensombrecía su porvenir. Tal vez ya hubiera pasado. De hecho, todavía no le había caído ningún hacha encima, y al parecer, tampoco había salido ningún mensaje amenazante de la oficina de Parr. Por otro lado, Wettig había hecho un aparte con ella aquella mañana para decirle, con su tono gruñón, que había recibido un sobresaliente en la evaluación del turno de traumatología.

«Todo va a salir bien –pensó mientras se llevaban al paciente a recuperación–. De alguna manera, todo esto va a salir bien.»

–Excelente trabajo, DiMatteo –dijo Mark mientras se quitaba la bata de cirugía.

–Seguro que se lo dices a todos los residentes.

–Pero ahora te diré algo que nunca les digo a los otros residentes. –Se inclinó hacia ella y susurró–: Espérame en la sala de guardia.

–Perdón... ¿Doctora DiMatteo?

Abby y Mark, ruborizados los dos, se volvieron y se encontraron con la enfermera de turno, que acababa de asomar la cabeza por la puerta.

–Hay una llamada para usted de la secretaria del señor Parr. Quieren verla en administración.

–¿Ahora?

–La están esperando –añadió la enfermera y se fue.

Abby le dirigió a Mark una mirada de miedo.

–Dios mío, ¿qué pasará ahora?

–No te dejes amilanar. Estoy seguro de que todo va a salir bien. ¿Quieres que te acompañe?

Ella lo pensó un momento pero negó con la cabeza.

–Ya soy mayorcita. Tengo que ser capaz de resolverlo sola.

–Si hay algún problema, llámame por el altavoz. Iré de inmediato. –Le apretó suavemente la mano–. Te lo prometo.

Ella logró devolverle una sonrisa muy débil. Luego empujó las puertas del quirófano y con el semblante sombrío se dirigió al ascensor.

Con la misma sensación de miedo que había tenido la noche anterior, bajó al primer piso y se encaminó por el pasillo alfombrado a la oficina de Jeremiah Parr. La secretaria de Parr la acompañó a la sala de reuniones. Abby llamó a la puerta.

–Adelante –dijo la voz de Parr.

Con la respiración entrecortada, Abby entró.

Parr se levantó de su asiento para dirigirse a la mesa de conferencias. En la habitación también estaban Colin Wettig y una mujer a la que Abby no reconoció, una morena de unos cuarenta años que llevaba un bonito traje azul. Nada de lo que vio en aquellas caras le dio a Abby la menor pista del propósito de la reunión, pero su instinto le dijo que no sería agradable.

–Doctora DiMatteo –dijo Parr–, permítame presentarle a Susan Casado, la abogada del hospital.

«¿Una abogada? Esto no puede ser nada bueno.»

Las dos mujeres se estrecharon la mano. Abby sintió la mano de la señora Casado extrañamente caliente sobre su piel helada, y se sentó al lado de Wettig. Hubo un breve silencio, interrumpido por el ruido de los papeles que movía la abogada y los carraspeos de Wettig.

–Doctora DiMatteo –intervino entonces Parr–, tal vez pueda decirnos lo que recuerda de su actuación en el tratamiento de una tal señora Karen Terrio.

Abby frunció el entrecejo. Aquello no era lo que esperaba.

–Llevé a cabo la evaluación inicial de la señora Terrio –dijo–. Luego la transferí a neurocirugía. Ellos se hicieron cargo del caso.

–¿Cuánto tiempo la tuvo a su cargo?

–¿Oficialmente? Unas dos horas. Más o menos.

–Y durante aquellas dos horas, ¿qué hizo usted, exactamente?

–La estabilicé. Ordené los análisis rutinarios de laboratorio. Eso debe estar en el registro médico.

–Sí, tenemos copia –intervino Susan Casado.

Le dio una palmadita a la historia clínica que estaba sobre la mesa.

–Lo encontrarán todo documentado ahí –contestó Abby–. Las notas de admisión y las órdenes.

–¿Todo lo que hizo? –preguntó Susan.

–Sí. Todo.

–¿Recuerda si algo de lo que hizo pudo haber afectado negativamente a la paciente?

–No.

–¿O, pensándolo ahora, algo que debía haber hecho?

–No.

–Tengo entendido que la paciente falleció.

–Había sufrido un politraumatismo craneal masivo. Un accidente de tráfico. Se le diagnosticó electroencefalograma plano.

–Después de que usted la tratara.

Impotente, Abby miró alrededor de la mesa.

–¿Podría alguien explicarme, por favor, qué es lo que sucede?

–Lo que sucede –dijo Parr– es que nuestra compañía de seguros, Vanguard Mutual..., es su compañía también..., recibió una notificación por escrito hace unas horas. Fue entregada en mano y firmada por un abogado de Hawkes, Craig and Sussman. Lamento tener que decirle esto, doctora DiMatteo, pero al parecer usted... y Bayside... van a ser demandados por negligencia.

A Abby el aire se le fue de los pulmones con una sensación muy desagradable. Se encontró aferrándose a la mesa, luchando contra la súbita náusea que le subía desde el estómago. Sabía que estaban esperando a que respondiera, pero lo único que logró hacer fue dirigir una mirada de consternación y sacudir la cabeza con incredulidad.

–Veo que no se esperaba esto –dijo Susan Casado.

–Yo... –Abby tragó saliva–. No. No.

–Es sólo la notificación preliminar –intervino Susan Casado–. Comprenderá, por supuesto, que hay una serie de formalidades antes de que se llegue a un juicio real. Primero, el caso será examinado por un grupo de evaluación estatal para determinar si se trata de negligencia o no. Si el grupo decide que no hubo negligencia, todo puede terminar ahí. Pero el demandante tiene derecho a insistir en ir a juicio, a pesar de todo.

–El demandante –murmuró Abby–. ¿Quién es el demandante?

–El marido. Joseph Terrio.

–Tiene que haber un error. Un malentendido...

–Por supuesto que tiene que haber un malentendido –dijo Wettig. Todos miraron al general, que hasta entonces había permanecido en un silencio glacial–. Yo mismo examiné los registros. Página por página. Aquí no hubo ninguna negligencia. La doctora DiMatteo hizo todo lo que tenía que hacer.

–¿Entonces por qué es la única doctora mencionada en la denuncia? –preguntó Parr.

–¿Soy la única? –Abby miró a la abogada–. ¿Y neurocirugía? ¿Y urgencias? ¿No mencionan a nadie más?

–Sólo a usted, doctora DiMatteo –dijo Susan–. Y a su empresa, Bayside.

Abby se apoyó en el respaldo, consternada.

–No lo puedo creer...

–Yo tampoco –dijo Wettig–. No es así como se hacen estas cosas y todos lo sabemos. Los abogados por lo general actúan como francotiradores, mencionan a todo doctor que estuvo a un kilómetro del paciente. Aquí hay algo que no encaja. Hay algo más.

–Es Victor Voss –dijo Abby, con suavidad.

–¿Voss? –Wettig hizo un ademán como descartando el nombre–. No tiene nada que ver con este caso.

–Está empeñado en destruirme. Por eso tiene que ver. –Abby miró a todos los presentes–. ¿Por qué si no soy la única denunciada? De alguna manera Victor Voss se ha puesto en contacto con Joe Terrio y lo ha convencido de que hice algo mal. Si pudiera hablar con Joe...

–De ninguna manera –espetó Susan–. Sería la prueba de que está desesperada. Una advertencia al demandante de que usted sabe que está en un apuro.

–¿Y estoy en un apuro?

–No, todavía no. Si aquí no ha habido negligencia, todo quedará olvidado tarde o temprano. Una vez que el grupo decida a su favor, lo más probable es que la otra parte retire la demanda.

–¿Y qué pasa si sigue adelante con el juicio?

–No tendría sentido. Las costas legales sólo...

–¿No se da cuenta de que Voss debe de estar pagando la cuenta? ¡A él no le importa ganar o perder! Puede pagar un ejército de abogados sólo para tenerme siempre aterrada. Joe Terrio puede ser sólo el primer juicio. Victor Voss puede encontrar a todos los pacientes que alguna vez he tratado. Puede convencer a cada uno de ellos de que me demande.

–Y nosotros somos sus empresarios. Lo que significa que también demandarán a Bayside –dijo Parr.

Parecía hastiado. Casi tan hastiado como se sentía Abby.

–Tiene que haber una manera de diluir esto –dijo Susan–. Alguna manera de acercarse al señor Voss y enfriar la situación.

Nadie dijo nada. Pero Abby, al mirar a Parr, pudo leer el pensamiento que le pasaba por la cabeza: «La manera más rápida de enfriar esto es echarte a ti».

Esperó el golpe. Pero no sucedió nada. Parr y Susan se limitaron a intercambiar miradas.

Entonces Susan dijo:

–Tenemos tiempo. Tenemos meses para maniobrar. Meses para planear una respuesta. Entretanto... –Miró a Abby–. Vanguard Mutual le proporcionará un asesor legal. Le sugiero que hable con su abogado lo antes posible. También será conveniente que piense en contratar un abogado particular.

–¿Le parece que será necesario?

–Sí.

Abby tragó saliva.

–No sé cómo voy a pagarme un abogado...

–En su situación, doctora DiMatteo –dijo Susan–, no puede prescindir de él.

Para Abby, estar de guardia aquella noche fue una bendición encubierta. Una ráfaga de llamadas y urgencias la mantuvo corriendo mucho rato, ocupándose de todo, desde un neumotórax en cuidados intensivos hasta una fiebre posoperatoria en la sala quirúrgica. Le quedó poco tiempo para pensar en el juicio de Joe Terrio. Pero de vez en cuando, en los momentos en que había una tregua entre llamada y llamada, se encontró peligrosamente cerca de las lágrimas. De todos los cónyuges afligidos a los que había consolado y ayudado, Joe Terrio era el último de quien se hubiera esperado una denuncia. «¿Qué es lo que hice mal? –se preguntó–. ¿Pude haber sido más comprensiva? ¿Más considerada? Joder, Joe, ¿qué más querías de mí?»

Fuera lo que fuese, ella sabía que en aquel momento no podría haber dado más de sí misma. Había hecho todo lo que había podido por Karen Terrio. Y a cambio de todas esas horas de angustia, ahora recibía una bofetada.

Estaba enfadada, con los abogados, con Victor Voss, incluso con Joe. Por Joe Terrio sentía lástima, pero también se sentía traicionada por él. Por el mismo hombre cuyo sufrimiento había sentido tanto.

A las diez estuvo por fin libre para retirarse a la sala de guardia. Demasiado angustiada para leer sus revistas, y demasiado desmoralizada para hablar con nadie, ni siquiera con Mark, se tendió en la cama, mirando al techo. Sentía las piernas paralizadas, todo el cuerpo inerte.

«¿Qué demonios haré para soportar esta noche –se preguntó–, si ni siquiera puedo moverme de la cama?»

Pero se movió cuando, a las diez y media, sonó el teléfono. Alargó el brazo para coger el auricular.

–Doctora DiMatteo.

–Llamo desde el quirófano. Los doctores Archer y Hodell la necesitan aquí.

–¿En este momento?

–Lo más pronto que pueda. Tienen un caso en camino.

–Voy ahora mismo.

Abby colgó, suspiró y se pasó las manos por el pelo. A cualquier hora de cualquier otro día, se habría puesto de pie de un salto y corrido a lavarse. Aquella noche apenas podía soportar la idea de estar con Mark y Archer ante la mesa de operaciones.

«Joder, eres cirujana, DiMatteo. ¡Actúa como tal!»

Finalmente fueron sus propios reproches lo que hizo que se levantara y saliera de la sala de guardia.

Encontró a Mark y a Archer arriba, en la sala de cirujanos. Estaban de pie junto al microondas, hablando en voz baja. Ella supo, por la manera en que movieron la cabeza cuando entró, que la conversación era privada. Pero, en cuanto la vieron, los dos sonrieron.

–Ahí está –dijo Archer–. ¿Todo tranquilo en las trincheras?

–Por el momento –dijo Abby–. Me han dicho que tenéis un caso en perspectiva.

–Un trasplante –dijo Mark–. El equipo viene ahora. El problema es que no podemos encontrar a Mohandas. Un residente de quinto año va a sustituirlo, pero podemos necesitarte también a ti para asistir. ¿Tienes ganas de lavarte?

–¿Para un trasplante de corazón? –Una inyección de adrenalina era exactamente lo que Abby necesitaba para sacudirse la depresión. Le hizo una enfática inclinación de cabeza a Mark–. Encantada.

–Hay sólo un pequeño problema –dijo Archer–. La paciente es Nina Voss.

Abby lo miró.

–¿Han encontrado un corazón tan rápidamente?

–Hemos tenido suerte. El corazón viene de Burlington. Victor Voss probablemente sufriría un ataque cardíaco si se llegara a enterar de que trabajamos contigo. Pero vamos a empezar en cualquier momento. Y podemos necesitar otro par de manos en el quirófano. Con tan poco tiempo, eres la elección obvia.

–¿Sigues interesada? –preguntó Mark.

Abby no vaciló siquiera.

–Por supuesto.

–Bien –dijo Archer–, parece que ya tenemos asistente. –Le hizo una inclinación de cabeza a Mark–. Nos vemos en el quirófano tres, dentro de veinte minutos.

A las once y media de la noche recibieron la llamada del cirujano torácico del Wilcox Memorial Hospital de Burlington, Vermont. Habían terminado la extracción, el órgano parecía estar en excelente estado y en ese mismo instante lo mandaban al aeropuerto. Conservado a cuatro grados centígrados, con los latidos paralizados temporalmente por una perfusión concentrada de potasio, el corazón se mantendría con vida sólo entre cuatro y cinco horas. Sin flujo sanguíneo a las arterias coronarias, cada minuto que pasaba –tiempo isquémico– podía desembocar en la muerte de algunas células miocardíacas más. Cuanto más largo fuera el tiempo isquémico menos probabilidades habría de que el corazón funcionara en el pecho de Nina Voss.

El avión, en vuelo de emergencia, tardaría como máximo una hora y media.

A medianoche, el equipo de trasplantes del Bayside Hospital estaba reunido y vestido con indumentaria de quirófano. Junto con Bill Archer, Mark y el anestesista Frank Zwick había un pequeño ejército de personal de apoyo: enfermeras, una encargada de las transfusiones de sangre, el cardiólogo Aaron Levi y Abby.

Trasladaron a Nina Voss al quirófano 3.

A la una y media se produjo la llamada del aeropuerto internacional Logan: el avión había aterrizado.

Era la señal para que los cirujanos se dirigieran al área de esterilización. Mientras se lavaba en la pileta, Abby pudo ver el quirófano 3 por dentro; allí estaba el resto del equipo de trasplantes, atareado con los preparativos. Las enfermeras disponían las bandejas con el instrumental y abrían paquetes de vendas esterilizadas. La encargada de las transfusiones recalibraba el *bypass*, que parecía un armario. Un residente de quinto año esperaba para marcar el campo operatorio.

Sobre la mesa de operaciones, en medio de una maraña de cables de electrocardiogramas y cánulas intravenosas, estaba Nina Voss. Parecía hallarse al margen de la actividad que se desarrollaba a su alrededor. El doctor Zwick se encontraba junto a ella, murmurándole palabras suavemente mientras le inyectaba pentobarbital en la cánula intravenosa. Los párpados de ella se agitaron y se cerraron. Zwick le colocó la mascarilla sobre la boca y la nariz y, con la bolsa adherida a la mascarilla, le inyectó un poco de oxígeno en rápida sucesión y entonces se la quitó.

El siguiente paso tenía que ser rápido. La paciente estaba en aquel momento inconsciente, incapaz de respirar por sí misma. Echándole la cabeza hacia atrás, Zwick le metió la hoja curva de un laringoscopio en la garganta, localizó las cuerdas vocales e insertó el tubo de plástico endotraqueal. Una bolsa inflada con aire mantendría el tubo en su lugar en la tráquea. Zwick conectó el tubo al respirador y el pecho de Nina comenzó a subir y bajar con el ruido de los fuelles. La intubación había tardado menos de treinta segundos.

Encendieron las lámparas del quirófano y las dirigieron a la mesa. Inundada por aquel resplandor brillante, Nina parecía espectral, fantasmal. Una enfermera apartó la sábana que le cubría el cuerpo y dejó el torso al descubierto: las costillas arqueadas debajo de la piel pálida, los pechos pequeños, casi hundidos. El residente procedió a desinfectar el campo operatorio, pintando anchas franjas de yodo sobre la piel.

Las puertas del quirófano se abrieron ruidosamente cuando Mark, Archer y Abby entraron con las manos en alto y los codos chorreando agua. Los recibieron con toallas, batas y guantes esterilizados. Cuando todos estuvieron adecuadamente vestidos, Nina Voss ya estaba preparada.

Archer se acercó a la mesa de operaciones.

–¿Todavía no ha llegado? –preguntó.

–Lo esperamos –contestó una enfermera.

–Apenas hay veinte minutos desde Logan.

–Quizá se hayan encontrado con un atasco.

–¿A las dos de la madrugada?

–Joder –dijo Mark–. Es lo único que nos faltaba. Un accidente.

Archer miró los monitores.

–Pasó en la Mayo. Traían un riñón desde Texas, nada menos. Justo a la salida del aeropuerto la ambulancia chocó contra un camión. El órgano se destrozó. Y era perfectamente compatible.

–Estás bromeando –dijo Zwick.

–Oye, ¿voy a reírme yo de un riñón?

El residente de quinto año miró el reloj de la pared.

–Ya han pasado casi tres horas desde la extracción.

–Tranquilos. Tranquilos –dijo Archer.

Sonó el teléfono. Las cabezas de todos se volvieron a mirar a la enfermera que fue a atenderlo. Segundos después colgó y anunció:

–Está abajo. El correo está subiendo desde urgencias.

–Bien –ordenó Archer–. Cortamos.

Desde donde estaba, Abby sólo podía ver una parte del procedimiento y, además, de manera intermitente, tapada por el hombro de Mark. Archer y Mark trabajaban rápida y ordenadamente. Hicieron una incisión para la esternotomía, poniendo al descubierto primero los tejidos y luego el hueso.

Sonó el interfono de la pared.

–El doctor Mapes, del equipo de extracciones, está aquí con una entrega especial –fue el mensaje que se oyó desde el escritorio del quirófano.

–Estamos poniendo cánulas –dijo Mark–. Que se una a la diversión.

Abby miró hacia la puerta del quirófano. A través de la ventana pudo ver el área de esterilización del otro lado, donde había un hombre esperando. Junto a él, sobre una camilla, un pequeño contenedor. El mismo tipo de contenedor en el que ella había transportado el corazón de Karen Terrio.

–Entrará tan pronto como se cambie de ropa –dijo la enfermera.

Un momento después el doctor Mapes entró, vestido con la indumentaria de quirófano. Era un hombre pequeño con una frente muy estrecha y una nariz que sobresalía debajo de la mascarilla como el pico de un halcón.

–Bienvenido a Boston –dijo Archer, mirando al visitante–. Soy Bill Archer. Él es Mark Hodell.

–Soy Leonard Mapes. Asistí al doctor Nicholls en Wilcox.

–¿Buen vuelo, Len?

–No me habría venido mal un trago.

Archer esbozó una sonrisa que se vio incluso a través de la mascarilla.

–¿Qué regalo de Navidad nos traes, Len?

–Uno bonito. Creo que os va a gustar.

–Espera a que termine con las cánulas y lo miro.

Poner cánulas en la aorta ascendente era el primer paso para conectar a la paciente a la máquina de *bypass*. Aquella cajita achatada, bajo el cuidado de la encargada de las transfusiones, asumiría temporalmente la tarea del corazón y los pulmones, recogiendo sangre venosa, devolviéndole oxígeno y mandándola a la aorta de la paciente.

Con sutura de seda, Archer cosió dos cordones corredizos en la pared de la aorta ascendente. Con la punta de un bisturí hizo una punción diminuta en el vaso. Saltó la sangre. Rápidamente insertó la cánula arterial en la incisión y apretó los cordones. La sangre se redujo a casi nada y se detuvo cuando él cosió en su lugar la punta de la cánula. El otro extremo de la cánula estaba conectado a la cánula arterial del *bypass*.

Mark, con Abby retractando, ya comenzaba a poner cánulas en las venas.

–Bien –dijo Archer, apartándose de la mesa–, desenvolvamos el regalo.

Una enfermera quitó los envoltorios que protegían el contenedor y sacó el órgano, envuelto en dos bolsas de plástico. Desató las ataduras y dejó caer el corazón en una palangana con solución fisiológica estéril.

Con suavidad, Archer levantó aquel órgano helado de su baño.

–Buen trabajo de incisión –comentó–. Han hecho un buen trabajo.

–Gracias –dijo Mapes.

Archer deslizó un dedo enguantado por la superficie.

–Arterias suaves y lisas. Limpio como el agua.

–Parece un poco pequeño, ¿no? –dijo Abby, mirando desde el otro lado de la mesa–. ¿Qué peso tenía el donante?

–Cuarenta y cuatro kilos –dijo el doctor Mapes.

Abby frunció el entrecejo.

–¿Adulto?

–Un adolescente, estaba sano. Un chico.

Abby vio un relámpago de pena en los ojos de Archer. Recordó entonces que éste tenía dos hijos adolescentes. Con suavidad dejó el órgano en su baño de solución fisiológica helada.

–Éste no se echará a perder –dijo.

Y volvió a centrarse en Nina.

Mark y Abby ya habían terminado de poner cánulas en las venas. Insertaron dos tubos Tygon con recipientes de metal en el extremo en la aurícula derecha, con incisiones y asegurados con suturas de cordones corredizos. La sangre venosa sería recogida por esas cánulas y llevadas al oxigenador.

A continuación, Archer y Mark, juntos, cerraron la vena cava inferior y superior, obstruyendo el regreso de la sangre al corazón.

–Cierro ahora la aorta –anunció Mark al cerrar la aorta ascendente.

El corazón, sin el aflujo venoso ni la salida arterial, se había convertido en una bolsa inútil. La circulación de Nina Voss estaba bajo el control de la encargada de las transfusiones y su máquina mágica. También bajo el control de ésta estaba la temperatura del cuerpo. Enfriando los fluidos, el cuerpo podía ser enfriado lentamente a veinticinco grados centígrados: una hipotermia profunda. Esto preservaría a las células de miocardio recién implantadas y reduciría el consumo de oxígeno del cuerpo.

Zwick apagó el respirador. El zumbido rítmico de los fuelles cesó. No había necesidad de inyectar aire en los pulmones cuando el aparato de *bypass* estaba haciendo todo el trabajo.

Ya se podía proceder al trasplante.

Archer cortó la aorta y las arterias pulmonares. La sangre inundó el pecho y se derramó por el suelo. Una enfermera arrojó inmediatamente una toalla para secar el charco. Archer siguió trabajando, haciendo caso omiso del sudor que le perlaba la frente y de las luces. Enseguida cortó la aurícula. Más sangre, y más oscura, que le salpicó la bata. Entró hasta los codos en la cavidad del pecho. El corazón enfermo de Nina Voss, pálido y fláccido, fue extraído y arrojado a una palangana. Ya sólo quedaba un agujero abierto.

Abby miró la pantalla del monitor y sintió una alarma automática al ver la línea plana del electrocardiograma. Claro que no había registro. No había corazón. De hecho, todos los signos vitales habían cesado. Los pulmones estaban quietos. El corazón había desaparecido. Sin embargo, la paciente seguía viviendo.

Mark levantó el corazón donado de la palangana y lo colocó en el pecho.

–Hay gente que llama a esto «trabajo de fontanería hipercualificado» –dijo, haciendo girar el corazón para que coincidiera la cámara atrial izquierda–. Piensan que es como coser un animal disecado o algo parecido. Pero si te distraes un segundo, antes de que puedas darte cuenta estás cosiendo el corazón al revés.

El residente de quinto año rió.

–No es un chiste. Ha sucedido.

–Solución salina –dijo Archer, y una enfermera volcó una palangana de solución fisiológica helada sobre el corazón para mantenerlo frío a pesar del calor emitido por las lámparas.

–Hay mil cosas que pueden fallar –dijo Mark, mientras su aguja de suturar penetraba profunda y casi salvajemente en la aurícula izquierda–. Reacción a los medicamentos. Desastres anestésicos. Y, además, siempre se le echa la culpa al cirujano.

–Aquí se está acumulando mucha sangre –dijo Archer–. Succiona, Abby.

El siseo del aparato de succión dio lugar a un tenso silencio y los cirujanos comenzaron a trabajar más rápido. Se oía sólo el susurro de la bomba oxigenadora y el clic de las abrazaderas de las agujas cuando las fauces serradas se cerraban a cada nueva puntada. A pesar de la succión repetida de Abby, la sangre seguía empapando las gasas y cayendo al suelo. Las toallas del suelo estaban empapadas. Los cirujanos las apartaban de un puntapié y las enfermeras arrojaban otras secas.

Archer desechó la aguja de suturar.

–Anastomosis atrial derecha lista.

–Catéter de perfusión –dijo Mark.

Una enfermera se lo alcanzó. Él lo introdujo en la aurícula izquierda e inyectó solución fisiológica a cuatro grados centígrados. El flujo de líquido helado enfrió el ventrículo y lavó cualquier bolsa de aire que hubiera dentro.

–Fenomenal –dijo Archer, acomodando el corazón para coser la anastomosis aórtica–. Enganchemos estos tubos.

Mark miró el reloj de pared.

–Fíjate, vamos por delante del horario previsto, compañeros. Qué equipo.

Sonó el interfono. Era la enfermera del escritorio del quirófano.

–El señor Voss quiere saber cómo está su esposa.

–Bien –dijo Archer–. Ningún problema.

–¿Cuánto les falta para acabar?

–Una hora. Dígale que espere.

El interfono calló. Archer miró a Mark.

–No me cae nada bien.

–¿Voss?

–Le encanta controlarlo todo.

–No me digas.

La aguja de suturar de Archer entraba y salía de la resplandeciente pared aórtica.

–Pero supongo que, teniendo su dinero, a mí también me gustaría dirigir la orquesta.

–¿Cómo lo ganó? –preguntó el residente de quinto año.

Archer lo miró sorprendido.

–¿No has oído hablar de Victor Voss? ¿Te suena VMI

International? Fabrica de todo, desde productos químicos a robots.

–¿La V de VMI es de Voss?

–Así es. –Archer remató y cortó la última sutura–. Aorta hecha.

–El catéter de perfusión está saliendo –dijo Mark y se volvió hacia Abby–. Ten esos dos cables listos para la inserción.

Archer tomó una aguja de suturar nueva de la bandeja y comenzó la anastomosis pulmonar. Aún no había terminado de atar cuando vio que el órgano se henchía.

–¡Mirad eso! –dijo–. Medio congelado y ya hay contracción espontánea. Se muere por empezar a bailar.

–Cables colocados –intervino Mark.

–Perfusión de isuprel entrando –dijo Zwick–. Dos microgramos.

Observaron y esperaron a que el isuprel hiciera efecto, a que el corazón repitiera la contracción.

Permaneció inerte como una bolsa vacía.

–Vamos –inquirió Archer–. No me decepciones.

–¿Desfibrilador? –preguntó una enfermera.

–No, quiero darle una oportunidad.

Lentamente el corazón se contrajo en un nudo del tamaño de un puño y luego quedó fláccido.

–Aumentando isuprel a tres microgramos –anunció Zwick.

Hubo otra contracción. Luego nada.

–Adelante –dijo Archer–. Dale un poco más.

–Cuatro microgramos –anunció Zwick, seleccionando la solución intravenosa.

El corazón se contrajo y se aflojó. Se contrajo y se aflojó.

Zwick miró el monitor. Las púas de las ondas QRS atravesaban la pantalla.

–El ritmo sube a cincuenta. Sesenta y cuatro. Setenta...

–Pon ciento diez –dijo Mark.

–Eso estoy haciendo –contestó Zwick, ajustando el isuprel.

Archer le dijo a la enfermera de turno:

–Por favor, avise por el interfono a recuperación de que estamos a punto de cerrar.

–Ritmo ciento diez –dijo Zwick.

–Bien –contestó Mark–. Saquémosla del *bypass*. Quiten esas cánulas.

Zwick encendió el respirador. Todos en la sala parecieron exhalar a la vez un suspiro de alivio.

–Esperemos que ella y este corazón se lleven bien –dijo Mark.

–¿Sabemos cuál es la compatibilidad de HLA? –preguntó Archer.

Se volvió a buscar al doctor Mapes.

No había nadie detrás de él.

Abby había estado tan concentrada en la operación que no se había dado cuenta de que el doctor Mapes se había ido.

–Se fue hace veinte minutos –dijo una de las enfermeras.

–¿Así, sin más?

–Tal vez tenía que coger un avión –contestó ella.

–No he podido ni siquiera estrecharle la mano –intervino Archer. Se volvió hacia la paciente que tenía sobre la mesa–. Muy bien. Cerremos.

7

Nadiya ya había tenido suficiente. Todos los chillidos, las exigencias, toda aquella energía infantil acumulada que salía con regularidad a la superficie expresándose con empujones y palabras procaces la había dejado sin fuerzas. Y en aquel momento los mareos. Gregor, el grandísimo animal, también estaba mareado, como casi todos los niños. En los peores días, cuando el casco del barco golpeaba como un martillo sobre el yunque del mar del Norte, todos yacían gimiendo en sus literas y los ruidos y olores de su calvario penetraban hasta las cubiertas de arriba. En aquellos días, el comedor de abajo permanecía oscuro y medio vacío; los pasillos estaban desiertos y el barco era como un buque fantasma grande y gemidor guiado por las manos de una tripulación espectral.

Yákov jamás se había divertido tanto.

Incólume al menor asomo de náusea, vagabundeaba libre por todo el barco. Nadie se lo impedía. Es más, la tripulación parecía disfrutar con su presencia. Visitaba a Kubichev en el cuarto de máquinas y, en aquel ruidoso infierno de pistones y olor a gasóleo, los dos jugaban al ajedrez. A veces, Yákov incluso le ganaba. Cuando tenía hambre iba a la cocina, donde Lubi, el cocinero, le ofrecía té, sopa de remolachas y *medivnyk*, la apetitosa tarta de miel con especias de su Ucrania natal. Lubi nunca hablaba mucho. «¿Más?», decía; o «¿Suficiente, eh?». Hasta ahí llegaba su conversación. Para él, la comida que servía era de por sí bastante elocuente. Además, estaba la polvorienta bodega para explorar, y el cuarto de la radio con los diales y los botones, y la cubierta con los botes salvavidas tapados por lonas, donde podía esconderse. El único lugar adonde no había podido llegar era el sector extremo de popa. No había manera de llegar allí.

Pero su lugar preferido era el puente. El capitán Dibrov y el piloto le daban la bienvenida con indulgentes sonrisas y le permitían sentarse ante la mesa de cartas marinas. Allí seguía con el índice de su única mano el curso que habían navegado. Desde el puerto de Riga por el mar Báltico, a través del canal más allá de Malmö y Copenhague, rodeando la punta superior de Dinamarca, cruzando el mar del Norte y sus plataformas de petróleo con nombres como Montrose, Forties y Piper.

El mar del Norte era más grande de lo que Yákov había imaginado; no era el charquito azul que aparecía en el mapa, sino dos días de agua. Y pronto, le había dicho el piloto, cruzarían un mar aún más grande: el océano Atlántico.

–No van a vivir tanto tiempo –predijo Yákov.

–¿Quiénes?

–Nadiya y los otros niños.

–Claro que sí –contestó el piloto–. Todo el mundo se marea en el mar del Norte. Pero luego se les acomoda el estómago. Tiene que ver con el oído interno.

–¿Qué tiene que ver el oído con el estómago?

–Percibe el movimiento. Demasiado movimiento lo confunde.

–¿Cómo?

–No lo sé muy bien. Pero así funciona.

–Yo no estoy mareado. ¿Tengo el oído interno diferente?

–A lo mejor eres un marino nato.

Yákov se miró el muñón del brazo izquierdo y negó con la cabeza.

–A mí no me lo parece.

El piloto sonrió.

–Tienes un buen cerebro. El cerebro es mucho más importante. Te va a hacer falta en el lugar al que vas.

–¿Por qué?

–En los Estados Unidos, si eres inteligente, puedes hacerte rico. Tú quieres ser rico, ¿verdad?

–No lo sé.

El piloto y el capitán rieron.

–Me parece que el niño no tiene tanto cerebro, después de todo –dijo el capitán.

Yákov lo miró sin sonreír.

–Ha sido una broma –dijo el piloto.

–Lo sé.

–¿Por qué nunca te ríes, criatura? En todos estos días no te he visto reír ni una sola vez.

–Nunca tengo ganas.

El capitán lanzó una exclamación.

–Tiene tanta suerte que va a vivir con una familia rica en los Estados Unidos y no tiene ganas de reírse. ¿Qué es lo que te pasa?

Yákov se encogió de hombros y volvió a mirar el mapa.

–Tampoco lloro.

Alexéi estaba encogido en la litera inferior con *Shu-Shu* apretada contra el pecho. Se despertó sobresaltado cuando Yákov se sentó en su colchón.

–¿No te vas a levantar nunca? –preguntó Yákov.

Alexéi cerró los ojos.

–Estoy enfermo.

–Lubi ha preparado albóndigas de cordero para la cena. Me he comido nueve.

–No me hables de eso.

–¿No tienes hambre?

–Claro que tengo hambre. Pero estoy demasiado enfermo; no puedo comer.

Yákov suspiró y miró a su alrededor. Había ocho literas en el camarote y seis estaban ocupadas por niños demasiado enfermos para jugar. Ya había visitado los demás camarotes donde los niños estaban igual de enfermos. ¿Duraría esto también mientras cruzaran el Atlántico?

–Es por tu oído interno –dijo Yákov.

–¿De qué hablas? –gimió Alexéi.

–De tu oído. Te está descomponiendo el estómago.

–Yo no tengo nada en los oídos.

–Hace cuatro días que estás enfermo. Tienes que levantarte y comer.

–Ah, déjame tranquilo.

Yákov cogió a *Shu-Shu* y retrocedió.

–¡Dámela! –gritó Alexéi.

–Ven a buscarla.

–¡Dámela!

–Primero levántate. Vamos. –Yákov se alejó de la litera cuando Alexéi hizo ademán de coger la perra de peluche–. Te sentirás mejor si te levantas de la cama.

Alexéi se incorporó. Por un momento se encogió en el borde del colchón y movió la cabeza siguiendo los movimientos del barco. De pronto se llevó la mano a la boca, se puso dificultosamente de pie y se arrastró por la habitación. Vomitó en el lavabo. Gimió y volvió a la litera.

Con solemnidad, Yákov le devolvió a *Shu-Shu*.

Alexéi abrazó a la perra de peluche contra el pecho.

–Ya te he dicho que me encontraba mal. Ahora, vete.

Yákov salió del camarote de los niños y anduvo por el desierto corredor. Llamó con los nudillos a la puerta del camarote de Nadiya, pero no obtuvo respuesta. Entonces fue al camarote de Gregor y volvió a llamar.

–¿Quién es? –fue el gruñido.

–Soy yo, Yákov. ¿Tú también sigues enfermo?

–Vete a la mierda y déjame tranquilo.

Yákov se fue. Paseó un rato por el barco, pero Lubi se había ido a acostar. El capitán y el piloto estaban demasiado ocupados para hablar con él.

Como siempre, estaba solo.

Bajó al cuarto de máquinas a visitar a Kubichev.

Prepararon el tablero. Yákov movió primero: peón cuatro rey.

–¿Alguna vez has estado en los Estados Unidos? –preguntó Yákov por encima del rumor de los pistones.

–Dos veces –dijo Kubichev, avanzando el peón de la reina.

–¿Te gustó?

–No lo sé. Siempre nos ordenan que nos quedemos en el barco apenas llegamos a un puerto. Nunca veo un carajo.

–¿Por qué ordena eso el capitán?

–No es el capitán. Es la gente de la cabina de popa.

–¿Qué gente? Yo nunca los he visto.

–Nadie los ve.

–Entonces ¿cómo sabes que están ahí?

–Pregúntale a Lubi. Él cocina para ellos. Alguien se come lo que él les manda. ¿Vas a mover o no?

Muy concentrado, Yákov avanzó otro peón.

–¿Por qué no dejas el barco cuando lleguemos a puerto? –preguntó.

–¿Para qué?

–Para quedarte en los Estados Unidos y hacerte rico.

Kubichev gruñó.

–Me pagan bien. No me quejo.

–¿Cuánto te pagan?

–Eres demasiado curioso.

–¿Mucho?

–Más de lo que ganaba antes. Más de lo que gana mucha gente. Y sólo por ir y venir por este maldito Atlántico.

Yákov movió la reina.

–¿Entonces es un buen trabajo ser maquinista de un barco?

–Ese movimiento es una estupidez, ¿cómo vas a sacar la reina? ¿Por qué has hecho eso?

–Estoy probando cosas nuevas. ¿Me convendría hacerme maquinista de barco algún día?

–No.

–Pero te pagan mucho.

–Sólo porque trabajo para la Compañía Sigayev. Ellos pagan muy bien.

–¿Por qué?

–Pues porque no abro la boca.

–¿Por qué?

–¿Cómo cojones quieres que lo sepa? –Kubichev alargó el brazo por encima del tablero–. Te como la reina con el caballo. ¿Ves cómo era un movimiento estúpido?

–Un experimento –dijo Yákov.

–Bueno, espero que te haya enseñado algo.

Pocos días después, en el puente, Yákov le preguntó al piloto:

–¿Qué es la Compañía Sigayev?

El piloto le dirigió una mirada sorprendida.

–¿Dónde has oído ese nombre?

–Me lo dijo Kubichev.

–No tendría que habértelo dicho.

–Así que tú tampoco quieres hablar –dijo Yákov.

–Exactamente.

Por un momento, Yákov no dijo nada. Observó al piloto ocupado con su equipo electrónico. Había una pequeña pantalla con unos numeritos que aparecían y desaparecían continuamente, y el piloto los iba anotando en un libro y luego miraba el mapa.

–¿Dónde estamos? –preguntó Yákov.

–Aquí. –El piloto señaló una *x* diminuta en el mapa. Estaba en medio del océano.

–¿Cómo lo sabes?

–Por los números. Los leo en la pantalla. La latitud y la longitud. ¿Ves?

–Hay que ser muy inteligente para ser piloto, ¿no?

–En realidad, no tanto.

En aquel momento el hombre estaba moviendo dos reglas de plástico sobre la superficie del mapa. Estaban unidas por unas bisagras y las hizo sonar al deslizarlas sobre la rosa de los vientos que había al borde del mapa.

–¿Estáis haciendo algo ilegal? –preguntó Yákov.

–¿Qué?

–¿Por eso no podéis hablar?

El piloto suspiró.

–Mi única responsabilidad es guiar este barco de Riga a Boston y después de regreso a Riga.

–¿Siempre lleváis huérfanos?

–No. Por lo general llevamos carga. Cajas. Yo no pregunto qué hay dentro. No hago preguntas, y punto.

–Entonces podrías estar haciendo algo ilegal.

El piloto rió.

–Eres un diablillo.

Comenzó a escribir otra vez en su cuaderno, registrando números en ordenadas columnas.

El niño lo observó un rato en silencio. Luego dijo:

–¿Crees que alguien me adoptará?

–Claro que sí.

–¿Incluso con esto? –Yákov levantó el muñón.

El piloto lo miró y Yákov vio compasión en los ojos del hombre.

–Estoy seguro de que alguien te adoptará.

–¿Cómo lo sabes?

–Bueno, alguien ha pagado tu pasaje, ¿no? Y también ha arreglado tus papeles.

–Yo no he visto mis papeles. ¿Tú los has visto?

–No es asunto mío. Mi única responsabilidad es llevar este barco a Boston. –Apartó a Yákov–. ¿Por qué no vas a jugar con los otros niños? Anda, ve.

–Todavía no se encuentran bien.

–Bueno, ve a jugar a otro lado.

De mala gana, Yákov dejó el puente y se fue a la cubierta. Estaba solo allí.

Se apoyó contra la barandilla de la borda y se puso a mirar el agua que saltaba ante la proa.

Yákov pensó en los peces que nadarían en algún lugar allí abajo, en su mundo gris y turbio, y de pronto sintió que no podía respirar: la imagen del agua arremolinada era sofocante. Pero no podía moverse. Se quedó junto a la barandilla, aferrado a ella con su única mano, dejándose arrebatar por pensamientos espantosos de un agua fría y profunda.

El miedo era algo que hacía muchísimo tiempo que no sentía.

Pero ahora lo sentía.

8

Había tenido el mismo sueño dos noches seguidas. Las enfermeras le dijeron que era por la medicación que le estaban administrando. La metilprednisolona, la ciclosporina y los calmantes. Los fármacos le revolvían la cabeza. Y después de semanas de hospitalización, cómo no tener malos sueños. Le pasaba a todo el mundo. No era para preocuparse. Los sueños ya se irían.

Pero aquella mañana, acostada en su cama de la unidad de cuidados intensivos, con los ojos llenos de lágrimas, Nina Voss supo que el sueño no se iría, que no se iría nunca, que era parte de ella del mismo modo que su nuevo corazón.

Con suavidad, se tocó las vendas del pecho. Habían pasado dos días desde la operación y aunque el dolor comenzaba a ceder, todavía la despertaba por las noches, recordándole el regalo que había recibido. Era un buen corazón, fuerte. Lo supo al día siguiente de la operación. Durante los largos meses de su enfermedad había olvidado lo que era tener un corazón fuerte. Caminar sin que falte el aire. Sentir que la sangre bombea, cálida y vital, en los músculos. Mirarse los dedos y maravillarse del rubor rosáceo de los vasos capilares. Había vivido tanto tiempo esperando la muerte, aceptando la muerte, que la vida se le hacía extraña. Pero en aquel momento podía verla en sus propias manos. Podía sentirla en la punta de los dedos.

Y en el latido de aquel nuevo corazón.

Todavía no lo sentía como propio. Tal vez nunca lo sintiera.

De niña, a menudo heredaba la ropa de su hermana mayor, los buenos jerséis de lana de Caroline, los vestidos de fiesta casi sin usar. Aunque la ropa pasaba sin el menor asomo de duda a ser de Nina, nunca dejaba de pensar que era de su hermana. En su cabeza, siempre serían los vestidos de Caroline, las faldas de Caroline.

«¿Y tú, corazón, de quién eres?», pensó tocándose el pecho suavemente con la mano.

A mediodía llegó Victor y se sentó junto a su cama.

–Tuve ese sueño otra vez –le contó ella–. El sueño del chico. ¡Fue tan claro esta vez! Cuando me desperté, no podía dejar de llorar.

–Son los esteroides, amor mío –le contestó él–. Ya te advirtieron de los efectos secundarios.

–Creo que quiere decir algo. ¿No te das cuenta? Tengo una parte de él dentro de mí. Una parte que todavía vive. Puedo sentirlo...

–Esa enfermera nunca debió decirte que fue de un chico.

–Fui yo quien lo pregunté.

–Da igual; no tendría que habértelo dicho. No beneficia a nadie revelar esa información. Ni a ti ni al muchacho.

–No –dijo ella con suavidad–. Al muchacho, no. Pero la familia..., si tenía familia...

–Seguramente no quieren que se les recuerde lo sucedido. Piénsalo, Nina. Es un asunto estrictamente confidencial. Es razonable que lo sea.

–¿Sería tan malo mandarle a la familia una carta de agradecimiento? Totalmente anónima. Sólo una sencilla...

–No, Nina. Definitivamente, no.

Nina se dejó caer silenciosamente entre las almohadas. Se estaba portando como una tonta otra vez. Victor tenía razón. Victor siempre tenía razón.

–Estás espléndida hoy, mi amor –dijo él–. ¿Todavía no te han sentado en una silla?

–Dos veces –dijo Nina.

De pronto le pareció que hacía muchísimo frío en la habitación. Apartó la mirada y se estremeció.

Pete estaba sentado en una silla junto a la cama de Abby, mirándola. Llevaba el uniforme azul de *boy scout*, el de los parches en las mangas y las cuentas de plástico que colgaban del bolsillo del pecho, una por cada hazaña. No llevaba la gorra. ¿Dónde la había dejado?, se preguntó ella. Y entonces recordó que se había perdido, que ella y sus hermanas la habían buscado y buscado por toda la carretera pero no la habían encontrado en ningún lugar cerca de los restos retorcidos de la bicicleta.

Hacía mucho que no iba a visitarla, desde la noche en que ella se marchó a estudiar a la facultad. Cuando la visitaba, siempre hacía lo mismo: se sentaba a mirarla, sin hablar.

–¿Dónde has estado, Pete? –le preguntó ella–. ¿Por qué cuando vienes no me dices nada?

Él seguía mirándola, con los ojos mudos y los labios inmóviles. El cuello de la camisa azul estaba almidonado y rígido, como se lo había planchado su madre para el entierro. Se volvió y miró hacia la otra habitación. Parecía que lo llamaba una nota musical. Comenzó a diluirse, como el agua agitada.

–¿Qué quieres decirme? –preguntó ella.

Las aguas en aquel momento se arremolinaban, se hacían espumosas con todas aquellas notas musicales. Otro sonido discordante como de campanas llevó a la desintegración total. Sólo quedó la oscuridad.

Y el teléfono que sonaba.

Abby alargó el brazo y cogió el auricular.

–DiMatteo.

–La llamamos de la UCIC. Creo que debería venir.

–¿Qué pasa?

–La señora Voss, de la cama quince. El trasplante. Tiene fiebre. Treinta y ocho con seis.

–¿Y las demás constantes vitales?

–Presión arterial diecisiete. Pulso noventa y seis.

–Enseguida voy.

Abby colgó y encendió la luz. Eran las dos de la madrugada. La silla junto a su cama estaba vacía. Ni rastro de Pete. Entre gemidos, salió de la cama y se arrastró hasta el otro lado de la habitación, para llegar al lavabo, donde se lavó la cara con agua fría. La temperatura no la afectó. Sintió el agua como si estuviera bajo los efectos de la anestesia.

«Despiértate, despiértate –se decía a sí misma–. Tienes que saber qué demonios vas a hacer. Fiebre posoperatoria. Trasplante de hace tres días. Primer paso: examinar la herida. Examinar los pulmones, el abdomen. Pedir una radiografía de tórax y cultivos. Y mantener la calma.»

No podía darse el lujo de cometer errores. No en aquel momento y, sobre todo, no con aquella paciente.

Cada mañana, durante los últimos tres días, había entrado en Bayside sin saber si todavía tenía trabajo. Y todas las tardes, a las cinco, había exhalado un suspiro de alivio por haber sobrevivido otras veinticuatro horas. Cada día que pasaba, la crisis parecía un poco más difusa, y las amenazas de Parr, más remotas. Ella sabía que tenía a Wettig de su lado, y a Mark. Con la ayuda de los dos, quizá..., sólo quizá..., podría conservar el trabajo. No quería dar a Parr ningún motivo para que pusiera en duda su aptitud como médica, de manera que había sido especialmente meticulosa en el trabajo, había verificado y vuelto a verificar cada resultado de laboratorio, cada dato fisiológico. Y había tenido mucho cuidado en mantenerse alejada de la habitación de Nina Voss. Otro encuentro violento con Victor Voss era lo último que necesitaba.

Pero ahora Nina Voss tenía fiebre y Abby era la residente de guardia. No podía eludir su responsabilidad: tenía un trabajo que hacer.

Se puso las zapatillas de deporte y salió de la habitación de guardia.

A altas horas de la noche, un hospital parece un lugar surrealista. Los corredores están vacíos, las luces son demasiado fuertes y el lógico cansancio hace que los ojos vean curvarse y ondularse todas aquellas paredes blancas como si fueran túneles en movimiento. Ella avanzaba a través de uno de aquellos pasillos, con el cuerpo todavía aturdido y el cerebro luchando por ponerse en funcionamiento. Sólo su corazón había superado la crisis como correspondía: latía con todas sus fuerzas.

Dobló una esquina y llegó a la UCIC.

Durante la noche se bajaba la intensidad de las luces: concesión de la tecnología moderna a las necesidades diurnas de los pacientes. En la media luz del cuarto de las enfermeras, los patrones eléctricos de los corazones de dieciséis pacientes se registraban en dieciséis pantallas. Una mirada a la pantalla número 15 confirmó que el pulso de la señora Voss estaba acelerado. Cien pulsaciones.

La enfermera cogió un teléfono que sonaba y dijo:

–Es el doctor Levi. Quiere hablar con el residente de guardia.

–Yo atenderé la llamada –contestó Abby y cogió el auricular–. Hola, doctor Levi. Soy Abby DiMatteo.

Hubo un silencio.

–¿Eres tú la que estás de guardia esta noche? –dijo, y ella notó un claro tono de desaliento en su voz.

De inmediato entendió la razón. Abby era la última persona que él querría que pusiera las manos sobre Nina Voss. Pero aquella noche no había otra alternativa: ella era la residente de guardia más antigua.

–Estaba a punto de examinar a la señora Voss –dijo–. Tiene fiebre.

–Sí, me han avisado. –Hubo otro silencio.

Ella se sumergió en aquel vacío, decidida a mantener la conversación en un plano estrictamente profesional.

–Haré el reconocimiento usual para estos casos. La examinaré. Pediré una analítica completa y cultivos, orina y radiografía de tórax. Tan pronto tenga los resultados te llamo.

–Está bien –contestó él por fin–. Estaré esperando tu llamada.

Abby se puso una bata de quirófano y entró en el cubículo de Nina Voss. Habían dejado encendida una sola lámpara, que brillaba suavemente encima de la cama. Debajo de aquel difuso cono de luz, los cabellos de Nina Voss despedían un destello plateado sobre la almohada. Tenía los párpados cerrados y las manos cruzadas sobre el cuerpo en un extraño simulacro del reposo eterno. La princesa en el sepulcro, pensó Abby. Se acercó a un lado de la cama y le habló con suavidad:

–¿Señora Voss?

Nina abrió los ojos. Poco a poco, la mirada enfocó a Abby.

–¿Sí?

–Soy la doctora DiMatteo –dijo Abby–. Una residente de cirugía.

Vio el relámpago del reconocimiento en los ojos de aquella mujer.

«Me conoce –pensó Abby–, sabe quién soy. La profanadora de tumbas. La ladrona de cuerpos.»

Nina Voss no dijo nada, simplemente la miró con aquellos ojos insondables.

–Tiene fiebre –le explicó Abby–. Tenemos que averiguar por qué. ¿Cómo se siente, señora Voss?

–Estoy... cansada. Eso es todo –susurró Nina–. Sólo estoy cansada.

–Tendré que examinarle la herida.

Abby encendió las luces y con mucho cuidado le quitó las vendas de la herida. La incisión parecía limpia, no se veía enrojecimiento ni hinchazón. Sacó el estetoscopio y siguió con el resto de la rutina en estos casos. Oyó el fluir normal del aire en los pulmones. Tanteó el abdomen. Examinó los oídos, la nariz y la garganta. No encontró nada alarmante, nada que pudiera provocar la fiebre. Mientras duró el examen, Nina permaneció en silencio, siguiendo cada movimiento de Abby con la mirada.

Finalmente, Abby se incorporó y dijo:

–Todo parece estar bien. Pero tiene que haber una razón para la fiebre. Vamos a hacer una radiografía de tórax y a tomar tres muestras de sangre para cultivos. –Sonrió, como disculpándose–. Me parece que esta noche no va a poder dormir mucho.

Nina negó con la cabeza.

–De todos modos no duermo mucho, con todos esos sueños. Tantos sueños...

–¿Pesadillas?

Nina aspiró hondo y dejó salir el aire muy despacio.

–Sueño con el chico.

–¿Qué chico, señora Voss?

–Éste. –Con suavidad se llevó la mano al pecho–. Me dijeron que era de un chico. Ni siquiera sé su nombre. Ni cómo murió. Lo único que sé es que era de un chico. –Miró a Abby–. Es cierto, ¿no?

Abby asintió.

–Eso oí decir en el quirófano.

–¿Usted estuvo en el quirófano?

–Yo asistí al doctor Hodell.

Una pequeña sonrisa se dibujó en los labios de Nina.

–Qué extraño. Que usted estuviera allí, después... –Le falló la voz.

Durante unos segundos, ninguna de las dos habló. Abby, silenciada por la culpa; Nina Voss... ¿por qué? ¿Por la ironía de aquel encuentro? Abby bajó la intensidad de las luces. Una vez más el cubículo retornó a su penumbra sepulcral.

–Señora Voss –dijo Abby–. Lo que pasó hace unos días... El otro corazón, el primer corazón... –Apartó los ojos, incapaz de sostener la mirada de aquella mujer–. Había un chico... de diecisiete años. A esa edad, los muchachos quieren coches o una novia. Éste no, lo único que éste quería era irse a su casa. Nada más, sólo irse a su casa. –Suspiró–. Al final, no pude permitirlo. Yo no la conocía a usted, señora Voss. Usted no era la que estaba esperando, acostada en una cama. Él sí. Y tuve que elegir. –Parpadeó, sintió que las lágrimas le mojaban las pestañas.

–¿El chico vive?

–Sí. Está vivo.

Nina asintió. Volvió a tocarse el pecho. Parecía hablar con su corazón. Escuchaba, se comunicaba. Dijo:

–Este chico. Este chico también está vivo. Tengo conciencia de su corazón. Cada latido. Algunas personas piensan que es en el corazón donde reside el alma. Tal vez eso es lo que creen sus padres. Yo también pienso en ellos. En lo difícil que ha de ser. Yo no he tenido hijos. No los tuve. –Cerró la mano en un puño y la apretó contra las vendas–. ¿No le parece que sería un consuelo saber que una parte de él sigue viva? Si fuera mi hijo, yo querría saberlo. Yo querría saber.

En aquel momento lloraba y las lágrimas le corrían, relucientes, por la sien.

Abby le cogió la mano y se sorprendió por la fuerza del apretón de Nina, con aquella piel febril, con aquellos dedos que necesitaban apretar. Nina la miraba con una mirada que parecía brillar con un extraño fuego propio.

«Si te hubiera conocido entonces –pensó Abby–, si te hubiera visto agonizando sobre una cama, y a Josh O'Day en otra, ¿a quién de los dos habría elegido? No lo sé.»

Por encima de la cama, una línea saltó sobre el resplandor verde del osciloscopio. El corazón de un muchacho desconocido que latía cien veces por minuto, arrojando sangre febril a través de las venas de un cuerpo desconocido.

Abby sentía, sosteniendo la mano de Nina, el latido de aquel pulso. Un pulso lento, firme.

No el de Nina, sino el de él.

Pasaron veinte minutos hasta que llegó el radiólogo y le hizo la radiografía con el aparato portátil, y otros quince minutos hasta que Abby tuvo la radiografía revelada en la mano. La puso en el visor de la UCIC y buscó señales de neumonía. No vio ninguna.

Eran las tres de la madrugada. Llamó a casa de Aaron Levi.

Contestó su esposa, con la voz ronca de sueño.

–¿Diga?

–Elaine, soy Abby DiMatteo. Lamento molestarla a estas horas. ¿Puedo hablar con Aaron?

–Se ha marchado al hospital.

–¿Hace mucho?

–Inmediatamente después de la segunda llamada. ¿No está ahí?

–No lo he visto –dijo Abby.

Se hizo un silencio al otro lado de la línea.

–Salió de casa hace una hora –contestó Elaine–. Tendría que haber llegado.

–Voy a llamarlo por el buscapersonas. No se preocupe, Elaine.

Abby colgó, marcó el número del buscapersonas de Aaron y esperó a que sonara el teléfono.

A las tres y cuarto, él todavía no había contestado.

–¿Doctora DiMatteo? –dijo Sheila, la enfermera de Nina Voss–. Ya han hecho el tercer cultivo de sangre. ¿Quiere pedir alguna otra cosa?

«¿Qué se me ha olvidado? –pensó Abby. Se inclinó hacia delante sobre el escritorio y se frotó las sienes, luchando por mantenerse despierta–. Piensa.» Fiebre posoperatoria. ¿De dónde venía la infección? ¿Qué es lo que había omitido?

–¿Y el órgano? –preguntó Sheila.

Abby levantó la cabeza.

–¿El corazón?

–Se me ha ocurrido. Pero supongo que no es muy probable...

–¿En qué estás pensando, Sheila?

La enfermera vaciló.

–Nunca he visto que suceda aquí. Pero antes de entrar a trabajar en Bayside estuve en un servicio de trasplante renal en Mayo. Recuerdo a un paciente que tuvimos. Un receptor de riñón con fiebres posoperatorias. No pudimos averiguar cuál era la infección hasta que murió. Resultó ser de hongos. Después examinaron los antecedentes del donante y averiguaron que los cultivos de la sangre del donante eran positivos, pero los resultados llegaron una semana después de haber extraído el riñón. Entonces ya era demasiado tarde para el receptor, es decir, nuestro paciente.

Abby pensó un momento. Miró el banco de monitores, el gráfico del corazón de la cama 15 que bailaba sobre la pantalla.

–¿Dónde se guarda la información sobre el donante? –preguntó Abby.

–Tiene que estar en la oficina de coordinación de trasplantes, en la planta baja. La supervisora de enfermeras tiene la llave.

–¿Podrías pedirle que me consiga el expediente?

Abby volvió a abrir la historia clínica de Nina Voss. Buscó el formulario de donación del banco de órganos de Nueva Inglaterra, la hoja que había acompañado al corazón desde Vermont. Allí estaba registrado el tipo de sangre ABO, la condición del VIH, los títulos de anticuerpos de la sífilis y una larga lista de análisis de laboratorio de diversas infecciones víricas. El donante no estaba identificado.

Quince minutos más tarde sonó el teléfono. Era la supervisora de enfermeras, que buscaba a Abby.

–No puedo encontrar el expediente del donante –dijo.

–¿No está bajo el nombre de Nina Voss?

–Se archivan con el número de registro médico del receptor. Aquí no hay nada con el número de la señora Voss.

–¿Puede estar mal archivado?

–He buscado también en todos los expedientes de

trasplantes de riñón y de hígado. Y he verificado el número de registro. ¿Está segura de que no está ahí, en la UCIC?

–Voy a decir que lo busquen. Gracias.

Abby colgó y suspiró. Documentos que no estaban. Era lo último con lo que podía enfrentarse a aquellas horas de la madrugada. Miró en el estante de registros de la unidad, donde se guardaban los informes de hospitalizaciones previas de pacientes actuales. Si el expediente que faltaba estaba traspapelado allí, podría pasarse una hora buscando.

Lo mejor sería llamar directamente al hospital del donante. Ellos podrían localizar el expediente y explicarle la historia clínica y los estudios de laboratorio.

Información telefónica le dio el número del Wilcox Memorial. Marcó y preguntó por la supervisora de enfermeras.

Un momento después una mujer contestó:

–Soy Gail DeLeon.

–Y yo la doctora DiMatteo. La llamo del Hospital Bayside, de Boston –dijo Abby–. Tenemos un receptor de trasplante cardíaco con fiebre posoperatoria. Sabemos que el corazón vino de su quirófano. Necesito más información sobre la historia clínica del donante. ¿Tiene usted el nombre del paciente?

–¿La extracción del órgano se hizo aquí?

–Sí. Hace tres días. El donante era un muchacho. Un adolescente.

–Déjeme comprobarlo en el registro del quirófano y enseguida la llamo.

Diez minutos más tarde la llamó, pero no para darle una respuesta sino para hacerle una pregunta:

–¿Está segura de que es este hospital, doctora?

Abby miró el informe de Nina.

–Aquí dice que el hospital del donante es el Wilcox Memorial. Burlington, Vermont.

–Sí, es aquí. Pero la extracción no está registrada.

–¿Puede verificar los horarios del quirófano? La fecha fue... –Abby miró el formulario– veinticuatro de septiembre. La extracción tiene que haberse practicado hacia la medianoche.

–No cuelgue.

Al otro lado de la línea, Abby oía el ruido de las hojas y el carraspeo intermitente de la enfermera. La voz volvió.

–Oiga.

–La escucho –dijo Abby.

–He revisado los horarios de quirófano de los días veintitrés, veinticuatro y veinticinco de septiembre. Hay un par de apendicectomías, una colecistectomía y dos cesáreas. Pero no hay ninguna extracción de órganos.

–Tiene que haberla. Nosotros recibimos el corazón.

–No desde aquí.

Abby examinó las notas de las enfermeras y vio la anotación: «01.05. Llegó el doctor Leonard Mapes del Wilcox Memorial». Dijo:

–Uno de los cirujanos que intervino en la extracción fue el doctor Leonard Mapes. Es la misma persona que lo entregó.

–No hay ningún doctor Mapes trabajando aquí.

–Es cirujano torácico...

–Mire, no hay ningún doctor Mapes. Es más, no conozco a ningún doctor Mapes en Burlington. No sé de dónde está sacando la información, doctora, pero evidentemente es errónea. Tal vez deba verificarlo.

–Pero...

–Pruebe en otro hospital.

Abby colgó despacio.

Durante un largo rato se quedó mirando el teléfono. Pensó en Victor Voss y su dinero, en todas las cosas que el dinero puede comprar. Pensó en la asombrosa confluencia de acontecimientos que le había proporcionado un nuevo corazón a Nina Voss. Un corazón compatible.

Una vez más cogió el teléfono.

9

–Estás exagerando –dijo Mark mientras hojeaba el expediente de Nina Voss de la UCIC–. Tiene que haber una explicación razonable para todo esto.

–Me gustaría saber cuál –espetó Abby.

–La incisión era buena. El corazón vino bien protegido y fue bien entregado. Y había papeles del donante.

–Que ahora parecen haber desaparecido.

–La coordinadora de trasplantes entra a las nueve. Cuando llegue, podemos preguntarle por los papeles. Estoy seguro de que están en algún lado.

–Otra cosa, Mark. He llamado al hospital del donante. Allí no trabaja ningún cirujano llamado Leonard Mapes. Es más, no hay ningún cirujano con ese nombre en todo Burlington. –Hizo una pausa y añadió, con suavidad–. ¿De verdad sabemos de dónde vino ese corazón?

Mark no dijo nada más. Parecía demasiado aturdido, demasiado cansado para pensar. Eran las cuatro y cuarto. Después de la llamada telefónica de Abby se había obligado a salir de la cama para dirigirse a Bayside. Las fiebres posoperatorias exigían una atención inmediata y, aunque confiaba en las decisiones de Abby, quería ver a la paciente con sus propios ojos. En aquel momento estaba sentado en la penumbra de la UCIC, luchando por encontrarle sentido al revoltijo de papeles que había en el expediente de Nina Voss. En la pared de enfrente había un banco de monitores cardíacos y tres intensas luces verdes se reflejaban en sus gafas. En la semioscuridad, las enfermeras se movían como sombras y hablaban en voz queda.

Mark cerró la carpeta, suspiró, se quitó las gafas y se restregó los ojos.

–Esa fiebre, ¿qué es lo que la produce? Eso es lo que de verdad me preocupa.

–¿Podría ser una infección contagiada por el donante?

–Es poco probable. Nunca he visto que suceda con un corazón.

–Pero no sabemos nada del donante. Ni de su historia médica. Ni siquiera sabemos de qué hospital vino el corazón.

–Abby, te estás extralimitando. Yo sé que Archer habló por teléfono con el cirujano que practicó la extracción. También sé que hubo papeles. Vinieron en este sobre de papel de estraza.

–Recuerdo haberlo visto.

–Muy bien. Entonces vimos lo mismo.

–¿Y dónde está el sobre?

–Yo estaba operando, ¿no es cierto? Estaba de sangre hasta los codos. No podía ocuparme de un sobre de mierda.

–Pero ¿por qué tanto misterio con el donante? No tenemos registros. No sabemos su nombre.

–Es el procedimiento usual. Los registros de los donantes son confidenciales. Siempre se guardan aparte del expediente del receptor. De lo contrario, las familias se podrían poner en contacto. La parte donante esperaría gratitud eterna y la parte receptora se resentiría o se sentiría culpable. Todo conduce a un gigantesco lío emocional. –Se arrellanó en la silla–. Estamos perdiendo el tiempo con este tema. Todo se resolverá en pocas horas. Concentrémonos en la fiebre.

–Está bien. Pero si hay alguna pregunta sobre esto, el banco de órganos de Nueva Inglaterra querrá hablar contigo.

–¿Y cómo se han enterado?

–Los he llamado yo. Están de servicio las veinticuatro horas del día. Les he dicho que tú o Archer los llamaríais.

–Que se encargue de eso Archer. Llegará en cualquier momento.

–¿Viene?

–Está preocupado por la fiebre. Y no podemos encontrar a Aaron. ¿Has vuelto a llamarlo?

–Tres veces. No contesta. Elaine me dijo que estaba en camino.

–Bueno, por lo menos sabemos que ha llegado al hospital. Acabo de ver su coche en el aparcamiento. A lo mejor se ha entretenido en la planta de medicina general. –Mark pasó las hojas de la gráfica de Nina Voss hasta encontrar las prescripciones–. Voy a empezar sin esperarlo.

Abby miró hacia el cubículo de Nina Voss. La paciente tenía los ojos cerrados; el pecho subía y bajaba con el suave ritmo del sueño.

–Voy a darle antibióticos –dijo Mark–, de amplio espectro.

–¿Qué infección vas a tratar?

–No lo sé. No es más que una actuación provisional hasta que tengamos el resultado de los cultivos. Inmunodeprimida como está, no podemos correr el riesgo de que tenga una infección en alguna parte.

Decepcionado, Mark se levantó de la silla y caminó hasta la ventana del cubículo. Se quedó allí un momento, mirando a Nina Voss. El hecho de verla pareció calmarlo. Abby se acercó y se detuvo junto a él. Estaban muy cerca, casi tocándose. Y sin embargo separados por el abismo de aquella crisis. Al otro lado de la ventana, Nina Voss dormía tranquila.

–Puede ser una reacción a los fármacos –dijo Abby–. Se le están administrando muchas cosas. Cualquiera de ellas podría provocar una fiebre.

–Esa posibilidad existe. Pero no es probable con esteroides y ciclosporina.

–Yo no he podido encontrar la fuente de infección por ningún lado.

–Está inmunodeprimida. Si se nos escapa algo, se nos muere. –Se volvió para coger el expediente–. Voy a empezar.

A las seis de la mañana la primera dosis de azobactam intravenosa ya goteaba dentro de la vena de Nina. Se pidió una consulta inmediata de enfermedades infecciosas y a las siete y cuarto llegó el especialista, el doctor Moore. Estuvo de acuerdo con la decisión de Mark. La fiebre en un paciente inmunodeprimido es demasiado peligrosa para no tratarla.

A las ocho le pusieron otro antibiótico, piperacilina.

A esas horas Abby iniciaba la ronda matinal en la UCIC con el carrito lleno de historias clínicas. Había sido una mala noche, apenas había dormido una hora antes de aquella llamada a las dos de la madrugada, y ni un respiro desde entonces. Impulsada por dos tazas de café y la esperanza del fin de la guardia, empujaba el carrito pasando por la hilera de cubículos pensando: «Cuatro horas y salgo de aquí. Sólo cuatro horas más hasta el mediodía». Pasó por la cama 11 y miró por la ventana del cubículo.

Nina estaba despierta. Vio a Abby y débilmente logró saludarla con la mano.

Ésta dejó las carpetas junto a la puerta, se puso una bata de quirófano y entró.

–Buenos días, doctora DiMatteo –murmuró Nina–. Me parece que no ha podido dormir mucho por mi culpa.

Abby sonrió.

–No importa. Ya dormí la semana pasada. ¿Cómo se siente?

–Como si fuera el centro de atención. –Nina miró el frasco de antibióticos intravenosos que colgaba junto a la cama–. ¿Aquí está la curación?

–Eso esperamos. Se le está administrando una combinación de piperacilina y azobactam. Antibióticos de amplio espectro. Si lo que tiene es una infección, creemos que con eso bastará.

–¿Y si no es una infección?

–Entonces no desaparecerá la fiebre, e intentaremos otra cosa.

–Así que en realidad no saben lo que la está provocando.

Abby hizo una pausa.

–No –admitió–. No lo sabemos. Es más bien como un disparo a ciegas.

Nina asintió.

–Sabía que me iba a decir la verdad. El doctor Archer no ha querido hacerlo. Ha estado aquí esta mañana y no ha dejado de decirme que no me preocupara. Que todo estaba bajo control. Ni por un momento ha admitido no saber lo que está pasando.

Nina lanzó una pequeña risita, como si la fiebre, los antibióticos y todos aquellos tubos y aparatos fueran parte de alguna caprichosa ilusión.

–Seguramente no ha querido preocuparla –dijo Abby.

–Pero a mí no me asusta la verdad. En serio. Los médicos no dicen la verdad con la frecuencia que deberían. –Miró fijamente a Abby–. Eso las dos lo sabemos.

Abby se dio cuenta de que la mirada se le iba automáticamente a los monitores. Vio que todas las líneas que cruzaban la pantalla estaban en los valores normales. El pulso. La presión arterial. La presión auricular derecha. Era pura rutina eso de mirar los números. Las máquinas no hacen preguntas difíciles, no esperan respuestas penosamente dolorosas.

Oyó que Nina decía, en voz baja:

–Victor.

Abby se volvió. Sólo entonces, al mirar hacia la puerta, se dio cuenta de que Victor Voss acababa de entrar en el cubículo.

–Salga –dijo él–. Salga de la habitación de mi esposa.

–Estaba examinándola.

–¡He dicho fuera!

Dio un paso hacia ella y la cogió de la bata.

Por reflejo, Abby se resistió y se soltó. El cubículo era

tan pequeño que no había lugar para retroceder, no había un rincón donde refugiarse.

Él avanzó. Esta vez la cogió del brazo con fuerza, con intención de hacerle daño.

–¡Victor, no! –dijo Nina.

Abby gritó de dolor cuando él la arrastró para sacarla del cubículo. De un fuerte empujón la arrojó de espaldas contra el carrito. Abby sintió que se caía al tiempo que el carrito se deslizaba a un lado. Aterrizó sobre las nalgas. El carro siguió rodando, golpeó un mostrador y las carpetas cayeron al suelo. Abby, aturdida por el impacto, levantó la mirada y vio a Victor Voss de pie junto a ella. Respiraba ruidosamente, no de cansancio sino de furia.

–No vuelva a acercarse a mi esposa –dijo–. ¿Me ha oído, doctora? ¿Me ha oído? –Voss se volvió hacia las enfermeras de la UCIC que, impresionadas, miraban–. No quiero que esta mujer se acerque a mi esposa. Escriban eso en una hoja y cuélguenla en la puerta, ¡ahora mismo!

Le dirigió a Abby una última mirada de asco, entró en el cubículo de su esposa y corrió la cortina.

Dos de las enfermeras corrieron a ayudar a Abby a ponerse de pie.

–Estoy bien –dijo Abby, soltándose–. Estoy bien.

–Está loco –susurró una de las enfermeras–. Tendríamos que denunciarlo a seguridad.

–No, no lo hagan –dijo ella–. No empeoremos las cosas.

–Pero ¡ha sido una agresión! Puede demandarlo.

–Preferiría olvidarme de este incidente, ¿de acuerdo? Abby se acercó al carro. Las carpetas estaban en el suelo y había hojas sueltas y resultados de laboratorio desparramados por todos lados. Con la cara ardiendo, recogió todos los papeles y los puso en orden. En aquel momento luchaba por contener las lágrimas.

«No puedo llorar –pensó–. No, no voy a llorar aquí.»

Levantó la cara.

Todo el mundo la miraba. Dejó el carro donde estaba y salió de la UCIC.

Mark la encontró tres horas más tarde, en la cafetería. Estaba sentada a una mesa en un rincón, encorvada sobre una taza de té y un bollo de mermelada de grosella. Sólo había dado un mordisco al bollo y la bolsita de té había estado en remojo tanto rato que el agua estaba tan negra como el café.

Mark acercó una silla y se sentó frente a ella.

–Ha sido Voss quien ha organizado el escándalo, no tú.

–He sido yo quien ha caído de culo delante de todo el mundo.

–Él te empujó. Eso es algo que puedes usar. Es un arma para evitar esas demandas locas.

–¿Me estás diciendo que lo denuncie por agresión?

–Más o menos.

Ella negó con la cabeza.

–No quiero pensar en Victor Voss. No quiero tener nada que ver con él.

–Había media docena de testigos. Le han visto empujarte.

–Mark, olvidémonos de todo este asunto. –Cogió el bollo, le dio un mordisco sin el menor entusiasmo y lo dejó. Se quedó mirándolo, deseando con desesperación poder cambiar de tema. Por fin dijo–: ¿Ha estado Aaron de acuerdo en administrar antibióticos?

–No he visto a Aaron en todo el día.

Ella levantó la mirada, con el entrecejo fruncido.

–Creía que estaba por aquí.

–Lo he llamado pero no me ha contestado.

–¿Has llamado a su casa?

–He hablado con el ama de llaves. Elaine se ha marchado a visitar al chico este fin de semana, a Dartmouth. –Mark se encogió de hombros–. Hoy es sábado. De todas maneras, Aaron no tenía guardia el sábado y el domingo. Probablemente decidió tomarse vacaciones, librarse de nosotros.

–Vacaciones. –Abby suspiró y se restregó la cara–. Joder, eso es lo que yo quiero. Una playa, algunas palmeras y una piña colada.

–A mí también me gustaría. –Mark tendió el brazo por encima de la mesa y le cogió la mano–. ¿Puedo acompañarte?

–A ti no te gusta la piña colada.

–Pero me gustan las playas y las palmeras. Y me gustas tú.

Le apretó la mano. Eso era exactamente lo que ella necesitaba en aquel momento. Que él la tocara. Sintió que el apretón en la mano era tan sólido, tan fiable como él mismo.

Mark se inclinó por encima de la mesa, y allí mismo, en la cafetería, la besó.

–Míranos. Dando otro espectáculo público –susurró él–. Mejor vete a casa antes de que llamemos la atención de todo el mundo.

Ella miró el reloj. Eran las doce del mediodía de un sábado. El fin de semana acababa de comenzar.

Salieron los dos de la cafetería y cruzaron juntos el vestíbulo del hospital. Mientras se dirigían a la entrada, Mark le dijo:

–Ah, me olvidaba decirte una cosa. Archer llamó al Wilcox Memorial y habló con un cirujano torácico llamado Tim Nicholls. Parece que este Nicholls asistió en la extracción. Le confirmó que el paciente era de ellos. Y que el doctor Mapes fue el encargado de hacerla.

–Entonces, ¿por qué Mapes no aparece en la lista de personal del Wilcox?

–Porque Mapes voló en un avión privado desde Houston. Nosotros no lo sabíamos. Al parecer, el señor Voss no confiaba en ningún cirujano del norte para hacer el trabajo. Así que hizo traer a un especialista.

–¿Desde Texas?

–Con su dinero, Voss podría haber traído a todo el equipo del Baylor.

–Entonces la extracción sí fue hecha en el Wilcox Memorial.

–Nicholls dice que él estaba presente. La enfermera con la que hablaste anoche debió mirar un horario equivocado del quirófano. Si quieres que llame para confirmar...

–No, déjalo. Ahora todo parece tan estúpido... No sé en qué estaba pensando. –Suspiró y miró hacia su coche, aparcado en el lugar de siempre, al final del aparcamiento. El exterior de Siberia, llamaban los residentes a sus lugares asignados para aparcar. Pero claro, el personal esclavo podía llamarse afortunado si tenía una plaza para aparcar–. Nos veremos en casa –dijo ella–. Si todavía estoy despierta.

La abrazó, le inclinó la cabeza hacia atrás y la besó: un cuerpo cansado aferrándose a otro.

–Conduce con cuidado –le susurró–. Te quiero.

Ella atravesó el aparcamiento, aturdida por la fatiga y por el eco de aquellas dos palabras que resonaban en su cabeza:

«Te quiero.»

Se detuvo y se volvió para despedirse con la mano, pero él ya había desaparecido a través de las puertas del vestíbulo.

–Yo también te quiero –dijo, y sonrió.

Se dirigió hacia el coche, con las llaves en la mano. Sólo entonces se dio cuenta de que el botón del seguro estaba levantado. «Joder, qué idiota soy.» Había dejado el coche sin el seguro puesto toda la noche.

Abrió la puerta.

A la primera ráfaga de olor retrocedió, dando una arcada por el hedor, asqueada por lo que había en el asiento de delante.

Trozos de intestino podrido colgaban de la palanca de cambio y, como una guirnalda grotesca, del volante. Una masa informe de tejido no identificable se extendía por todo el asiento del copiloto. Y en el lado del conductor, apoyado contra el respaldo, había un único órgano sanguinolento.

Un corazón.

La dirección era en Dorchester, un barrio ruinoso del sudeste de Boston. Aparcó al otro lado de la calle, miró la casa cuadrada y el césped lleno de maleza. Había un niño de unos doce años jugando con una pelota de baloncesto en el camino de acceso para los coches. De vez en cuando la lanzaba a un aro colgado encima del garaje, pero fallaba siempre. Aquel niño no conseguiría una beca por sus méritos como deportista. Y a juzgar por el coche desvencijado que había aparcado en el garaje y el estado general de la casa, una beca le vendría muy bien.

Bajó del coche y cruzó la calle. Pero cuando estaba a punto de acceder a la casa por la entrada de coches, el niño se quedó quieto, abrazando la pelota contra el pecho y mirando al visitante con manifiesto recelo.

–Busco la casa de los Flynt.

–Sí –dijo el pequeño–. Es aquí.

–¿Están tus padres?

–Mi papá. ¿Por qué?

–¿Podrías avisarle de que tiene una visita?

–¿Quién es usted?

Le entregó al niño su tarjeta de visita. Éste la leyó con poco interés y luego se la devolvió.

–No, guárdatela. Enséñasela a tu padre.

–¿Ahora?

–Si no está ocupado...

–No. Bueno.

El muchacho entró en la casa y la puerta se cerró a sus espaldas.

Poco después, un hombre bastante adusto y de abultado abdomen se acercó a la puerta.

–¿Me buscaba?

–Señor Flynt, soy Stewart Sussman. Vengo del bufete jurídico Hawkes, Craig y Sussman.

–¿Sí?

–Tengo entendido que hace seis meses estuvo internado en el Centro Médico Bayside.

–Tuve un accidente. La culpa fue del otro.

–Le extirparon el bazo. ¿Es exacto?

–¿Cómo lo sabe?

–Estoy aquí por su bien, señor Flynt. Le sometieron a cirugía mayor, ¿no?

–Me dijeron que me podría haber muerto. Creo que era mayor, sí.

–¿Uno de los médicos era una residente llamada Abigail DiMatteo?

–Sí. Me visitaba todos los días. Una joven encantadora.

–¿Ella u otro de los doctores le explicaron las consecuencias de haberle extirpado el bazo?

–Me dijeron que podría tener infecciones peligrosas si no me cuidaba.

–Infecciones fatales. ¿Le dijeron eso?

–Eh..., puede ser.

–¿Mencionaron algo de un corte accidental durante la cirugía?

–¿Qué?

–Un bisturí que resbaló y cortó el bazo. Le produjo una fuerte hemorragia.

–No. –En aquel momento el hombre adoptó un aire de intensa preocupación–. ¿Me pasó eso?

–Nos gustaría confirmar los hechos. Todo lo que necesitamos es su consentimiento para obtener su historia clínica.

–¿Por qué?

–Sería un bien para usted, señor Flynt, saber si la pérdida del bazo fue debida a un error quirúrgico. Si cometieron un error, entonces usted ha sufrido un daño innecesario. Y tendría que ser indemnizado.

El señor Flynt no dijo nada. Miró al niño, que escuchaba la conversación. Probablemente no entendía nada. Luego miró el bolígrafo que se le ofrecía.

–Cuando hablo de indemnización, señor Flynt –dijo el abogado– me refiero a dinero.

El hombre cogió el bolígrafo y firmó.

Una vez en el coche, Sussman guardó en el maletín el formulario firmado para la petición de los antecedentes y volvió a coger la lista. Había cuatro nombres más, cuatro firmas más que debía obtener. No tendría problemas. La avaricia y el deseo de venganza eran una combinación poderosa.

Tachó el nombre «Flynt, Harold» y puso el coche en marcha.

10

–Era el corazón de un cerdo. Probablemente lo dejaron en el coche la noche anterior y estuvo todo el día al sol. Todavía no he podido librarme del olor.

–Ese hombre te está torturando psicológicamente –dijo Vivian Chao–. Yo creo que tienes que devolverle el golpe.

Abby y Vivian empujaron las puertas de entrada y atravesaron el vestíbulo hasta los ascensores. Era domingo al mediodía y estaban en el Hospital General de Massachusetts; el ascensor para el público ya estaba lleno de visitas y globos donde se leía: «Que te cures pronto». Las puertas se cerraron y el olor a claveles se hizo intenso.

–No tenemos ninguna prueba –murmuró Abby–. No podemos estar seguras de que fuera él.

–¿Y quién si no? Por ahora no ha hecho más que inventarse pleitos, empujarte en público... Te lo digo, DiMatteo, ya es hora de que lo demandes. Agresión. Amenaza terrorista.

–El problema es que entiendo por qué lo hace. Está conmocionado. Su esposa tiene un posoperatorio difícil.

–¿Es un sentimiento de culpa lo que me parece detectar?

Abby suspiró.

–Me resulta difícil no sentir culpa cada vez que paso junto a su cama.

Salieron del ascensor en el cuarto piso y siguieron por el pasillo hacia el ala de cirugía cardiovascular.

–Tiene suficiente dinero como para hacer de tu vida un infierno durante una buena temporada –dijo Vivian–. Ya tienes una demanda. Probablemente habrá más.

–Creo que ya las hay. De archivos médicos me han comunicado que tienen seis peticiones más de historias clínicas solicitadas por Craig, Hawkes y Sussman. Es la firma que representa a Joe Terrio.

Vivian se detuvo y la miró.

–Joder. Vas a pasarte el resto de tu vida en los tribunales.

–O hasta que renuncie. Como tú.

Vivian echó a andar otra vez, con paso tan enérgico como siempre. La pequeña amazona asiática, sin miedo a nada.

–Y tú ¿por qué no le devuelves el golpe? –preguntó Abby.

–Estoy tratando de hacerlo. El problema es que el hombre con el que nos enfrentamos es Victor Voss. Cuando le mencioné ese nombre a mi abogada, se puso pálida, lo cual es toda una hazaña para una negra.

–¿Qué te aconsejó?

–Apartarme de su camino. Y considerarme afortunada por poder ejercer como cirujana. Al menos puedo conseguir otro trabajo. O dedicarme a la medicina privada.

–¿Tanto la asusta Voss?

–No quería admitirlo, pero sí. Asusta a mucha gente. De todas maneras, yo no puedo pelear. Yo estaba a cargo del servicio, de modo que es mi cabeza la que rueda. Robamos un corazón. No hay más vueltas que darle. Si hubiera sido cualquier otro y no Victor Voss, podríamos habernos salido con la nuestra. Y ahora lo estoy pagando. –Miró a Abby–. Pero no tanto como podrías pagarlo tú.

–Yo, al menos, todavía tengo mi trabajo.

–¿Hasta cuándo? Sólo eres una residente de segundo año. Tienes que presentarle batalla, Abby. No permitas que te destruya. Eres una doctora demasiado buena para que te quiten del medio.

Abby negó con la cabeza.

–A veces me pregunto si valió la pena.

–¿Que si valió la pena? –Vivian se detuvo ante la puerta de la habitación 417–. Primero observa y luego hablamos.

Después de llamar, entraron.

Josh O'Day estaba sentado en la cama, accionando el mando a distancia de la televisión. De no haber sido por la gorra de los Red Sox que llevaba puesta, Abby no lo habría reconocido, tan cambiado estaba con aquel color saludable. Al ver a Vivian, esbozó una gran sonrisa.

–¡Hola, doctora Chao! –gritó–. Bueno, ya creía que no iba a venir a verme nunca más.

–He venido –dijo Vivian–. Dos veces. Pero siempre estabas durmiendo. –Sacudió la cabeza como si no aprobara su conducta–. Típico de un adolescente perezoso.

Ambos rieron. Se hizo un breve silencio. Luego, casi con timidez, Josh abrió los brazos para recibir el abrazo.

Por un momento, Vivian no se movió. Fue como si no supiera qué hacer. Luego se liberó de algún freno invisible y avanzó hacia él. El abrazo fue breve y torpe. Vivian pareció casi aliviada cuando se separaron.

–¿Y cómo estás? –preguntó.

–Muy bien. Eh, ¿ha visto? –Señaló el televisor–. Mi padre me ha traído cantidad de vídeos de béisbol. Pero no sabemos cómo conectar el vídeo. ¿Usted sabe?

–Si lo intentara, lo más seguro es que explotara el televisor.

–¿Y usted es médica?

–¡Ah!, muy bien. Pues la próxima vez que necesites que te operen, llama a un técnico en televisión. –Señaló a Abby–. Te acuerdas de la doctora DiMatteo, ¿verdad?

Josh miró a Abby con gesto de duda.

–Creo que sí. Es decir... –Se encogió de hombros–. Me he olvidado de algunas cosas, ¿sabe? Cosas que pasaron la semana pasada. Como si me hubiera vuelto tonto o algo así.

–No debes preocuparte por eso –contestó Vivian–.

Cuando el corazón se detiene, Josh, no llega suficiente sangre al cerebro y puedes olvidarte de algunas cosas. –Le tocó el hombro. No era algo que Vivian Chao hiciera normalmente. Pero allí estaba, con la mano apoyada en el hombro de aquel chico–. Al menos no te has olvidado de mí –dijo. Y añadió, con una risita–: Aunque tal vez lo hayas intentado.

Josh miró la colcha.

–Doctora Chao –dijo, en voz baja–, no quiero olvidarla nunca.

Por un instante, los dos se quedaron en silencio. Parecían incómodos en aquella situación: la mano de Vivian apretando el hombro del muchacho y éste mirando hacia abajo, con la cara oculta por la visera de la gorra.

Abby tuvo que apartar la vista y fijarla en otro lado. Los trofeos. Estaban todos allí, todas las cintas y las placas, ordenadas sobre la mesita de noche. Ya no eran un altar para un muchacho moribundo, sino una celebración de la vida. Del renacimiento.

Llamaron a la puerta y se oyó una voz de mujer:

–¿Joshie?

–Hola, mamá –contestó Josh.

La puerta se abrió y la habitación quedó invadida por padres, hermanos, tías y tíos que llevaban una catarata de globos y el aroma de las patatas fritas de McDonald's. Rodearon la cama, asaltaron a Josh con abrazos, besos y exclamaciones de «¡Miradlo! ¡Está muy bien! ¿No tiene un aspecto espléndido?». Josh lo soportó todo con una expresión de no disimulado placer. Pareció no darse cuenta cuando Vivian se apartó de la cama para dejar sitio al ruidoso ejército de O'Days.

–Josh, mi amor, hemos traído al tío Harry desde Newbury. Sabe muchísimo de vídeos. Él lo conectará, ¿no es cierto, Harry?

–Sí, claro. Arreglo los vídeos de todos mis vecinos.

–¿Has traído los cables, Harry? ¿Estás seguro de que has traído los cables que necesitas?

–¿Crees que podía olvidarme de los cables?

–Mira, Josh. Tres bolsas grandes de patatas fritas. Está bien, ¿no? El doctor Tarasoff no dijo nada de que no pudieras comer patatas fritas.

–¡Mamá, nos hemos olvidado de la cámara de fotos! Iba a sacarle una foto a la cicatriz de Josh.

–¿Para qué quieres una foto de la cicatriz?

–Mi maestra dijo que podría ser genial.

–Tu maestra es demasiado mayor para usar la palabra genial. Ni se te ocurra sacarle una foto a la cicatriz. Sería invasión de la intimidad.

–Eh, Josh, ¿necesitas ayuda para comerte esas patatas fritas?

–Harry, ¿crees que podrás conectar el vídeo?

–Bueno, no lo sé. Este televisor es muy viejo...

Vivian logró por fin llegar hasta donde estaba Abby. Volvieron a llamar a la puerta y una nueva oleada de parientes invadió la habitación, con más gritos de «¡Qué buen aspecto tiene!», «¿No está espléndido?». A través de la muchedumbre de O'Days, Abby tuvo un fugaz atisbo de Josh. Miraba hacia donde estaban ellas. Les dirigió una sonrisa resignada y las saludó con la mano.

Con disimulo, Abby y Vivian salieron de la habitación. Se quedaron en el pasillo, oyendo las voces desde el otro lado de la puerta. Entonces Vivian dijo:

–Abby, ésa es la respuesta a la pregunta de si había valido la pena.

En la sala de enfermeras pidieron hablar con el doctor Tarasoff. La secretaria de turno les sugirió que lo buscaran en la sala de cirujanos. Allí fue exactamente donde lo encontraron, bebiendo café y escribiendo en las historias clínicas. Con las gafas caídas y su chaqueta de *tweed,* el doctor Tarasoff parecía más un ocioso caballero inglés que un renombrado cirujano cardiovascular.

–Acabamos de ver a Josh –dijo Vivian.

Tarasoff levantó la mirada de sus notas salpicadas de café.

–¿Y qué piensa, doctora Chao?

–Que es usted un buen cirujano. El muchacho está estupendamente.

–Tiene un poquito de amnesia por el paro cardíaco, pero, por lo demás, ha respondido como suelen responder los jóvenes. Dentro de una semana saldrá de aquí, si las enfermeras no lo echan antes. –Tarasoff cerró la carpeta y miró a Vivian. Se le borró la sonrisa–. Tengo un asunto muy serio que hablar con usted, doctora.

–¿Conmigo?

–Usted sabe de lo que le estoy hablando. El otro paciente de trasplante de Bayside. Cuando nos mandó al chico no me contó toda la historia. Después me he enterado de que el corazón ya había sido asignado.

–No fue así. Hubo consentimiento para una donación concreta y personal.

–Obtenida mediante subterfugio. –Frunció el ceño por encima de las gafas y miró a Abby–. Su administrador, el señor Parr, me ha puesto al corriente de todos los detalles. El abogado del señor Voss también.

Vivian y Abby se miraron.

–¿El abogado? –dijo Vivian.

–Exacto. –La mirada de Tarasoff se dirigió a Vivian–. ¿Pretendía usted que me demandaran?

–Trataba de salvar al muchacho.

–Retuvo información.

–Y ahora está vivo y lleno de salud.

–Se lo voy a decir sólo una vez. No vuelva a hacer una cosa así.

Vivian iba a responder pero lo pensó mejor. Por el contrario, hizo una solemne inclinación de cabeza. Sumisión asiática: ojos bajos, cabeza caída en una ligera reverencia.

Tarasoff no se lo creyó. Le dirigió una mirada de ligero desagrado. Luego, inesperadamente, rió. Volviendo a sus papeles, dijo:

–Tendría que haberla echado de Harvard. Perdí la oportunidad.

–Vamos. ¡Todo a sotavento! –gritó Mark y movió el timón.

La proa del *Gimme Shelter* giró en la dirección del viento, los palos crujieron y las cuerdas golpearon ruidosamente la cubierta. Raj Mohandas corrió hacia el cabrestante de estribor y comenzó a dar vueltas a la escota del foque. Con un sonoro ruido la vela se hinchó y el *Gimme Shelter* escoró a estribor, haciendo sonar las latas de refrescos en el camarote de abajo.

–¡A la borda contraria al viento, Abby! –gritó Mark–. ¡Ve a la barandilla contraria al viento!

Abby trastabilló por la cubierta hasta babor, donde se aferró al cabo salvavidas jurándose otra vez que nunca más. «¿Qué les pasa a los hombres que tienen barcos? –se preguntó–. ¿Qué tiene el mar que los hace gritar de esa manera?»

Los cuatro gritaban al unísono: Mark; Mohandas; el hijo de Mohandas, Hank, de dieciocho años, y Pete Jaegly, un residente de tercer año. Gritaban sobre escotas que había que ajustar, sobre botalones de *spinnaker* y rachas de viento desperdiciadas. Gritaban sobre el barco de Archer, el *Red Eye,* que les estaba ganando. Y con bastante frecuencia le gritaban a ella.

En realidad, Abby cumplía un papel en aquella carrera, un papel elegantemente llamado «lastre». Peso muerto. Un trabajo que igual podía hacer una bolsa de arena. Así que se había convertido en una bolsa de arena con patas. Le gritaban y ella corría a la barandilla contraria, donde, con bastante regularidad, vomitaba. Los hombres no vomitaban. Estaban demasiado ocupados arrastrando sus costosos zapatos náuticos y gritando.

–¡Alcanzamos la marca! Una vuelta más. ¡Vamos!

Mohandas y Jaegly volvieron a su frenética danza en cubierta.

–¡Todo a sotavento!

El *Gimme Shelter* viró contra el viento y escoró a estribor. Abby corrió hacia el otro lado. Las velas flameaban y los cabos golpeteaban. Mohandas giró el cabrestante: los músculos de sus brazos oscuros se marcaban a cada vuelta de la manivela.

–¡Se nos viene encima! –gritó Hank.

Detrás de ellos, el *Red Eye* había ganado otro medio largo de barco. Oyeron a Archer gritándole a su tripulación, exhortándola a avanzar y a avanzar.

El *Gimme Shelter* rodeó la boya e inició el trayecto a favor del viento. Jaegly luchaba con el botalón de velón. Hank bajó el foque.

Abby vomitaba por encima de la barandilla.

–Joder, la tenemos encima! –gritó Mark–. ¡Subid ese velón de mierda! ¡Vamos! ¡Vamos! ¡Vamos!

Jaegly y Hank levantaron el velón. El viento lo hinchó ruidosamente y el *Gimme Shelter* salió disparado.

–¡Eso es, encanto! –gritó Mark–. ¡Vamos, tesoro, vamos!

–Mirad –dijo Jaegly, señalando a popa–. ¿Qué diablos pasa?

Abby logró levantar la cabeza y mirar hacia atrás, hacia el barco de Archer.

El *Red Eye* ya no los seguía. Había virado cerca de la boya y en aquel momento volvía a puerto.

–Han puesto en marcha el motor –dijo Mark.

–¿Será que aceptan la derrota?

–¿Archer? Ni pensarlo.

–¿Por qué regresan, entonces?

–Será mejor averiguarlo. Bajad el velón. –Mark puso en marcha el motor–. Nosotros también volvemos.

«¡Gracias a Dios!», pensó Abby.

Cuando llegaron a puerto, ya se le estaban pasando las náuseas. El *Red Eye* estaba amarrado al muelle y la tripulación se ocupaba de doblar las velas y recoger los cabos.

–¡Eh, *Red Eye*! –gritó Mark cuando estuvieron al lado del otro barco–. ¿Qué pasa?

Archer le mostró el teléfono móvil.

–¡He recibido una llamada de Marilee! Me ha dicho que regresara. Es algo serio. Nos espera en el club náutico.

–Bien, nos vemos en el bar –dijo Mark. Miró a su tripulación–. Amarramos. Tomamos algo y después volvemos a sacarlo.

–Tendrás que arreglarte sin el lastre –dijo Abby–. Abandono el barco.

Mark la miró, sorprendido.

–¿Ya?

–¿No me has visto colgada de la barandilla? No estaba precisamente admirando el paisaje.

–¡Pobre Abby! Te compensaré, ¿de acuerdo? Te lo prometo. Champán. Flores. El restaurante que tú elijas.

–Sólo sácame de este asqueroso barco.

Riendo, Mark se acercó al puerto.

–Bien, bien, contramaestre.

En cuanto el *Gimme Shelter* se pegó al muelle de visitantes, Mohandas y Hank saltaron a tierra y ataron los cabos de proa y popa. Abby bajó del barco en un santiamén. Hasta el muelle parecía moverse.

–Dejadlo aparejado –dijo Mark–. Hasta que averigüemos lo que le pasa a Archer.

–Querrá comenzar la fiesta cuanto antes –dijo Mohandas.

«Ay, Señor», pensó Abby mientras caminaba con Mark por el muelle y la mano de éste apretaba posesivamente su hombro. Más charla sobre barcos. Hombres bronceados con sus *gin tonics,* sus polos y sus ruidosas carcajadas.

Entraron en el club, apartándose de la luz del sol y penetrando en la sombra. Lo primero que le llamó la atención fue el silencio que reinaba en la estancia. Vio a Marilee de pie en el bar con un vaso en la mano, y vio a Archer sentado solo a una mesa, sin ninguna copa, con el posavasos vacío frente a él. La tripulación del *Red Eye* estaba congregada alrededor del bar: nadie se movía, nadie decía nada. El único ruido en el recinto fue el tintineo del hielo en el vaso de Marilee cuando se lo llevó a los labios, bebió un sorbo y volvió a dejarlo en el mostrador.

–¿Qué pasa? –preguntó Mark.

Marilee alzó la mirada y parpadeó, como si viera a Mark por primera vez. Luego volvió a inclinarse sobre el mostrador y su vaso.

–Han encontrado a Aaron –dijo.

El chirrido de la sierra de huesos Stryker era generalmente lo que lo provocaba. Eso o el olor. Aquél olía muy mal.

El detective de homicidios Bernard Katzka miró por encima de la mesa de autopsias y vio que el hedor había afectado a Lundquist. Su joven compañero se había apartado algo de la mesa, cubriéndose con la mano enguantada la nariz y la boca y con sus rasgos de actor de cine contorsionados en un gesto de asco. Lundquist aún no tenía estómago para las autopsias; la mayoría de los policías no lo consiguen nunca. Si bien ver cómo cortan y abren cuerpos muertos no era el deporte favorito de Katzka, con los años se había entrenado para ver el procedimiento como un ejercicio intelectual, para concentrarse no en la humanidad de la víctima sino en la naturaleza puramente orgánica de la muerte. Había visto cuerpos calcinados en incendios, otros a los que prácticamente habían tenido que arrancar del pavimento después de una caída libre desde el vigésimo piso de un edificio, cuerpos acribillados o apuñalados, o ambas cosas a la vez; cuerpos comidos por ratas. Excepto cuando la víctima era un niño, lo que siempre lo impresionaba, un cuerpo era como cualquier otro sobre la mesa, un espécimen desnudo, examinado y catalogado. Verlos de cualquier otra manera era abrirle las puertas al mundo de las pesadillas.

Bernard Katzka, de cuarenta y cuatro años, era viudo. Hacía tres años que había visto morir a su esposa de cáncer. Por eso ya había vivido su peor pesadilla.

Miró impasiblemente el cuerpo al que le estaban haciendo la autopsia. Era el cadáver de un hombre blanco, de cincuenta y cuatro años, casado, con dos hijos adolescentes, de profesión cardiólogo. La identidad había sido confirmada por las huellas digitales, además de la identificación por parte de la viuda. La experiencia seguramente había sido muy fuerte para ella. Ver el cadáver de un ser querido ya es de por sí bastante difícil, pero cuando esa persona ha estado colgada del cuello durante dos días en una habitación cálida y sin ventilación, la visión es verdaderamente horrorosa.

La viuda, según le dijeron, se había desmayado en el depósito de cadáveres.

Y no era para menos, pensó Katzka, mirando el cadáver de Aaron Levi. La cara era de un blanco sin sangre; la provisión arterial había quedado interrumpida por la presión del cinturón de cuero que le rodeaba el cuello. La lengua, que le salía de la boca, tenía un color negro como con escamas, la superficie seca por los dos días al aire. Los párpados sólo estaban cerrados en parte, y por las estrechas aberturas que quedaban, se podían ver las hemorragias de la esclerótica que habían puesto la parte blanca de los ojos de un terrible rojo sanguinolento. Debajo de la garganta, donde el cinturón había dejado la marca, la piel mostraba las típicas señales de la congestión sanguínea, una decoloración parecida a una magulladura en los extremos de piernas y brazos además de hemorragias dispersas, llamadas puntos de Tardieu, donde se habían roto los capilares. Todo esto estaba relacionado con la muerte por ahorcamiento. La única herida visible, además de las marcas del cinturón alrededor del cuello, era una magulladura en forma de moneda que tenía en el hombro izquierdo.

El doctor Rowbotham y su asistente, ambos vestidos con bata, guantes y gafas protectoras, completaron la incisión torácico-abdominal. Era en forma de Y: dos incisiones en diagonal que comenzaban en los hombros y se juntaban en el extremo inferior del esternón, y luego un corte vertical por el abdomen hasta el hueso púbico. Rowbotham hacía treinta y dos años que trabajaba en la oficina forense y, al parecer, muy pocas cosas podían sorprenderlo o entusiasmarlo. En todo caso, parecía algo aburrido cuando cortaba un cuerpo. Dictaba con la monotonía de siempre mientras con el pie apretaba o soltaba el pedal del magnetófono. En aquel momento levantó el escudo triangular de las costillas y el esternón y dejó al descubierto la cavidad pleural.

–Echa un vistazo, Babosa –le dijo a Katzka.

El apodo no tenía nada que ver con el aspecto físico de éste, que era muy normal. Más bien aludía a su carácter imperturbable. Entre sus compañeros se decía, en broma, que si alguien le pegaba un tiro a Bernard Katzka un lunes, con suerte reaccionaría el viernes, pero sólo si se enfadaba.

Katzka se inclinó para mirar dentro de la cavidad del pecho, con la misma expresión de indiferencia que Rowbotham.

–No veo nada raro.

–Exacto. Tal vez un poco de congestión pleural. Probablemente debida a un derrame capilar por hipoxia. Pero todo corresponde a una asfixia.

–De modo que nos vamos, ¿no? –dijo Lundquist, al tiempo que se apartaba de la mesa para alejarse de aquel olor, impaciente por concentrarse en otras cosas.

Era como todos los policías jóvenes: ansioso por empezar la búsqueda. Cualquier búsqueda. Un suicidio por ahorcamiento no era algo en lo que le interesara perder el tiempo.

Sin embargo, Katzka no se movió de la mesa.

–¿De verdad tenemos que ver hasta el final, Babosa? –preguntó Lundquist.

–Acaban de empezar.

–Es un suicidio.

–Éste me parece diferente.

–Han encontrado lo de siempre. Acaban de decirlo.

–Salió de la cama a media noche. Se levantó, se vistió y subió al coche. Piénsalo. Salir de la cama calentita para ir a colgarte al último piso de un hospital.

Lundquist miró el cadáver y volvió a apartar la mirada.

Rowbotham y su asistente ya habían cortado la tráquea y los grandes vasos y en ese preciso instante estaban sacando el corazón y los pulmones en una especie de masa informe. Rowbotham los dejó caer en una balanza. El recipiente de acero se balanceó unas cuantas veces, chirriando por el peso de los órganos.

–Es tu única oportunidad de verlo –exclamó Rowbotham mientras empleaba el bisturí para cortar el bazo–. Terminamos y va directo al entierro. A petición de la familia.

–¿Alguna razón especial? –preguntó Lundquist.

–Era judío. Entierro rápido. Hay que volver a ponerlo todo en su sitio.

Rowbotham dejó caer el bazo en la balanza y miró la aguja mientras oscilaba hasta que se quedó quieta.

Lundquist se quitó la bata que se había puesto dejando al descubierto una espalda llena de músculos. La había conseguido a base de pasar horas en el gimnasio, trabajando y sudando. Tenía una energía inagotable y en aquel momento la mostraba: siempre dispuesto a cosas mayores y mejores, aquél era Lundquist. Katzka todavía tenía que enseñarle, y la lección de aquel día debía de ser la falibilidad de las primeras impresiones, algo nada fácil de imbuir en un policía joven con tanta confianza en sí mismo y tan guapo. Y, además, con todo el pelo en la cabeza.

Rowbotham siguió sacando entrañas. Cortó los intestinos y comenzó a sacar lo que parecían espirales interminables de tripas. También extrajo el hígado, el páncreas y el estómago en una masa compacta y, por fin, cortó los riñones y la vesícula y los dejó caer en la chirriante balanza. Otro peso que mencionó en voz alta y que quedó registrado. Murmuró algo más ante el magnetófono. Lo que quedaba era una cavidad abierta.

Después, Rowbotham se acercó a la cabeza del cadáver. Hizo una incisión detrás de una oreja y cortó por la parte de atrás. Le arrancó el cuero cabelludo de un tirón, doblándolo encima de la cara. Luego peló la otra parte encima de la nuca, dejando al descubierto la base del cráneo. Cogió la sierra oscilante y, cuando el polvo de hueso empezó a formar una nube, su expresión se transformó en una mueca. En aquel momento nadie hablaba. La sierra era demasiado ruidosa y el procedimiento del todo repugnante. Cortar un pecho y un abdomen era grotesco pero de alguna manera impersonal, como matar a una vaca. Pero arrancarle el cuero cabelludo a un hombre y ponérselo encima de la cara era mutilar el aspecto más humano, más personal de un cadáver.

Lundquist, que se había puesto un poco pálido, se sentó de pronto en una silla junto al lavabo y dejó caer la cabeza entre las manos. Más de un policía había hecho uso de aquella silla.

Rowbotham dejó la sierra y sacó la parte superior del cráneo. En aquel momento se dispuso a separar el cerebro para sacarlo también. Cortó los nervios ópticos, los vasos sanguíneos y la médula espinal. Luego, con mucho cuidado, levantó el cerebro en una sola masa gelatinosa.

–Nada raro –dijo, y lo puso en un recipiente de formalina.

–Ahora vamos al meollo del asunto. El cuello.

Todo lo que había hecho hasta ahora no era más que un trabajo preliminar. Al haber quitado las vísceras y el cerebro se había permitido el drenaje de fluidos de las cavidades craneana y torácica. La disección del cuello podría hacerse derramando el mínimo de sangre y fluidos.

Antes de iniciar la autopsia ya le habían quitado el cinturón que le rodeaba el cuello, por lo que, en aquel instante, Rowbotham se dedicó a examinar la huella que había dejado en la piel.

–La clásica V invertida –dijo en voz alta–. Mira, Babosa, aquí tienes marcas paralelas de la ligadura que encajan con los bordes del cinturón. Y aquí atrás, ¿ves esto?

–Parece la marca de la hebilla.

–Efectivamente. Por el momento ninguna sorpresa.

Rowbotham cogió el bisturí y comenzó la disección del cuello.

Lundquist, que ya se había recuperado, estaba otra vez junto a la mesa, con un aire un poco más humilde. Las náuseas, pensó Katzka, eran perfectamente democráticas; atacaban incluso a policías llenos de músculos con la cabeza llena de pelo.

El bisturí de Rowbotham ya había cortado la piel del cuello anterior, y en ese momento se disponía a cortar más profundamente, para dejar al descubierto los cuernos superiores color blanco perla del cartílago tiroideo.

–No hay fracturas. Un poco de hemorragia aquí, en estos músculos. Pero el cartílago tiroideo y el hueso hioides parecen intactos.

–¿Y eso qué significa?

–Nada. El ahorcamiento no causa necesariamente graves daños internos en el cuello. La muerte sobreviene simplemente por la interrupción del flujo de sangre al cerebro. Lo único que se necesita es la compresión de las arterias carótidas. Es una manera relativamente indolora de matarse.

–Pareces muy seguro de que es un suicidio.

–La única otra posibilidad es un accidente. Asfixia autoerótica. Pero me dices que no había evidencia de eso.

–Tenía el pito guardado –dijo Lundquist–. No parecía que hubiera estado masturbándose.

–De modo que hablamos de suicidio. El homicidio con este método es prácticamente insólito. Si lo hubieran estrangulado, se vería un nudo diferente. No esta V invertida. Y en cuanto a obligar a un hombre a meter la cabeza en un lazo, bueno, eso dejaría otras heridas. La víctima se resistiría.

–Está esa magulladura en el antebrazo.

Rowbotham se encogió de hombros.

–Pudo habérsela hecho de mil maneras.

–¿Y si estaba drogado o inconsciente antes de que lo colgaran?

–Está bien, miraremos el tórax, Babosa, para que quedes contento.

Lundquist intervino riendo.

–Y a Babosa hay que dejarlo contento. –Se alejó de la mesa–. Son las cuatro. ¿Vienes, Babosa?

–Quiero ver el resto de la disección del cuello.

–Si te excita... Yo lo consideraría un suicidio y lo dejaría como está.

–Yo también lo haría, de no ser por la cuestión de las luces.

–¿Qué luces? –preguntó Rowbotham y por fin sus ojos mostraron interés detrás de las gafas protectoras.

–Babosa está obsesionado por las luces de la habitación –dijo Lundquist.

–Encontraron al doctor Levi colgado en una estancia del hospital que no se usa –explicó Katzka–. El empleado que encontró el cadáver está casi seguro de que las luces estaban apagadas.

–Continúa –dijo Rowbotham.

–Bueno, la hora de la muerte según tú, coincide con lo que creemos que sucedió, que el doctor Levi murió la madrugada del domingo. Antes del amanecer. Lo que significa que o se colgó en la oscuridad o que alguien apagó las luces.

–O que el jodido empleado no recuerda lo que vio –añadió Lundquist–. El tipo vomitó hasta el alma en el baño. ¿Te parece que puede recordar si el interruptor estaba hacia arriba o hacia abajo?

–Es un detalle que me preocupa.

Lundquist rió.

–A mí no –dijo y arrojó la bata dentro de la bolsa de la ropa sucia.

Eran casi las seis de la tarde cuando Katzka detuvo su Volvo en el aparcamiento del Hospital Bayside. Bajó del coche, entró en el vestíbulo y cogió el ascensor hasta el decimotercer piso. No lo llevaría más arriba sin una llave especial. Tuvo que salir del ascensor y subir por la escalera de emergencia hasta el último piso.

Lo primero que percibió al llegar arriba fue un tremendo silencio. La sensación de vacío. Durante meses, aquella área había estado sometida a renovaciones. Aquel día los obreros no habían ido a trabajar, pero sus herramientas estaban por todas partes. El aire olía a serrín y a pintura fresca... y a algo más. Un olor que reconocía de la sala de autopsias. A muerte. A podredumbre. Pasó junto a unas escaleras de mano y una sierra Makita y dobló una esquina.

A mitad del otro corredor había un precinto policial amarillo que sellaba una de las puertas. Se agachó para esquivar la cinta y empujó la puerta cerrada.

En aquella habitación habían terminado las remodelaciones. Las paredes empapeladas, los muebles empotrados y un ventanal del suelo al techo con vistas a toda la ciudad. Una *suite* en el último piso de un hospital para ese paciente especial con una billetera sin fondo. Entró en el baño y accionó el interruptor de la pared. Más lujo. Lavabo de mármol, grifería de bronce, un espejo con iluminación lateral. Una taza que parecía un trono. Apagó las luces y salió del baño.

Se acercó al armario.

Allí era donde habían encontrado colgado al doctor Aaron Levi. Un extremo del cinturón de cuero estaba atado a la barra del armario. El otro le rodeaba el cuello. Al parecer, lo único que había tenido que hacer era doblar las piernas, para que el cinturón se ajustara alrededor de su garganta e interrumpiera el flujo de sangre de la carótida al cerebro. Si hubiera cambiado de idea en el último momento, con volver a apoyar los pies en el suelo, sostenerse sobre ellos y aflojar el cinturón habría tenido suficiente. Pero no lo había hecho. Se había quedado colgado allí entre los cinco y diez segundos que tardó en perder la conciencia.

Treinta y seis horas después, el domingo por la tarde, uno de los obreros había ido a aquella habitación para terminar de aplicar la lechada de la bañera. No esperaba encontrarse con un cadáver.

Katzka se acercó a la ventana, desde donde se quedó mirando la ciudad de Boston.

«Doctor Aaron Levi –pensó–, ¿qué iba tan mal en su vida?»

Un cardiólogo. Con esposa, una bonita casa, un Lexus. Dos hijos, mayores y estudiando. En un momento de irracionalidad, Katzka sintió un arrebato de rabia hacia Aaron Levi. ¿Qué demonios podía saber él lo que era el desaliento y la desesperanza? ¿Qué razón podía haber tenido para terminar con su vida? «Cobarde. Cobarde.» Katzka se apartó de la ventana, sacudido por su propia ira. Por su asco ante cualquiera que eligiera semejante fin. ¿Y por qué «aquel» fin? ¿Por qué colgarse en aquella habitación solitaria donde nadie lo hallaría quizás en varios días?

Había otras maneras de suicidarse. Levi era médico. Tenía acceso a narcóticos, a barbitúricos, a la cantidad que quisiera de fármacos que pueden ingerirse en dosis letales. Katzka sabía con exactitud cuánto fenobarbital se necesitaba para terminar con una vida. Se había preocupado por saberlo. Una vez, hasta había contado el número exacto de pastillas que se necesitarían para su peso corporal. Las había puesto sobre la mesa del comedor y contemplado la liberación que significaban. El fin del dolor, del desconsuelo. Una vez arreglados sus asuntos, era una salida fácil pero irreversible. Pero al parecer el momento nunca llegaba. Tenía demasiadas responsabilidades que atender. Los arreglos para el entierro de Annie. Pagar la cuenta del hospital. Luego un juicio que requería su testimonio; un doble homicidio en Roxbury y los últimos ocho plazos del coche; después un triple homicidio en Brookline, y otro juicio para el que necesitaban su testimonio.

En definitiva, Katzka *el Babosa* había estado demasiado ocupado para matarse.

Habían pasado tres años, Annie estaba enterrada y las pastillas de fenobarbital habían ido a parar a la basura hacía ya mucho tiempo. Ya nunca pensaba en el suicidio. Aunque de vez en cuando se acordaba de las pastillas dispuestas sobre la mesa del comedor y se preguntaba por qué lo habían tentado. ¿Cómo había estado tan cerca de rendirse? No sentía ninguna simpatía por El Babosa de hacía tres años, ni tampoco por ninguna otra persona con un frasco de pastillas y un caso terminal de autocompasión.

«¿Y cuál fue su motivo, doctor Levi?»

Contempló la vista resplandeciente de Boston y pensó cómo habría sido la última hora de la vida de Aaron Levi. Intentó imaginárselo levantándose a las tres de la madrugada, conduciendo hasta el hospital, subiendo en el ascensor hasta el decimotercer piso y por la escalera el último tramo hasta el decimocuarto. Entrando en aquella habitación. Atando el cinturón a la barra del armario y metiendo la cabeza en el lazo.

Katzka frunció el entrecejo.

Fue hasta el interruptor de la luz y lo accionó. Se encendieron las luces. Funcionaban bien. ¿Entonces quién las había apagado? ¿Aaron Levi? ¿El empleado que encontró el cadáver?

¿Alguien más?

«Detalles», pensó Katzka. Eran los detalles lo que lo volvían loco.

11

–No puedo creerlo –decía Elaine–. No puedo creerlo. –No lloraba. Había permanecido sentada sin derramar una lágrima durante todo el entierro, lo cual llenaba de preocupación a su suegra, Judith, que había llorado sonoramente y sin pudor mientras se recitaba el *kadish* sobre la tumba de su hijo. El dolor de Judith era tan público como el desgarramiento ritual de su blusa, símbolo de un corazón roto por el dolor. Elaine no se había desgarrado la blusa. Elaine no había derramado lágrimas. En aquel momento, sentada en la sala de su casa con un plato de canapés sobre la falda, repitió–: No puedo creer que se haya ido.

–No has cubierto los espejos –le comentó Judith–. Tendrías que hacerlo. Todos los espejos de la casa.

–Haz lo que quieras –le contestó Elaine.

Judith salió de la habitación en busca de sábanas para cubrir los espejos. Un momento después, todos los invitados reunidos en la sala oyeron a Judith abriendo y cerrando armarios en el piso de arriba.

–Será una costumbre judía –susurró Marilee Archer mientras le pasaba otra bandeja de bocadillos a Abby.

Abby cogió un bocadillo y pasó a su vez la bandeja. Ésta fue de mano en mano de un invitado a otro. Pero, en realidad, nadie comía. Un educado mordisco o un sorbo de refresco era todo lo que la gente podía digerir. Abby tampoco tenía muchas ganas de comer. Ni de hablar. Había al menos dos docenas de personas en aquella habitación, sentadas solemnemente en sofás y sillas o de pie formando pequeños grupos, pero nadie hablaba mucho.

Arriba se oyó correr el agua de un inodoro. Judith, por supuesto. Elaine hizo una pequeña mueca de vergüenza. Aquí y allá se vieron las sonrisas contenidas de los invitados. Detrás del sofá donde estaba sentada Abby, alguien se puso a hablar de lo mucho que había tardado el otoño en llegar aquel año. Ya era octubre y las hojas apenas habían empezado a ponerse amarillas. El silencio, por fin, se había roto. Comenzaron a surgir nuevas conversaciones, murmullos sobre jardines en otoño, y ¿qué le parece Dartmouth?, y ¿no hace demasiado calor para ser octubre? Elaine estaba sentada en el centro de la estancia, sin conversar, pero obviamente aliviada porque los demás lo hacían.

La bandeja con los bocadillos había dado la vuelta y volvía, vacía, a Abby.

–Voy a servir unos cuantos más –le dijo a Marilee.

Se levantó del sofá y fue a la cocina, donde encontró la encimera de mármol cubierta de bandejas con comida. Nadie pasaría hambre. Estaba desenvolviendo una bandeja con camarones cuando miró por la ventana de la cocina y vio a Archer, Raj Mohandas y Frank Zwick de pie fuera, en la terraza. Hablaban y sacudían la cabeza. «Cómo siempre, los hombres se las arreglan para desaparecer», pensó. No tenían paciencia para viudas dolientes o largos silencios y dejaron aquel calvario para sus esposas, dentro de la casa. Incluso habían sacado una botella de whisky. Estaba sobre una mesa cubierta por un parasol, situada de manera que fuera fácil ir sirviendo a medida que se vaciaran los vasos. Zwick alargó el brazo, cogió la botella y se sirvió. Al ir a taparla vio a Abby en la cocina. Le dijo algo a Archer. Entonces éste y Mohandas también la miraron. Todos menearon la cabeza y le hicieron un breve saludo con la mano. Después los tres atravesaron la terraza y se fueron en dirección al jardín.

–Cuánta comida. No sé qué voy a hacer con todo esto –dijo Elaine. Abby no se había dado cuenta de que había entrado en la cocina. Elaine miraba la encimera y sacudía la cabeza–. Le dije al servicio cuarenta personas, y me traen todo esto. No es una boda. En una boda todo el mundo come. Pero nadie come mucho en un funeral. –Elaine miró una de las bandejas y cogió un rábano tallado como una rosa diminuta–. ¿No es precioso lo que hacen? Tanto trabajo para algo que uno se pone en la boca y desaparece.

Lo dejó en la bandeja y se quedó allí, sin hablar, admirando en silencio el rábano en forma de rosa.

–Lo siento tanto, Elaine... –dijo Abby–. Si hubiera algo que pudiera decirle para hacer esto más fácil.

–Sólo me gustaría poder entender. Nunca me dijo nada. Ni me contó... –Tragó saliva y sacudió la cabeza. Metió la bandeja de comida en una repisa de la nevera y cerró la puerta. Se volvió y miró a Abby–. Usted habló con él esa noche. ¿Hubo algo..., cualquier cosa que él pudo haber dicho?...

–Hablamos de nuestros pacientes. Aaron quería estar seguro de que yo estaba haciendo lo correcto.

–¿Eso fue todo lo que se dijeron?

–Sólo hablamos del paciente. Aaron no me pareció distinto. Sólo preocupado. Elaine, yo nunca me imaginé que pudiera... –Abby calló.

La mirada de Elaine se posó en otra bandeja. En el adorno de cebollas verdes, con las hojas cortadas y en espiral, simulando pompones de encaje.

–¿Sabe algo acerca de Aaron que..., que no quiera decirme?

–¿A qué se refiere?

–¿Rumores sobre otras mujeres?

–Nunca. –Abby negó con la cabeza. Y repitió, con vehemencia–: Nunca.

Elaine asintió, pero pareció encontrar poco consuelo en las palabras de Abby.

–En realidad, nunca pensé que fuera una mujer –dijo. Cogió otra bandeja y la metió en la nevera. Después de cerrar la puerta dijo–: Mi suegra me echa la culpa a mí.

Piensa que tiene que ser por algo que yo he hecho. Mucha gente estará pensando lo mismo.

–Nadie es culpable del suicidio de otra persona.

–No vi ninguna señal de alarma. Nada. Sí, sé que no estaba contento con su trabajo. Siempre hablaba de irnos de Boston. De dejar la medicina para siempre.

–Pero ¿por qué estaba tan descontento?

–No quería hablar del tema. Cuando tenía su consultorio en Natick, siempre hablaba de su trabajo. Después llegó la oferta de Bayside y fue demasiado buena para rechazarla. No obstante, una vez que nos mudamos aquí, fue como un desconocido para mí. Venía a casa y se sentaba como un zombi frente a ese maldito ordenador. Jugaba con los videojuegos toda la tarde. A veces, por la noche, me despertaba y oía unos ruidos extraños. Era Aaron, despierto, solo, haciendo solitarios. –Sacudió la cabeza y bajó la mirada hacia la encimera, hacia otra bandeja de comida sin tocar–. Usted fue una de las últimas personas que habló con él. ¿No recuerda nada especial?

Abby miró por la ventana de la cocina, tratando de recordar aquella última conversación con él. No se le ocurría nada que la distinguiera de cualquier otra llamada nocturna. Todas parecían confundirse, como un coro de voces monótonas que exigían un gran esfuerzo de su cerebro cansado.

Fuera, los tres hombres volvían de su paseo por el jardín. Zwick llevaba la botella de whisky, ya medio vacía. Entraron en la casa y la saludaron con la cabeza.

–Bonito jardín –dijo Archer–. Tendrías que salir a verlo, Abby. –Me gustaría –dijo ella–. Elaine, ¿por qué no me acompaña?

Guardó silencio.

No había nadie junto a la nevera. Miró por toda la cocina; vio las bandejas de comida sobre la encimera y una caja con envoltura de plástico de la cual sobresalía una lámina transparente que se agitaba por la corriente de aire.

Elaine se había ido.

Una mujer rezaba junto a la cama de Mary Allen. Hacía media hora que estaba sentada allí con la cabeza inclinada y las manos entrelazadas mientras murmuraba en voz alta al buen Señor Jesús, implorándole que prodigara milagros sobre la envoltura mortal de Mary Allen. «Cúrala, fortifícala, purifica su cuerpo y su alma contaminada para que por fin pueda aceptar el esplendor de Tu palabra.»

–Perdóneme –dijo Abby–. Disculpe por interrumpir, pero necesito examinar a la señora Allen.

La mujer siguió rezando. Tal vez no la había oído. Abby iba a repetir su petición cuando la mujer por fin dijo «Amén» y levantó la cabeza. Tenía los ojos duros y los cabellos castaños y sin vida con unas primeras vetas grises. Miró a Abby irritada.

–Soy la doctora DiMatteo –dijo Abby–. Estoy a cargo de la señora Allen.

–Yo también –contestó, y se puso en pie. No hizo ademán de estrecharle la mano a Abby sino que permaneció con los brazos cruzados sobre la Biblia que estrechaba contra el pecho–. Soy Brenda Hainey, sobrina de Mary.

–No sabía que Mary tuviera una sobrina. Me alegro de que haya podido venir a visitarla.

–Sólo hace dos días que me enteré de su enfermedad. Nadie se tomó la molestia de llamarme.

Su tono de voz daba a entender que aquella negligencia era de alguna manera culpa de Abby.

–Creíamos que Mary no tenía parientes cercanos.

–No entiendo el motivo. Pero ahora ya estoy aquí. –Brenda miró a su tía–. Ahora se pondrá bien.

«Sin contar con que se está muriendo», pensó Abby. Se acercó a la cama y dijo, suavemente:

–¿Señora Allen?

Mary abrió los ojos.

–Estoy despierta, doctora DiMatteo. Sólo descansaba.

–¿Cómo se encuentra hoy?

–Sigo con náuseas.

–Podría ser un efecto secundario de la morfina. Le daremos algo para que se le arregle el estómago.

Brenda interrumpió.

–¿Le están dando morfina?

–Para el dolor.

–¿No hay otra manera de aliviar el dolor?

Abby se volvió hacia la sobrina.

–Señora Hainey, por favor, ¿podría salir de la habitación? Tengo que examinar a su tía.

–Señorita Hainey –añadió Brenda–. Y estoy segura de que tía Mary quiere que me quede.

–De todos modos tengo que pedirle que salga.

Brenda miró a su tía, evidentemente esperando una protesta por parte de ésta, pero Mary Allen miraba hacia delante, en silencio.

Brenda apretó con fuerza la Biblia.

–Estaré aquí fuera, tía Mary.

–Dios santo –susurró Mary cuando la puerta se cerró detrás de Brenda–. Éste ha de ser mi castigo.

–¿Se refiere a su sobrina?

La mirada cansada de Mary se fijó en Abby.

–¿Usted cree que mi alma necesita salvación?

–Diría que eso es una decisión suya y de nadie más. –Abby sacó el estetoscopio–. ¿Puedo auscultarle los pulmones?

Obedientemente, Mary se incorporó y se levantó el camisón.

Los sonidos de su respiración eran sordos. Con unos golpes suaves en la espalda, Abby pudo oír el cambio entre el líquido y el aire, y darse cuenta de que se había acumulado más líquido en el pecho desde la última vez que la había visitado.

Se incorporó.

–¿Cómo va la respiración?

–Bien.

–Tal vez tengamos que drenar más fluido. O insertarle otro tubo en el pecho.

–¿Para qué?

–Para que respire mejor. Para que esté más cómoda.

–¿Ésa es la única razón?

–La comodidad es una razón muy importante, señora Allen.

Mary se dejó caer sobre las almohadas.

–Entonces ya le haré saber cuándo lo necesito –murmuró.

Al salir de la habitación, Abby encontró a Brenda Hainey esperando junto a la puerta.

–Su tía quiere dormir un rato. Venga a verla en otro momento.

–Hay algo que quiero hablar con usted, doctora.

–¿Sí?

–He estado hablando con la enfermera. Por lo de la morfina. ¿Es de verdad necesaria?

–Su tía diría que sí.

–La está aturdiendo. No hace más que dormir.

–Tratamos de que sufra lo menos posible. El cáncer se ha extendido por todo el cuerpo. A los huesos, al cerebro. Es el dolor más insoportable que se pueda imaginar. Lo más humano que podemos hacer por ella es ayudarla a irse con el menor sufrimiento posible.

–¿Qué quiere decir con eso de ayudarla a irse?

–Se está muriendo. No podemos hacer nada para impedirlo.

–Pero usted ha dicho «ayudarla a irse». ¿Es para eso para lo que le inyectan la morfina?

–Es lo que ella quiere y necesita en estos momentos.

–Ya he tenido que hacer frente a problemas de este tipo, doctora. Con otros parientes. Y sé positivamente que no es legal ayudar médicamente a que alguien se suicide.

Abby sintió que se ponía roja de rabia y luchando por controlarse dijo, con toda la calma de que era capaz:

–No me ha entendido bien. Lo único que tratamos de hacer es que su tía no sufra.

–Hay otras maneras.
–¿Como por ejemplo?
–Pedir ayuda a instancias más altas.
–¿Se refiere a rezar?
–¿Y por qué no? A mí me ha ayudado a superar momentos difíciles.
–Me parece muy bien que rece por su tía. Pero, si no me equivoco, la Biblia no dice nada en contra de la morfina.
Brenda se puso rígida. Su respuesta quedó interrumpida por una llamada del buscapersonas de Abby.
–Perdóneme –dijo ésta en tono cortante y se fue, dejando, por suerte, la conversación a medias; ya había estado a punto de decir algo realmente sarcástico. Algo así como: «Si le reza a Dios, ¿por qué no le pide curación para usted?». Eso habría enfurecido a Brenda. Y con el juicio de Joe Terrio acechando en el horizonte, y Victor Voss decidido a echarla a la calle, lo último que necesitaba era que alguien presentara otra queja en su contra.
Buscó un teléfono en la sala de las enfermeras y marcó el número que aparecía en el buscapersonas.
Contestó una voz de mujer.
–Información.
–Soy la doctora DiMatteo. ¿Me ha llamado?
–Sí, doctora. Hay un tal Bernard Katzka aquí. Pregunta si podría usted venir a verlo un momento al vestíbulo.
–No conozco a nadie con ese nombre. Estoy muy ocupada. ¿Puede preguntarle qué desea?
Hubo un murmullo de conversación al fondo. Cuando la mujer volvió al teléfono, la voz sonaba extrañamente reticente.
–¿Doctora DiMatteo?
–Sí.
–Es un policía.

El hombre del vestíbulo le parecía vagamente conocido. Tendría entre cuarenta y cincuenta años; era de estatura y complexión medias y tenía una de aquellas caras que no son ni guapas ni feas y en absoluto destacables. El pelo castaño oscuro comenzaba a ralear en la parte superior de la cabeza, hecho que no se esforzaba en disimular, a diferencia de otros hombres, que se peinan mechones camuflados desde los costados. Mientras se acercaba, Abby tuvo la impresión de que él también la reconocía. Su mirada se había fijado en ella tan pronto como salió del ascensor.

–Doctora DiMatteo –dijo–, soy el detective Bernard Katzka, de homicidios.

Sólo oír la palabra la impresionó. ¿Qué pasaba? Se dieron la mano. En ese momento, al mirarlo directamente a los ojos, Abby se acordó de dónde lo había visto. En el cementerio. En el entierro de Aaron Levi. Se había mantenido un poco alejado del resto de la comitiva: una figura silenciosa metida en un traje oscuro. Durante el servicio, sus miradas se habían cruzado. Ella no entendía nada de lo que se recitaba en hebreo y su atención se había desviado hacia los presentes. Entonces se había dado cuenta de que otra persona también los observaba. Se habían mirado, sólo por un segundo, y luego apartado la mirada. Ella apenas había registrado algún rasgo de aquel hombre. Pero allí, ahora que lo tenía delante, se sorprendió mirándolo directamente a los ojos, que eran de un gris sereno e imperturbable. De no ser por la inteligencia de aquellos ojos, quizá nadie repararía jamás en Bernard Katzka.

–¿Usted es amigo de la familia Levi? –dijo ella.

–No.

–Lo vi en el cementerio. ¿O me equivoco?

–Estuve allí.

Ella hizo una pausa, esperando una explicación, pero todo lo que él dijo fue:

–¿Hay algún lugar donde podamos hablar?

–¿Puedo preguntarle cuál es el motivo?

–La muerte del doctor Levi.

Ella miró las puertas del vestíbulo. El sol brillaba y ella no había salido en todo el día.

–Hay un pequeño patio con algunos bancos –dijo–. ¿Le parece bien?

Fuera hacía calor; era una perfecta tarde de octubre. El jardín estaba en la fase de los crisantemos: en el macetero circular había flores de color naranja, pardo y amarillo. En el medio, una fuente lanzaba un chorro silencioso de agua. Se sentaron en uno de los bancos de madera. Un par de enfermeras que ocupaban el otro banco se levantaron y volvieron al edificio, dejando a Abby y al detective solos. Durante un momento, ninguno de los dos dijo nada. El silencio la hizo sentirse un poco incómoda, aunque no parecía perturbar en lo más mínimo a su compañero. Al parecer, estaba acostumbrado a los largos silencios.

–Elaine Levi me dio su nombre –dijo–. Me sugirió que hablara con usted.

–¿Por qué?

–Pues porque usted habló con el doctor Levi la madrugada del sábado. ¿Es cierto?

–Sí. Por teléfono.

–¿Recuerda la hora?

–Alrededor de las dos, creo. Yo estaba en el hospital.

–¿Llamó él?

–Bueno, él llamó a la UCIC y pidió hablar con el residente de mayor rango. Dio la casualidad de que esa noche era yo.

–¿Por qué llamaba?

–Por una paciente. Tenía fiebre posoperatoria y Aaron quería conocer el plan de acción que se iba a seguir: análisis de laboratorio, rayos X... Oiga ¿le importaría decirme por qué quiere saber todo esto?

–Estoy tratando de establecer la cronología de los hechos. De manera que el doctor Levi llamó a la UCIC a las dos de la madrugada y usted lo atendió.

–Así es.

–¿Volvió a hablar con el doctor después de la llamada de las dos?

–No.

–¿Trató de llamarlo?

–Sí, pero ya había salido de casa. Hablé con Elaine.

–¿A qué hora más o menos?

–No lo sé. Tal vez entre las tres y las tres y cuarto. No me fijé en la hora que era.

–¿Volvió a llamar a su casa a otra hora?

–No. Traté de localizarlo varias veces a través del buscapersonas, pero no me contestó. Sabía que estaba en el edificio, porque el coche se encontraba en el aparcamiento.

–¿A qué hora vio el coche?

–No fui yo quien lo vio, sino mi novio..., el doctor Hodell..., cuando llegó al hospital a eso de las cuatro. Escuche, ¿por qué está investigando homicidios?

El policía eludió la pregunta.

–Elaine Levi dice que hubo una llamada a eso de las dos y cuarto. Contestó su esposo. Minutos más tarde se vistió y salió de la casa. ¿Sabe algo acerca de esa llamada?

–No. Pudo haber sido una de las enfermeras. ¿Elaine no lo sabe?

–Su esposo se llevó el teléfono al baño. Ella no oyó la conversación.

–No fui yo. Hablé con Aaron sólo una vez. Pero me gustaría saber por qué me hace estas preguntas. No parece ser una cuestión de rutina.

–No. No lo es.

El buscapersonas de Abby empezó a sonar. Ella reconoció el número en la pantalla. Era de la oficina de residentes, no una urgencia, pero de todos modos ya estaba harta de aquella conversación. Se puso de pie.

–Detective, tengo trabajo. Tengo que visitar a mis pacientes. No puedo quedarme a contestar toda una serie de preguntas vagas.

–Mis preguntas son muy específicas. Trato de establecer quién llamó y a qué hora. Y de qué se habló en esas llamadas.

–¿Por qué?

–Puede tener relación con la muerte del doctor Levi.

–¿Está diciendo que alguien lo convenció de que se ahorcara?

–Me gustaría saber quién habló con él.

–¿No puede averiguarlo a través del ordenador de la compañía telefónica, por ejemplo? ¿No tienen unos registros?

–Sabemos que la llamada que recibió el doctor Levi a las dos y cuarto se hizo desde este hospital.

–Entonces tuvo que ser una enfermera.

–O cualquier otra persona del edificio.

–¿Ésa es su teoría? ¿Que alguien llamó a Aaron desde Bayside y le dijo algo tan perturbador que lo obligó a matarse?

–Estamos considerando otras posibilidades aparte del suicidio.

Ella lo miró. Lo había dicho con tanta calma que se preguntó si le había entendido bien. Sólo entonces volvió a sentarse en el banco. Durante un momento, ninguno de los dos habló.

Una enfermera pasó por el patio empujando una silla de ruedas con una paciente. Se detuvo junto al macetero de flores para admirar los crisantemos y, luego, siguió avanzando. El único ruido que se podía oír era el sonido musical de la fuente.

–¿Me está diciendo que pudieron haberlo asesinado? –preguntó Abby.

Él no respondió de inmediato. Y por la expresión de su cara ella no pudo adivinar cuál sería la respuesta. Seguía allí sentado sin que la postura, las manos o sus facciones revelaran nada.

–¿Se mató Aaron? –preguntó ella.

–El resultado de la autopsia confirma la asfixia.

–Era de esperar. Parece un suicidio.

–Bien, podría ser.

–Entonces, ¿por qué no está convencido?

Él vaciló. Por primera vez ella vio la incertidumbre en sus ojos y supo que estaba sopesando las palabras que iba a decir. Era uno de esos hombres que no hacen ningún movimiento sin considerar todas sus implicaciones; uno de esos hombres para los que la espontaneidad misma era una acción planificada.

–Dos días antes de morir –dijo él–, el doctor Levi compró un ordenador nuevo para su casa.

–¿Eso es todo? ¿Es ésa la base para su interrogatorio?

–Lo utilizó para varias cosas. Primero, reservó dos pasajes de avión para Santa Lucía, en el Caribe. Iba a salir poco antes del día de Navidad. En segundo lugar, le envió una carta por correo electrónico a su hijo, en Dartmouth, explicándole los planes para las vacaciones del Día de Acción de Gracias. Piense en eso, doctora. Dos días antes de suicidarse, este hombre hace planes para el futuro. Tiene la idea de pasar unos cuantos días de vacaciones en la playa. Pero, a las dos de la madrugada del domingo, se levanta de la cama y se va al hospital. Sube en ascensor hasta el penúltimo piso, después las escaleras hasta el último piso y llega a una habitación vacía. Ata un extremo del cinturón a la barra de un armario, se pasa el otro por el cuello y encoge las piernas hasta que se muere. La conciencia no se pierde al instante. Hay cinco o tal vez diez segundos para cambiar de idea. Tiene esposa, hijos y una playa en Santa Lucía que lo esperan. Pero decide suicidarse. Solo y en la oscuridad. –La mirada de Katzka resistió la suya–. Piénselo.

Abby tragó saliva.

–No sé si quiero.

–Yo tengo que hacerlo.

Ella miró aquellos ojos grises tan serenos y se preguntó: «¿En qué otras pesadillas estarás pensando? ¿Qué tipo de hombre escoge un trabajo que exige elucubraciones tan terribles?».

–Sabemos que encontraron el coche del doctor Levi en la plaza que tenía adjudicada en el aparcamiento del hospital. Pero no sabemos por qué vino hasta aquí. Ni por qué salió de su casa. A excepción de esa persona que lo llamó a las dos y cuarto de la madrugada, usted es la última que sabemos que habló con él. ¿Le dijo que vendría al hospital?

–Estaba preocupado por la paciente. Pudo haber decidido venir a resolver el problema él mismo.

–¿En lugar de dejar que se encargara usted?

–Yo soy residente de segundo año, detective Katzka, no la médica. Aaron era el internista del equipo de trasplantes.

–Tengo entendido que era cardiólogo.

–También era internista. Cuando había un problema médico, como una fiebre, las enfermeras por lo general lo llamaban a él. Y él se encargaba de llamar a los demás si los necesitaba.

–Durante esa llamada, ¿dijo si pensaba venir al hospital?

–No. Sólo hablamos del plan de acción. Le expliqué lo que pensaba hacer. Visitaría a la paciente y pediría análisis de sangre y rayos X. Él estuvo de acuerdo.

–¿Eso fue todo?

–Sí, ésa fue toda la conversación.

–¿Dijo algo, cualquier cosa, que a usted le pareciera fuera de lo normal?

Ella volvió a pensar. Entonces recordó la pausa inicial y lo confundido que se había quedado Aaron cuando ella fue al teléfono.

–¿Doctora DiMatteo?

Ella miró a Katzka. Aunque había pronunciado su nombre con calma, en su cara se veía una expresión de alerta.

–¿Recuerda algo? –preguntó.

–Recuerdo que no pareció alegrarse mucho de que yo fuera la residente de guardia.

–¿Por qué no?

–Por la paciente. Su esposo y yo... Hemos tenido un problema. Muy serio. –Apartó la mirada, sintiéndose algo incómoda al pensar en Victor Voss–. Estoy segura de que Aaron habría preferido que yo me mantuviera a kilómetros de distancia de la señora Voss.

El silencio de Katzka le hizo levantar la mirada.

–¿La esposa de Victor Voss? –dijo él.

–Sí. ¿Le suena el nombre?

Katzka se reclinó hacia atrás y suspiró.

–Sé que fundó VMI International. ¿De qué operaron a su esposa?

–Trasplante de corazón. Ahora está mucho mejor. La fiebre ha remitido después de unos días de administrarle antibióticos.

Katzka miraba la fuente, donde la lluvia de agua iluminada por el sol resplandecía como una cadena de oro. De repente se puso de pie.

–Gracias por dedicarme un poco de su tiempo, doctora DiMatteo. Puede que vuelva a llamarla.

Ella iba a decir «Cuando quiera», pero él ya le había dado la espalda y se alejaba rápidamente. El hombre había pasado de la inmovilidad más absoluta a la velocidad del rayo. Asombroso.

Volvió a sonar la señal del buscapersonas. De nuevo era la oficina de residentes. Lo apagó. Cuando levantó los ojos, Katzka había desaparecido de su vista. El policía mago. Todavía intrigada por sus preguntas, volvió al vestíbulo y llamó por el teléfono interno del hospital.

Una secretaria atendió su llamada.

–Oficina de residentes.

–Soy Abby DiMatteo. ¿Me ha llamado usted?

–Ah, sí. Dos cosas. Ha recibido una llamada del exterior, de Helen Lewis, del banco de órganos de Nueva Inglaterra. Quería saber si habían contestado a su pregunta sobre aquel trasplante. Usted no contestó, así que colgó.

–Si vuelve a llamar, dígale que ya tengo la respuesta. ¿Qué es lo otro?

–Tiene una carta certificada. He firmado el comprobante. Espero haber hecho bien.

–¿Certificada?

–Me la han entregado hace unos minutos. Supuse que querría saberlo.

–¿Quién la envía?

Se oyó un ruido de papeles.

–Craig, Hawkes y Sussman. Abogados.

El estómago de Abby entró en caída libre.

–Ahora voy –dijo y colgó.

Otra vez el juicio Terrio. Las ruedas de la justicia sin duda la harían polvo. Le sudaban las manos cuando subió al ascensor hasta el piso de administración. «La doctora DiMatteo, conocida por su tranquilidad en el quirófano, es un hatajo de nervios.»

La secretaria de la oficina de residentes hablaba por teléfono. Vio entrar a Abby y le señaló el casillero del correo.

Había un sobre en su buzón que llevaba impreso en el extremo superior izquierdo: «Craig, Hawkes y Sussman». Lo abrió.

Al principio no entendió lo que leía. Luego clavó los ojos en el nombre del demandante e inmediatamente comprendió el significado. El estómago había dejado de caer para ir a estrellarse. Aquella carta no tenía nada que ver con Karen Terrio. Se refería a otro paciente, a un tal Michael Freeman. Un alcohólico al que se le había roto súbitamente un vaso hinchado en el esófago y que había muerto desangrado en su habitación del hospital. Abby había sido la médica residente a cargo de aquel caso. Lo recordaba como un final impresionantemente tétrico. En aquel momento, la esposa de Michael Freeman la demandaba y había contratado a Craig,

Hawkes y Sussman para que la representaran. Abby era la acusada. De nuevo la única acusada nombrada en la demanda.

–¿Doctora DiMatteo? ¿Se encuentra bien?

Abby de pronto se dio cuenta de que estaba apoyada en el casillero del correo y de que la habitación se movía. La secretaria la miraba con el entrecejo fruncido.

–Estoy... bien –dijo Abby–. Estoy bien.

Cuando salió de allí se sentía completamente vencida. Se fue corriendo a la habitación de guardias, se encerró y se sentó en la cama. Entonces desdobló la carta y la leyó una vez más. Y otra.

Dos demandas en dos semanas. Vivian tenía razón. Se pasaría el resto de su vida en los tribunales.

Sabía que debía llamar a su abogado, pero no podía hacer nada en aquel momento. De modo que permaneció sentada en la cama, mirando la carta que tenía sobre la falda. Pensando en todos los años, en todo el trabajo invertido, sólo para llegar a aquel punto de su carrera. Pensó en las noches en que se había quedado dormida sobre los libros mientras el resto de sus compañeras salía a pasear. En los fines de semana en que había trabajado turnos dobles sacando sangre en un hospital, sacando tubos y tubos de sangre para pagarse los estudios. Pensó en los ciento veinte mil dólares en préstamos para estudiantes que todavía tenía que pagar. Las cenas con bocadillos de mantequilla de cacahuete. Las películas, los conciertos, las obras de teatro que no había podido ver.

Y pensó en Pete, que había sido la razón de todo aquello. El hermano al que no había podido salvar. Más que nada pensó en Pete, que siempre tendría diez años.

Victor Voss estaba ganando. Había dicho que la destruiría y eso era exactamente lo que iba a hacer.

Devolver el golpe. Ya era hora de devolverle el golpe. Sólo que ni siquiera se le ocurría cómo hacerlo. No era lo bastante inteligente. La carta le quemaba como un ácido entre las manos. Pensó en cómo detenerlo, pero no tenía armas con que luchar excepto el empujón que le había dado en la UCIC. Una acusación por agresión y lesiones no sería suficiente, ni mucho menos, para detenerlo.

«Devolver el golpe. Tienes que encontrar cómo.»

Se oyó el pitido del buscapersonas. Era de la sala de cirugía. No estaba de humor para ninguna llamada. Cogió el teléfono y marcó los números con violencia.

–DiMatteo –dijo secamente.

–Doctora, tenemos un problema con la sobrina de Mary Allen.

–¿Qué pasa?

–Queremos darle la dosis de morfina de las cuatro, pero Brenda no nos deja. Tal vez usted podría...

–Ahora voy.

Abby colgó el auricular con violencia. Que Brenda se fuera a la mierda, pensó, guardándose la carta de los abogados en el bolsillo. No cogió el ascensor; bajó dos pisos corriendo por la escalera. Cuando apareció en la sala, respiraba con dificultad, no porque estuviera cansada, sino de furia. Entró directamente en la habitación de Mary Allen.

Dentro había dos enfermeras, hablando con Brenda. Mary Allen estaba despierta en la cama pero se la veía demasiado débil y dolorida como para decir nada.

–Ya está bastante drogada –decía Brenda–. Mírenla. Ni siquiera puede hablar.

–Tal vez no quiera hablar con usted –dijo Abby.

Las enfermeras se volvieron hacia ella con expresión de alivio. La voz de la autoridad había llegado.

–Por favor, salga de la habitación, señorita Hainey –espetó Abby.

–No necesita la morfina.

–Eso lo decidiré yo. Ahora, salga de la habitación.

–No le queda mucho tiempo. Necesita todas sus facultades.

–¿Para qué?

–Para aceptar al Señor completamente. Si muere antes de aceptarlo a Él...

Abby alargó la mano hacia una de las enfermeras.

–Déme la morfina. Yo se la administraré.

Enseguida le entregaron la jeringa. Abby se acercó a la cánula de solución intravenosa. Cuando estaba destapando la aguja vio el débil gesto de gratitud de Mary Allen.

–Si le da esa droga llamo inmediatamente a un abogado –dijo Brenda.

–Hágalo –contestó Abby.

Introdujo la aguja en el agujero de la cánula. Estaba apretando el émbolo cuando Brenda se abalanzó y arrancó el catéter del brazo de su tía. La sangre brotó de la herida y cayó al suelo. Aquellas gotas rojas salpicando el suelo fueron la ofensiva final.

Una enfermera se apresuró a taponar la herida con una gasa. Abby se volvió hacia Brenda y dijo:

–Salga de esta habitación.

–No me ha dejado otra opción, doctora.

–¡Salga de aquí!

Brenda abrió unos ojos como platos. Dio un paso atrás.

–¿Quiere que llame a seguridad para que la echen? –En aquel momento Abby gritaba y avanzaba hacia Brenda, que siguió retrocediendo hacia la pared–. ¡No quiero verla cerca de mi paciente! ¡No quiero que la atormente con sus idioteces bíblicas!

–¡Soy su sobrina!

–¡Me importa un carajo quién sea usted!

Brenda se quedó boquiabierta. Sin otra palabra giró en redondo y salió.

–Doctora DiMatteo, ¿puedo hablarle?

Abby se volvió y vio a la supervisora de enfermeras, Georgina Speer.

–Eso ha estado fuera de lugar, doctora. No se le habla así al público.

–¡Le arrancó la cánula del brazo a mi paciente!

–Hay mejores maneras de conducir esas situaciones. Puede llamar a seguridad. Puede pedir ayuda. Pero en este hospital no insultamos a nadie. ¿Comprendido?

Abby respiró hondo.

–Comprendido –dijo. Y añadió, en un susurro–: Perdón.

Después de reconectar la cánula de Mary Allen, Abby se retiró a la sala de guardias y se tendió, sin energía, sobre la cama. Se quedó mirando al techo y preguntándose: «¿Qué diablos me pasa?». Nunca había perdido el control de aquella manera, nunca había llegado a insultar a un paciente o a un familiar. «Me estoy volviendo loca –pensó–. La tensión está quebrantando mi integridad. Tal vez no sirva para médica.»

Se oyó la señal del buscapersonas. Joder, ¿no la iban a dejar tranquila? Cuánto daría por irse un día entero, una semana entera, porque no la llamaran, le telefonearan o la molestaran más. Era el operador del hospital. Buscó un teléfono y marcó el cero.

–Una llamada externa para usted, doctora –le dijo el operador–. Se la paso.

Se oyeron los ruidos de la transferencia y luego una voz de mujer habló.

–¿Doctora DiMatteo?

–Sí.

–Soy Helen Lewis del banco de órganos de Nueva Inglaterra. El sábado pasado usted dejó un mensaje sobre un donante de corazón. Hemos estado esperando a que nos llamara alguien de Bayside, pero no ha sido así. Por eso la llamo a usted.

–Lo siento. Tendría que haberlo hecho, pero esto ha sido una locura. Al parecer ha sido un malentendido, nada más.

–Muy bien, entonces ya está, porque de todas maneras yo no he podido encontrar la información. Si tiene otras preguntas, llámeme sin...

–Perdóneme –la interrumpió Abby–. ¿Qué ha dicho?

–Que no he podido encontrar la información.

–¿Por qué?

–Pues porque los datos que nos pidió no están en nuestro sistema.

Durante diez segundos Abby guardó silencio. Luego preguntó, lentamente:

–¿Está segura de que no los tienen?

–He revisado los ficheros de nuestro ordenador. En la fecha que usted nos dio para la extracción no tenemos registro de ningún donante de corazón. En Vermont, no.

12

–Aquí está –dijo Colin Wettig, abriendo la *Guía de Médicos*–. «Timothy Nicholls, licenciado por la Universidad de Vermont. Doctor en Medicina por Tufts. Residencia: Hospital General de Massachusetts. Especialidad: Cirugía torácica. Afiliado al Wilcox Memorial, Burlington, Vermont.» –Depositó el libro sobre la mesa de conferencias para que cualquiera de los presentes en la habitación pudiera mirarlo–. De modo que sí hay un cirujano torácico llamado Tim Nicholls que ejerce en Burlington. No es un invento de la imaginación de Archer.

–Cuando hablé con él el sábado –añadió Archer–, Nicholls me dijo que había estado presente en la extracción. Y también que la habían realizado en el Wilcox Memorial. Lamentablemente, no pude encontrar a nadie más que hubiera estado con él en el quirófano. Y ahora no puedo localizar a Nicholls. En su oficina me dicen que se ha tomado unas largas vacaciones. No sé qué está pasando, Jeremiah, pero de lo que estoy seguro es que me gustaría que no tuviéramos nada que ver con este asunto, porque está empezando a oler a podrido.

Jeremiah Parr se movió incómodo en la silla y miró a la abogada Susan Casado. No se tomó siquiera la molestia de mirar a Abby, que estaba sentada al otro extremo de la mesa, al lado de la coordinadora de trasplantes, Donna Toth. Tal vez no quisiera mirarla. Después de todo, Abby era la persona que había llamado la atención sobre aquel lío. La que había provocado aquella reunión.

–¿Qué es exactamente lo que está pasando? –preguntó Parr.

–Creo que Victor Voss ha hecho todo lo posible para que el donante se mantenga fuera del sistema de registros –contestó Archer–. Para desviar el corazón directamente a su esposa.

–¿Se puede hacer eso?

–Con mucho dinero... probablemente.

–Y el dinero, claro está, lo tiene –añadió Susan–. Acabo de ver la última lista de las cincuenta personas más ricas de los Estados Unidos en *Kiplinger's*. Él ocupa ya el decimocuarto lugar.

–Tal vez convendría que me explicaras cómo se supone que funcionan las asignaciones de órganos –dijo Parr–. Porque no entiendo cómo pudo pasar.

Archer miró a la coordinadora de trasplantes.

–Por lo general, de eso se encarga Donna. ¿Por qué no nos lo explica ella?

Donna Toth asintió.

–El sistema es muy transparente. Tenemos una lista de espera regional y una nacional de pacientes que necesitan órganos. El sistema nacional es la red unida de órganos. La lista regional la lleva el banco de órganos de Nueva Inglaterra. Los dos sistemas colocan a los pacientes por orden de necesidad. La lista no tiene en cuenta los medios económicos, la raza o la clase social, sólo el estado del paciente. –Abrió una carpeta y sacó una hoja. Se la pasó a Parr–. Ésta es la última lista regional. La hice mandar por fax desde la oficina del banco de órganos de Nueva Inglaterra en Brookline. Como verá, da el estado médico de cada paciente, el órgano que necesita, el centro de trasplantes más cercano y el número de teléfono para ponerse en contacto con él, que es por lo general el del coordinador de trasplantes.

–¿Qué son estas otras anotaciones?

–Información clínica. Altura y pesos mínimos y máximos aceptables del donante. Si el paciente ya ha recibido algún trasplante, lo cual haría la compatibilidad inmunológica más difícil por los anticuerpos.

–¿Dice que la lista se confecciona por orden de necesidad?

–Así es. El nombre situado en primer lugar es el de la persona en estado más crítico.

–¿Dónde estaba la señora Voss?

–El día que recibió el trasplante, era el número tres en la lista de sangre del grupo AB.

–¿Qué pasó con los otros dos nombres?

–Lo verifiqué con el banco. Los dos nombres fueron reclasificados como código ocho pocos días después. Permanentemente inactivos y fuera de la lista.

–¿Eso significa que murieron? –preguntó Susan Casado en voz baja.

Donna asintió.

–No llegaron a recibir sus trasplantes.

–Joder –gimió Parr–. Eso quiere decir que la señora Voss recibió un corazón que tendría que haber ido a parar a otra persona.

–Parece que eso fue lo que sucedió. No sabemos cómo lo arreglaron.

–¿Cómo se nos notificó a nosotros la existencia del donante? –preguntó Susan.

–Por una llamada telefónica –intervino Donna–. Es lo habitual. El coordinador de trasplantes del hospital donante es el encargado de hacerlo: examina la última lista de espera del banco de órganos de Nueva Inglaterra y llama al número de contacto del primer paciente en la lista.

–¿Entonces a usted la llamó el coordinador de trasplantes del Wilcox Memorial?

–Sí. Ya he hablado por teléfono otras veces con él, por otras donaciones. De manera que no tenía por qué poner en duda la corrección de esta donación.

Archer negó con la cabeza.

–No entiendo cómo se las arregló Voss para apañarlo. Cada paso parece legal. Evidentemente, pagaron a alguien en Wilcox. Mi impresión es que fue al coordinador de trasplantes de ellos. Así, la esposa de Voss recibe el corazón, y Bayside se ve involucrado en una venta de órganos. Y no tenemos nada del donante para verificarlo.

–¿Siguen sin aparecer los papeles? –preguntó Parr.

–Yo no he podido encontrarlos –dijo Donna–. Los registros del donante no aparecen por ningún lado en mi oficina.

«Victor Voss –pensó Abby–. De alguna manera se las arregló para hacer desaparecer los papeles.»

–Lo peor –dijo Wettig– es lo de los riñones.

Parr frunció el entrecejo.

–¿Qué?

–Su esposa no los necesitaba –dijo Wettig–. Ni el páncreas ni el hígado. ¿Qué se ha hecho con esos órganos, entonces? ¿Habrán llegado al registro?

–Los habrán tirado –espetó Archer.

–Exacto. Tres o cuatro vidas que podrían haberse salvado y que se han tirado a la basura.

Hubo un movimiento de cabezas que se sacudían, de expresiones consternadas.

–¿Qué vamos a hacer con este asunto? –preguntó Abby.

Su pregunta fue recibida con un momentáneo silencio.

–No estoy seguro de lo que debemos hacer –dijo Parr. Miró a la abogada–. ¿Estamos obligados a investigar?

–Éticamente, sí –contestó Susan–. Sin embargo, si informamos de esto, inmediatamente se derivará una consecuencia. En realidad, se me ocurren varias consecuencias. Primero, no habrá manera de ocultarlo a la prensa. Una venta de órganos, en especial si está involucrado Victor Voss, es una historia muy jugosa. En segundo lugar, en cierto sentido, lo que haremos es traicionar la confidencialidad de un paciente. Cosa que no le va a sentar bien a determinado sector de nuestra población de pacientes.

Wettig resopló.

–Se refiere a los hijos de puta con dinero.

–Los que mantienen este hospital –lo corrigió Parr.

–Exactamente –continuó Susan–. Si se enteran de que Bayside dio el primer paso para que se investigara a alguien como Victor Voss, no confiarán más en que mantengamos la confidencialidad de «sus» registros. Podríamos perder todas las derivaciones de los trasplantes privados. Y, por último, ¿y si le dan la vuelta a todo el asunto y hacen que parezca que nosotros hemos formado parte de la conspiración? Perderíamos nuestra credibilidad como centro de trasplantes. Si de verdad Voss ha mantenido a ese donante fuera del sistema de registro, nosotros también nos veremos implicados.

Abby miró a Archer, que parecía anonadado ante aquella posibilidad. Eso podría destruir el programa de trasplantes de Bayside. Podría destruir al equipo.

–¿Qué se sabe de todo esto fuera de aquí? –preguntó Parr, dirigiéndose por fin a Abby–. ¿Qué le dijo usted al banco de órganos de Nueva Inglaterra, doctora DiMatteo?

–Cuando hablé con Helen Lewis no estaba segura de lo que estaba pasando. Tratábamos de dilucidar por qué el donante no había entrado en su sistema. Así dejamos las cosas. Sin resolver. Inmediatamente después de la llamada se lo conté a Archer y al doctor Wettig.

–Y a Hodell. Se lo habrá contado a Hodell.

–Todavía no he hablado con Mark. No ha estado en cirugía en todo el día.

Parr suspiró aliviado.

–Está bien. Entonces sólo se conoce en esta habitación. Y todo lo que sabe la señora Lewis es que usted no está segura de lo que ha sucedido.

–Así es.

Susan Casado compartía la mirada de alivio de Parr.

–Todavía tenemos posibilidades de controlar el daño. Creo que lo que hay que hacer ahora es que el doctor Archer llame al banco de órganos de Nueva Inglaterra y que tranquilice a la señora Lewis diciéndole que ya hemos aclarado el malentendido. Lo más probable es que ella se conforme con eso. Continuaremos investigando, pero con discreción. Tenemos que tratar de comunicarnos otra vez con el doctor Nicholls. Él puede aclararlo todo.

–Parece que nadie sabe cuándo volverá de sus vacaciones –dijo Archer.

–¿Y el otro cirujano? –preguntó Susan–. El de Texas.

–¿Mapes? Aún no lo he llamado.

–Alguien debe hacerlo.

Parr interrumpió.

–No estoy de acuerdo. No creo que debamos hablar con nadie más de esto.

–¿Por qué, Jeremiah?

–Cuanto menos sepamos, menos nos involucraremos en este asunto. Tenemos que mantenernos lo más al margen posible. Díganle a Helen Lewis que fue una donación dirigida. Y que por eso nunca pasó por el banco de órganos de Nueva Inglaterra. Y así lo daremos por zanjado.

–En otras palabras –intervino Wettig–, enterrar la cabeza en la arena.

–No ver el mal, no oír el mal. –Parr miró a todos los presentes. Como nadie habló lo tomó como señal de aprobación general–. Está de más decir que nadie dirá ni una palabra de esto fuera de esta habitación.

Abby no pudo quedarse callada.

–El problema –dijo– es que el mal no se va. Oigamos o no, lo veamos o no, sigue allí.

–Bayside es inocente –se defendió–. No tenemos por qué sufrir las consecuencias. Y lo que es más, no tenemos por qué someternos a una investigación injusta.

–¿Y qué pasa con las implicaciones éticas? Esto puede volver a suceder.

–La verdad, dudo que la señora Voss necesite otro corazón en un futuro cercano. Es un incidente aislado, doctora DiMatteo. Un marido desesperado ha quebrantado las normas para salvar a su esposa y punto. Sólo debemos poner los dispositivos necesarios para asegurarnos de que esto no vuelva a suceder. –Parr miró a Archer–. ¿Se puede hacer?

Archer asintió.

–No vamos a tener más remedio.

–¿Y qué le pasará a Victor Voss? –preguntó Abby. Por el silencio que siguió a su pregunta supo la respuesta: nada. A los hombres como Victor Voss nunca les pasa nada. Podían engañar al sistema y comprar un corazón, comprar un cirujano, comprar un hospital entero. Podían comprar abogados y, también, un ejército de abogados lo suficientemente grande como para convertir los sueños de una pobre residente de cirugía en tierra arrasada–. Está decidido a destruirme –dijo–. Pensé que se tranquilizaría después del trasplante que se le hizo a su esposa, pero no ha sido así. Me ha llenado el coche de tripas. Ha presentado dos demandas y pronto habrá más, estoy segura. Para mí es difícil no ver el mal ni oír el mal cuando él recurre a tácticas como ésa.

–¿Puede probar que es Voss el que está haciendo esas cosas? –preguntó Susan.

–¿Y quién si no?

–Doctora DiMatteo –intervino Parr–, la reputación de este hospital está en juego. Necesitamos que todos estén en el mismo equipo, que todos tiren hacia el mismo lado, incluyéndola a usted. Éste también es su hospital.

–¿Y qué pasaría si de todas formas se llegara a saber? ¿Si de alguna manera llegara a la primera plana del *Boston Globe*? Bayside sería acusado de encubrimiento, y el asunto nos explotaría en la cara.

–Por eso no puede salir de esta habitación –dijo Parr.

–De todos modos podría salir –Abby alzó la barbilla–. Y probablemente saldrá.

Parr y Susan intercambiaron miradas nerviosas.

–Ése es un riesgo que tenemos que correr –añadió Susan.

Abby se quitó la bata, la arrojó en el cesto de la ropa sucia y empujó las puertas batientes. Era casi medianoche.

El paciente que había sido apuñalado estaba en aquel momento en recuperación. Un médico escribía las órdenes para el posoperatorio y la sala de urgencias estaba vacía. Sin novedad en el frente.

No estaba segura de desear aquella tranquilidad. Le dejaba demasiado tiempo para pensar en lo que se había dicho en la reunión de aquella tarde.

«Es mi única oportunidad de presentar batalla –pensó–, y no puedo. No quiero formar parte del equipo. No si voy a defender los intereses del Bayside.»

Y sus propios intereses. El hecho de que todavía la consideraran parte del equipo era buena señal. Significaba que tenía una posibilidad de quedarse allí, una oportunidad de completar la residencia. Era un pacto con el diablo. Mantener la boca cerrada y aferrarse al sueño. Siempre que Victor Voss la dejara tranquila.

Siempre que su conciencia se lo permitiera.

Aquella tarde estuvo a punto varias veces de coger el teléfono y llamar a Helen Lewis. Eso era todo lo que se necesitaría, una llamada telefónica, hacer aparecer en escena al banco de órganos de Nueva Inglaterra. Una llamada telefónica para descubrir a Victor Voss. En aquel momento, mientras volvía a la sala de guardias, seguía pensando en lo que debía hacer. Abrió la puerta y entró.

Lo primero que notó fue el olor, incluso antes de encender las luces. El perfume a rosas y lirios. Encendió la lámpara y se quedó mirando, asombrada, el florero lleno de flores que había sobre el escritorio.

El roce de las sábanas hizo que dirigiera la mirada hacia la cama.

–¿Mark? –preguntó.

Él se despertó sobresaltado. Por un momento pareció no saber dónde estaba. Luego la vio y sonrió.

–Feliz cumpleaños.

–Joder. Me había olvidado por completo.

–Yo no –dijo él.

Ella se acercó a la cama y se sentó junto a él. Se había quedado dormido con la ropa de quirófano puesta y, al inclinarse para darle un beso, ella percibió aquel olor tan conocido, mezcla de Betadine y cansancio.

–¡Ay! te vendría bien un afeitado.

–Me vendría bien otro beso.

Ella sonrió y lo complació.

–¿Cuánto hace que estás aquí?

–¿Qué hora es?

–Las doce.

–Dos horas.

–¿Me esperabas desde las diez?

–No era ésa mi intención. Creo que me he quedado dormido.

Se apartó hacia un lado para hacerle sitio a ella en aquel colchón tan estrecho. Abby se quitó los zapatos y se tendió a su lado. Enseguida se sintió reconfortada por el calor de la cama, y de él. Pensó en hablarle de la reunión de aquella tarde, de la segunda demanda, pero no quería pensar en el tema. Lo único que quería ahora era que la abrazaran.

–Perdón por haberme olvidado de la tarta –dijo él.

–No puedo creer que me haya olvidado de mi propio cumpleaños. Tal vez en el fondo deseaba olvidarlo. Veintiocho ya.

Él se rió y la rodeó con un brazo.

–Una anciana tan decrépita.

–Me siento vieja. Esta noche especialmente.

–Sí, ya me lo imagino. Entonces yo soy un anciano. –Le dio un beso suave en el oído–. Y no estoy rejuveneciendo. De manera que tal vez haya llegado el momento.

–¿El momento de qué?

–De hacer lo que tendría que haber hecho hace meses.

–¿Qué?

La atrajo hacia sí y le cogió la cara entre sus manos.

–Pedirte que te cases conmigo.

Ella lo miró, incapaz de decir una palabra pero tan llena de felicidad que supo que la respuesta sería visible en sus ojos. De repente, tuvo conciencia de la imagen de él. La mano que le daba calor a su mejilla. El rostro, cansado y no tan joven pero mucho más querido precisamente por eso.

–Hace un par de noches supe que esto es lo que quería –dijo–. Tú estabas de guardia. Yo me encontraba en casa, cenando comida congelada. Me fui a la cama y vi tus cosas sobre la cómoda. Tu cepillo del pelo. El joyero, ese sujetador que parece que nunca guardas. –Rió dulcemente. Ella también–. Bueno, en ese momento lo supe. No quiero vivir en ningún lugar sin tus cosas en mi cómoda. Creo que no podría. Ya no podría.

–¡Oh!, Mark.

–Lo absurdo es que casi nunca estás en casa. Y, cuando tú estás, no estoy yo. Siempre nos saludamos con la mano por los pasillos. O, si tenemos suerte, subimos cogidos de la mano en el ascensor. Pero lo que a mí me importa es saber que cuando llegue a casa voy a ver tus cosas en la cómoda. Saber que has estado allí o vas a estar allí. Eso me basta.

Entre las lágrimas, ella lo vio sonreír. Y sintió que el corazón de él golpeaba con fuerza, como con temor.

–¿Y, qué me dice, doctora DiMatteo? –susurró él–. ¿Tiene tiempo en su vida tan ajetreada para una boda?

La respuesta de ella surgió en medio de un sollozo y una carcajada.

–Sí. Sí, sí. ¡Sí!

E, incorporándose, se arrojó encima de él, abrazándolo, buscando con su boca la de Mark. Los dos reían y se besaban mientras los muelles del somier hacían un ruido espantoso. La cama era demasiado pequeña; no podrían dormir juntos en ella.

Pero para hacer el amor era perfecta.

Hubo una época en que había sido guapa. A veces, cuando se miraba las manos y veía las arrugas y las manchas marrones propias de la edad, Mary Allen se sobresaltaba: ¿de quién eran aquellas manos? De una desconocida, de una vieja. «No son mis manos, no son las preciosas manos de Mary Hatcher.» Entonces el relámpago de confusión pasaba; volvía a reconocer con la mirada su habitación del hospital y se daba cuenta de que había estado soñando otra vez. Pero no era un verdadero sueño, uno de los que se tienen al dormir, sino una especie de neblina que cruzaba por su cerebro y se quedaba allí, incluso estando despierta. Era la morfina. Ella daba gracias por la morfina. Le quitaba el dolor y abría una puerta secreta en su mente, permitiendo que fluyeran imágenes de una vida recordada, que ya casi había terminado. Había oído describir la vida como un círculo, un retorno al punto de partida, pero su propia vida no parecía tan bien organizada. Más bien era como un tapiz de hilos rebeldes, algunos rotos, otros enredados, pero ninguno derecho y veraz.

Estaba tejido con muchos, muchos colores.

Cerró los ojos y la puerta secreta volvió a abrirse. Un sendero hacia el mar. Setos de rosas en la playa, rosas de color rosado y de dulce aroma. La arena caliente que le cubría los dedos de los pies. Olas que atravesaban la bahía. El lujo de unas manos que le extendían el bronceador por el cuerpo.

Las manos de Geoffrey.

La puerta se abrió más y entró él, una imagen entera. No como había sido en aquella playa sino como ella lo vio por primera vez, con el uniforme, el pelo oscuro despeinado, la cara vuelta hacia ella con una media sonrisa. La primera vez que se miraron había sido en una calle de Boston. Mary llevaba una bolsa con provisiones, la fiel imagen de un ama de casa joven y eficiente que se dirigía a casa para hacer la cena de su marido. Su vestido era de un tono castaño espantoso; estaban en guerra y uno tenía que arreglárselas con lo que hubiera en las tiendas. No se había peinado, y el viento le estaba dejando el pelo como una bruja. Pensó que estaba horrible. Pero allí estaba aquel muchacho, sonriéndole, siguiéndola con la mirada cuando ella pasó por su lado en la acera.

Al día siguiente estaba de nuevo allí. Se miraron; ya no eran unos extraños, sino algo más.

Geoffrey. Otro hilo perdido. Pero no uno que simplemente se había deshecho y debilitado hasta romperse, como su esposo, sino uno que habían arrancado del tapiz, rasgándolo y dejando un surco vacío que corría hasta el final.

Oyó abrirse una puerta. Una puerta de verdad. Oyó pasos. Alguien se acercó sigilosamente a su cama.

Suspendida en el sopor de la morfina, tuvo que luchar para abrir los ojos. Cuando lo consiguió por fin, vio que la habitación estaba a oscuras salvo por el pequeño círculo de luz que se movía por encima de ella. Quiso concentrarse en ese punto, pero la luz bailaba como una mariposa; luego se quedó quieta, como un puntito sobre la sábana. Intentó fijar la vista y vio un bulto en la oscuridad que se materializó junto a su cama. Algo no muy sólido, no muy real. Se preguntó si aquello también sería un sueño inducido por la morfina. Un recuerdo desagradable que había atravesado la puerta para atormentarla. Notó que apartaban las sábanas y que una mano le agarraba el brazo con un roce frío, como de goma.

Le dio miedo. Aquello no era un sueño. Aquello era real. Real. La mano estaba ahí para llevarla a algún lado, para sacarla de allí.

Llena de pánico, la golpeó, y logró soltarse.

Una voz dijo con suavidad:

–Tranquila, Mary. Todo va bien. Es hora de dormir.

Mary se quedó quieta.

–¿Quién es usted?

–Yo la voy a cuidar esta noche.

–¿Es la hora de mi medicina?

–Sí. Es la hora.

Mary vio la luz de la linterna que jugueteaba, otra vez, sobre su brazo. La cánula intravenosa. Vio cómo la mano enguantada acercaba una jeringuilla. La mano le quitó la tapa de plástico y algo resplandeció bajo el delgado haz de luz. Una aguja.

Mary sintió una nueva oleada de miedo. Guantes. ¿Por qué aquellas manos llevaban puestos unos guantes?

–Quiero ver a mi enfermera –dijo–. Por favor, llame a mi enfermera.

–No es necesario.

La punta de la aguja se clavó en el orificio de inyección de la cánula intravenosa. El pistón comenzó su lento y firme descenso. Mary sintió que algo cálido se le introducía en la vena y le subía por el brazo. Se dio cuenta de que la jeringa estaba muy llena, de que la sustancia tardaba mucho más que otras veces en llevarle su dosis de olvido indoloro. Algo va mal, pensó mientras la jeringa vaciaba su contenido en la vena. Algo va mal.

–Quiero a mi enfermera –dijo. Logró levantar la cabeza y llamar, débilmente–. ¡Enfermera! ¡Por favor! Necesito...

Una mano enguantada se posó sobre su boca. Le empujó la cabeza contra la almohada con tanta fuerza que Mary sintió que se le rompía el cuello. Levantó el brazo para apartar la mano, pero no pudo. La mano se apretaba con fuerza contra su boca, ahogando sus gritos. Luchó, sintió que se soltaba la cánula intravenosa, que el tubo desconectado derramaba solución fisiológica. Pero la mano no le soltaba la boca. En aquel momento, el líquido tibio se había desparramado del brazo al pecho y corría hacia su cabeza. Trató de mover las piernas y descubrió que no podía.

Descubrió, de pronto, que no le importaba.

La mano se apartó de su cara.

Estaba corriendo. Era otra vez una niña pequeña, con los cabellos largos y castaños sueltos sobre los hombros.

La arena quemaba bajo sus pies descalzos, y el aire olía a rosas de playa y a mar.

La puerta se abría de par en par ante ella.

El timbre del teléfono sacó a Abby de un lugar que era a la vez cálido y seguro. Se despertó y encontró un brazo que le rodeaba la cintura. Mark. De alguna manera, a pesar de la cama pequeña, se las habían ingeniado para dormir juntos. Con delicadeza se libró del abrazo y se estiró para alcanzar el auricular.

–DiMatteo.

–Doctora, le habla Charlotte, de 4 Oeste. La señora Allen acaba de fallecer. Todo el mundo está ocupado en este momento; me preguntaba si usted podría venir a certificar la muerte.

–Sí, voy para allá.

Abby colgó y se recostó un momento en la cama, permitiéndose el lujo de despertarse poco a poco. La señora Allen, muerta. Había sido antes de lo esperado. Sintió alivio de que el calvario hubiera terminado por fin y culpa por sentir alivio. A las tres de la madrugada, la muerte de un paciente es menos una tragedia que una molestia; otra razón para no poder dormir.

Abby se sentó en la cama y se puso los zapatos. Mark roncaba con suavidad, indiferente a timbres de teléfonos. Con una sonrisa, ella se inclinó sobre él y lo besó.

–Acepto –le susurró al oído.

Y salió de la habitación.

Charlotte la esperaba en el recinto de enfermeras 4 Oeste. Juntas fueron hasta la habitación de Mary, al final del corredor.

–La encontramos en la ronda de las dos. La examiné a las doce y dormía, así que tuvo que ser después de que yo pasara. Al menos se ha ido en paz.

–¿Llamó a la familia?

–A su sobrina. La que aparece en la historia clínica.

Le dije que no tenía por qué venir, pero insistió. Está en camino. Hemos limpiado todo para cuando llegue.

–¿Limpiado?

–Parece que se arrancó la cánula intravenosa. Había solución fisiológica y sangre por el suelo.

Charlotte abrió la puerta de la habitación de la paciente y las dos entraron.

A la luz de la mesa de noche, Mary Allen yacía en la serena postura del sueño, con los brazos a ambos lados del cuerpo y las sábanas cuidadosamente dobladas sobre el pecho. Pero no dormía y eso era obvio a primera vista. Tenía los párpados parcialmente abiertos. Le habían puesto un paño enrollado debajo del mentón para evitar que se le abriera la boca. Los familiares que vienen a despedirse no quieren encontrarse al ser querido con la boca abierta.

La tarea de Abby sólo duró unos minutos. Apoyó los dedos sobre la arteria carótida. No había pulso. Levantó el camisón y puso el estetoscopio sobre el pecho. Escuchó diez segundos. No había respiración ni latidos. Enfocó la luz de la linterna en los ojos. Las pupilas estaban en posición media y fijas. Un certificado de defunción era un mero trámite. Las enfermeras ya habían reconocido lo evidente; su papel era simplemente confirmar su diagnóstico y registrar el hecho en la historia clínica. Es una de aquellas responsabilidades que nunca se explican en la Facultad de Medicina. A eso se debía que algunos médicos principiantes, cuando se les pedía que certificaran la defunción de su primer paciente muerto, a menudo no tuvieran ni la más remota idea de lo que tenían que hacer. Los había que pronunciaban discursos improvisados. Otros pedían una Biblia, ganándose así un lugar de honor en las historias de doctores estúpidos que contaban las enfermeras.

Una muerte en un hospital no da pie a ningún discurso sino a firmas y papeleo. Abby cogió la historia clínica de Mary Allen y completó la tarea. Escribió: «Respiración y pulso espontáneos inexistentes. La auscultación revela que el corazón no late. Pupilas fijas y en posición media. Se declara la defunción del paciente a las tres y cinco de la madrugada». Cerró la carpeta y se volvió para irse.

Brenda Hainey estaba de pie en el umbral.

–Lo siento, señorita Hainey –dijo Abby–. Su tía ha fallecido mientras dormía.

–¿A qué hora?

–Después de medianoche. Estoy segura de que no sufrió.

–¿Había alguien con ella cuando sucedió?

–Las enfermeras de guardia estaban en la sala.

–Pero no había nadie aquí. En la habitación.

Abby vaciló. Pensó que la verdad es siempre la mejor respuesta.

–No, se encontraba sola. Estoy segura de que fue mientras dormía. Una manera tranquila de irse. –Se apartó de la cama–. Puede quedarse un ratito con ella, si quiere. Pediré a las enfermeras que le permitan un poco de intimidad.

Iba a pasar junto a Brenda, hacia la puerta.

–¿Por qué no se hizo nada por salvarla?

Abby se volvió para mirarla.

–No había nada que hacer.

–Se le puede dar un electrochoque a un corazón, ¿no? ¿Y hacerlo volver a latir?

–En ciertas circunstancias.

–¿Lo han hecho?

–No.

–¿Y por qué no? ¿Porque era muy vieja y no valía la pena salvarla?

–La edad no tiene nada que ver. Tenía cáncer terminal.

–Vino al hospital hace sólo dos semanas. Eso me dijo ella.

–Ya estaba muy enferma.

–Creo que ustedes empeoraron su estado.

Abby tenía ya el estómago revuelto. Estaba cansada, quería volver a meterse en la cama, y aquella mujer no la dejaba. Una agresión tras otra. Pero tenía que soportarlo. Tenía que mantener la calma.

–No había nada que pudiéramos hacer –repitió Abby.

–¿Por qué no le reanimaron el corazón, al menos?

–Era una paciente terminal. Eso significa que no había que reanimarla. Y que no se le conectaría al respirador artificial. Fue por petición de su tía, y lo respetamos. Usted debería hacer lo mismo, señorita Hainey.

Se fue antes de que Brenda pudiera añadir nada. Antes de que ella misma pudiera decir algo que después pudiera lamentar.

Encontró a Mark todavía durmiendo en la sala de guardias. Se metió en la cama, se acostó de lado apoyando la espalda contra el pecho de Mark y puso el brazo de éste en su cintura. Trató de volver a acurrucarse en aquel refugio seguro y calentito de la inconsciencia, pero no dejaba de ver a Mary Allen con el paño metido debajo de la mandíbula y los párpados caídos encima de las córneas vidriosas. Un cuerpo en los primeros estadios de la descomposición. Se dio cuenta de que no sabía casi nada de la vida de Mary Allen, de lo que pensaba, de las personas a las que había amado. Abby era su médica y todo lo que sabía de Mary Allen era cómo había muerto. Dormida, en su cama.

No, no exactamente. Poco antes de morir Mary se había quitado la cánula intravenosa. Las enfermeras encontraron sangre y solución fisiológica en el suelo. ¿Estuvo agitada? ¿Confundida? ¿Qué la había inducido a arrancarse la cánula de la vena?

Era un detalle más de Mary Allen que nunca conocería.

Mark suspiró y se acercó más a ella. Abby le cogió la mano y la apretó contra su pecho. Contra su corazón. «Acepto.» Sonrió, a pesar de la tristeza. Era el principio de una nueva vida, de ella y de Mark. La de Mary Allen había terminado, y la de ellos estaba a punto de comenzar. La muerte de una paciente anciana era algo triste, pero allí, en el hospital, era donde terminaban las vidas.

Y donde comenzaban otras nuevas.

Eran las diez de la mañana cuando el taxi dejó a Brenda Hainey en su casa de Chelsea. No había dormido ni desayunado desde que la llamaron del hospital, pero no estaba cansada ni tampoco tenía hambre. Lo único que sentía era una gran serenidad.

Había rezado junto a la cama de su tía hasta las cinco de la madrugada, cuando las enfermeras llegaron para trasladar el cuerpo al depósito. Después de salir del hospital pensó en irse directamente a casa, pero, durante el trayecto en taxi, se sintió inquieta por la sensación de que no había terminado su tarea. Se preocupaba por el alma de tía Mary y por el lugar en que podría estar en aquel momento en su viaje cósmico. Es decir, si estaba en tránsito, ya que podía estar atascada en cualquier lado, como un ascensor entre dos pisos. Si iba hacia arriba o hacia abajo, de eso Brenda no podía estar segura, y es lo que la inquietaba.

La tía Mary no le había puesto las cosas fáciles. No se había unido a la plegaria, no le había pedido perdón a Él, ni siquiera había mirado la Biblia que Brenda le dejó junto a la cama. Su actitud había sido demasiado indiferente, pensó Brenda. Uno no puede quedarse indiferente en un momento así.

Brenda lo había visto antes, en otros amigos y parientes moribundos, había visto aquella insensata serenidad cuando se aproximaba el fin. Y ella era la única que osaba elevar una oración por la salvación de sus almas, la única que parecía preocuparse por la dirección en que iría el ascensor. Era una suerte que lo hiciera. Y es más, se preocupaba tanto que se había propuesto saber siempre quién podía estar gravemente enfermo en la familia.

En cualquier parte del país, estuvieran donde estuvieran, ella iba a verlos, y se quedaba con ellos hasta el fin. Para Brenda esto se había convertido en una vocación, y ya había quienes la consideraban una santa de la familia por lo que hacía. Pero ella era demasiado modesta como para aceptar semejante título. No, simplemente hacía lo que Él le ordenaba, como cualquier buena sierva.

Sin embargo, en el caso de tía Mary había fracasado. La muerte había sobrevenido demasiado pronto, antes de que su tía lo hubiera aceptado a Él en su corazón. Por eso, cuando el taxi dejó el hospital Bayside a las seis menos cuarto, Brenda sentía una gran frustración. Su tía había muerto y su alma no alcanzaría la salvación. Ella, Brenda, no había sido lo bastante convincente. Si tía Mary hubiera vivido sólo un día más, tal vez habría habido tiempo.

El taxi pasó por una iglesia. Era una iglesia episcopal, no de la comunidad de Brenda, pero una iglesia, al fin y al cabo.

–Pare –le ordenó al conductor–. Me bajo aquí.

Y así, a las seis de la mañana, Brenda se encontró sentada en un banco de San Andrés. Estuvo sentada allí dos horas y media, con la cabeza inclinada y moviendo los labios en silencio. Rezó por tía Mary, rezó para que los pecados que aquella mujer pudiera haber cometido fueran perdonados, para que el alma de su tía no se quedara atascada entre dos pisos y para que el ascensor que la llevaba no se dirigiera hacia abajo, sino hacia arriba. Cuando por fin levantó la cabeza, eran las ocho y media. La iglesia seguía vacía. La luz de la mañana caía en cascada en un mosaico de azules y dorados a través de los vitrales de las ventanas. Cuando miró el altar, vio la forma de la cabeza de Cristo allí. Era sólo la figura que se proyectaba desde la ventana, ella lo sabía, pero en aquel momento le pareció una señal. Una señal de que sus plegarias habían sido escuchadas.

La tía Mary se había salvado.

Brenda se levantó del banco mareada por el hambre, pero contenta. Otra alma que veía la luz, y todo por sus esfuerzos. ¡Qué suerte que Él la hubiera escuchado!

Salió de San Andrés sintiéndose flotar de alegría, como si caminara sobre nubes. Fuera encontró un taxi que estaba detenido allí por casualidad, esperándola. Otra señal.

Se fue a casa en un trance gozoso.

Subió los escalones del porche delantero de su casa, añorando un buen desayuno y una siesta larga y merecida. Incluso Sus siervos necesitan descanso. Abrió la puerta.

Había un montón de cartas del correo de la mañana desparramadas por el suelo; habían sido arrojadas por la rendija de la puerta: facturas, informes de la iglesia, solicitudes de donaciones. ¡Hay tanta gente necesitada en este mundo! Brenda las recogió y las examinó mientras se dirigía a la cocina. Encima de todo vio un sobre con su nombre. No decía nada más, sólo su nombre. Sin remitente.

Lo abrió y desplegó el papel. Había un renglón escrito a máquina:

Su tía no murió de muerte natural.

Firmaba: «Un amigo».

El montón de sobres se le cayó de las manos y las facturas y los informes alfombraron el suelo de la cocina. Se dejó caer en una silla. Había perdido el apetito y también la serenidad.

Oyó un graznido proveniente del otro lado de la ventana. Miró y vio un cuervo posado sobre la rama de un árbol cercano; la miraba fijamente con su ojo amarillo.

Otra señal.

13

Frank Zwick levantó la mirada del cuerpo del paciente situado sobre la mesa de operaciones y dijo:

–Me parece que las felicitaciones son merecidas.

Abby, con las manos chorreando tras el lavado obligatorio de diez minutos, acababa de entrar en el quirófano y se encontró con Zwick y las dos enfermeras, que la miraron con una sonrisita maliciosa.

–Nunca creí que alguien pudiera echarle el anzuelo a ese hombre. Ni en un millón de años –dijo una de las enfermeras, alcanzándole una toalla a Abby–. Sirve para demostrar que la soltería es una enfermedad curable. ¿Cuándo le hizo la proposición, doctora?

Abby metió los brazos en la bata esterilizada y se puso los guantes.

–Hace dos días.

–¿Y lo ha mantenido en secreto dos días enteros?

Abby rió.

–Quería estar segura de que no iba a cambiar de idea de repente.

«Y no lo ha hecho. En todo caso, estamos cada vez más seguros el uno del otro.» Sonriente, se acercó a la mesa. El paciente, anestesiado, ya tenía el pecho descubierto y la piel manchada con el color castaño amarillento de la Betadine. Iba a ser una sencilla toracotomía, una resección de un nódulo pulmonar periférico. Las manos de Abby cumplieron la rutina previa a la intervención con la fluidez de quien lo ha hecho ya muchas veces. Puso paños esterilizados. Ajustó erinas. Colocó los paños azules y ajustó más erinas.

–¿Y cuándo será el gran día?

–Aún no lo hemos decidido.

En realidad, Mark y ella no habían hecho otra cosa que hablar del tema. ¿Una gran boda? ¿A quién invitar? ¿Dentro de la casa o al aire libre? Pero sólo habían decidido una cosa: que pasarían la luna de miel en una playa. Cualquier playa, con tal que tuviera palmeras cerca.

Sintió que la sonrisa se le ensanchaba al pensar en la arena caliente y las aguas azules. Y en Mark.

–Seguro que Mark está pensando en el barco –dijo Zwick–. Seguro que es allí donde quiere casarse.

–En el barco, no.

–¡Huy, huy, huy! ¡Qué negativa!

Ella terminó de envolver al paciente y levantó la mirada justo cuando Mark, recién lavado, entraba. Se puso la bata y los guantes y ocupó su lugar al otro lado de la mesa.

Sonrieron. Después, ella cogió el bisturí.

Sonó el interfono. Una voz dijo por el altavoz:

–¿Está la doctora DiMatteo?

–Sí, está aquí –dijo una de las enfermeras.

–¿Puede pedirle que venga?

–Van a abrir. ¿No puede esperar?

Hubo una pausa.

–El señor Parr quiere verla.

–¡Dígale que estamos en mitad de una operación! –contestó Mark.

–Ya lo sabe. Pero la necesitamos aquí –repitió el interfono–. ¡Ahora!

Mark miró a Abby.

–Ve. Llamaré a uno de los internos para que me asista.

Abby se alejó de la mesa y se quitó la bata, nerviosa. Pasaba algo malo. Parr no la haría salir de un quirófano a menos que fuera algo realmente serio.

El corazón ya le latía como un loco cuando salió del quirófano y se dirigió al escritorio.

Allí estaba Jeremiah Parr. Junto a él había dos guardias de seguridad del hospital y la supervisora de enfermeras. Ninguno de ellos sonreía.

–Doctora DiMatteo –dijo Parr–, ¿podría venir con nosotros?

Abby miró a los guardias. Se habían desplazado hasta colocarse uno a cada lado de ella. La supervisora de enfermeras también había cambiado de posición, dando un paso atrás.

–¿Qué es esto? –preguntó Abby–. ¿Adónde vamos?

–A su armario.

–No entiendo.

–Un control de rutina, doctora.

«Esto no tiene nada de rutina.» Flanqueada por los dos guardias, Abby no tuvo otra opción que seguir a Parr por el pasillo hasta el vestuario de mujeres. La supervisora de enfermeras entró primero, para evacuar la zona de personal. Luego hizo entrar a Parr y a los demás.

–¿Su armario es el número setenta y dos? –preguntó Parr.

–Sí.

–¿Podría abrirlo, por favor?

Abby cogió el candado de combinación. Giró el disco, se detuvo y se volvió hacia Parr.

–Primero quiero saber qué quiere decir todo esto.

–Es simplemente un control.

–Creo que después de la escuela ya se me ha pasado la época de las inspecciones en los armarios. ¿Qué busca?

–Usted abra el armario.

Abby miró primero a los guardias y después a la supervisora de enfermeras. En sus caras vio un creciente recelo. Pensó: «Esta batalla no la gano. Si me niego a abrir, van a pensar que oculto algo. La mejor manera de obrar en esta situación absurda es cooperar».

Cogió el candado, hizo girar la combinación y lo abrió.

Parr se acercó. También los guardias. Estaban pegados a él cuando abrió la puerta del armario.

Dentro estaban la ropa de calle de Abby, su estetoscopio, el bolso, una bolsita de tela floreada para las noches de guardia y la larga bata blanca que usaba para las rondas de inspección. Ellos querían cooperación, y la iban a tener. Tiró de la cremallera de la bolsita floreada y la mantuvo abierta para que la vieran todos. Era una exhibición de productos de tocador femeninos. Cepillo de dientes, tampones y Midol. Uno de los guardias se ruborizó. Ya tenía su anécdota del día. Abby cerró y abrió el bolso. Allí tampoco había ninguna sorpresa. Una billetera, las llaves del coche, más tampones. Las mujeres y sus potingues. Los guardias parecían incómodos y un poco turbados.

Abby empezaba a disfrutar con aquello.

Volvió a guardar el bolso en el armario y descolgó la bata de la percha. Tan pronto como lo hizo supo que había algo allí. Pesaba un poco. Metió la mano en el bolsillo y palpó algo cilíndrico y suave. Un frasco de vidrio. Lo sacó y miró la etiqueta:

«Sulfato de morfina.» El frasco estaba casi vacío.

–Doctora DiMatteo –dijo Parr–. Le ruego que me entregue ese frasco.

Ella lo miró. Negó lentamente con la cabeza.

–No sé qué hace esto aquí.

–Déme ese frasco.

Demasiado aturdida para pensar en una acción alternativa, simplemente se lo dio.

–No sé cómo ha llegado a mi bolsillo –dijo–. No lo había visto en mi vida.

Parr le entregó el frasco a la supervisora de enfermeras y se volvió hacia los guardias.

–Por favor, acompañen a la doctora DiMatteo a mi oficina.

–Esto es una estupidez –dijo Mark–. Alguien lo ha puesto ahí. Eso lo sabemos todos.

–No lo sabemos –dijo Parr.

–¡Es el mismo método de acoso! Las demandas. Las tripas ensangrentadas en el coche. Y ahora esto.

–Es completamente diferente, doctor Hodell. Aquí se trata de un paciente muerto. –Parr miró a Abby–. Doctora DiMatteo, ¿por qué no nos dice la verdad y nos hace las cosas más fáciles para todos?

Una confesión era lo que quería. Una sencilla admisión de culpabilidad. Abby miró a todas las personas congregadas en la mesa, a Parr, a Susan Casado y a la supervisora de enfermeras. Al único que no miró fue a Mark. No podía, tenía miedo de ver la sombra de la duda en sus ojos.

–Ya le he dicho que no sé nada de esto –espetó–. No sé cómo llegó la morfina a mi armario. No sé cómo murió Mary Allen.

–Usted misma certificó la muerte –dijo Parr–. Hace dos noches.

–La encontraron las enfermeras. Ya había fallecido.

–Fue la noche en que usted estaba de guardia.

–Sí.

–Estuvo toda la noche en el hospital.

–Por supuesto. Estar de guardia significa precisamente eso.

–De manera que estuvo aquí la noche en que la señora Allen falleció por una sobredosis de morfina. Y hoy encontramos esto en su armario. –Puso el frasco sobre la mesa frente a él, en medio del escenario, sobre la brillante superficie de caoba–. Una sustancia controlada. El mero hecho de que esté en posesión de ella ya es bastante serio.

Abby miró a Parr.

–Acaba de decir que la señora Allen murió de una sobredosis de morfina. ¿Cómo lo sabe?

–Porque se le hizo un análisis del nivel de fármacos. Estaba por las nubes.

–Se le estaba administrando una dosis terapéutica, para aliviar su sufrimiento.

–Aquí tengo el informe. Ha llegado esta mañana. Cero cuatro miligramos por litro. Un nivel de cero dos se considera letal.

–Déjeme ver eso –dijo Mark.

–Por supuesto.

Mark examinó el papelito del laboratorio.

–¿Por qué se pidió un análisis del nivel de morfina? Era una paciente terminal de cáncer.

–Se pidió. Y es todo lo que necesita saber.

–Necesito saber muchísimo más.

Parr miró a Susan Casado, que dijo:

–Había varias razones para sospechar que ésta no era una muerte natural.

–¿Qué razones?

–Ése no es el punto de esta...

–¿Qué razones?

Susan suspiró con fuerza.

–Un familiar de la señora Allen pidió que se investigara. Recibió una nota que dejaba entrever que la muerte no había sido por causas naturales. Se lo notificamos al doctor Wettig, obviamente, y él ordenó la autopsia.

Mark le dio a Abby el papel del laboratorio. Ella lo miró y reconoció el garabato indescifrable en el renglón del médico solicitante. Sí, era la firma del general. Había pedido un análisis del nivel de fármacos a las once de la mañana del día anterior. Ocho horas después de la muerte de Mary Allen.

–Yo no he tenido nada que ver con esto –dijo Abby–. No sé quién ha podido suministrarle toda esa morfina. Puede ser un error del laboratorio. Un error de una enfermera...

–Yo respondo por mi personal –intervino la supervisora de enfermeras–. Seguimos controles estrictos para la administración de narcóticos. Y ustedes lo saben. Esto no es un error de una enfermera.

–Entonces lo que está diciendo –inquirió Mark– es que la paciente recibió una sobredosis intencionadamente.

Se hizo un largo silencio.

–Sí –dijo Parr.

–¡Esto es ridículo! ¡Yo estuve con Abby esa noche, en la sala de guardias!

–¿Toda la noche? –preguntó Susan.

–Sí. Era su cumpleaños y nosotros... –Mark se aclaró la garganta y miró a Abby. «Dormimos juntos» estaban pensando los dos–. Lo celebramos –añadió.

–¿Estuvieron juntos toda la noche? –preguntó Parr.

Mark vaciló. «En realidad, no lo sabe», pensó Abby. Estaba dormido cuando la llamaron por teléfono, ni se había movido cuando ella salió para certificar la muerte de la señora Allen a las tres de la madrugada, ni cuando volvió a salir para volver a colocar una cánula intravenosa a las cuatro. Estaba a punto de mentir por ella, y ella sabía que no serviría porque Mark no tenía idea de lo que había hecho aquella noche. Parr, sí. Lo sabía por las enfermeras. Por las notas y las órdenes que ella misma había escrito, cada una de ellas registrada con la hora.

–Mark estaba en la sala de guardias conmigo –intervino Abby–. Pero durmió toda la noche.

Lo miró. «Tenemos que ajustarnos a la verdad. Es lo único que puede salvarme.»

–¿Y usted, doctora DiMatteo? –preguntó Parr–. ¿Usted se quedó en la sala de guardias?

–Me llamaron varias veces a las salas. Pero eso usted ya lo sabe, ¿no?

Parr asintió.

–¡Está seguro de saberlo todo! –dijo Mark–. Dígame algo, entonces: ¿Por qué motivo mataría Abby a su paciente?

–De todos es sabido sus simpatías por el movimiento en favor de la eutanasia –apuntó Susan Casado.

Abby la miró.

–¿Qué?

–Hablamos con las enfermeras. En una ocasión oyeron

decir a la doctora DiMatteo, y cito textualmente –Susan pasó las páginas de un cuaderno–: «...Si la morfina le hace las cosas más fáciles, eso es lo que debemos darle. Aunque signifique que el fin va a llegar un poco antes». –Susan miró a Abby–. Usted dijo eso, ¿no es verdad?

–¡Eso no tiene nada que ver con la eutanasia! ¡Estaba hablando de mitigar el dolor! De que un paciente estuviera más tranquilo.

–Pero ¿lo dijo?

–¡Tal vez lo dije! No me acuerdo.

–También está la conversación con la sobrina de la señora Allen, Brenda Hainey. Fue presenciada por varias enfermeras además de la señora Sperry, presente aquí. –Inclinó la cabeza hacia la supervisora de enfermeras. Y volvió a mirar su cuaderno–. Fue una discusión. Brenda Hainey consideró que le estaban dando demasiada morfina a su tía. Y la doctora DiMatteo estuvo en desacuerdo. Incluso llegó a insultarla.

Era una acusación que Abby no podía negar. Sí, había discutido con Brenda. También la había insultado. En aquel momento todo se le venía encima, una ola gigante tras otra. Sintió que no podía respirar, que no podía moverse, a medida que las olas la derribaban una y otra vez.

Llamaron a la puerta y el doctor Wettig entró y cerró la puerta cuidadosamente a sus espaldas. No dijo nada por un momento. Se quedó en un extremo de la mesa y miró a Abby. Ella esperó a que la golpeara la siguiente ola.

–Dice que no sabe nada –inquirió Parr.

–No me extraña –dijo Wettig–. De verdad, usted no sabe nada de todo esto, ¿no es cierto, DiMatteo?

Abby soportó la mirada del general. Nunca le había sido fácil mirar directamente aquellos ojos azules sin brillo. Veía demasiado poder en ellos; era el poder sobre su futuro. Pero en aquel momento lo miraba directamente, decidida a que él viera que no tenía nada que ocultar.

–Yo no maté a mi paciente –dijo–. Lo juro.

–Es lo que pensé que diría.

Wettig rebuscó en el bolsillo de su bata blanca y sacó un candado con combinación. Lo dejó sobre la mesa propinando un buen golpe.

–¿Qué es esto? –preguntó Parr.

–Del armario de la doctora DiMatteo. En la última media hora me he convertido en una especie de experto en candados con combinación. He llamado a un cerrajero, y me ha dicho que es un modelo con muelle. Fáciles de abrir. Un golpe fuerte y ya está. Se abre como si nada. También tiene un código en la parte de atrás. Cualquier cerrajero registrado puede utilizarlo para saber la combinación.

Parr miró el candado y luego se encogió de hombros.

–Eso no prueba nada. Todavía tenemos una paciente muerta. Y esto.

Señaló el frasco de morfina.

–¿Pero a ustedes qué les pasa? –dijo Mark–. ¿No se dan cuenta de lo que ha sucedido aquí? Una nota anónima. Morfina convenientemente escondida en el armario de Abby. Alguien quiere comprometerla.

–¿Con qué propósito? –preguntó Susan.

–Para desacreditarla. Para que la echen.

Parr resopló.

–¿Está sugiriendo que alguien ha llegado al extremo de matar a una paciente para acabar con la carrera de la doctora DiMatteo?

Mark iba a responder pero pareció reconsiderarlo. Era una teoría absurda y todos lo sabían.

–Tiene que estar de acuerdo, doctor Hodell, en que una conspiración es algo muy rebuscado –dijo Susan.

–No tanto como lo que ya me ha sucedido a mí –dijo Abby–. Miren lo que ha hecho Victor Voss. Me atacó en la UCIC; ha dejado órganos ensangrentados en mi coche, cosa que sólo una mente enferma podría hacer. Es mentalmente inestable. Y, además, están las demandas..., ya hay dos. Y es sólo el principio.

Se hizo un silencio. Susan miró a Parr.

–¿No lo sabe?

–Parece que no.

–¿Qué tengo que saber? –preguntó Abby.

–Recibimos una llamada de Hawkes, Craig y Sussman después de comer –dijo Susan–. Las demandas en su contra han sido retiradas. Las dos.

Abby se echó hacia atrás en la silla.

–No lo entiendo –murmuró–. ¿Qué hace? ¿Qué es lo que está haciendo Voss?

–Si Victor Voss estaba tratando de acosarla, al parecer ha cambiado de idea. Esto no tiene nada que ver con Voss.

–¿Entonces cómo lo explica? –preguntó Mark.

–Mire la evidencia.

Susan señaló el frasco.

–No hay testigos, nada que pueda relacionar este frasco en especial con la muerte de la paciente.

–Sin embargo, yo creo que todos podemos llegar a la misma conclusión.

El silencio era sofocante. Abby vio que nadie la miraba, ni siquiera Mark.

Finalmente Wettig habló.

–¿Qué piensa hacer, Parr? ¿Llamar a la policía? ¿Convertir este lío en un circo para los medios de comunicación?

Parr vaciló.

–Sería prematuro...

–O hace sus acusaciones en firme o las retira. Cualquier otra cosa sería injusto para la doctora DiMatteo.

–Por Dios, general. No metamos a la policía en esto –dijo Mark.

–Si ustedes lo quieren llamar asesinato, entonces hay que llamar a la policía –apuntó Wettig–. Llamen también a algunos periodistas, pongan a trabajar a la gente de relaciones públicas. Les vendrá bien un poco de movimiento. Sáquenlo todo a la luz, es la mejor política.

–Miró directamente a Parr–. Claro está, siempre que vayan a calificarlo de asesinato.

Era un desafío.

Parr fue el que cedió. Se aclaró la garganta y le dijo a Susan:

–No podemos estar absolutamente seguros de que haya sido un asesinato.

–Será mejor que lo estén –intervino Wettig–. Será mejor que se aseguren bien antes de llamar a la policía.

–Todavía están investigando –dijo Susan–. Tenemos que interrogar a las demás enfermeras de esa sala. Averiguar si se nos ha escapado algo.

–Háganlo –dijo Wettig.

Se hizo otro silencio. Nadie miraba a Abby. Era como si hubiera desaparecido; la mujer invisible cuya presencia nadie quería reconocer.

Todos parecieron sorprenderse cuando ella habló. Abby casi no pudo reconocer su propia voz, que sonó como la de un extraño, tranquila y firme.

–Ahora querría volver con mis pacientes. Si es que puedo –añadió.

–Adelante –exclamó Wettig.

–Un momento –dijo Parr–. No puede volver a sus obligaciones.

–No han probado nada –contestó Abby, al tiempo que se levantaba de la silla–. El general tiene razón. O me acusan en firme o retiran los cargos.

–Tenemos una acusación que es indiscutible –intervino Susan–. Posesión ilegal de una sustancia controlada. No sabemos cómo obtuvo la morfina, doctora, pero el hecho de que la tuviera en su armario es muy serio. –Miró a Parr–. No tenemos elección. El potencial de responsabilidad es altísimo. Si sale algo mal con cualquiera de sus pacientes y el público averigua que conocíamos este asunto de la morfina, podemos darnos por muertos. –Se volvió hacia Wettig–. Al igual que la reputación de nuestro programa de residentes, general.

La advertencia de Susan tuvo el efecto deseado. La responsabilidad era algo que preocupaba a todos. Wettig, como cualquier otro médico, le tenía miedo a los abogados y a los juicios. Esta vez no discutió.

–¿Eso qué significa? –preguntó Abby–. ¿Estoy despedida?

Parr se puso de pie, señal de que la reunión había terminado y de que había tomado una decisión.

–Doctora DiMatteo, hasta nuevo aviso, está suspendida. No debe ir a las salas. No debe acercarse a ningún paciente. ¿Entendido?

Ella entendía. Lo entendía perfectamente.

14

Hacía años que Yákov no soñaba con su madre y meses que apenas había pensado en ella, por eso se sorprendió cuando, el decimocuarto día que estaba en el mar, despertó con un recuerdo tan vívido de ella que casi podía oler su perfume en el aire. Lo último que vio de ella, cuando el sueño comenzó a borrarse, fue su sonrisa. Un mechón rubio sobre la mejilla. Unos ojos verdes que parecían mirar a través de él, más allá, como si el ser irreal fuera él, él quien no tuviera carne. La cara de su madre le fue tan instantáneamente familiar que por eso supo que tenía que ser ella. Durante años se había esforzado por recordarla, pero la cara nunca se le había aparecido. Yákov no tenía fotografías, no tenía recuerdos. Pero, de alguna manera, durante todos aquellos años, había llevado el recuerdo de la cara de su madre guardado como una semilla en la tierra oscura pero fértil de su mente. La noche anterior, había por fin germinado.

La recordaba; y muy guapa.

Aquella tarde el mar estaba plano como un vidrio y el cielo oscuro, del mismo color gris que el agua. De pie en la cubierta, mirando por la borda, Yákov no podía distinguir dónde terminaba el mar y dónde comenzaba el cielo. Iban a la deriva en una gigantesca pecera gris. Había oído decir al cocinero que haría mal tiempo, que al día siguiente nadie toleraría más que pan y sopa. Pero el mar estaba en calma y el aire era pesado y metálico, con sabor a lluvia. Yákov por fin pudo convencer a Alexéi de que saliera de su camarote para ir a explorar.

El primer lugar adonde Yákov lo llevó fue al infierno. La sala de máquinas. Vagabundearon un rato en la ruidosa oscuridad hasta que Alexéi se quejó de que el olor a combustible lo ponía enfermo. Alexéi tenía el estómago de un bebé, siempre vomitando. Así que Yákov lo llevó arriba, al puente; pero el capitán estaba demasiado ocupado para hablar con ellos. El piloto también. Yákov no pudo siquiera demostrar su categoría especial como visitante frecuente y aceptado.

Luego se dirigieron a la cocina, pero el cocinero estaba de un humor de mil diablos y ni siquiera les ofreció un pedazo de pan. Tenía que preparar una comida para los pasajeros de popa, aquellos a quienes nadie veía nunca. Se quejó de que eran un par de exigentes, a los que dedicaba demasiado tiempo y atención. Y mientras ponía dos copas y una botella de vino en una bandeja y la dejaba en el montacargas, no dejaba de rezongar. Apretó un botón y la mandó arriba, chirriando, a las habitaciones privadas de aquella gente. Entonces volvió a la cocina, donde había una sartén chisporroteando y ollas con agua hirviendo. Al levantar la tapa de una de ellas, se escapó un olor a mantequilla y cebollas. Revolvió el contenido con una cuchara de madera.

–Si las cebollas se cocinan despacio –dijo–, quedan dulces como la leche. Se necesita paciencia para cocinar bien, pero nadie tiene paciencia en esta época. Todo el mundo quiere las cosas rápido. ¡Métalo en el microondas! Para eso, mejor comer cuero seco. –Tapó la olla y levantó la tapa de la sartén. Dentro se doraban seis pájaros pequeñitos, no más grandes que el puño de un niño–. Bocaditos del cielo –explicó.

–En mi vida he visto pollos tan pequeños –exclamó Alexéi.

El cocinero se rió.

–Son codornices, idiota.

–¿Y nosotros por qué nunca comemos codornices?

–Porque no estáis en la cabina de popa. –El cocinero acomodó las aves humeantes en una fuente y las salpicó con perejil picado. Luego dio un paso atrás para admirar su creación. Tenía la cara roja y sudorosa–. De esto no van a poder quejarse –dijo, y puso la fuente en el montacargas, que ya había vuelto vacío.

–Tengo hambre –dijo Yákov.

–Tú siempre tienes hambre. Ve y coge una rebanada de pan. Está un poco seco, pero puedes tostarlo.

Los dos niños registraron los cajones buscando el cuchillo del pan. El cocinero tenía razón; el pan estaba seco. Sosteniéndolo con el muñón del brazo izquierdo, Yákov cortó dos rebanadas y las puso en la tostadora.

–¡Cuidado con lo que haces! –dijo el cocinero–. Estás llenando el suelo de migas. Recógelas.

–Recógelas tú –le dijo Yákov a Alexéi.

–Las has dejado caer tú, no yo.

–Pero yo estoy haciendo las tostadas.

–Pero a mí no se me han caído las migas.

–Está bien. Entonces tiraré tu rebanada a la basura.

–¡Que alguien las recoja! –gritó el cocinero.

Al instante, Alexéi se puso de rodillas para recoger las migas.

Yákov puso el primer pedazo de pan en la tostadora. De repente una bola peluda y gris saltó del interior de la tostadora al suelo.

–¡Un ratón! –gritó Alexéi–. ¡Hay un ratón!

La bola gris correteaba alrededor de los pies danzantes de Alexéi, perseguido por Yákov y por el cocinero, que, para no ser menos, le tiró la tapa de una olla. El ratón trató de trepar por la pierna de Alexéi, provocando tal grito de terror que rápidamente cambió de rumbo. Volvió a caer al suelo, salió disparado y desapareció debajo de un armario.

Algo se quemaba en la cocina. El cocinero, maldiciendo una y mil veces, corrió a apagar el fuego. Maldijo un poco más y se puso a raspar de la olla las cebollas ennegrecidas, las cebollas que había estado preparando con tanto esmero.

–¡Un ratón en mi cocina! ¡Lo que faltaba! Se ha echado todo a perder. Tendré que empezar de nuevo. ¡Será hijoputa el ratón!

–Estaba en la tostadora –dijo Yákov.

De pronto sintió mucho asco. Se imaginó al ratón moviéndose y royendo dentro de aquel aparato.

–Probablemente la ha dejado llena de mierda –dijo el cocinero–. Será asqueroso.

Con mucha precaución, Yákov miró dentro de la tostadora. No había más ratones, pero sí unas misteriosas motitas oscuras.

Llevó la tostadora hacia el fregadero, para tirar allí las migas.

El cocinero gritó.

–¡Eh! ¿Eres tonto? ¿Qué estás haciendo?

–Voy a limpiar la tostadora.

–¡En ese fregadero hay agua! Mira, la tostadora todavía está enchufada. Si la sumerges y tocas el agua, eres hombre muerto. ¿Es que nadie te lo ha enseñado?

–El tío Misha no tenía tostadora.

–No es sólo con las tostadoras. Cualquier cosa que se enchufe, cualquier cosa con un cable eléctrico. Eres tan tonto como los otros. –Hizo un gesto con los brazos, empujándolos hacia la puerta–. Venga, salid de aquí, los dos. Me estáis molestando.

–Pero tengo hambre –dijo Yákov.

–Pues espera a la hora de la comida como todo el mundo. –Arrojó otro pedazo de mantequilla a una sartén. Miró otra vez a Yákov y dijo–: ¡Fuera!

Los niños se fueron.

Jugaron un rato en la cubierta, hasta que sintieron frío. Volvieron a probar en el puente, pero de allí también los echaron. El más profundo aburrimiento los llevó, finalmente, al único lugar del barco donde Yákov sabía que no molestarían a nadie y que nadie los molestaría a ellos. Era su lugar secreto, e iba a mostrárselo a Alexéi sólo como recompensa, y sólo si Alexéi podía, por una vez, no ponerse a lloriquear. Lo había descubierto el tercer día de exploración, cuando encontró la puerta cerrada en el corredor de la sala de máquinas. Había abierto aquella puerta y descubierto que daba a una escalera.

El país de las maravillas.

Había tres niveles más arriba. Por el segundo se accedía a una pasarela estrecha y metálica que vibraba y se movía. La puerta azul situada al final de la pasarela siempre estaba cerrada. Yákov ya se había hartado de intentar abrirla.

Subieron hasta el último nivel. Allí, con el suelo vertiginosamente lejos, era fácil asustar a Alexéi con unos cuantos saltos ruidosos.

–¡Basta! –gritó Alexéi–. ¡La estás moviendo!

–Ésta es la cabalgata. La cabalgata del país de las maravillas. ¿No te gusta?

–¡No quiero cabalgar!

–Nunca quieres hacer nada.

Yákov habría seguido saltando sobre la plataforma, pero Alexéi estaba al borde de la histeria. Con una mano se aferraba a la barandilla y con la otra apretaba a *Shu-Shu.*

–Quiero bajar –gimió Alexéi.

–Uf, está bien.

Bajaron la escalera, haciendo mucho ruido. Abajo jugaron un rato bajo los últimos escalones. Alexéi encontró una maroma vieja y ató un extremo a la parte inferior de la barandilla de la pasarela. Con ella se columpió como el hombre mono. Pero estaba sólo a treinta centímetros del suelo; no era muy emocionante.

Después, Yákov le mostró la caja vacía, una caja que había encontrado metida en un recoveco debajo de la escalera. Se metieron dentro y allí se quedaron, en la oscuridad, entre la viruta de madera, escuchando el rugido de los motores en el infierno. El mar parecía estar ahora muy cerca, como una cuna inmensa y oscura en la que se mecía el casco del barco.

–Éste es mi lugar secreto –dijo Yákov–. No le hables a nadie de él. Júrame que no se lo contarás a nadie.

–¿Para qué se lo voy a contar a nadie? Es un lugar asqueroso. Frío y húmedo. Y seguro que aquí hay ratones. A lo mejor, ahora mismo estamos sentados encima de mierda de ratón.

–Aquí no hay mierda de ratón.

–¿Cómo lo sabes? Si no se ve nada.

–Si no te gusta, puedes irte. Vete. –Yákov le dio una patada con virutas y todo. Estúpido Alexéi. No sabía para qué lo había llevado allí. No se puede esperar que alguien que anda por todos lados con una sucia perra de peluche sepa disfrutar de las aventuras–. ¡Vete! De todos modos eres muy aburrido.

–No sé cómo volver.

–¿Y crees que yo te lo voy a decir?

–Tú me has traído aquí y tú tienes que sacarme.

–Pues no lo haré.

–O me llevas al camarote o le explico a todo el mundo tu estúpido lugar secreto. Es un asco, lleno de mierda de ratón. –Alexéi salía de la caja y con los pies echaba virutas a la cara de Yákov–. Sácame de aquí o...

–Cállate –dijo Yákov.

Agarró a Alexéi de la camisa y lo tiró hacia atrás. Los dos niños cayeron juntos entre las virutas.

–Idiota –dijo Alexéi.

–Escucha. ¡Escucha!

–¿Qué?

En algún lugar, arriba, una puerta chirrió y se cerró de golpe; después la pasarela traqueteó porque alguien caminaba por encima y a cada paso provocaba mil ecos en el hueco de la escalera.

Yákov gateó hasta la abertura y miró hacia la pasarela, a lo alto. Alguien llamaba a la puerta azul. Un momento después se abrió la puerta y Yákov alcanzó a ver el pelo rubio de la mujer que entró. La puerta se cerró a sus espaldas.

Yákov volvió a la escalera.

–Sólo era Nadiya.

–¿Está ahí fuera?

–No, ha entrado por la puerta azul.

–¿Qué habrá ahí dentro?

–No lo sé.

–Creía que eras un gran explorador.

–Y tú eres un gran idiota. –Yákov dio otra patada, pero sólo levantó virutas–. Está siempre cerrado. Ahí dentro hay alguien.

–¿Y cómo lo sabes?

–Porque Nadiya ha llamado y le han abierto.

Alexéi se hundió todavía más en la caja; por el momento había cambiado de idea sobre lo de aventurarse a salir. Susurró:

–Son los de las codornices.

Yákov pensó en la bandeja con la botella de vino y las dos copas, las cebollas friéndose en mantequilla, los seis pajaritos cubiertos de salsa. El estómago le rugió.

–Escucha esto –dijo Yákov–. Puedo hacer unos ruidos espantosos con el estómago.

Hundió el estómago y volvió a sacarlo. Cualquiera habría quedado impresionado con la sinfonía de borborigmos. Alexéi no.

–Es asqueroso.

–A ti todo te parece asqueroso. ¿Qué te pasa?

–No me gustan las cosas asquerosas.

–Antes te gustaban.

–Bueno, ahora no.

–Es por esa Nadiya. Te ha vuelto suavecito y tonto. Estás enamorado de ella.

–Mentira.

–Verdad.

–¡Mentira!

Alexéi tiró un puñado de viruta que alcanzó a Yákov

en medio de la cara. De pronto los dos estaban peleándose, rodando hacia un lado de la caja, luego hacia el otro, maldiciendo, dándose patadas. No había mucho lugar para moverse, de modo que no podían hacerse daño. Entonces Alexéi perdió a *Shu-Shu* entre la viruta y se puso a gatear en la oscuridad, buscando a su perra. Yákov estaba cansado de luchar.

Así que los dos pararon.

Durante un rato se quedaron descansando, uno al lado del otro. Alexéi abrazaba a *Shu-Shu* y Yákov trataba de sacarle sonidos nuevos y más repulsivos a su estómago. Pronto se cansó también de eso. Se quedaron inmovilizados por el aburrimiento, por el ronronear de los motores, que inducía al sueño, y por el balanceo del mar.

–No estoy enamorado de Nadiya –dijo Alexéi.

–No me importa si lo estás.

–Pero a los otros niños les gusta. ¿No has oído cómo hablan de ella? –Alexéi hizo una pausa y añadió–: A mí me gusta su olor. Las mujeres huelen diferente. Tienen un olor suave.

–Los olores no pueden ser suaves.

–Claro que sí. Si una mujer tiene un olor suave, ya sabes que, cuando la toques, va a ser suave. Se sabe.

Alexéi acarició a *Shu-Shu*. Yákov oía el ruido de la mano tocando la tela andrajosa.

–Mi madre olía así –dijo Alexéi.

Yákov recordó su sueño. La mujer, la sonrisa. El mechón de pelo rubio sobre la mejilla. Sí, Alexéi tenía razón. En el sueño, su madre también desprendía un olor suave.

–Parece estúpido –dijo Alexéi–. Pero me acuerdo de eso. Todavía me acuerdo de algunas cosas de ella.

Yákov se desperezó y tocó con los pies el otro extremo de la caja.

«¿Habré crecido? –se preguntó–. Ojalá. Ojalá creciera tanto que pudiera pasar los pies por aquella pared.»

–¿Tú nunca piensas en tu madre? –preguntó Alexéi.

–No.

–Tampoco te acordarías de ella.

–Me acuerdo de que era una belleza. Tenía los ojos verdes.

–¿Cómo lo sabes? El tío Misha dice que eras un bebé cuando ella se fue.

–Tenía cuatro años. No era ningún bebé.

–Yo tenía seis cuando mi madre se fue y casi no me acuerdo de nada.

–Pero yo te digo que la mía tenía los ojos verdes.

–¿Y qué si los tenía? A mí qué me importa.

El ruido de una puerta hizo que los dos guardaran silencio. Yákov se deslizó hasta la abertura de la caja y miró hacia arriba. Era Nadiya otra vez. Salía por la puerta azul y cruzaba la pasarela. Después desapareció por el otro lado.

–No me gusta Nadiya –dijo Yákov.

–A mí sí. Ojalá ella fuera mi madre.

–A ella no le gustan los niños.

–Le dijo al tío Misha que ha dedicado su vida a nosotros.

–¿Y te lo creíste?

–¿Por qué iba a decirlo si no es verdad?

Yákov trató de pensar en una respuesta pero no se le ocurrió ninguna. Aunque se le hubiera ocurrido, no habría cambiado nada para Alexéi. Alexéi era un estúpido. Todos eran unos estúpidos. Nadiya los había engañado a todos. Once niños, y todos enamorados de ella. Se peleaban por sentarse a su lado durante las comidas. La observaban, la estudiaban, la olían como cachorritos. De noche, en sus camas, susurraban que Nadiya esto y que Nadiya lo otro. La comida que prefería, lo que había comido en el almuerzo. Especulaban sobre la edad que podía tener y sobre la ropa interior que llevaba debajo de sus faldas grises. Discutían sobre si Gregor, a quien todos despreciaban, era su amante o no, y unánimemente decidieron que no. Compartían sus conocimientos sobre la anatomía femenina y los niños mayores explicaban, con todo lujo de detalles, la función de los tampones, cómo se colocaban, y dónde, transformando así para siempre la manera en la que los más pequeños verían a las mujeres: como criaturas con agujeros oscuros y misteriosos. Esto no hacía más que aumentar su fascinación por Nadiya.

Yákov compartía aquella fascinación, pero en su caso no era adoración. Le tenía miedo.

Todo era por los análisis de sangre.

El cuarto día después de zarpar, cuando los niños todavía vomitaban y se quejaban en sus camas, Gregor y Nadiya habían entrado con una bandeja llena de agujas y tubos. Es sólo un pinchazo, nada más, dijeron, un tubito de sangre para probar que estáis todos sanos. Nadie os va a adoptar sin saber si estáis bien. La pareja había ido de uno en uno. Se tambaleaban un poco por el movimiento del barco, y los tubos de vidrio chocaban unos contra otros en la bandeja. Nadiya estaba descompuesta, a punto de vomitar. Gregor era el que hacía las extracciones. Ante cada cama preguntaban el nombre del niño y le daban una pulsera de plástico sobre la que habían escrito un número. Entonces Gregor le ataba al niño una goma elástica gigante alrededor del brazo y le daba unos golpes a la carne, para que la vena se hinchara. Algunos lloraron y Nadiya tuvo que sostenerles la mano y consolarlos mientras Gregor les sacaba sangre.

Yákov fue el único a quien ella no pudo consolar. Por más que lo intentó, no pudo hacer que se estuviera quieto. No quería que le pincharan con aquella aguja, y le había dado una patada a Gregor para reafirmar su voluntad. Entonces apareció la verdadera Nadiya. Le apretó el brazo contra la cama y lo sostuvo así con una mano que se lo retorcía y pellizcaba al mismo tiempo. Mientras Gregor le sacaba sangre, ella mantuvo la mirada fija en Yákov, hablando en voz baja, incluso dulce, mientras la aguja le atravesaba la piel y la sangre entraba en el tubo.

Todos los demás que estaban en la habitación creían, escuchando el susurro de Nadiya, que le decía palabras de consuelo. Pero Yákov, que miraba fijamente sus ojos azul claro, vio algo completamente diferente.

Después, se quitó la pulsera de plástico tirando con los dientes.

Alexéi seguía con la suya. Número 307. Su certificado de buena salud.

–¿Crees que tendrá hijos? –preguntó Alexéi.

Yákov se encogió de hombros.

–Espero que no –dijo y se acercó a la abertura de la caja.

Miró hacia arriba y vio la pasarela vacía y la escalera, que subía en espiral como el esqueleto de una serpiente, también vacía. La puerta azul estaba, como siempre, cerrada.

Después de sacudirse las virutas de encima, salió del escondite.

–Tengo hambre.

Como predijo el cocinero, a aquella tarde gris y opresiva siguieron mares turbulentos, no una tormenta fuerte, pero sí lo suficiente como para confinar a los pasajeros, niños y adultos, en sus camarotes. Y allí era precisamente donde pensaba quedarse Alexéi. Todos los ruegos del mundo no lograrían moverlo de su cama. Fuera hacía frío y humedad, el suelo se movía, y él no tenía ningún interés en merodear por aquellos rincones oscuros y húmedos que tanto parecían fascinar a Yákov. A Alexéi le gustaba la cama. Le gustaba lo acogedor de una manta envolviéndole los hombros; le gustaba el calorcito que sentía en la cara cuando se daba la vuelta o se movía; le gustaba el olor de *Shu-Shu* durmiendo a su lado sobre la almohada.

Durante toda la mañana, Yákov intentó arrancar a Alexéi de la cama, tentarlo con otra visita al país de las maravillas. Por fin renunció y se fue solo. Volvió una o dos veces a ver si Alexéi había cambiado de idea, pero Alexéi durmió toda la tarde, durmió mientras cenaban y después siguió durmiendo.

A media noche, Yákov se despertó y de inmediato percibió que algo había cambiado. Al principio no se dio cuenta de lo que era. ¿Había pasado ya la tormenta? Sentía que el barco estaba quieto. Entonces se dio cuenta de que los motores habían cambiado. El rugido incesante era en aquel momento un rumor suave.

Se bajó de la cama y fue a sacudir a Alexéi.

–Despiértate –susurró.

–Vete.

–Escucha. No nos movemos.

–No me importa.

–Voy a echar un vistazo. Ven conmigo.

–Estoy durmiendo.

–Has estado todo el día y toda la noche durmiendo. ¿No quieres ver tierra? Tenemos que estar cerca. El barco no se va a parar en mitad del océano. –Yákov se inclinó más sobre Alexéi y sus susurros fueron suaves y tentadores–. A lo mejor podemos ver las luces de los Estados Unidos. Te lo vas a perder si no vienes conmigo.

Alexéi suspiró y se desperezó un poco, sin saber qué hacer.

Yákov lanzó el último cebo.

–Me he guardado una patata de la cena –dijo–. Te la daré. Pero sólo si vienes conmigo.

Alexéi se había perdido la cena, y también el almuerzo. Una patata sería un manjar.

–Está bien, está bien. –Se sentó y comenzó a atarse los zapatos–. ¿Dónde está la patata?

–Primero subimos.

–Eres un hijo de puta, Yákov.

Pasaron de puntillas junto a las camas dobles donde

dormían los otros niños y subieron la escalera hacia la cubierta.

Fuera soplaba un viento suave. Miraron por la barandilla, esforzándose por ver las luces de la ciudad, pero las estrellas iluminaban sólo un horizonte negro y sin forma.

–No veo nada –dijo Alexéi–. Dame mi patata.

Yákov sacó el tesoro del bolsillo. Alexéi se puso en cuclillas y la devoró allí mismo, fría, como un animal salvaje.

Yákov se volvió y miró hacia el puente. Vio a través de la ventana el resplandor verdoso de la pantalla del radar y la silueta de un hombre haciendo guardia. El piloto. ¿Qué se vería desde allí?

Alexéi había terminado la patata. Se levantó y dijo:

–Me voy a la cama.

–Podemos buscar más comida en la cocina.

–No quiero tropezarme con otro ratón. –Alexéi comenzó a tantear el camino por la cubierta–. Además, tengo frío.

–Yo no.

–Entonces quédate.

Acababan de llegar a la escalera cuando oyeron una serie de ruidos agudos. De pronto la cubierta se inundó de luz. Los dos se quedaron inmóviles, parpadeando ante el resplandor inesperado.

Yákov cogió de la mano a Alexéi y se metieron debajo de la escalera del puente, donde se agacharon. Podían ver por entre los escalones. Oyeron voces y vieron a dos hombres que caminaban dentro del círculo marcado por los reflectores. Los dos vestían monos blancos. Se inclinaron a la vez y tiraron de algo. Se oyó un ruido metálico y corrieron una especie de cubierta. Ésta dejó al descubierto otra luz, de color azul, que brillaba en el centro del círculo de los reflectores, como la pupila de un ojo.

–Mecánicos de mierda –dijo uno de los hombres–. Nunca van a arreglar esto.

Los dos se enderezaron y miraron al cielo. Era el rugido lejano de un trueno.

Yákov también levantó la mirada. El trueno se acercaba. Ya no era un rugido, sino un golpeteo rítmico. Los dos hombres salieron de la luz. El ruido se situó justo encima de ellos, batiendo la noche como un tornado.

Alexéi se tapó los oídos y se hundió más en las sombras. Yákov, no. Miró, sin parpadear, cómo el helicóptero descendía al estanque de luz y se posaba sobre la cubierta.

Reapareció uno de los hombres con mono, corría doblando su cuerpo hasta la cintura. Abrió la puerta del helicóptero. Yákov no alcanzaba a ver lo que había dentro: el poste de la escalera se lo tapaba. Así que salió de entre las sombras y avanzó por la cubierta lo suficiente como para ver al otro lado del poste. Alcanzó a ver al piloto y al pasajero, un hombre.

–¡Eh! –se oyó desde arriba–. ¡Tú! ¡Niño!

Yákov miró hacia arriba y vio al piloto mirándolo desde la cubierta del puente.

–¿Qué estás haciendo ahí abajo? ¡Ven enseguida, antes de que te hagas daño! ¡Vamos!

El hombre con mono también había visto a los niños y en ese momento se dirigía hacia ellos. No parecía estar muy contento.

Yákov se escurrió escaleras arriba. Alexéi, aterrado, le pisaba los talones.

–¿No os dais cuenta de que tenéis que alejaros de la cubierta cuando aterriza un helicóptero? –gritó el piloto. Le dio a Alexéi una palmada en el trasero y los empujó dentro, a la cabina del timón. Les indicó dos sillas–. Sentaos. Los dos.

–Estábamos mirando –dijo Yákov.

–Se supone que tenéis que estar en la cama.

–Yo estaba en la cama –gimoteó Alexéi–. Él me hizo levantar.

–¿Sabéis lo que el rotor de un helicóptero puede hacerle a la cabeza de un niño? ¿Lo sabéis? –El piloto pasó el filo de la mano por el cuello delgado de Alexéi–. Esto. Tu cabeza sale volando. Y la sangre se desparrama por todos lados. Muy espectacular. ¿Creéis que bromeo? Creedme, yo no bajo cuando llega el helicóptero. Me quedo bien lejos. Pero, si queréis que os arranquen esas cabezas tontas que tenéis, adelante.

Alexéi se puso a sollozar.

–¡Yo quería quedarme en la cama!

El rugido del helicóptero hizo que los tres se volvieran para mirar. Vieron cómo se elevaba hacia el cielo y cómo el viento que provocaba el rotor agitaba los monos de los hombres que estaban sobre cubierta.

Hizo un lento giro de noventa grados y desapareció en la noche. Sólo quedó un suave murmullo, que se desvaneció como si fuera un trueno que se alejara.

–¿Adónde va? –preguntó Yákov.

–¿Crees que me lo van a decir? –dijo el piloto–. Me llaman cuando viene a recoger algo y yo pongo proa contra el viento. Eso es todo.

Acercó la mano a uno de los interruptores del panel y lo movió.

Las luces se apagaron de inmediato. La cubierta principal desapareció en la oscuridad.

Yákov se apretó contra la ventana del puente. El rumor del helicóptero se había ido. En todas direcciones se extendía la negrura del mar.

Alexéi seguía llorando.

–Ya basta –dijo el piloto. Le dio a Alexéi una palmadita en el hombro–. Un niño de tu edad portándose como una mujer.

–¿A qué ha venido el helicóptero? –preguntó Yákov.

–Ya te lo he dicho. A recoger algo.

–¿Y qué es lo que recoge?

–Yo no pregunto. Sólo hago lo que me dicen.

–¿Quiénes?

–Los pasajeros del camarote de popa. –Sacó a Yákov

de la ventana y le dio un empujoncito hacia la puerta–. Volved a la cama. ¿No veis que tengo trabajo?

Yákov seguía a Alexéi hacia la puerta cuando su mirada se posó sobre la pantalla del radar. Muchas veces había mirado aquella pantalla, fascinado por el movimiento hipnótico de la línea que dibujaba el arco de trescientos sesenta grados. En aquel momento estaba otra vez ante ella, mirando la línea que giraba y giraba. Lo vio enseguida, era un puntito blanco al borde de la pantalla.

–¿Es otro barco? –preguntó Yákov–. Ahí, en el radar.

Señaló el puntito que de pronto se vio mucho más blanco cuando la línea pasó por él.

–¿Qué crees que es si no? Salid.

Los niños salieron y bajaron ruidosamente la escalera del puente hasta la cubierta principal. Yákov miró hacia arriba y vio, en el resplandor verde de la ventana del puente, la silueta del piloto. Vigilando. Siempre vigilando. Y dijo:

–Ahora sé adónde va el helicóptero.

A la hora del desayuno ya no estaban Piotr y Valentín. La noticia de su partida durante la noche ya había llegado al camarote de Yákov y por eso, cuando se sentó a la mesa aquella mañana junto al grupo de niños, supo la razón del silencio. No entendían, ninguno de ellos, por qué Piotr y Valentín habían sido los primeros en dejar el barco, los primeros elegidos. Desde el principio, todos habían creído que Piotr iba a ser uno de los que se quedarían o que iría a alguna familia rara a la que le gustaran los niños idiotas. Valentín, que se había unido al grupo en Riga, era inteligente y guapo, pero tenía una perversión secreta que los niños más pequeños conocían bien. De noche, después de que se apagaran las luces, se acercaba a las otras camas, sin ropa interior, y susurraba: «¿Quieres tocarla? Toca, mira qué grande». Y les cogía la mano y los obligaba a tocarlo.

Pero en aquel momento Valentín se había ido, y Piotr también. Se habían ido con nuevos padres que los habían elegido, dijo Nadiya.

Los que quedaban eran los que sobraban.

Por la tarde, Yákov y Alexéi subieron a la cubierta y se acostaron en el lugar donde había aterrizado el helicóptero. Se quedaron mirando el azul luminoso del cielo. No había nubes ni helicópteros. Hacía calor allí y, como dos gatos sobre un radiador, les empezó a coger sueño.

–He estado pensando –dijo Yákov, con los ojos cerrados por el sol– que si mi madre está viva, no quiero que me adopten.

–No lo está.

–Podría estarlo.

–Entonces, ¿por qué no fue a buscarte?

–A lo mejor me está buscando en este mismo momento. Y yo estoy aquí, en medio del mar donde nadie puede encontrarme. Excepto con un radar. Voy a decirle a Nadiya que me lleve a casa. No quiero una nueva madre.

–Yo sí –dijo Alexéi. Guardó silencio un momento. Después preguntó–: ¿Crees que tengo algo malo?

Yákov rió.

–¿Aparte de ser subnormal?

Como Alexéi no respondió, Yákov entrecerró los ojos para mirar a su amigo y se asombró al ver que el otro se había tapado la cara con las manos y le temblaban los hombros.

–Eh –dijo Yákov–. ¿Estás llorando?

–No.

–Sí, estás llorando.

–No.

–Eres como un bebé. No hablaba en serio. No eres subnormal.

Alexéi había formado con su cuerpo un ovillo de brazos y piernas. Estaba llorando. Aunque Alexéi no hacía ruido, Yákov veía que el pecho se movía espasmódicamente cuando él tomaba bocanadas de aire. Yákov no sabía qué hacer ni qué decir. Otro insulto era lo que se le venía automáticamente a la cabeza. «Niña tonta. Llorón.» Pero lo pensó mejor. Nunca había visto así a Alexéi y se sintió un poco culpable, un poco asustado. Era una broma. ¿Cómo era posible que Alexéi no se diera cuenta de que era una broma?

–Vamos a colgarnos de la soga –dijo Yákov.

Le dio un golpe suave en los riñones a Alexéi.

Alexéi le devolvió el golpe con un airado empujón y se puso de pie de un salto, con la cara roja y húmeda.

–¿Pero qué te pasa? –preguntó Yákov.

–¿Por qué han elegido a ese estúpido de Piotr y no a mí?

–A mí tampoco me han elegido –contestó Yákov.

–Sí, ¡pero yo no tengo nada malo! –gritó Alexéi y se marchó de la cubierta corriendo.

Yákov se quedó muy quieto. Bajó la mirada hacia el muñón de su brazo izquierdo, y dijo:

–Yo tampoco.

–Caballo tres alfil rey –dijo Kubichev, el ingeniero.

–Siempre haces lo mismo. ¿Nunca pruebas nada diferente?

–Creo en lo probadamente bueno. Así te he ganado todas las veces. Mueves tú. No tenemos todo el día.

Yákov giró el tablero de ajedrez y lo estudió primero desde un ángulo, después desde otro. Se puso de rodillas y miró por la fila de los peones. Se imaginó soldados con armaduras negras en formación, esperando órdenes.

–¿Y ahora qué demonios haces? –preguntó Kubichev.

–¿Te has dado cuenta de que la reina tiene barba?

–¿Qué?

–La reina tiene barba. Mira.

Kubichev gruñó.

–Es la gola del cuello. ¿Vas a mover?

Yákov dejó la reina en el tablero y cogió un caballo. Lo dejó, lo cogió. Lo puso en un lugar diferente y volvió a levantarlo. Alrededor de ellos ronroneaban los motores del infierno.

Kubichev ya no miraba. Había cogido una revista y pasaba las hojas, viendo una sucesión de rostros fascinantes. Las cien mujeres más hermosas de los Estados Unidos. De vez en cuando gruñía y decía: «¿A ésta la ven guapa?», o «Yo no dejaría que mi perro se acostara con ésta».

Yákov volvió a coger la reina y la puso en alfil cuatro rey.

–Ya está.

Kubichev miró la última jugada de Yákov y dio un resoplido.

–¿Por qué siempre repites el mismo error? Mueves la reina demasiado pronto.

Dejó la revista y se inclinó hacia delante para mover el peón. Entonces fue cuando Yákov vio la cara en la página de la revista. Era una mujer. Pelo rubio, con un mechón rizado sobre la mejilla. Una sonrisa melancólica. Ojos verdes que parecían estar mirando a través de uno.

–Ésa es mi madre –dijo Yákov.

–¿Qué?

–Es ella. ¡Es mi madre!

Se arrojó sobre la revista y chocó con el cajón que servía de mesa. El tablero fue a parar al suelo. Peones, alfiles y caballos volaron en todas las direcciones.

Kubichev le quitó la revista y la mantuvo fuera de su alcance.

–¿Qué te pasa?

–¡Dámela! –gritó Yákov. Había clavado los dedos en el brazo del hombre, pidiendo desesperadamente la foto de su madre–. ¡Dámela!

–¡Estás loco! ¡Ésta no es tu madre!

–¡Sí lo es! ¡Me acuerdo de su cara! ¡Era así, era idéntica!

–Me estás haciendo daño. Quítate de ahí, ¿me oyes?

–¡Dámela!

–Está bien, está bien. Toma, te la mostraré. No es tu madre. –Kubichev dio un golpe con la revista contra el cajón–. ¿Lo ves?

Yákov miró la cara. Cada detalle era exactamente como él lo había soñado. La manera de inclinar la cabeza, cómo se le marcaban los hoyuelos cerca de la comisura de los labios. Incluso la forma en que le caía la luz sobre el pelo. Y dijo:

–Es ella. He visto su cara.

–Todo el mundo ha visto esta cara. –Kubichev señaló el nombre escrito debajo de la foto–. Michelle Pfeiffer. Es actriz. Norteamericana. Ni siquiera el nombre es ruso.

–¡Pero yo la conozco! ¡Soñé con ella!

Kubichev rió.

–Tú y un millón de chavales lujuriosos. –Miró las piezas de ajedrez tiradas por el suelo–. Mira qué desorden. Tendremos mucha suerte si las podemos encontrar todas. Vamos, tú las has tirado, tú las has de recoger.

Yákov no se movió. Estaba mirando a la mujer, recordando cómo le había sonreído.

Sin dejar de protestar, Kubichev se puso de rodillas y comenzó a gatear para recuperar las piezas de ajedrez de debajo de las máquinas.

–Habrás visto su cara en algún lado, en la televisión o en alguna revista, y después habrás soñado con ella, eso es todo. –Puso dos alfiles y una reina sobre el tablero, se incorporó y se sentó en la silla. Tenía la cara roja y su voluminoso pecho estaba agitado. Se dio un golpecito en la cabeza–. El cerebro es una cosa misteriosa. Teje sueños con la vida real, y nosotros no sabemos distinguir entre la realidad y lo que es invención. A veces sueño que estoy sentado a una mesa con una cantidad de comida increíble, todo lo que se me puede ocurrir para comer. Y cuando me despierto sigo en este barco de mierda. –Cogió la revista y arrancó la página con Michelle Pfeiffer–. Toma. Es tuya.

Yákov cogió la hoja pero no dijo nada. Sólo la cogió. Y la miró.

–Si quieres creer que ésa es tu madre, adelante. Hay cosas peores. Ahora recoge las piezas. ¡Eh! ¡Eh, niño! ¿Adónde vas?

Todavía aferrando la hoja, Yákov salió corriendo del infierno.

En la cubierta se apoyó contra la barandilla, de cara al mar. La hoja ya estaba arrugada, y se sacudía con el viento. La miró, vio que había estado apretándola con tanta fuerza que en aquel momento había una arruga atravesando la media sonrisa de los labios.

Tomó una punta entre los dientes y la rompió por la mitad. No era suficiente. No era suficiente. Respiraba con fuerza, cerca del llanto, pero no emitía sonido alguno. Volvió a romper la hoja una y otra vez, usando los dientes, como un animal que mordisquea carne, y dejó que los pedazos se fueran volando con el viento.

Cuando terminó seguía apretando un pedacito de papel. Era un ojo. Justo abajo, estrujada por sus dedos, había una arruga en forma de estrella. Como el destello de una lágrima.

Tiró el papel por la borda y lo observó mientras se iba flotando y caía al mar.

15

Aquella mujer tendría casi cincuenta años, se revelaba en su rostro, delgado y seco, propio de las mujeres que hace tiempo perdieron su brillo estrógeno. Pero en opinión de Bernard Katzka, aquello no era suficiente para que no fuera agradable. Para él, el encanto de una mujer no radicaba tanto en el brillo de la piel o de los cabellos, como en lo que revelaban sus ojos. Él mismo había conocido a varias mujeres de setenta años fascinantes, entre ellas su tía Margaret, la solterona, de la que él se había sentido más cerca que nunca desde la muerte de Annie. Saber que Katzka en realidad esperaba ansioso sus charlas semanales con tía Margaret alrededor de una taza de café, probablemente habría sorprendido a su compañero, Lundquist, el tipo de hombre que pensaba que las mujeres no merecen una segunda mirada una vez que han cruzado la línea definitiva de la menopausia. Sin duda, todo se debía a la biología: los hombres no deben gastar energía ni esperma en una hembra no reproductiva. Con razón, Lundquist se había sentido tan aliviado cuando Katzka estuvo de acuerdo en entrevistar a Brenda Hainey, ya que, según el joven detective, las mujeres que ya habían pasado la menopausia eran su fuerte. Era lo mismo que decir que Katzka era el único detective en homicidios con la paciencia y la fortaleza suficientes para escucharlas hasta el final.

Y eso era precisamente lo que Katzka había estado haciendo durante los últimos quince minutos: escuchar con paciencia las disparatadas acusaciones de Brenda Hainey. La mujer mezclaba lo místico con lo real, y le hablaba sin solución de continuidad de señales del cielo y de jeringas de morfina. A él podría haberle divertido la naturaleza extraña de aquel encuentro si Brenda Hainey hubiera sido agradable, pero no lo era. No había calidez en sus ojos azules. Estaba enfadada, y las personas enfadadas no son atractivas.

–Ya lo notifiqué al hospital –dijo ella–. Me dirigí directamente al presidente, el señor Parr. Me prometió investigar, pero ya hace cinco días de eso y no he tenido noticias. Llamo todos los días. En su oficina me dicen que siguen investigando. Bien, hoy he decidido que ya no podía esperar más. Por eso he acudido a ustedes. Y ustedes también han querido darme largas, hacerme hablar primero con un policía cualquiera. Bueno, yo creo que hay que dirigirse a las más altas esferas. Yo lo hago a diario, todas las mañanas, cuando rezo. En este caso, la más alta autoridad viene a ser usted.

Katzka reprimió una sonrisa.

–Vi su nombre en el diario –dijo Brenda–. Con relación a ese doctor de Bayside que murió.

–¿Se refiere al doctor Levi?

–Sí. He pensado que, ya que está al tanto de lo que pasa en ese hospital, usted es la persona con la que tenía que hablar.

Katzka estuvo a punto de suspirar, pero se controló. Sabía que la mujer lo tomaría como lo que era: una expresión de hastío. Y dijo:

–¿Puedo ver la nota?

Brenda sacó del bolso un papel doblado y se lo entregó. Tenía una línea escrita a máquina: «Su tía no murió de muerte natural. Un amigo».

–¿Iba en un sobre?

Ella sacó un sobre en el que estaba escrito «Brenda Hainey». La solapa había estado pegada y la habían roto.

–¿Sabe quién pudo haberle enviado esto? –preguntó él.

–No tengo ni idea. Tal vez una de las enfermeras. Alguien que lo supo y quiso decírmelo.

–Dice que su tía tenía cáncer terminal. Pudo haber muerto por causas naturales.

–Entonces ¿por qué me mandaron esa nota? Alguien sabe que no fue así. Alguien quiere que esto se investigue. Yo también quiero que se investigue.

–¿Dónde está ahora el cadáver de su tía?

–En la funeraria Jardín de Paz. El hospital lo envió allí con bastante rapidez, si quiere mi opinión.

–¿De quién fue la decisión? Tuvo que ser del familiar más próximo.

–Mi tía dejó instrucciones antes de morir. Eso me dijeron en el hospital.

–¿Habló con los médicos de su tía? Tal vez ellos puedan aclarar esto.

–Preferiría no hablar con ellos.

–¿Por qué no?

–Dada la situación, no sé si podría confiar en lo que me dijeran.

–Entiendo. –En aquel momento Katzka sí suspiró. Cogió el bolígrafo y buscó una hoja vacía en la libreta–. ¿Por qué no me da los nombres de todos los médicos de su tía?

–El médico encargado era el doctor Colin Wettig. Pero la que en realidad parecía tomar todas las decisiones era esa residente suya. Creo que es a ella a quien tiene que investigar.

–¿El nombre?

–Doctora DiMatteo.

Katzka levantó la mirada, sorprendido.

–¿Abigail DiMatteo?

Hubo un breve silencio. Katzka vio la consternación escrita en el rostro de Brenda.

–La conoce –dijo ella, con cautela.

–He hablado con ella. Por otro asunto.

–No afectará a su juicio en este caso, ¿no?

–En absoluto.

–¿Está seguro?

Lo desafió con una mirada que a él le resultó irritante. Katzka no era fácil de irritar y tuvo que preguntarse por qué aquella mujer le desagradaba tanto.

Lundquist eligió aquel momento para pasar por su escritorio y le dirigió lo que sólo podía tomarse por una mueca de compasión. Él tendría que haber entrevistado a aquella mujer. Le habría ido bien aquel ejercicio de cortesía y autocontrol, cualidades que Lundquist necesitaba desarrollar.

–Siempre intento ser objetivo, señorita Hainey –dijo Katzka.

–Entonces debe investigar bien a la doctora DiMatteo.

–¿Por qué a ella en particular?

–Porque es ella quien quería que mi tía muriera.

A Katzka le parecieron poco probables las acusaciones de Brenda. Sin embargo, estaba el asunto de la nota y de quién la había enviado. Una posibilidad era que la propia Brenda se la hubiera mandado a sí misma: peores cosas se han visto en personas sedientas de atención. Eso le era más fácil de creer que lo que ella decía que había sucedido: que Mary Allen había sido asesinada por sus doctores. Katzka había pasado semanas viendo morir lentamente a su esposa en el hospital, de modo que conocía bien las salas de los enfermos de cáncer. Había presenciado la compasión de las enfermeras, la dedicación de los oncólogos. Ellos sabían cuándo había que seguir luchando por la vida de un paciente. También sabían cuándo se había perdido la batalla, cuándo el sufrimiento era mayor que los beneficios de un día o una semana más de vida. Había habido momentos, sobre todo al final, en que Katzka hubiera querido desesperadamente ayudar a Annie a cruzar el umbral final. Si los médicos le hubieran sugerido algo, él habría estado de acuerdo. Pero nunca lo hicieron. El cáncer ya mataba muy rápido. ¿Qué médico iba a arriesgar su futuro profesional para adelantar la muerte de un paciente? Aun en el caso de que los médicos de Mary Allen hubieran hecho algo, ¿podría considerarse homicidio?

Aquella tarde, después de la visita de Brenda, se dirigió con desgana al Hospital Bayside. Estaba obligado a hacer algunas averiguaciones. En la oficina de informes del hospital confirmó que Allen había fallecido en la fecha que había dicho Brenda y que el diagnóstico había sido carcinoma metastático no diferenciado. La empleada no podía darle más información. El doctor Wettig, el médico a cargo, estaba en el quirófano y no estaría disponible en toda la tarde. De manera que Katzka cogió el teléfono y llamó por el buscapersonas a Abby DiMatteo.

Poco después ella le llamó.

–Soy el detective Katzka –se presentó él–. Hablamos la semana pasada.

–Sí, lo recuerdo.

–Tengo algunas preguntas que hacerle sobre otro caso. ¿Dónde puedo verla?

–Estoy en la biblioteca médica. ¿Puede esperar un rato ahí?

–No lo creo.

Oyó un suspiro y luego, con desgana:

–Está bien. La biblioteca queda en el primer piso. Ala administrativa.

Katzka sabía por experiencia que las personas normales, siempre y cuando no sean sospechosas, disfrutan hablando con un policía de homicidios. La gente tiene curiosidad por los asesinatos, por el trabajo policial. En algunos casos se había visto sorprendido por las preguntas que le hacían, incluso las ancianitas más dulces, y todos se morían de ganas de conocer los detalles, cuanto más sangrientos mejor. Pero, por lo que parecía, la doctora DiMatteo estaba genuinamente contrariada por tener que hablar con él. Se preguntó por qué.

Encontró la biblioteca del hospital entre la oficina de

procesamiento de datos y la de contabilidad. Dentro había algunas estanterías con libros, el escritorio de la bibliotecaria y media docena de gabinetes de estudio empotrados en una de las paredes. La doctora DiMatteo estaba de pie junto a la fotocopiadora, poniendo una revista de cirugía sobre la placa. Ya había ordenado una serie de papeles en montones y los había puesto sobre un escritorio cercano. Le sorprendió verla haciendo un trabajo administrativo. También se sorprendió al verla vestida con una falda y una blusa y no con las batas que él suponía que eran el uniforme de todos los residentes de cirugía. Desde el primer día le había parecido una mujer atractiva. Pero en aquel momento, vestida con una falda que le sentaba bien y con aquel pelo negro que le caía sobre los hombros, se dijo que en realidad era muy guapa.

Ella levantó la mirada y le hizo una inclinación de cabeza. Él percibió algo diferente. Parecía nerviosa, incluso recelosa.

–Ya casi he terminado –le dijo–. Sólo me queda por fotocopiar un artículo más.

–¿Hoy no está de guardia?

–¿Perdón?

–Pensé que los cirujanos vivían con la bata puesta.

Ella puso otra hoja en la fotocopiadora y oprimió el botón de copiar.

–Hoy no me toca quirófano. Por eso estoy haciendo una investigación aquí. El doctor Wettig necesita esto para una conferencia.

Miró la fotocopiadora como si la luz o el ruido de la máquina requirieran toda su concentración. Cuando salieron las últimas hojas las llevó a la mesa, con los otros montones, y se sentó. Él retiró la silla situada frente a ella. Abby cogió una grapadora pero volvió a dejarla.

Sin mirarlo, preguntó:

–¿Ha habido novedades?

–Con respecto al doctor Levi, no.

–Me gustaría que se me ocurriera algo que pudiera ayudarlo. Pero no ha sido así.

Cogió algunas hojas y las grapó con un movimiento rápido de la mano.

–No he venido por el doctor Levi –dijo él–. Es por otro asunto. Una paciente suya.

–¿Sí? –Cogió otro montón de papeles y los puso entre los dientes de la grapadora–. ¿De qué paciente hablamos?

–De la señora Mary Allen.

La mano de ella se detuvo un segundo en el aire. Luego bajó, fuerte, sobre la grapadora.

–¿La recuerda? –preguntó él.

–Sí.

–Tengo entendido que murió la semana pasada. Aquí, en Bayside.

–Así es.

–¿Puede confirmarme que el diagnóstico fue carcinoma metastático no diferenciado?

–Sí.

–¿Y estaba en fase terminal?

–Sí.

–¿Entonces la muerte no fue inesperada?

Hubo una vacilación. Fue lo bastante larga como para ponerlo alerta.

–Diría que no fue inesperada –dijo ella, despacio.

El detective la miraba con mayor detenimiento y ella parecía notarlo. Él no dijo nada por un momento. El silencio era, en su experiencia, mucho más inquietante. Preguntó, con voz queda:

–¿Percibió algo raro en algún sentido?

Por fin ella lo miró. Él se dio cuenta de que estaba totalmente inmóvil. Casi rígida.

–¿Qué quiere decir con «raro»?

–Las circunstancias. La manera en que murió.

–¿Puedo preguntarle a qué se debe este interrogatorio?

–Un familiar de la señora Allen vino a vernos con algunas inquietudes.

–¿Habla de Brenda Hainey? ¿La sobrina?

–Sí. Cree que su tía murió por causas no relacionadas con su enfermedad.

–¿Y usted trata de convertir esto en un homicidio?

–Trato de determinar si vale la pena investigar. ¿Usted qué dice?

Ella no respondió.

–Brenda Hainey recibió una nota anónima. Decía que Mary Allen no había muerto por causas naturales. ¿Tiene usted alguna razón, cualquiera, para creer que puede haber algo de cierto en eso?

Podría haber esperado varias respuestas probables. Una negativa de ella entre risas y diciendo que todo aquello era ridículo. Haberle dicho que Brenda Hainey estaba loca. O podría haber mostrado desconcierto, incluso un relámpago de indignación, por ser sometida a aquellas preguntas. Cualquiera de aquellas reacciones habría sido apropiada. Pero lo que él no se hubiera esperado fue la respuesta que dio.

Ella lo miró con una cara que de pronto se había puesto muy blanca. Y dijo, suavemente:

–Me niego a responder a más preguntas, detective Katzka.

Segundos después de que el policía saliera de la biblioteca, Abby se dirigió, llena de pánico, al teléfono más cercano y buscó a Mark. Para su alivio, éste respondió de inmediato a su llamada.

–Ha venido otra vez el detective –susurró Abby–. Mark, lo de Mary Allen se sabe. Brenda ha acudido a la policía. Y el detective me ha preguntado cómo murió.

–No le habrás dicho nada, ¿verdad?

–No, yo... –Respiró hondo. El suspiro que siguió fue casi un sollozo–. No he sabido qué decir. Mark, creo que se ha dado cuenta. Estoy asustada y pienso que ese hombre lo sabe.

–Abby, escúchame. Esto es importante. No le habrás dicho lo de la morfina que se encontró en tu armario, ¿verdad?

–Quise decírselo. Dios santo, Mark. Estuve a punto de hablar demasiado. Tal vez tendría que haberlo hecho. Si le hubiera contado todo...

–¡No lo hagas!

–¿No sería lo mejor? De todas maneras lo va a averiguar. Tarde o temprano, lo averiguará. Estoy segura. –Dejó escapar otro suspiro y sintió que las primeras lágrimas le ardían en los ojos. Enseguida se iba a poner a llorar, allí mismo, en la biblioteca, donde todo el mundo podía verla–. No le veo otra salida. Tengo que ir a la policía.

–¿Y si no te creen? Sólo con que echen una mirada a las pruebas circunstanciales, lo de la morfina en tu armario, llegarán a la misma conclusión que los demás.

–¿Qué hago, entonces? ¿Espero a que me arresten? No puedo soportarlo más. No puedo. –Le falló la voz. Repitió, en un susurro–: No puedo.

–Por el momento, la policía no tiene nada. Yo no se lo voy a contar. Wettig y Parr tampoco hablarán, de eso estoy seguro. No quieren que esto salga a la luz. Aguanta, Abby. Wettig está haciendo todo lo posible para que te reincorporen.

Tardó un momento en recuperar la compostura. Cuando por fin volvió a hablar, la voz era queda pero firme.

–Mark, ¿y si es cierto que Mary Allen fue asesinada? Entonces debería haber una investigación. Nosotros mismos tendríamos que informar a la policía.

–¿Es eso lo que quieres hacer?

–No lo sé. No dejo de pensar en lo que tendríamos que hacer. Estamos obligados. Moral y éticamente.

–Es tu decisión. Pero quiero que pienses mucho en las consecuencias.

Ella ya lo había pensado. Había pensado en la publicidad. En la posibilidad de un arresto. Había pensado en los pros y contras de todo aquello, sabiendo muy bien qué era lo que tenía que hacer pero temerosa de tomar una decisión. «Soy una cobarde. Mi paciente ha muerto, tal vez asesinada, y a mí lo único que me preocupa es salvar mi propio pellejo.»

La bibliotecaria del hospital entró en el salón empujando una chirriante carretilla con libros. Se sentó ante su escritorio y comenzó a sellar las contratapas. Plaf. Plaf. Plaf.

–Abby –dijo Mark–, antes de hacer cualquier cosa, piénsalo bien.

–Te llamo luego. Ahora tengo que irme.

Colgó y volvió a sentarse a su mesa, donde se puso a mirar el montón de fotocopias de artículos de revistas. Era su trabajo aquel día. Se había pasado toda la mañana haciendo aquello: juntando aquel montón de papeles. Era médica y ya no podía ejercer; la habían expulsado del quirófano. Las enfermeras y el resto del personal no sabían qué pensar. Estaba segura de que ya corrían rumores sobre ella. Aquella mañana, mientras había recorrido las salas en busca del doctor Wettig, todas las enfermeras se habían vuelto para mirarla. Se preguntó qué dirían a sus espaldas.

Tenía miedo de averiguarlo.

El «plaf, plaf» había cesado. Se dio cuenta de que la bibliotecaria había dejado de sellar los libros y de que en aquel momento había fijado su mirada en ella.

«Como todo el mundo en este hospital, ella también está intrigada conmigo.»

Ruborizada, recogió sus papeles y los llevó al escritorio de la bibliotecaria.

–¿Cuántas fotocopias?

–Son todas para el doctor Wettig. Puede facturárselas a la oficina de residentes.

–Necesito saber el número exacto, para el registro de fotocopias. Es nuestra política.

Abby dejó el montón de papeles y comenzó a contar las páginas. Tendría que haberse imaginado que la bibliotecaria insistiría. Aquella mujer había estado toda la vida en Bayside y nunca había dejado de informar a cada nueva generación de internos que, en aquel recinto, las cosas se hacían como ella decía. Abby se enfadó, con la bibliotecaria, con el hospital, con el lío en que se había convertido su vida. Terminó de contar el último artículo.

–Doscientas catorce páginas –dijo y golpeó el montón.

El nombre «Dr. Aaron Levi» pareció saltar hacia ella desde la primera página. El título del artículo era «Comparación de los índices de supervivencia en trasplantes cardíacos entre receptores críticamente enfermos y pacientes externos». Los autores eran Aaron, Rajiv Mohandas y Lawrence Kunstler. Miró el nombre de Aaron, sacudida por el inesperado recuerdo de su muerte.

La bibliotecaria también reparó en el nombre de Aaron y sacudió la cabeza.

–Es difícil creer que el doctor Levi se haya ido.

–Así es –murmuró Abby.

–Y ver esos dos nombres en el mismo artículo.

La mujer volvió a sacudir la cabeza.

–¿Cómo?

–El doctor Kunstler y el doctor Levi.

–Creo que al doctor Kunstler no lo conozco.

–Ah, estuvo aquí antes que usted llegara. –La bibliotecaria cerró el registro de fotocopias y con un gesto remilgado lo dejó en su estante–. Sucedió hace unos seis años, por lo menos.

–¿Qué es lo que sucedió hace seis años?

–Fue como el caso de Charles Stuart. ¿Se acuerda? El hombre que saltó del puente Tobin. Desde allí se tiró el doctor Kunstler.

Abby volvió a mirar el artículo. Los dos nombres en la portada.

–¿Se mató?

La bibliotecaria asintió.

–Igual que el doctor Levi.

El ruido que hacían las fichas de *mah-jong* al mezclarse sobre la mesa del comedor no permitía decir nada. Vivian cerró la puerta de la cocina y volvió al fregadero, donde había puesto un colador con brotes de soja. Reanudó la tarea de cortar las colas y arrojar los brotes en un recipiente. Abby no conocía a nadie que se tomara la molestia de quitarle las cabezas a los brotes de soja. Sólo los malditos chinos quisquillosos, le dijo Vivian. Los chinos se pasaban horas trabajando en un plato que devoraban en minutos. Además, ¿quién se fija en las colas de los brotes? La abuela de Vivian. Y las amigas de su abuela. «Pon un plato de brotes de soja con sus colas ante estas señoras y ya verás cómo todas arrugan la nariz.» De modo que allí estaba la obediente nieta, la brillante cirujana que pronto comenzaría su propia práctica, concentrándose en la ardua tarea de descabezar brotes. Lo hacía con rapidez y eficiencia, y cada movimiento era característico de ella. Y al mismo tiempo que esas graciosas manos suyas no se quedaban quietas ni un segundo, escuchaba la historia de Abby.

–Joder –murmuraba Vivian una y otra vez–. Joder, estás en apuros.

En la habitación de al lado, el ruido de fichas se había interrumpido: había comenzado otro juego. De vez en cuando, entre el zumbido de la charla, se oía un golpe seco cuando alguien depositaba una ficha en el centro de la mesa.

–¿Qué crees que puedo hacer? –preguntó Abby.

–Sea como sea, te ha pillado, DiMatteo.

–Por eso he venido a hablar contigo. A ti también te aplastó Victor Voss. Sabes de lo que es capaz.

–Ajá. –Vivian suspiró–. Y tanto que lo sé.

–¿Te parece que debo acudir a la policía? ¿O mejor me hago la tonta y hago votos para que ya no profundicen más?

–¿Qué dice Mark?

–Que cierre la boca.

–Estoy de acuerdo con él. Llámalo mi intrínseca desconfianza hacia la autoridad. Tú pareces tener más confianza, desde el momento en que estás pensando en entregarte y que sea lo que Dios quiera. –Vivian cogió un paño de cocina y se secó las manos. Miró a Abby–. ¿De verdad crees que tu paciente fue asesinada?

–¿De lo contrario, cómo se explica el nivel de morfina?

–Se la estabais administrando. Quizás era lo bastante tolerante como para necesitar dosis altísimas para sentirse bien. Tal vez hubo una acumulación de dosis.

–Eso sólo hubiera sido posible si le hubieran dado una dosis extra. Accidental o intencionadamente.

–¿Sólo para comprometerte?

–¡Nadie controla jamás los niveles de morfina en los pacientes con cáncer terminal! Alguien quería asegurarse de que su asesinato no pasara inadvertido. Alguien que sabía que era un asesinato. Y que le envió esa nota a Brenda Hainey.

–¿Cómo sabemos que fue Victor Voss?

–Porque es el que quiere que me echen de Bayside.

–¿El único?

Abby miró a Vivian y pensó. «¿Quién más me querría ver fuera?»

En el comedor, el estruendo de las fichas de *mah-jong* indicaba el final de otra mano. El ruido sobresaltó a Abby. Comenzó a pasearse por la cocina. Pasó junto al recipiente para cocer arroz que hervía sobre la encimera; de las ollas salía un vapor de especias, exótico.

–Esto es una locura. No puedo creer que nadie haya hecho una cosa como ésta sólo para que me echen.

–Jeremiah Parr tiene que salvar su propio pescuezo.

Y probablemente Voss le está echando su aliento en la nuca en este preciso momento. Piénsalo. La junta directiva del hospital está llena de colegas adinerados de Voss que pueden despedir a Parr. A menos que él te despida a ti primero. No estás loca, DiMatteo: quieren tu cabeza.

Abby se dejó caer en una silla ante la mesa de la cocina. El ruido del juego en la habitación contigua le estaba dando dolor de cabeza. Eso y toda aquella charla de señoras mayores. Aquella casa estaba llena de ruidos: de visitas que hablaban en dialecto cantonés casi a gritos, conversaciones amistosas que subían al volumen de las discusiones. ¿Cómo soportaba Vivian vivir con su abuela? Sólo ese ruido le bastaría a ella para volverse loca.

–Todo sigue desembocando en Victor Voss –dijo Abby–. De una u otra manera, se vengará.

–¿Por qué ha retirado las denuncias? Eso no tiene sentido. Primero trata de aplastarte y de pronto lo detiene todo.

–En lugar de una demanda generalizada, ahora se me acusa de homicidio. Qué alternativa tan hermosa.

–Pero ¿te das cuenta de que no tiene sentido? Voss pagó probablemente mucho dinero para tramitar esas denuncias. No iba a abandonarlas ahora, a menos que le preocupara alguna posible consecuencia. Un contrapleito, por ejemplo. ¿Tú estabas planeando algo por el estilo?

–Hablé de ello con mi abogado, pero él no me lo aconsejó.

–Entonces ¿por qué las ha retirado?

Para Abby tampoco tenía sentido.

Pensó en ello durante todo el camino de regreso desde la casa de Vivian en Melrose. Era a última hora de la tarde y el tráfico circulaba denso, como siempre en la carretera 1. Aunque lloviznaba, Abby no cerró la ventanilla. Dentro del coche seguía persistiendo el hedor a órganos de cerdo podridos. Estaba segura de que no se iría jamás. Se percibiría siempre como un recordatorio permanente de la ira de Victor Voss.

Cuando estaba a punto de llegar al puente Tobin, el lugar elegido por Lawrence Kunstler para acabar con su vida, redujo la marcha. Al entrar en el puente, tal vez fue una compulsión morbosa lo que la hizo mirar a un lado, hacia el agua. Bajo un cielo amenazador, el río se veía negro, con la superficie agitada por el viento. Ella jamás elegiría una muerte por inmersión. El pánico, las brazadas desesperadas, la garganta que se bloquea ante la corriente de agua helada. Se preguntó si Kunstler habría estado consciente al caer al agua. O si habría luchado contra la corriente. Se preguntó, también, sobre Aaron. Dos médicos, dos suicidios. Había olvidado preguntarle a Vivian sobre Kunstler. Si sólo hacía seis años que había muerto, tal vez ella hubiera oído hablar de él.

Estaba tan absorta mirando el agua, que no se dio cuenta de que el coche de delante había frenado, debido a que el tráfico se había detenido desde el peaje. Sólo cuando miró de nuevo a la carretera vio que el otro coche estaba parado.

Entonces pisó el freno. Un instante después sintió un golpe en la parte de atrás. Miró por el espejo retrovisor y vio a una mujer sacudiendo la cabeza en señal de disculpa. Por el momento, el tráfico sobre el puente no avanzaría, así que se bajó del coche y corrió a ver los desperfectos.

La otra mujer también se bajó. Permaneció observando, nerviosa, mientras Abby examinaba el parachoques trasero.

–Está bien –dijo Abby–. No ha sido nada.

–Lo siento, creo que me he distraído.

Abby miró el otro coche y vio que su parachoques delantero estaba intacto.

–Lo siento mucho –repitió la mujer–. Estaba tan ocupada mirando a ése, que venía tan pegado –dijo, y señaló a un camión rojo oscuro que se había detenido detrás de su coche–, y va y soy yo la que choco contra otro coche.

Sonó un claxon. El tráfico comenzaba a avanzar. Abby volvió a meterse en el coche y siguió cruzando. Al pasar por el peaje no pudo evitar una última mirada al puente donde Lawrence Kunstler había dado el salto fatal. «Aaron y Kunstler se conocían. Trabajaban juntos. Escribieron ese artículo juntos.»

Aquel pensamiento siguió rondando por su cabeza mientras recorría las calles de regreso a Cambridge.

Dos médicos en el mismo equipo de trasplantes. Y los dos se suicidan.

Se preguntó si Kunstler habría dejado una viuda, y si ella se habría quedado tan sorprendida como Elaine Levi ante el suicidio de su marido.

Rodeó el Harvard Common. Al tomar Brattle Street miró por el espejo retrovisor.

Un camión rojo la seguía. Y también entró en Brattle.

Abby avanzó otra manzana más, pasó Willard Street y volvió a mirar por el espejo. El camión seguía detrás de ella. ¿Sería el mismo del puente? Allí apenas lo había mirado y lo único que recordaba era el color. Sin saber por qué, se sintió incómoda al volver a verlo ahora. Tal vez la impresión de haber cruzado el puente y de mirar hacia el agua. El recuerdo de la muerte de Kunstler. De Aaron.

Siguiendo un impulso, giró a la izquierda por Mercer Street.

El camión también.

Volvió a girar a la izquierda, por Camden Street, y luego a la derecha por Auburn. No dejaba de mirar por el espejo retrovisor esperando, casi deseando que el camión apareciera ante su vista. Sólo cuando llegó otra vez a Brattle Street sin volver a verlo se permitió un suspiro de alivio. Era una tonta impresionable.

Entonces enfiló directo hacia su casa y entró por la entrada de coches. Mark aún no había vuelto. No la sorprendía. A pesar de la llovizna, planeaba sacar el *Gimme Shelter* para hacer otra carrera alrededor de la boya contra Archer. El mal tiempo, había dicho él, no era excusa para no navegar y, a menos que hubiera un huracán, la carrera continuaría.

Entró en la casa. Dentro estaba todo a oscuras, iluminado tan sólo por la luz gris y acuosa de la tarde que entraba por las ventanas. Cruzó la habitación para ir a encender la lámpara de la mesa y, cuando estaba a punto de hacerlo, oyó el ruido de un motor por la Brewster Street. Miró por la ventana.

Un camión rojo pasaba ante la casa. Al acercarse a la entrada de coches redujo la velocidad, como si el conductor quisiera mirar detenidamente su coche.

«Cierra las puertas. Cierra las puertas.»

Abby corrió hacia la puerta principal, echó el cerrojo y colocó la cadena.

La puerta de atrás. ¿Estaba cerrada?

Corrió por el vestíbulo y atravesó la cocina. No tenía cerrojo, sólo una cerradura de tirador. Cogió una silla, la apoyó contra la puerta e hizo presión contra el pomo.

Volvió corriendo a la sala y, de pie, detrás de la cortina, miró hacia fuera.

El camión se había ido.

Miró en ambas direcciones, esforzándose por ver lo máximo posible a uno y otro lado, pero no vio más que la calle vacía y el pavimento mojado y brillante.

Dejó las cortinas descorridas y las luces apagadas. Se sentó en la sala a oscuras sin dejar de mirar por la ventana, esperando el regreso del camión. Se preguntó si no debería llamar a la policía. ¿Para denunciar qué? No la había amenazado nadie. Permaneció sentada cerca de una hora, observando la calle, esperando que Mark volviera a casa.

El camión no apareció. Mark tampoco.

«Ven a casa. Bájate de ese barco de mierda y ven a casa.»

Pensó en él en la bahía, con las velas flameando por encima de su cabeza y el barco lanzado contra el viento.

Y el agua turbulenta y agitada bajo el cielo gris. Como el río. El río donde había muerto Kunstler.

Cogió el teléfono y llamó a Vivian. El fragor de la casa de los Chao entró por la línea en un vital estallido de ruidos. Por encima del sonido de las risas y del cantonés hablado a gritos, Vivian dijo:

–No te oigo bien. ¿Qué dices?

–Que había otro médico del equipo de trasplantes que murió hace seis años. ¿Lo llegaste a conocer?

La respuesta de Vivian fue a gritos.

–Sí. Pero no creo que haga tanto de eso. Pasó hace unos cuatro años, más o menos.

–¿Tienes idea de por qué se suicidó?

–No fue suicidio.

–¿Qué?

–Escúchame, ¿puedes esperar un momento, Abby? Voy al otro teléfono.

Abby oyó que dejaban el auricular y tuvo que esperar lo que le pareció una eternidad antes de que Vivian cogiera el teléfono interior.

–¡Ya está, uf! ¡Puedes colgar! –gritó.

Súbitamente, el parloteo en cantonés se interrumpió.

–¿Cómo sabes que no fue un suicidio? –preguntó Abby.

–Porque fue un accidente. La caldera tenía no sé qué defecto y se juntó monóxido de carbono en la casa. La esposa y la hijita también murieron.

–Espera, espera un momento. Yo hablo de un hombre llamado Lawrence Kunstler.

–No conozco a nadie llamado así. Eso debió de ser antes de que yo llegara a Bayside.

–Pero entonces, ¿de quién hablabas tú?

–De un anestesista. El que precedió a Zwick. Ahora no me sale el nombre... Hennessy. Sí, Hennessy.

–¿Estaba en el equipo de trasplantes?

–Sí. Era un tipo joven, recién graduado. No estuvo mucho tiempo aquí. Recuerdo que estaba pensando en volver al Oeste cuando sucedió el accidente.

–¿Estás segura de que fue un accidente?

–¿Qué más podía ser?

Abby miró por la ventana a la calle vacía y no dijo nada.

–Abby, ¿pasa algo?

–Hoy me ha seguido un camión.

–¡Vamos!

–Mark todavía no ha vuelto a casa. Ya es casi de noche y tendría que estar aquí. No puedo dejar de pensar en Aaron. Y en Kunstler. Se tiró del puente Tobin. Y ahora tú me cuentas lo de Hennessy. Son tres, Vivian.

–Dos suicidios y un accidente.

–Es demasiado para un hospital.

–¿Una casualidad estadística? O tal vez es que hay algo en el Bayside que resulta insoportablemente deprimente. –El intento de Vivian de dar una nota de humor fue inútil y ella lo sabía. Después de un silencio, dijo–: ¿De verdad crees que te han seguido?

–¿Qué me has dicho tú hoy? «No estás loca DiMatteo: quieren tu cabeza.»

–Me refería a Victor Voss. O a Parr. Tienen razones para acosarte. Pero... ¿seguirte en un camión? ¿Y qué tiene esto que ver con Aaron o con los otros dos?

–No lo sé. –Abby levantó las piernas y las apoyó sobre la silla, abrazándolas, en busca de calor, de autoprotección–. Pero me asusta. No puedo dejar de pensar en Aaron. Te conté lo que dijo el detective, que la muerte de Aaron pudo no haber sido un suicidio.

–¿Tiene alguna prueba?

–Si la tuviera, no me lo diría.

–Podría decírselo a Elaine.

Por supuesto. La viuda. La que querría saber, la que exigiría saber.

Después de colgar, Abby buscó el número de teléfono de Elaine.

Luego se dispuso a armarse de valor para hacer la llamada.

En aquel momento afuera ya estaba oscuro y la llovizna se había convertido en una lluvia fuerte. Mark seguía sin aparecer. Cerró las cortinas y encendió las luces. Todas las luces. Necesitaba claridad y calor.

Cogió el teléfono y llamó a Elaine.

Sonó cuatro veces.

Abby se aclaró la garganta, preparándose para dejar un mensaje en el inevitable contestador. Oyó entonces tres pitidos agudos seguidos de una grabación:

«El número que ha marcado no existe. Por favor verifíquelo y vuelva a marcar.»

Abby volvió a llamar, comprobando concienzudamente cada número que marcaba.

Cuatro timbres seguidos de las mismas señales agudas. «El número marcado no existe...»

Colgó y miró el teléfono como si la hubiera traicionado. ¿Por qué Elaine habría cambiado de número? ¿A quién trataba de evitar?

Fuera, un coche pasó salpicando agua. Abby corrió hacia la ventana y miró por entre dos cortinas. Un BMW se internaba en el camino de entrada.

Elevó una silenciosa plegaria de agradecimiento.

Mark estaba en casa.

16

Mark volvió a llenarse el vaso de vino.

–Claro. Los conocí a los dos –dijo–. A Larry Kunstler mejor que a Hennessy. Este último no estuvo mucho entre nosotros. Pero Larry fue uno de los que me llamó para venir aquí, cuando yo acababa de salir de la facultad. Era un buen tipo. –Mark dejó la botella sobre la mesa–. Muy buen tipo.

El *maître* pasó acompañando a una mujer emperejilada a una mesa cercana, donde fue recibida con un ruidoso coro de «Por fin llegas, querida» y «¡Qué precioso vestido!». En aquel momento tanta alegría en tono agudo le pareció a Abby una vulgaridad. Fuera de lugar. Deseó que Mark y ella se hubieran quedado en casa. Pero él había querido salir a cenar fuera. Tenían muy pocas noches libres para estar juntos y además no habían celebrado el compromiso como correspondía. Él pidió vino, hizo un brindis y en aquel momento estaba terminándose la botella..., algo que al parecer hacía con mucha frecuencia últimamente. Ella lo observó bebiendo hasta la última gota y pensó: «Toda la tensión de mis problemas legales también lo está afectando a él».

–¿Por qué nunca me has hablado de ellos? –preguntó.

–Nunca surgió el tema.

–Lo más normal es que alguien los hubiera mencionado. En especial, después de la muerte de Aaron. El equipo pierde a tres colegas en seis años y nadie dice nada. Es casi como si todos tuvierais miedo de hablar de eso.

–Es bastante deprimente. Tratamos de no tocar el

tema, en especial delante de Marilee. Ella conocía a la esposa de Hennessy. Incluso organizó la compra de los regalos cuando nació la niña.

–¿La que murió?

Mark asintió.

–Fue una conmoción muy grande. Toda una familia, de aquella manera. Marilee tuvo un ataque de nervios cuando se enteró.

–¿Fue realmente un accidente?

–Habían comprado la casa pocos meses antes. No tuvieron tiempo de cambiar la caldera vieja. Sí, fue un accidente.

–Pero la muerte de Kunstler, no.

Mark suspiró.

–No. Lo de Larry no fue un accidente.

–¿Por qué crees que lo hizo?

–¿Por qué lo hizo Aaron? ¿Por qué se suicida la gente? Podemos hallar media docena de razones posibles, pero la verdad, Abby, es que no lo sabemos. Jamás lo sabemos. Y jamás entendemos. Miramos el cuadro general y decimos: las cosas mejoran. Siempre mejoran. Por alguna razón, Larry perdió esa perspectiva. Dejó de ver a largo plazo. Y es en esos momentos cuando la gente se desmorona. Cuando pierde de vista el futuro.

Bebió un sorbo de vino y luego otro, pero parecía haber perdido el placer de su sabor. Y el de la comida.

Se saltaron el postre y salieron del restaurante, los dos en silencio y deprimidos.

Mark condujo a través de la niebla, cada vez más espesa, y de la lluvia intermitente. El sonido del limpiaparabrisas llenaba el vacío de la falta de conversación. «Es entonces cuando la gente se desmorona –había dicho Mark–. Cuando pierde de vista el futuro.»

Mientras miraba la neblina, ella pensó: «Yo estoy llegando a ese punto. Ya no puedo verlo. No puedo ver lo que me va a suceder. Ni lo que va a sucedernos a los dos».

Mark dijo, suavemente:

–Quiero mostrarte algo, Abby. Quiero saber tu opinión. Vas a decir que estoy loco. O a lo mejor te encanta la idea.

–¿Qué idea?

–Algo con lo que he estado soñando, desde hace mucho tiempo.

Siguieron rumbo norte, salieron de Boston y cruzaron Revere, Lynn y Swampscott. En el puerto deportivo de Marblehead él aparcó el coche y dijo:

–Mi sueño está aquí. Al final del muelle.

El «sueño» era un yate.

Abby esperó temblando y asombrada en la cubierta mientras Mark se paseaba de un extremo al otro del barco. En aquel momento, la voz de él sonaba animada, más de lo que lo había estado en toda la velada; y movía los brazos con entusiasmo.

–Es un crucero –dijo–. Dieciséis metros, totalmente equipado, todo lo que necesitamos. Velas flamantes, equipo de navegación nuevo. Joder, si casi está nuevo. Puede llevarnos a cualquier lugar que queramos ir. Al Caribe. Al Pacífico. ¡Abby, estás contemplando la libertad! –Se detuvo en medio de la cubierta, con un brazo en alto como saludando al barco–. ¡La libertad absoluta!

Ella sacudió la cabeza.

–No te entiendo.

–¡Es una salida! Mandar la ciudad a la mierda. Mandar el hospital a la mierda. Compramos este barco. Después nos mudamos y listo.

–¿Adónde?

–A cualquier sitio.

–Yo no quiero ir a cualquier sitio.

–No hay ninguna razón para quedarse. No en este momento.

–Sí que la hay. Para mí la hay. ¡Simplemente, yo no puedo hacer las maletas y marcharme! Me quedan tres años, Mark. Tengo que terminarlos ahora o jamás seré cirujana.

–Yo soy cirujano, Abby. Yo soy lo que tú quieres ser. Lo que crees que quieres ser. Y voy a decirte algo: no vale la pena.

–He luchado tanto... No voy a abandonar ahora.

–¿Y yo?

Ella lo miró y se dio cuenta de que, por supuesto, se trataba de él. El barco, la huida hacia la libertad. El hombre comprometido para casarse que de pronto se sentía apremiado a salir corriendo de su casa. Era una metáfora que tal vez ni él comprendiera.

–Quiero esto, Abby –dijo él. Se aproximó a ella, con los ojos resplandecientes. Febriles–. He hecho una oferta por este barco. Por eso he llegado a casa tan tarde. Me he entrevistado con el vendedor.

–¿Has hecho una oferta sin decirme nada? ¿Sin ni siquiera avisarme?

–Sé que parece una locura...

–¿Cómo lo vamos a pagar? ¡Yo estoy endeudada hasta las cejas! Voy a tardar años en devolver los préstamos que pedí para pagarme los estudios. Y tú vas y compras un barco.

–Podemos pedir una hipoteca. Es como comprar una segunda vivienda.

–Esto no es una vivienda.

–Pero es una inversión.

–Yo no invertiría mi dinero en esto.

–No estoy gastando tu dinero.

Ella dio un paso atrás y lo miró.

–Tienes razón –dijo con voz queda–. No es mi dinero, en absoluto.

–Abby... –gemía Mark–, por Dios, Abby...

La lluvia comenzaba a caer otra vez, fría e intensa sobre la cara de ella. Abby volvió al coche y se metió en él.

Mark la siguió. Por un momento, ninguno de los dos dijo nada. Sólo se oía el ruido de la lluvia al chocar contra el techo del coche.

–Retiraré la oferta –susurró él, en voz baja.

–No quiero que hagas eso.

–Entonces, ¿qué es lo que quieres?

–Pensé que lo compartiríamos todo. No me refiero al dinero. No me interesa. Lo que me duele es que pienses en «tu» dinero. ¿Así va a ser? ¿Lo tuyo y lo mío? ¿Llamamos ahora a los abogados para que redacten un acuerdo prematrimonial? ¿Dividimos los muebles y los niños?

–Tú no lo entiendes –gritó él, y ella percibió una extraña e inesperada nota de tensión en la voz de él.

Mark puso en marcha el coche.

Hicieron la mitad del camino a casa sin hablar.

Entonces Abby dijo:

–Tal vez tengamos que reconsiderar el compromiso. Tal vez en realidad no quieras casarte, Mark.

–¿Es eso lo que tú quieres?

Ella miró por la ventanilla y suspiró.

–No lo sé –murmuró–. Ya no lo sé.

Era la verdad. No lo sabía.

MUERE UNA FAMILIA DE TRES PERSONAS
EN UN ACCIDENTE

Mientras el doctor Alan Hennessy y su familia dormían, en plena noche, un asesino trepaba por las escaleras del sótano. El mortal monóxido de carbono producido por una caldera en malas condiciones fue el responsable de la muerte, el día de Año Nuevo, de Hennessy, de treinta y cuatro años, su esposa, Gail, de treinta y tres, y la hija de ambos, Linda, de seis meses. Los cuerpos fueron hallados a última hora de la tarde por los amigos que habían sido invitados a cenar...

Abby cambió de lugar la microficha y aparecieron en la pantalla las fotos de Hennessy y de su esposa: la cara de él regordeta y seria; la de ella, al parecer, sorprendida en mitad de una carcajada. No había foto de la niña.

Tal vez el *Globe* opinaba que de todas maneras todas las criaturas de seis meses son iguales.

Abby pasó a una fecha tres años y medio antes de la muerte de los Hennessy. Encontró el artículo que buscaba en la primera página de la sección metropolitana:

APARECE EN EL PUERTO INTERIOR
EL CADÁVER DEL MÉDICO DESAPARECIDO

> Un cadáver que apareció flotando el martes en el puerto de Boston fue identificado hoy como el del doctor Lawrence Kunstler, cirujano cardiovascular de la ciudad. El coche del doctor Kunstler fue hallado la semana pasada en el arcén de la carretera que cruza el puente Tobin dirección sur. La policía cree que se trata de un suicidio. No obstante, al no haber testigos presenciales, la investigación permanece abierta...

Abby colocó la fotografía de Kunstler en la pantalla. Tenía una pose formal e insulsa, vestido con la bata blanca, el estetoscopio colgado del cuello y mirando de frente a la cámara.

Y luego a ella.

«¿Por qué lo hiciste? ¿Por qué te tiraste?», se preguntó Abby. Y no pudo evitar la siguiente pregunta: «¿Realmente te tiraste?».

La única ventaja de no hacer guardias era que Abby podía irse toda la tarde y nadie en Bayside la echaba de menos. Por eso, cuando salió de la biblioteca pública de Boston y se metió en medio del gentío de la CopleySquare, experimentó a la vez una sensación de vacío y de alivio por no tener que volver al hospital. La tarde, si lo deseaba, era toda suya.

Decidió ir a casa de Elaine.

En los últimos días había estado pidiendo el nuevo

número de teléfono de Elaine. Pero ni Marilee Archer ni ninguna de las otras esposas del equipo de trasplantes sabía siquiera que Elaine se lo hubiera cambiado.

En aquel momento, con las imágenes de Kunstler y Hennessy todavía dolorosamente patentes en su cerebro, se dirigió al oeste por la carretera 9, hacia Newton. Hablar con Elaine no le hacía mucha gracia pero, en los últimos días, cada vez que pensaba en Kunstler y en Hennessy, no podía evitar pensar también en Aaron. Recordaba el día del funeral, y el hecho de que nadie hubiera mencionado siquiera las dos muertes anteriores. A cualquier otro grupo de gente le habría parecido un tópico ineludible. Lo normal era que alguno de los presentes hubiera pensado: «Con éste van tres». O «¿Por qué Bayside tiene tanta mala suerte?». O «¿Habrá un factor común aquí?». Pero nadie dijo ni una sola palabra. Ni siquiera Elaine, que tenía que saber lo de Kunstler y de Hennessy. Ni siquiera Mark.

«Si me ha ocultado esto, ¿qué otras cosas se habrá guardado?»

Entró por el camino de entrada al garaje de la casa y se quedó un momento sentada en el coche, con la cabeza entre las manos, tratando de librarse de su depresión. Pero el manto continuaba allí.

«Todo se está desmoronando –pensó–. Primero, mi trabajo, y ahora estoy perdiendo a Mark. Y lo peor es que no sé a qué se debe todo esto.»

Desde la noche en que había sacado a colación el tema de Kunstler y Hennessy, algo había cambiado entre ellos. Vivían en la misma casa y dormían en la misma cama, pero la relación entre ambos se había vuelto totalmente mecánica. Como el sexo. En la oscuridad, con los ojos cerrados. A Abby le daba la sensación de que podría estar haciendo el amor con cualquiera.

Miró hacia la casa y pensó: «Tal vez Elaine sepa algo».

Bajó del coche y subió por la escalerilla hasta la puerta. Allí vio los diarios, dos, todavía enrollados y tirados en el suelo del porche. Eran de hacía una semana y ya estaban amarillentos. «¿Por qué no los habrá recogido?»

Llamó al timbre. Como nadie respondió, golpeó la puerta y luego volvió a pulsar el timbre. Una y otra vez. Podía oírlo resonar dentro de la casa, seguido del silencio. No se oían pisadas ni voces. Miró los dos diarios y supo que algo malo pasaba.

La puerta de delante estaba cerrada con llave. Abby salió del porche y se dirigió, rodeando la casa, hacia el jardín trasero. Un sendero de piedras serpenteaba entre macizos de azaleas y hortensias bien cuidadas. El césped parecía recién cortado y los bordes recortados, pero en el patio de baldosas había una soledad desconcertante. Entonces se acordó de los muebles: la mesa con sombrilla y las sillas que había visto allí la tarde del funeral. No estaban.

La puerta de la cocina también estaba cerrada con llave pero al patio daba una puerta de corredera que se habían dejado abierta. Abby tiró de ella y llamó: «¿Elaine?». Entró en la casa.

La habitación estaba vacía. Muebles, alfombras... todo había desaparecido, hasta los cuadros. Miró atónita las paredes desnudas, el suelo, donde la alfombra retirada había dejado un rectángulo oscuro sobre la madera descolorida por el sol. Entró en la sala y sus pisadas resonaron en las habitaciones vacías. La casa estaba limpia y vacía a excepción de los catálogos publicitarios que habían sido arrojados por la ranura de la puerta principal. Recogió uno y vio que iba dirigido «Al titular de la vivienda».

Fue a la cocina. Hasta la nevera estaba vacía: habían limpiado los estantes, que olían a productos de limpieza. El teléfono de la pared estaba desconectado.

Salió y se quedó de pie en el camino de entrada al garaje; se sentía totalmente desorientada. Hacía sólo dos semanas que había estado en aquella misma casa, sentada en el diván de la sala, comiendo canapés y mirando las fotos familiares de los Levi que había sobre la repisa de la chimenea. Pero ahora se preguntaba si toda la escena no habría sido sólo una alucinación.

Todavía desconcertada, subió al coche y retrocedió por el camino. Condujo de forma automática, sin prestar atención a lo que hacía, con la cabeza puesta en la rarísima desaparición de Elaine. ¿Adónde habría ido? Desarraigarse tan abruptamente tras la muerte de Aaron no era una cosa lógica. Más bien parecía algo inspirado por el terror.

De repente se sintió intranquila y miró por el espejo retrovisor. Se había acostumbrado a mirar siempre por él desde el sábado anterior, cuando había visto por primera vez el camión rojo.

Esta vez la seguía un Volvo verde oscuro. ¿No era el mismo que estaba aparcado frente a la casa de Elaine? No estaba segura. En realidad, no le había prestado atención.

El Volvo le hizo señas con las luces.

Ella aceleró.

El Volvo también.

Abby giró a la derecha por una calle ancha. Más adelante había un área de gasolineras y centros comerciales. «Testigos. Muchos testigos.» Pero el Volvo seguía detrás de ella, seguía haciéndole señas con las luces.

Estaba harta de sentirse perseguida, de estar asustada. A la mierda con todo. Si él quería acosarla, ella le devolvería la jugada y le haría frente.

Se metió en el aparcamiento de un centro comercial. Él la siguió. Una simple mirada le dijo a Abby que había suficiente gente: clientes empujando sus carritos, conductores buscando un sitio para aparcar. Aquél era el lugar idóneo.

Pisó el freno.

Con un chirriar de neumáticos, el Volvo se detuvo a pocos centímetros del parachoques de ella.

Abby bajó del coche y corrió hacia el Volvo. Golpeó furiosa la ventanilla del conductor.

–¡Abra! ¡Abra, joder!

El conductor bajó la ventanilla y la miró. Entonces se quitó las gafas de sol.

–¿Doctora DiMatteo? –dijo Bernard Katzka–. Me pareció que era usted.

–¿Por qué me sigue?

–La vi salir de la casa.

–No. Antes. ¿Por qué me siguió antes?

–¿Cuándo?

–El sábado. En el camión.

Él negó con la cabeza.

–No sé de qué camión me habla.

Ella retrocedió.

–No importa. Pero deje de seguirme, ¿quiere?

–Sólo quería que se detuviera un momento. ¿No me vio hacerle señales con las luces?

–No sabía que era usted.

–¿Le molestaría decirme qué estaba haciendo en la casa del doctor Levi?

–Fui a ver a Elaine. No sabía que se había mudado.

–¿Por qué no aparca en ese lugar libre? Quisiera hablar con usted. ¿O va a negarse otra vez a contestar a mis preguntas?

–Eso depende de lo que me pregunte.

–Sobre el doctor Levi.

–¿Solamente vamos a hablar de Aaron?

Él asintió.

Ella lo pensó. Y le pareció que las preguntas podían ser en ambas direcciones. Que incluso al reservado detective Katzka se le podía convencer para que facilitara información.

Miró hacia el centro comercial.

–Ahí hay una cafetería. ¿Por qué no vamos a tomar un café con donuts?

Policías y donuts. Esta asociación se había extendido como un chiste por toda la ciudad, reforzado por todos los policías obesos que había y por la cantidad de coches patrulla que siempre se veían aparcados frente a un Dunkin'Donuts. Pero Bernard Katzka no parecía un gran devorador de donuts: pidió sólo un café, que bebió sin mostrar mucho entusiasmo. A Abby, Katzka no le parecía el tipo de hombre que se permite muchas cosas placenteras, pecaminosas o incluso remotamente innecesarias.

La primera pregunta fue precisa.

–¿Por qué ha ido a la casa?

–A ver a Elaine. Quería hablar con ella.

–¿De qué?

–Asuntos personales.

–Según tengo entendido, ustedes apenas se conocían.

–¿Ella le dijo eso?

Él no contestó a su pregunta.

–¿No definiría usted así la relación?

Ella exhaló un suspiro.

–Sí, supongo que sí. Nos conocimos a través de Aaron. Eso es todo.

–¿Entonces para qué fue a verla?

Abby volvió a respirar hondo. Y se dio cuenta de que probablemente estaba dejando entrever su nerviosismo.

–Últimamente me han pasado algunas cosas extrañas. Quería hablar con ella sobre eso.

–¿Qué cosas?

–Alguien me siguió el sábado pasado. Un camión rojo. Lo vi en el puente Tobin. Después volví a verlo, al llegar a casa.

–¿Algo más?

–¿No le parece bastante preocupante? –Lo miró a los ojos–. He tenido miedo.

Él la miró en silencio, como tratando de convencerse de que en realidad era miedo lo que veía en su rostro.

–¿Qué tiene eso que ver con la señora Levi?

–Usted es el que me metió a Levi en la cabeza, con lo de que si realmente se suicidó o no. Después me enteré de la muerte de otros dos médicos de Bayside.

El ceño de Katzka dejó ver que para él aquello era una novedad.

–Hace seis años y medio –dijo ella–, había un tal doctor Lawrence Kunstler. Se tiró del puente Tobin.

Katzka no dijo nada, pero se había movido en el asiento, casi imperceptiblemente.

–Luego, hace tres años, fue un anestesista –continuó Abby–. Un tal doctor Hennessy. Él, su esposa y la hija de ambos murieron por envenenamiento de monóxido de carbono. Dijeron que había sido un accidente. Se había estropeado la caldera de la calefacción.

–Desgraciadamente, todos los inviernos hay accidentes como ése.

–Y después Aaron. Ya son tres. Todos estaban en el equipo de trasplantes. ¿No le parece demasiada mala suerte?

–¿Qué sugiere? ¿Que alguien está perjudicando al equipo de trasplantes? ¿Que los están matando de uno en uno?

–Yo sólo señalo la coincidencia. El policía es usted. Usted es quien tiene que investigar.

Katzka se recostó en el respaldo.

–¿Y cómo es que usted se ha visto involucrada en todo esto?

–Mi novio también pertenece al equipo. Mark no lo admite, pero creo que está preocupado. Creo que todo el equipo está preocupado, y se preguntan quién será el próximo. Pero jamás hablan del tema. Como la gente que no habla de accidentes de aviación antes de tomar un vuelo.

–¿Así que usted está preocupada por la seguridad de su novio?

–Sí –dijo ella, aunque omitía la razón más importante: que hacía aquello porque quería recuperar a Mark.

Del todo. No entendía qué había sucedido entre los dos, pero sabía que la relación se estaba desmoronando. Y que la cosa había comenzado a deteriorarse la noche en que ella mencionó a Kunstler y a Hennessy. No dijo nada de esto a Katzka, porque tenía que ver con sus sentimientos. Por instinto. Katzka era el tipo de hombre que trabajaba con material más tangible.

Obviamente, él esperaba que Abby le dijera algo más, pero como permaneció callada, le preguntó:

–¿Hay algo más que quiera decirme? Cualquier cosa.

«Quiere que le hable de Mary Allen», pensó ella con un relámpago de pánico. Al mirarlo, sintió la imperiosa necesidad de contárselo todo. Allí mismo, en aquel mismo momento. Pero, por el contrario, evitó rápidamente su mirada, y le respondió con una pregunta:

–¿Por qué vigila la casa de Elaine? –preguntó–. Es lo que estaba haciendo, ¿verdad?

–Hablaba con el vecino de al lado. Al salir la vi a usted allí.

–¿Está interrogando a los vecinos de Elaine?

–Pura rutina.

–A mí no me lo parece.

Casi contra su voluntad, la mirada de Abby se posó en él. Los ojos grises de Katzka no admitieron nada, no revelaron nada.

–¿Por qué sigue investigando un suicidio?

–La viuda hace las maletas y se marcha prácticamente de un día para otro, sin dejar la dirección a nadie. Es un poco raro. ¿No cree?

–No estará insinuando que Elaine es culpable de algo, ¿no?

–No, creo que está asustada.

–¿De qué?

–¿Usted lo sabe, doctora DiMatteo?

Ella se dio cuenta de que no podía mirar para otro lado, que había algo en la tranquila intensidad de los ojos de él que la atravesaba. Sintió un destello de atracción breve y completamente inesperado, y no entendió cómo aquel hombre, nada menos, podía habérselo inspirado.

–No –dijo–, no sé de qué escapa Elaine.

–Tal vez pueda ayudarme a responder a otra pregunta, entonces.

–¿Cuál?

–¿Cómo hizo Aaron Levi su fortuna?

Ella negó con la cabeza.

–No tenía mucho dinero, que yo sepa. Un cardiólogo gana alrededor de doscientos mil dólares al año, a lo sumo. Y él enviaba buena parte de ese dinero a sus dos hijos, que están en la universidad.

–¿Tenía fortuna familiar?

–¿Se refiere a una herencia? –Ella se encogió de hombros–. Tengo entendido que el padre de Aaron era técnico de artículos del hogar.

Katzka se reclinó en el asiento y se puso a pensar. En aquel momento no la miraba a ella, sino a la taza de café. Aquel hombre tenía una capacidad de concentración que la intrigaba. Podía salir de la conversación sin más, dejándola abandonada.

–Detective, ¿de cuánto dinero hablamos?

Él la miró.

–Tres millones de dólares.

Asombrada, Abby no pudo menos de quedarse mirándolo.

–Después de la desaparición de la señora Levi –dijo él–, me pareció conveniente investigar un poco las finanzas de la familia. De manera que hablé con su contable. Éste me dijo que poco después del fallecimiento del doctor Levi, Elaine se enteró de que su esposo tenía una cuenta en las islas Caimán. Una cuenta de la que ella no sabía nada. Le preguntó al contable cómo podía tener acceso al dinero. Y entonces se fue sin avisar.

Katzka le dirigió una mirada interrogadora.

–No tengo idea de cómo hizo Aaron tanto dinero –murmuró ella.

–Su contable tampoco.

Permanecieron en silencio un momento. Abby cogió la taza de café y notó que estaba helada. Ella también. Entonces preguntó en voz queda:

–¿Sabe dónde está Elaine?

–Tenemos una idea.

–¿Puede decírmelo?

Él negó con la cabeza.

–Por el momento, no creo que ella quiera que la encuentren, doctora DiMatteo.

Tres millones de dólares. ¿Cómo había reunido Aaron Levi tres millones de dólares?

Durante todo el camino de regreso a casa, le dio vueltas a aquella misma pregunta. No entendía cómo un cardiólogo podía haber ganado tanto dinero. Y menos todavía, con dos hijos estudiando en universidades privadas, y una esposa con una cara afición por las antigüedades. Y ¿por qué había ocultado su fortuna? Las islas Caimán es uno de los lugares donde la gente deposita su dinero cuando quiere mantenerlo a salvo de la presión fiscal. Pero ni siquiera Elaine había sabido nada de la cuenta hasta la muerte de Aaron. ¡Qué impresión habría sufrido al revisar los papeles de su esposo y descubrir que le había estado ocultando una fortuna!

Tres millones de dólares.

Entró por el camino que conducía al garaje. Se sorprendió mirando hacia todos lados en busca de un camión rojo. Aquella rápida mirada a ambos lados de la calle se estaba convirtiendo para ella en un hábito.

Caminó hasta la puerta y se quedó de pie ante el montón acostumbrado de correspondencia vespertina. Casi todo eran revistas profesionales, dos ejemplares de cada una para los dos médicos de la casa. Recogió todo y lo llevó a la cocina. Sobre la mesa, se puso a clasificar el correo en dos montones. Lo de él y lo de ella. La vida de él y la vida de ella. Allí no había nada que mereciera una segunda mirada.

Eran las cuatro de la tarde. Aquella noche prepararía una buena cena. La serviría a la luz de las velas y con vino. ¿Por qué no? En aquel momento era una señora ociosa. Mientras Bayside se tomaba su tiempo para decidir su futuro como cirujana, ella podía ocuparse arreglando las cosas entre Mark y ella con cenas románticas y artes femeninas. Renunciar a la profesión pero retener al marido.

«Joder, DiMatteo, estás empezando a desesperarte.»

Recogió su parte del correo para tirarlo a la basura. Pisó el pedal para levantar la tapa y justo en el momento en que el correo caía, alcanzó a ver un gran sobre de papel de estraza, abultado. La palabra *yates* impresa en la dirección del remitente le llamó la atención. Recuperó el sobre y lo limpió de café y cáscara de huevo.

En el extremo superior izquierdo decía:

Yates East Wind
Venta y mantenimiento
Puerto Deportivo Marblehead

Se lo habían enviado a Mark, pero no a la dirección de su casa de Brewster Street, sino a un apartado de correos.

Volvió a leer las palabras: *Yates. Venta y mantenimiento.*

Salió de la cocina y fue al escritorio de Mark, en la sala. El cajón de abajo, donde él guardaba sus carpetas, estaba cerrado, pero ella sabía dónde guardaba la llave. Había oído cómo la dejaba caer en el recipiente de los lápices. La encontró y abrió el cajón.

Dentro estaban todas las carpetas relacionadas con la casa. Papeles del seguro, de la hipoteca, del coche. Encontró un separador que decía: «Barco». Había una carpeta para el *Gimme Shelter*, su J-35. También había otra más nueva. La etiqueta decía: H-48.

Sacó la carpeta H-48. Era un contrato de venta de Yates East Wind. H-48 era la abreviatura del modelo del barco. Un yate Hinckley, de dieciséis metros de largo.

Se dejó caer en una silla, sintiéndose asqueada.

«Lo has mantenido en secreto –pensó–. Me dijiste que ibas a retirar la oferta. Pero lo has comprado. Es tu dinero, cierto. Supongo que ahora las cosas están perfectamente claras.»

Su mirada fue al pie de la página. A las condiciones de venta.

Momentos después salió de la casa.

–Venta de órganos. ¿Es posible?

Mientras revolvía la crema de su café, el doctor Iván Tarasoff se detuvo a mirar a Vivian.

–¿Tiene alguna prueba?

–Todavía no. Estamos preguntándole a usted si es posible. Y, en ese caso, cómo puede hacerse.

El doctor Tarasoff se reclinó en el diván y bebió café mientras pensaba. Eran las cinco menos cuarto y, a excepción de algún que otro residente con bata blanca que pasaba camino de los vestuarios contiguos, la sala de cirujanos del Hospital General de Massachusetts estaba tranquila. Tarasoff, que hacía tan sólo veinte minutos que había salido del quirófano, tenía aún talco de los guantes en las manos y la mascarilla colgándole alrededor del cuello. Al mirarlo, Abby se sintió reconfortada, una vez más, por su imagen de abuelo. Los suaves ojos azules, los cabellos plateados. La voz serena. «La verdadera voz de la autoridad es la del hombre que nunca tiene que elevarla», pensó.

–Claro que ha habido rumores –dijo Tarasoff–. Cada vez que a una celebridad se le trasplanta un órgano, la gente se pregunta si hubo dinero de por medio. Pero nunca ha habido ninguna prueba. Sólo sospechas.

–¿Qué rumores ha oído usted?

–Que se pueden comprar los primeros puestos en la lista de espera. Pero yo nunca he visto que suceda.

–Yo sí –dijo Abby.

Tarasoff la miró.

–¿Cuándo?

–Hace dos semanas. La esposa de Victor Voss. Estaba en tercer lugar en la lista de espera y recibió un corazón. Las dos personas que la precedían en la lista murieron.

–La red unida de órganos no lo permitiría. El banco de órganos de Nueva Inglaterra, tampoco. Tienen directrices estrictas.

–El banco de órganos de Nueva Inglaterra no se enteró. Es más, no tienen registro del donante en su sistema.

Tarasoff negó con la cabeza.

–Eso es difícil de creer. Si el corazón no llegó a través de la red unida de órganos ni del banco de órganos de Nueva Inglaterra, ¿de dónde procedía?

Creemos que Voss pagó para mantenerlo fuera del sistema. Para que fuera a parar a su esposa –dijo Vivian.

–Eso es todo lo que sabemos por ahora –dijo Abby–. Horas antes del trasplante a la señora Voss, la coordinadora de trasplantes de Bayside recibió una llamada del Wilcox Memorial, de Burlington, diciendo que tenían un donante. El corazón fue extraído y enviado a Boston por avión. Llegó a nuestro quirófano a eso de la una de la madrugada, entregado por un médico llamado Mapes. Con él llegaron los papeles del donante pero parece que se perdieron. Nadie los ha visto desde entonces. Yo busqué el nombre Mapes en la *Guía de Médicos*. No hay ningún cirujano con ese nombre.

–Entonces ¿quién practicó la extracción?

–Creemos que un cirujano de nombre Tim Nicholls. Su nombre sí aparece en la guía, por eso sabemos que existe. Según su currículo, había hecho la especialidad durante algunos años en el General de Massachusetts. ¿Lo recuerda?

–Nicholls –murmuró Tarasoff. Sacudió la cabeza–. ¿Cuándo dice que estuvo aquí?

–Hace diecinueve años.

–Tendría que examinar los registros de residentes.

–Creemos que lo que pasó fue lo siguiente –dijo Vivian–: la señora Voss necesitaba un corazón y el esposo tenía el dinero para pagarlo. De alguna manera se corrió la voz. Rumores, chismes, no lo sé. Resulta que Tim Nicholls tenía un donante. De manera que envió el corazón directamente al Bayside, evitando el banco de órganos de Nueva Inglaterra. Y mucha gente recibió dinero. Incluyendo al personal del Bayside.

Tarasoff estaba horrorizado.

–Es posible –dijo–. Tienen razón; de esa manera puede suceder.

De pronto la puerta de la habitación se abrió de par en par y dos residentes entraron, riendo, en dirección a la cafetera. Les pareció que tardaban todo el tiempo del mundo en servirse crema y azúcar. Finalmente salieron de la habitación.

Tarasoff seguía con expresión de asombro.

–Continuamente envío pacientes a Bayside. Estamos hablando de uno de los centros de trasplantes más importantes del país. ¿Por qué eludir el registro? ¿Por qué arriesgarse a meterse en problemas con el banco de órganos de Nueva Inglaterra y la red unida de órganos?

–La respuesta es obvia –dijo Vivian–. Dinero.

Volvieron a guardar silencio cuando entró otro cirujano, con la bata empapada en sudor. Emitió un gruñido de agotamiento y se dejó caer en uno de los sillones. Se recostó y cerró los ojos.

En voz baja, Abby le dijo a Tarasoff.

–Necesitaríamos que buscara el nombre de Tim Nicholls en la carpeta de residentes. Averigüe lo que pueda de él. Díganos si es cierto que se formó aquí. O si su currículo es simplemente una tapadera.

–Yo mismo lo llamaré. Lo interrogaré directamente.

–No, no lo haga. No estamos seguras de hasta dónde llega esto.

–Doctora DiMatteo, yo creo que se debe hablar claro. Si hay un mercado de órganos clandestino, quiero saberlo.

–Nosotras también. Pero tenemos que tener mucho cuidado, doctor Tarasoff. –Abby miró con temor al cirujano que dormitaba en el sillón. Bajó la voz hasta que fue un susurro–. En los últimos seis años han muerto tres médicos de Bayside. Dos suicidios y un accidente. Los tres estaban en el equipo de trasplantes.

Vio, por la mirada de espanto que se dibujó en su cara, que la advertencia había tenido el efecto deseado.

–Está tratando de asustarme –dijo–. ¿No es así?

Abby asintió.

–Tiene que asustarse. Hay que asustarse.

Fuera, en el aparcamiento, Abby y Vivian se hallaban bajo un cielo gris y húmedo. Habían llegado cada una en su coche y ahora tenían que separarse. Los días eran muy cortos; a las cinco de la tarde ya comenzaba a oscurecer. Temblando, Abby se envolvió en el impermeable y miró a su alrededor. No había ningún camión rojo.

–No tenemos suficiente –dijo Vivian–. Todavía no podemos pedir una investigación. Y si lo intentamos, Victor Voss podría borrar sus huellas.

–Nina Voss no fue la primera. Creo que Bayside ha hecho esto antes. Aaron murió con tres millones de dólares en su cuenta. Tiene que haber estado recibiendo dinero durante algún tiempo.

–¿Piensas que se arrepintió?

–Sé que estaba tratando de irse de Bayside. De Boston, incluso. Tal vez no le dejaron marcharse.

–Eso mismo pudo haberles sucedido a Kunstler y a Hennessy.

Abby respiró hondo. Volvió a recorrer con la mirada el aparcamiento en busca del camión.

–Me temo que eso es exactamente lo que les ocurrió.

–Necesitamos otros nombres, otros trasplantes. O más información sobre los donantes.

–Toda la información sobre los donantes está bajo llave en la oficina de coordinación de trasplantes. Tendría que forzar la cerradura y robarla. Si es que está ahí. Recuerda cómo se perdieron los papeles del donante de Nina Voss.

–Bien, de manera que lo enfocamos desde el receptor.

–¿Archivos médicos?

Vivian asintió.

–Averigüemos los nombres de las personas que recibieron un trasplante. Y el lugar que ocupaban en la lista cuando les fue trasplantado el órgano en cuestión.

–Necesitaremos la ayuda del banco de órganos de Nueva Inglaterra.

–Bien, pero lo primero que necesitamos son nombres y fechas.

Abby asintió.

–Eso puedo hacerlo yo.

–Te ayudaría, pero en Bayside no me dejan ni acercarme. Me consideran su peor enemiga.

–Ya somos dos.

Vivian sonrió, como si fuera algo de lo que enorgullecerse. Parecía pequeña, casi infantil con su inmenso impermeable. Una aliada de apariencia frágil. Pero, si bien su tamaño no inspiraba demasiada confianza, su mirada sí lo hacía. Era directa y franca. Y sabía profundizar.

–Muy bien, Abby –dijo Vivian, suspirando–. Ahora háblame de Mark. Cuéntame por qué le ocultamos esto.

Abby respiró hondo. La respuesta que dio era angustiada.

–Creo que está metido en esto.

–¿Mark?

Abby asintió. Y miró el cielo gris.

–Quiere irse de Bayside. Ha estado hablando de subirse al barco y escapar. Lo mismo que decía Aaron antes de morir.

–¿Piensas que Mark ha estado recibiendo dinero?

–Hace unos días compró un barco. Pero no cualquier barco, sino un yate.

–Siempre ha estado loco por los barcos.

–Éste ha costado medio millón de dólares.

Vivian no dijo nada.

–Y ahora viene lo peor –susurró Abby–. Lo ha pagado en efectivo.

17

La oficina de archivos médicos estaba en el sótano del hospital, al final del corredor, enfrente de patología y del depósito de cadáveres. Era un departamento que todos los médicos de Bayside conocían bien. Allí firmaban gráficos, dictaban altas y ponían sus iniciales sobre los informes de laboratorio y las órdenes verbales. La habitación estaba amueblada con sillas y mesas cómodas y, debido a que los horarios de los profesionales que los utilizaban eran atípicos, el departamento permanecía abierto cada día hasta las nueve de la noche.

Abby entró allí a las seis de la tarde. Como esperaba, la habitación estaba casi vacía, pues era la hora de la cena. Además de ella sólo había un residente que parecía exhausto y tenía sobre el escritorio un montón de gráficas atrasadas por firmar.

Cuando se acercó al escritorio de la empleada administrativa, el corazón le latía con fuerza, y le sonrió.

–Estoy recopilando estadísticas para el doctor Wettig. Está haciendo un estudio sobre morbilidad en trasplantes cardíacos. ¿Podría prepararme una lista en el ordenador con los nombres y los números de registro de todos los trasplantes cardíacos realizados aquí en los dos últimos años?

–Para una búsqueda de antecedentes de ese tipo necesitamos un formulario del departamento interesado.

–Ya se han ido todos. ¿Podría traerle el formulario después? Me gustaría tener esto listo para mañana. Ya sabe cómo es el general.

La administrativa rió. Sí, ella sabía exactamente cómo era el general. Se sentó frente al ordenador y pulsó «Búsqueda». Bajo «Diagnóstico», escribió: «Trasplante cardíaco», luego, los años que quería investigar. Apretó la tecla de «Retorno».

Uno a uno comenzaron a aparecer los nombres y números de registro. Abby miraba hipnotizada lo que salía en la pantalla. La administrativa oprimió la tecla de «Imprimir» y segundos después, la lista salía de la impresora. Acto seguido, le entregó la hoja a Abby.

Había veintinueve nombres en la lista. El último era el de Nina Voss.

–¿Sería tan amable de darme las diez primeras historias clínicas? –pidió Abby–. Así podría empezar ahora mismo.

La empleada desapareció en el cuarto de archivos. Un momento después reapareció abrazando unas carpetas.

–Éstas son sólo las tres primeras. Le traigo el resto.

Abby depositó las carpetas sobre un escritorio. Cayeron pesadamente. Cada paciente receptor de un trasplante cardíaco generaba montones de documentos y aquéllos no iban a ser una excepción. Abrió la primera carpeta por la hoja de información sobre el paciente.

El nombre era Gerald Luray, de cincuenta y cuatro años. Un seguro privado había pagado los gastos. La dirección era Worcester, Massachusetts. Abby no sabía si esta información podía ser importante, de modo que lo copió todo en un cuaderno. Copió también la fecha y hora del trasplante y los nombres de los médicos que intervinieron. Los reconoció todos: Aaron Levi, Bill Archer, Franck Zwick, Rajiv Mohandas. Y Mark. Como era de esperar, en ningún lugar de la carpeta había información sobre el donante. Ésta se mantenía siempre separada de los registros de los receptores. Sin embargo, entre las notas de las enfermeras, encontró lo siguiente:

> 08.30. Se informa de que ha finalizado la extracción. Corazón del donante en camino desde Norwalk, Connecticut. Paciente ingresado en quirófano para preparación.

Abby escribió: «08.30. Extracción en Norwalk, Conn».

La empleada de archivos acercó un carrito al escritorio de Abby, dejó cinco carpetas más y fue a buscar el resto.

Abby trabajó durante la hora de la cena. No paró ni siquiera para comer o darse un respiro; sólo para llamar a Mark y decirle que llegaría tarde a casa.

A la hora de cerrar se moría de hambre.

Camino a casa paró en un McDonald's y pidió un Big Mac con una bolsa grande de patatas fritas y un helado de vainilla. Colesterol para alimentar el cerebro. Se lo comió todo sentada en un rincón, vigilando el salón comedor. A aquella hora los clientes eran sobre todo gente que salía del cine, adolescentes con sus novias y algún que otro soltero con aire de deprimido. Nadie parecía notar siquiera su presencia allí. Abby se comió hasta la última patata frita y se fue.

Antes de arrancar el coche echó una rápida mirada por el aparcamiento. No había ningún camión.

A las diez y diez llegó a su casa y se encontró con que Mark ya estaba en la cama con las luces apagadas. Se sintió aliviada por no tener que responder a ninguna pregunta. Se desvistió en la oscuridad y se metió en la cama, pero no lo tocó. Casi tenía miedo de tocarlo.

Cuando él se despertó de pronto y se estiró para tocarla, ella sintió que se ponía tensa.

–Te he echado de menos esta noche –susurró él.

Le cogió la cara, la hizo volverse y le dio un beso largo y profundo. Deslizó la mano hasta su cintura, le acarició la cadera y después la pierna. Ella no se movió, se sentía tan fría como un maniquí, incapaz de responder ni de resistirse. Permaneció con los ojos cerrados, sintiendo el pulso que le resonaba en los oídos, mientras él la tomaba entre sus brazos. Mientras él se deslizaba dentro de ella.

«¿Con quién estoy haciendo el amor?», se preguntó mientras él empujaba una y otra vez y las caderas de los dos chocaban con fuerza.

Hasta que terminó y él salió de ella.

–Te quiero –susurró Mark.

Mucho rato después, cuando él ya se había quedado dormido, Abby susurró su respuesta:

–Yo también te quiero.

A las ocho menos veinte de la mañana estaba otra vez en archivos médicos. En aquel momento, muchos de los escritorios estaban ocupados por médicos que ponían al día sus papeles antes de hacer las rondas matinales. Abby pidió cinco carpetas más. Tomó notas rápidamente, se las devolvió a la encargada y se fue.

Pasó la mañana en la biblioteca médica, buscando más artículos para el doctor Wettig. Volvió a archivos médicos a última hora de la tarde.

Pidió otras diez carpetas.

Vivian se terminó la última porción de pizza. Era la cuarta, y para Abby era un misterio saber dónde ponía toda aquella comida. Aquel cuerpo diminuto consumía calorías como un horno de quemar grasa. Desde que se habían sentado en Ginelli's, Abby había comido algún que otro trozo, y eso haciendo un esfuerzo.

Vivian se limpió las manos con una servilleta.

–¿Así que Mark todavía no sabe nada?

–No le he dicho ni una palabra. Me da miedo.

–¿Cómo puedes soportar vivir en la misma casa con una persona con la que no hablas?

–Hablamos. Sólo que no hablamos de esto. –Abby tocó las hojas con notas que tenía sobre la mesa, las notas que había llevado consigo todo el día. Había tenido cuidado de guardarlas donde Mark no pudiera encontrarlas. La noche anterior, al regresar a casa desde el McDonald's, las había escondido debajo del sofá. Últimamente parecía que le estaba ocultando demasiadas cosas a Mark, y no sabía hasta cuándo podría mantener aquella situación.

–Abby, en algún momento tendrás que hablar con él.

–Todavía no. Hasta que lo sepa todo.

–No le tendrás miedo a Mark, ¿no?

–Tengo miedo de que lo niegue todo. Y de no poder saber si me dice la verdad. –Se pasó la mano por el pelo–. Joder, la situación se ha puesto en mi contra. Solía pensar que pisaba terreno firme. Si deseaba algo con muchas ganas, simplemente trabajaba como una loca y ya está. Ahora no puedo decidir lo que quiero ni el paso que debo dar. Todas las cosas que me importaban ya no existen.

–Te refieres a Mark.

Cansada, Abby se frotó la cara.

–Especialmente a Mark.

–Tienes muy mal aspecto, Abby.

–No he dormido muy bien últimamente. Tengo muchas cosas en que pensar. No sólo es Mark. También está el asunto ese de Mary Allen. Cada día espero que el detective Katzka se me presente ante la puerta de casa con las esposas preparadas.

–¿Crees que sospecha de ti?

–Creo que es demasiado listo para no sospechar.

–No has tenido noticias suyas. Tal vez ha abandonado la investigación y tú tal vez le estás dando demasiada importancia.

Abby pensó en los tranquilos ojos grises de Bernard Katzka, y dijo:

–Es un hombre difícil de comprender. Creo que no sólo es inteligente, además es persistente. Le tengo miedo. Y, por extraño que parezca, al mismo tiempo me fascina.

Vivian se reclinó en el asiento.

–Interesante. ¿La presa intrigada por el cazador?

–A veces me entran ganas de llamarle y contárselo todo. Terminar con esta historia de una vez. –Abby dejó caer la cabeza entre las manos–. Estoy tan cansada... Quisiera salir corriendo. Dormir una semana entera.

–Tal vez sería bueno que dejaras la casa de Mark. A mí me sobra un dormitorio. Y además, mi abuela se va.

–Creí que vivía contigo.

–Ella va a casa de cada uno de sus nietos por turno. En este preciso momento tengo una prima en Concord que se está preparando para recibir «la visita».

Abby negó con la cabeza.

–No sé qué hacer. La cuestión es que quiero a Mark. Ya no confío en él, pero le quiero. Al mismo tiempo, sé que lo que estamos haciendo podría ser su desgracia.

–También podría salvarle la vida.

Abby miró a Vivian con aire desdichado.

–Le salvo la vida, pero destruyo su carrera. Quizá, después de todo, no me estará muy agradecido.

–Aaron te lo habría agradecido. Kunstler también. Y seguro que la mujer y la hija de Hennesy te lo habrían agradecido.

Abby no dijo nada.

–¿Estás segura de que Mark está involucrado?

–No, no lo estoy. Eso es lo que hace esto tan difícil. Quiero creer en él y no tengo ninguna prueba, ni para creer ni para dejar de creer. –Tocó sus notas–. Por el momento he examinado veinticinco carpetas. Algunos de los trasplantes datan de hace dos años. El nombre de Mark consta en todos.

–El de Archer también. Y el de Aaron. Eso no quiere decir nada. ¿Qué más has averiguado?

–Todos los registros son más o menos iguales. Nada que distinga uno de otro.

–Bien. ¿Y los donantes?

–Ahí es donde las cosas se ponen un poco más interesantes. –Abby miró a su alrededor en el restaurante. Luego se inclinó hacia Vivian–. No todas las carpetas mencionan la ciudad de la que procede el órgano del donante. Pero muchas sí. Y parece haber una concentración de donantes. Cuatro vinieron de Burlington, Vermont.

–¿Del Wilcox Memorial?

–No lo sé. Las notas de las enfermeras nunca especifican el hospital. Pero me parece interesante que en una ciudad relativamente pequeña como Burlington se produzcan tantos casos de muerte cerebral.

La mirada de preocupación de Vivian se cruzó con la de Abby.

–La verdad es que es muy raro. En principio hemos basado nuestra hipótesis en la existencia de una red de remisión clandestina. Donantes que sencillamente son excluidos del sistema de registro. Pero eso no explicaría una concentración tan elevada de donantes en una sola ciudad. A menos que...

–A menos que los donantes se hayan producido. Inventado.

Las dos guardaron silencio.

«Burlington es una ciudad universitaria –pensó Abby–. Llena de estudiantes jóvenes y sanos. Con corazones jóvenes y sanos.»

–¿Puedes darme las fechas de esas cuatro extracciones de órganos en Burlington? –preguntó Vivian.

–Las tengo aquí. ¿Por qué?

–Voy a compararlas con las necrológicas de la ciudad. Averiguaré qué personas fallecieron por esas fechas. Quizá podamos identificar los nombres de los cuatro donantes. Y averiguar a qué se debió la muerte cerebral.

–No en todas las necrológicas se menciona la causa de la muerte.

–Entonces habrá que examinar los certificados de defunción. Lo que significa que una de las dos tendrá que viajar a Burlington. Un lugar que me muero por visitar.

El tono de voz de Vivian era casi jovial. Otra vez la bravata de la guerrera: qué bien le salía el personaje. Pero esta vez no bastó para ocultar un dejo de temor.

–¿Estás segura de que quieres seguir con esto? –preguntó Abby.

–Si no lo hacemos, Victor Voss nos ganará la partida. Y los perdedores serán personas como Josh O'Day. –Hizo una pausa. Y preguntó en voz baja–: ¿Es lo que quieres hacer, Abby?

Abby dejó caer la cabeza entre las manos otra vez.

–Creo que no tengo alternativa.

El coche de Mark estaba en el camino de entrada al garaje.

Abby frenó detrás de él y apagó el motor. Pero durante un rato permaneció allí sentada, juntando fuerzas para bajarse del coche, entrar en la casa y enfrentarse con él.

Por fin se decidió a hacerlo y se acercó a la puerta. Él estaba en la sala viendo el telediario de la noche. Apenas entró ella, apagó el televisor.

–¿Cómo está Vivian? –preguntó.

–Bien. Está saliendo adelante. Va a comprar un consultorio en Wakefield. –Abby colgó el abrigo en el armario–. ¿Qué tal te ha ido a ti?

–Tuvimos un aneurisma aórtico. El paciente sangró dieciséis unidades, así sin más. No he podido salir hasta las siete.

–¿Se salvó?

–No, al final lo perdimos.

–Qué lástima. Lo siento. –Cerró la puerta del armario–. Estoy cansada. Creo que voy a darme un baño.

–¿Abby? –Ella se detuvo y lo miró. Sólo estaban separados por el ancho de la sala, pero el abismo entre ellos era de kilómetros–. ¿Qué te ha pasado? –preguntó–. ¿Qué es lo que va mal?

–Ya sabes lo que va mal. Estoy preocupada por mi trabajo.

–Hablo de nosotros. Algo va mal entre nosotros.

Ella no dijo nada.

–Apenas te veo. Estás más en casa de Vivian que

aquí, y cuando llegas te comportas como si estuvieras en otro lugar.

–Estoy preocupada, eso es todo. ¿No puedes entenderlo?

Él se echó atrás en el sofá, sintiéndose de repente muy cansado.

–Quiero saberlo, Abby. ¿Estás saliendo con alguien?

Ella lo miró. De todas las cosas que Mark podía decirle, aquello era lo último que podía esperar. Casi le dieron ganas de echarse a reír ante la naturaleza trivial de las sospechas de él. «Si fuera tan sencillo. Si nuestros problemas fueran los mismos que los de las demás parejas.»

–No hay nadie más –dijo ella–. Créeme.

–¿Entonces por qué ya no me hablas?

–Te estoy hablando en este mismo momento.

–¡Esto no es hablar! Ahora soy yo el que trata de recuperar a la Abby de antes. La he perdido en algún punto del camino. Te he perdido a ti. –Sacudió la cabeza y apartó la mirada–. Sólo quería recuperarte.

Ella se acercó al sofá y se sentó junto a él. No tan cerca como para tocarlo, pero sí lo suficiente para «sentirse» cerca, aunque manteniendo las distancias.

–Háblame, Abby, por favor. –Él la miró y de pronto ella vio al Mark de antes. La misma cara que le había sonreído por encima de una mesa de operaciones. La cara que amaba–. Por favor, háblame –repitió él, suavemente.

Le cogió la mano y ella no la retiró. Dejó que la tomara en sus brazos. Pero incluso allí, donde antes se había sentido segura, no pudo entregarse. Estaba tensa e incómoda apoyada en el pecho de él.

–Dime –dijo él–. ¿Qué es lo que va mal entre nosotros?

Abby cerró los ojos para aliviar el ardor de las lágrimas que querían salir.

–Nada –dijo.

Sintió que los brazos de él se quedaban muy quietos sobre su cuerpo. Sin siquiera mirarlo, supo que Mark se había dado cuenta de que, una vez más, le estaba mintiendo.

Al día siguiente, a las siete y media de la mañana, Abby aparcaba el coche en su plaza del Hospital Bayside.

Se quedó un momento sentada, mirando el pavimento mojado, la llovizna persistente. «Estamos sólo a mediados de octubre –pensó–, y vaya triste anticipo del invierno.»

La noche anterior había dormido mal. En realidad, ya no recordaba la última noche en que había dormido bien. ¿Cuánto tiempo puede aguantar una persona sin dormir? ¿Cuánto antes que la fatiga la lleva a la psicosis? Se miró en el espejo retrovisor y casi no reconoció aquella cara desencajada del reflejo. En dos semanas parecía haber envejecido diez años. A ese ritmo, en noviembre le vendría la menopausia.

El brillo de una carrocería roja la puso alerta.

Volvió la cabeza justo a tiempo para ver un camión que se metía en la fila de coches de al lado. Esperó para verlo otra vez. No volvió a aparecer.

Entonces se bajo rápidamente del coche y comenzó a caminar hacia el hospital. El peso del maletín era como un ancla que la frenaba. De pronto, hacia la derecha oyó cómo se ponía en marcha un motor. Ella giró en redondo, esperando ver el camión, pero se trataba de una furgoneta que arrancaba en ese momento.

El corazón le saltaba en el pecho y no se tranquilizó hasta que estuvo dentro del edificio. Bajó por la escalera hasta el sótano y entró en archivos médicos. Era su última visita, ya que sólo le quedaban cuatro nombres en la lista.

Puso el formulario sobre el mostrador y dijo:

–Perdón, ¿podría entregarme estas carpetas, por favor?

La empleada se volvió y la miró. Tal vez eran imaginaciones suyas, pero aquella mujer pareció quedarse paralizada por un momento cuando la vio. Ya la conocía, y siempre había sido muy amable con ella, pero en aquel momento ni siquiera le sonrió.

–Necesito estas cuatro carpetas –dijo Abby.

La empleada miró el papel.

–Lo siento, doctora DiMatteo. Pero no puedo entregárselas.

–¿Y por qué no?

–Porque no están disponibles.

–Pero si ni siquiera ha ido a buscarlas.

–Tengo órdenes estrictas de no entregarle más carpetas. Órdenes del doctor Wettig. Me dijo que, si usted venía, la enviara de inmediato a su oficina.

Abby sintió que se ponía lívida. No contestó.

–Me dijo que él no había autorizado ninguna búsqueda.

El tono de voz de la empleada era francamente acusador: «Nos mintió, doctora DiMatteo».

No sabía qué contestar. Le pareció que de pronto toda la habitación se había quedado en silencio. Se volvió y vio que había otros tres médicos en la habitación, y que los tres la miraban.

Salió de archivos médicos.

Su primer impulso fue abandonar el edificio. Rehuir el inevitable enfrentamiento con Wettig y sencillamente marcharse. Subir al coche y conducir hasta dejar el hospital a kilómetros de distancia. Se preguntó cuánto tardaría en llegar a Florida, a la playa y a las palmeras. Nunca había estado en Florida. Nunca había hecho muchas de las cosas que otra gente había hecho. Pero ahora podría hacerlas todas si salía de aquel cochino hospital, subía al coche y decía: «A la mierda con todo. Habéis ganado. Me doy por vencida».

Pero no lo hizo. Entró en el ascensor y pulsó el botón del primer piso.

En el corto trayecto hasta el piso donde se hallaban las oficinas de administración, varias cosas se le hicieron evidentes. La primera es que era demasiado testaruda o demasiado estúpida para salir corriendo, y la segunda, que no necesitaba una playa en realidad, sino que le devolvieran su sueño.

Salió del ascensor y anduvo por el pasillo alfombrado. La oficina de residentes estaba en la primera esquina, después de la oficina de Jeremiah Parr. Cuando pasó ante la secretaria de Parr vio que ésta se enderezaba bruscamente en el asiento y cogía el teléfono.

Abby dobló la esquina y entró en la oficina de residentes. Junto al escritorio de la secretaria había dos hombres de pie, a los que Abby no había visto nunca. La secretaria la miró con la misma expresión atónita que había cruzado la cara de la secretaria de Parr y exclamó:

–¡Ah! ¡Doctora DiMatteo!...

–Necesito ver al doctor Wettig –dijo Abby.

Los dos hombres se volvieron para mirarla. Un segundo después se vio sorprendida por un destello de luz. Retrocedió cuando los flases de las cámaras se dispararon una y otra vez...

–¿Qué hacen? –preguntó.

–Doctora, ¿algún comentario sobre la muerte de Mary Allen? –preguntó uno de los hombres.

–¿Qué?

–Era paciente suya, ¿no?

–Pero ¿usted quién es?

–Gary Starke, del *Boston Herald*. ¿Es cierto que usted es partidaria de la eutanasia? Sabemos que ha hecho comentarios favorables.

–Yo nunca he dicho nada de...

–¿Por qué la relevaron de las guardias?

Abby retrocedió.

–Apártese de mí. No quiero hablar.

–Doctora DiMatteo...

Abby se volvió para salir corriendo. Casi chocó con Jeremiah Parr, que acababa de entrar.

–Quiero a los periodistas fuera de mi hospital ahora mismo –exclamó Parr. Se volvió hacia Abby–. Doctora, venga conmigo.

Abby salió de la oficina con Parr. Caminaron a paso rápido por el pasillo y entraron en la oficina. Parr cerró la puerta y se volvió para mirarla.

–Hace media hora que han empezado a llamar del *Herald* –dijo–. Después del *Globe,* y más tarde de una media docena de periódicos más. No han parado desde entonces.

–¿Los ha llamado Brenda Hainey?

–No creo que haya sido ella. Parece que se han enterado de lo de la morfina, y de lo del frasco que se encontró en su armario. Cosas que ella no tiene por qué saber.

Abby sacudió la cabeza.

–Pero ¿cómo...?

–La información se ha filtrado de alguna manera. –Parr se dejó caer en la silla situada detrás de su escritorio–. Esto es el fin para nosotros. Una investigación criminal. Policías por los pasillos.

«La policía. Por supuesto. En aquel momento ya tenían que saberlo.»

Abby miró a Parr. Sentía la garganta demasiado seca como para pronunciar una sola palabra. Se preguntó si no sería él quien había filtrado la información, aunque le pareció poco probable, ya que aquel escándalo también lo perjudicaría.

Llamaron bruscamente a la puerta y entró el doctor Wettig.

–¿Qué cojones hago con los periodistas? –preguntó.

–Tendrá que preparar una declaración por escrito. Susan Casado vendrá ahora mismo. Le ayudará a redactarla. Hasta entonces, no hable con nadie.

Wettig asintió brevemente. Luego su mirada se posó en Abby.

–¿Puedo ver su maletín, doctora DiMatteo?

–¿Por qué?

–Usted sabe por qué. No tenía autorización para investigar esos expedientes. Son privados y confidenciales. Le ordeno que me entregue todas las notas que tomó.

Ella no hizo nada. No dijo nada.

–No creo que una acusación adicional de robo la ayude en su caso.

–¿Robo?

–Cualquier información que haya conseguido gracias a esa búsqueda ilegal se considerará un robo. Déme el maletín. ¡Démelo!

Sin decir una palabra, se lo entregó. Vio cómo lo abría. Cómo rebuscaba entre sus papeles y se quedaba con sus notas. No pudo hacer nada más que bajar la cabeza, vencida. Una vez más le habían ganado. Habían dado el golpe maestro, y ella no había sabido estar preparada para prevenirlo. Tendría que haberlo previsto. Tendría que haber guardado las notas antes de ir al hospital. Pero estaba demasiado concentrada en pensar en lo que diría, en cómo se explicaría ante Wettig.

Él cerró el maletín y se lo devolvió.

–¿Eso es todo? –preguntó.

Ella sólo pudo asentir.

Wettig la miró un momento en silencio. Luego sacudió la cabeza.

–Habría sido una buena cirujana, doctora DiMatteo. Pero creo que ha llegado el momento de reconocer que necesita ayuda. Le recomiendo que consulte a un psiquiatra. Y la relevo del programa de residencias a partir de este momento. –Con sorpresa, Abby percibió un dejo de genuina consternación en la voz de Wettig cuando éste añadió–: Lo siento.

18

El detective Lundquist era el típico chico guapo rubio, un espécimen teutónico ideal. Ya hacía dos horas que estaba interrogándola, dirigiéndole sus preguntas mientras caminaba por aquella atiborrada sala de reuniones. Si era una táctica para que ella se sintiera amenazada, la verdad es que surtía efecto. En la pequeña ciudad de Maine donde Abby se había criado, los policías eran personas que saludaban con la mano desde los coches patrulla, que caminaban tan campantes y felices por la ciudad haciendo sonar las llaves que les colgaban de la cintura y que daban premios de civismo en las graduaciones del instituto. No eran gente a la que se supone que hay que temer.

Y en cambio, ahora, le tenía miedo a Lundquist. Se lo había tenido desde el mismo momento en que había entrado en la habitación, había puesto un magnetófono sobre la mesa y sacado una tarjeta del bolsillo del traje para leerle sus derechos. Ella había ido por propia voluntad a la comisaría. Había pedido hablar con el detective Katzka, pero le habían mandado a Lundquist para interrogarla con la agresividad apenas contenida de un policía practicando una detención.

La puerta se abrió y por fin entró Katzka en la habitación. Ver a alguien conocido tendría que haber sido un alivio para Abby, pero el rostro impasible de Katzka no la tranquilizó en absoluto. Permaneció de pie frente a ella, al otro lado de la mesa, mirándola con expresión de hastío.

–Tengo entendido que no ha llamado a un abogado –dijo–. ¿Desea hacerlo ahora?

–¿Estoy bajo arresto? –preguntó ella.

–Por el momento, no.

–¿Entonces puedo irme cuando quiera?

Él hizo una pausa y miró a Lundquist, que se encogió de hombros.

–Es sólo una investigación preliminar.

–¿Usted cree que necesito un abogado, detective?

Katzka volvió a dudar.

–Eso es decisión suya, doctora DiMatteo.

–Escuche, he venido voluntariamente. Lo he hecho porque quería hablar con usted. Quería contarle lo que había pasado. He respondido de buen grado a las preguntas de este hombre. Si me detiene, entonces sí que llamaré a un abogado. Pero quiero que quede claro desde el principio que no es porque haya hecho nada malo. –Miró a Katzka a los ojos–. De modo que mi respuesta es: no, no necesito un abogado.

Lundquist y Katzka intercambiaron miradas de oscuro significado para ella. Entonces Lundquist dijo:

–Toda tuya, Babosa –y se fue a un rincón.

Katzka se sentó a la mesa.

–Supongo que me va a hacer las mismas preguntas que ya me ha hecho él –dijo Abby.

–Me he perdido el principio. Pero creo que ya conozco casi todas sus respuestas.

Con la cabeza le indicó el espejo de la pared del fondo, y ella se dio cuenta de que, en realidad, era una ventana. Así que había estado escuchando la sesión con Lundquist. Abby se preguntó cuántas personas más habría detrás de aquel vidrio, mirándola. Se sintió desnuda. Violada. Movió la silla para quedar de espaldas al espejo, y se dio cuenta de que así miraba directamente a Katzka.

–Entonces, ¿qué va a preguntarme?

–Usted dijo que alguien ha querido tenderle una trampa. ¿Puede decirnos quién?

–Yo pensaba que era Victor Voss. Pero ahora no estoy tan segura.

–¿Tiene otros enemigos?

–Es evidente que sí.

–¿Alguien que la odie lo suficiente para matar a su paciente y tenderle con ello una trampa?

–Tal vez no haya sido un asesinato. El nivel de morfina no se ha llegado a confirmar.

–Sí que se ha hecho. Hace unos días se exhumó el cadáver de la señora Allen, a petición de Brenda Hainey. El médico forense ha hecho un examen cuantitativo esta mañana.

Abby asimiló la información en silencio. Oía el magnetófono, que seguía grabando. Se hundió en la silla. En aquel momento no había dudas. La señora Allen había muerto de una sobredosis.

–Doctora DiMatteo, el otro día me dijo que la seguía un camión púrpura.

–Rojo –susurró ella–. Era un camión rojo. Hoy he vuelto a verlo.

–¿Ha podido ver el número de matrícula?

–No se ha acercado lo suficiente.

–A ver si lo entiendo bien. Alguien le dio una sobredosis de morfina a su paciente, la señora Allen. Luego esa misma persona deja un frasco de morfina en su armario. Y ahora un camión la sigue por toda la ciudad. ¿Y usted cree que todos estos incidentes son obra de Victor Voss?

–Eso creía. Pero puede ser otra persona.

Katzka se apoyó en el respaldo y la miró. Su aire de cansancio se había extendido a los hombros, caídos en aquel momento hacia delante.

–Cuéntenos otra vez lo de los trasplantes.

–Ya les he dicho todo lo que sé.

–No entiendo bien qué relación pueden tener con este caso.

Ella respiró hondo. Ya había hablado de ello con Lundquist, le había contado toda la historia de Josh O'Day y las circunstancias sospechosas del trasplante de Nina

Voss. A juzgar por la respuesta desinteresada de Lundquist, había sido una pérdida de tiempo. En aquel momento se esperaba que repitiera la historia, y sería otra pérdida de tiempo. Vencida, cerró los ojos.

–Querría un vaso de agua.

Lundquist salió de la habitación. Mientras él estuvo fuera, ni ella ni Katzka cruzaron una sola palabra. Abby permaneció sentada con los ojos cerrados, deseando que todo hubiera terminado. Pero no terminaría nunca. Estaría en aquella habitación toda la vida, respondiendo siempre a las mismas preguntas. Quizá, después de todo, habría sido mejor llamar a un abogado. Tal vez debería levantarse e irse. Katzka le había dicho que no estaba bajo arresto. Todavía.

Lundquist volvió con un vaso de cartón lleno de agua. Ella se lo bebió con unos pocos sorbos y dejó el vaso vacío sobre la mesa.

–¿Qué hay sobre los trasplantes de corazón, doctora? –la apremió Katzka.

Ella suspiró.

–Creo que es así como Aaron ganó los tres millones de dólares. Encontrando corazones donados para receptores ricos que no quieren esperar su turno en la lista.

–¿La lista?

Ella asintió.

–Sólo en este país tenemos más de cinco mil personas que necesitan trasplantes de corazón. Muchos de ellos morirán, porque hay escasez de donaciones. Los donantes tienen que ser jóvenes y haber gozado de buena salud..., lo que significa que la mayoría son víctimas de accidentes con muerte cerebral. Y no hay suficientes.

–¿Quién decide, entonces, qué paciente recibirá un corazón?

–Hay un registro informatizado. El banco de órganos de Nueva Inglaterra dirige nuestro sistema regional. Es absolutamente democrático. Se cataloga a las personas por orden de aparición en la lista, sin tener en cuenta su posición social. Eso significa que si una persona ocupa las últimas posiciones de la lista, la espera será larga. Ahora bien, digamos que una persona tiene dinero y piensa que va a morir antes de que le encuentren un corazón. Naturalmente, se siente tentado a salirse del sistema y buscar un órgano por su cuenta.

–¿Se puede hacer eso?

–Tendría que haber un servicio clandestino de averiguación de compatibilidad. Una manera de mantener los donantes potenciales fuera del sistema y desviar sus corazones directamente a los pacientes ricos. También hay una posibilidad aún peor.

–Y es...

–Que estén produciendo nuevos donantes.

–¿Quiere decir que matan gente? –dijo Lundquist–. ¿Entonces, dónde están todos los cadáveres? ¿Dónde están las denuncias de personas desaparecidas?

–No he dicho que eso sea lo que está ocurriendo. Sólo les explico la manera de hacerlo. –Hizo una pausa–. Creo que Aaron Levi formaba parte de la trama. Eso podría explicar sus tres millones de dólares.

La expresión de Katzka apenas había cambiado. Su impasividad comenzaba a irritarla.

Más animada, dijo:

–¿Se dan cuenta? Ahora empieza a tener sentido que hayan retirado las denuncias contra mí. Probablemente esperaban que yo dejara de hacer preguntas. Pero como no ha sido así, ahora tienen que desacreditarme, ya que puedo descubrirlos. Podría estropearlo todo.

–¿Entonces por qué no la matan?

Era Lundquist el que preguntaba con un tono de voz claramente escéptico.

Ella hizo un silencio.

–No lo sé. Tal vez crean que todavía no sé lo suficiente. O tienen miedo de que resulte demasiado evidente, después de la muerte de Aaron.

–Tiene una gran imaginación –dijo Lundquist, riendo.

Katzka levantó la mano para que Lundquist se callara.

–Doctora DiMatteo –dijo–, seré sincero con usted. Lo que nos cuenta no parece probable.

–Es lo único que se me ocurre.

–¿Puedo sugerirle una explicación? –dijo Lundquist–. ¿Una que tiene todo el sentido del mundo? –Se acercó a la mesa, con los ojos clavados en Abby–. Su paciente Mary Allen estaba sufriendo. Quizá le pidió que la ayudara a cruzar el umbral. Quizás usted pensó que era lo único humano que se podía hacer. Y así era. Algo que le pasaría por la cabeza a cualquier médico con sentimientos. Entonces usted le dio una dosis extra de morfina. El problema es que una de las enfermeras la vio hacerlo y envió una nota anónima a la sobrina de Mary Allen. De pronto usted se vio metida en un buen lío y todo por tratar de ser más humana. Ahora tiene que responder a una acusación de homicidio. Quizá vaya a prisión. Se está poniendo todo muy negro, ¿no? Así que usted se inventa una teoría de conspiraciones. Una teoría que no se puede probar... ni negar. ¿No le parece que esto tiene sentido, doctora? Yo le encuentro todo el sentido del mundo.

–Pero no es lo que sucedió.

–¿Qué es lo que sucedió?

–Ya se lo he dicho. Se lo he dicho todo...

–¿Usted mató a Mary Allen?

–No. –Abby se inclinó hacia delante, con los puños cerrados sobre la mesa. Yo no maté a mi paciente.

Lundquist miró a Katzka.

–No es muy buena mintiendo, ¿verdad? –y salió de la habitación.

Por un momento ni ella ni Katzka hablaron. Luego ella preguntó, en voz baja:

–¿Estoy detenida?

–No. Puede irse.

Él se puso de pie.

Ella también. Estuvieron mirándose como si ninguno de los dos hubiera decidido que la entrevista había terminado.

–¿Por qué me deja marchar? –le preguntó Abby.

–Estoy a la espera de los resultados de la investigación.

–¿Usted me cree culpable?

Katzka vaciló. Ella sabía que él no podía responder a aquella pregunta, y sin embargo parecía luchar en busca de una respuesta sincera. Finalmente, prefirió rehuir completamente la pregunta.

–El doctor Hodell ha estado esperándola. Lo encontrará en el despacho de enfrente. –Se volvió para abrir la puerta–. La llamaré, doctora DiMatteo –dijo, y salió de la habitación.

Abby fue a la sala de espera.

Mark estaba allí, de pie.

–¿Abby? –dijo, con suavidad.

Ella se sumergió en sus brazos, pero su cuerpo acusó el contacto con una extraña sensación de adormecimiento. Distanciada. Como si ella misma estuviera flotando por encima de los dos, observando de lejos a dos extraños que se abrazaban y se besaban.

Y, desde aquella misma lejanía, lo oyó decir:

–Vamos a casa.

A través de la mampara de seguridad, Bernard Katzka observó a la pareja encaminarse hacia la puerta y vio cómo Hodell la abrazaba estrechamente. No era algo que un policía viera todos los días. Afecto. Amor. La mayoría de las veces eran parejas que se peleaban, caras marcadas, labios cortados, dedos que señalaban con gesto acusador. O pura lujuria; siempre lo mismo, a la vista de todos, como las prostitutas que caminaban por la calle en la zona caliente de Boston. El mismo Katzka no era inmune a aquello, a la necesidad ocasional de poseer el cuerpo de una mujer.

Pero el amor era algo que no sentía hacía mucho tiempo. Y en aquel momento envidió a Mark Hodell.

–¡Eh, Babosa! –lo llamó alguien–. Una llamada por la línea tres.

Katzka se acercó al teléfono.

–Detective Katzka –dijo.

–Le hablo de la oficina forense. Le comunico con el doctor Rowbotham.

Mientras Katzka esperaba, su mirada volvió a la sala de espera, y vio que Abby DiMatteo y Hodell se habían ido ya. Aquella pareja que lo tenía todo, pensó. Belleza. Dinero. Carreras de prestigio. ¿Sería capaz una mujer en aquella posición envidiable de arriesgarlo todo sólo para aliviarle el dolor a una paciente moribunda?

Rowbotham se puso al otro lado de la línea.

–¿Babosa?

–Sí, ¿qué hay?

–Una sorpresa.

–¿Buena o mala?

–Digamos que inesperada. Tengo los resultados del análisis de CG-EM del tejido del doctor Levi.

El método de cromatografía de gas-espectometría de masa era usado por los laboratorios criminalistas para identificar fármacos y toxinas.

–Creí que ya lo habías desechado todo –dijo Katzka.

–Los fármacos usuales sí. Narcóticos, barbitúricos. Pero lo que he utilizado es el inmunoensayo y la cromatografía de placas delgadas. Como se trataba de un médico, decidí que no nos limitáramos a los análisis habituales. También he buscado fentanil, fenciclidina, algunos de los volátiles. Y me ha dado positivo en el tejido muscular: la sucinilcolina.

–¿Qué es eso?

–Es un agente bloqueador neuromuscular. Compite con el neurotransmisor del cuerpo, la acetilcolina. El efecto es parecido al de la D-tubocurarina.

–¿Curare?

–Sí, pero la sucinilcolina tiene un mecanismo químico diferente. Se usa mucho en los quirófanos. Para inmovilizar los músculos durante las operaciones. Permite una mejor ventilación.

–¿Me estás diciendo que estaba paralizado?

–Totalmente. Lo peor es que debió de estar consciente pero sin poder hacer nada. –Rowbotham hizo una pausa–. Es una manera espantosa de morir, Babosa.

–¿Cómo se administra el producto?

–Se inyecta.

–Pero no había ninguna marca de aguja en todo el cuerpo.

–Pudo haber sido en el cuero cabelludo. Oculta entre el pelo. Hablamos sólo de un pinchazo. Es posible que pasara desapercibida con todos los cambios de piel posteriores a la muerte.

Katzka lo pensó por un momento. Y recordó algo que le había dicho Abby DiMatteo hacía unos días, algo en lo que él no había insistido.

–¿Podrías buscarme dos informes de autopsias? –dijo–. Uno de hace unos seis años. Un suicida que se tiró del puente Tobin. El nombre era Lawrence Kunstler.

–Deletréamelo... Bien, ya está. ¿Y el otro?

–Doctor Hennessy. No estoy seguro del nombre de pila. Ése fue hace tres años. Envenenamiento accidental por monóxido de carbono. Murió toda la familia.

–Creo que me acuerdo. Había un bebé.

–Ése. Veré si puedo hacer la solicitud de exhumación.

–¿Qué buscas, Babosa?

–No sé. Algo en lo que a lo mejor no nos fijamos antes y que podríamos ver ahora.

–¿En un cadáver de hace seis años? –La risa de Rowbotham fue claramente escéptica–. Te estás volviendo muy optimista.

–Más flores, señora Voss. Acaban de traerlas. ¿Las quiere aquí? ¿O prefiere que las deje en el vestíbulo?

–Póngalas aquí, por favor.

Sentada en una silla junto a su ventana preferida, Nina miró a la criada mientras entraba con el florero en el dormitorio y las dejaba sobre la mesita de noche. Entonces, cuando se puso a ordenar las flores, moviendo los tallos, la fragancia de la artemisa y de los jacintos le llegó de lleno.

–Déjelas aquí, cerca de mí.

–Sí, señora. –La criada puso el florero sobre la mesita de té, junto a la silla de Nina. Tuvo que hacer lugar quitando otro con lirios orientales–. No son sus flores preferidas, ¿verdad? –dijo la criada, mirando el otro florero y expresándose en un tono de voz poco aprobador.

–No.

Nina sonrió mirando el nuevo ramo. Su ojo de jardinera ya había reconocido e identificado cada mancha de color. Artemisa rusa y jacintos rosados. Cinerarias púrpuras y claveles blancos. Y margaritas. Montones y montones de margaritas. Flores tan comunes, tan poco distinguidas. ¿De dónde sacarían las margaritas tan avanzada la temporada?

Pasó la mano por las flores e inhaló el aroma de finales del verano; la fragancia recordada del jardín que había descuidado por culpa de su enfermedad. En aquel momento, el verano se había ido, y su casa de Newport permanecería cerrada durante el invierno. ¡Cómo odiaba aquella época del año! El jardín descolorido, el regreso a Boston, a aquella casa con sus techos de oro batido, marcos tallados y baños de mármol de Carrara. La casa de verano recibía la bendición del sol, de cálidas brisas y del olor del mar. Pero aquella casa la hacía pensar en el invierno. Cogió una margarita y aspiró su aroma intenso.

–¿No preferiría tener los lirios más cerca? –preguntó la criada–. Despiden un olor tan agradable...

–Me estaban dando dolor de cabeza. ¿De quién son estas flores?

La criada cogió el sobrecito prendido al florero y lo abrió.

–«Para la señora Voss. Por una pronta recuperación. Joy.» Es todo lo que dice.

Nina frunció el entrecejo.

–No conozco a nadie que se llame así.

–Ya se acordará. ¿Quiere volver a la cama ahora? El señor Voss dice que tiene que descansar.

–Ya he estado mucho tiempo en la cama.

–Pero el señor Voss dice...

–Me echaré más tarde. Quiero quedarme un rato sentada aquí. Sola.

La joven vaciló. Pero enseguida hizo una inclinación de cabeza y salió de la habitación.

«Por fin –pensó Nina–. Por fin estoy sola.»

Durante la última semana, desde que salió del hospital, había estado rodeada de gente. Enfermeras, médicos, criadas. Y Victor, sobre todo Victor, revoloteando continuamente junto a su cama. Leyéndole todas las tarjetas en que le deseaban una pronta recuperación, autorizando o no las llamadas telefónicas. Protegiéndola, aislándola. Aprisionándola en aquella casa.

Y todo porque la amaba. Tal vez la amaba demasiado.

Cansada, se reclinó contra el respaldo y se encontró mirando el retrato colgado en la pared de enfrente. Era su propio retrato, pintado poco después de la boda. Victor lo había encargado, había incluso elegido el vestido que debía ponerse, un traje largo de seda color malva con un delicadísimo diseño de rosas. En la pintura, ella estaba de pie bajo una glorieta cubierta de enredaderas, con una rosa blanca en una mano y la otra cayendo torpemente a lo largo del cuerpo. La sonrisa era tímida, insegura, como si pensara: «Estoy ocupando el lugar de otra persona».

En aquel momento, estudiando el retrato de ella misma de joven, se dio cuenta de lo poco que había cambiado desde aquel día en que había posado como una recién casada en el jardín. Los años la habían cambiado físicamente, por supuesto. Había perdido su excelente salud. Pero en muchos sentidos no había cambiado nada. Seguía siendo tímida, seguía siendo torpe. Seguía siendo la mujer que Victor Voss había tomado como una posesión.

Oyó los pasos de él y levantó la mirada cuando entró en la habitación.

–Me ha dicho Louisa que todavía estás levantada –dijo–. Tendrías que estar durmiendo la siesta.

–Estoy bien, Victor.

–Todavía no estás recuperada del todo.

–Ya hace tres semanas y media que me operaron. El doctor Archer dice que otros pacientes a estas alturas están corriendo en las cintas del gimnasio.

–Tú no eres cualquier otro paciente. Creo que tendrías que dormir un rato.

Ella encontró la mirada de él y dijo, con firmeza:

–Voy a quedarme sentada aquí, Victor. Quiero mirar por la ventana.

–Nina, sólo deseo lo mejor para ti.

Pero ella ya había vuelto la cabeza y miraba hacia el parque, hacia los árboles, que tenían aquel brillo del otoño que se volvía castaño invernal.

–Me gustaría salir a dar una vuelta en coche.

–Es demasiado pronto.

–Al parque. Al río. A cualquier lado, siempre que sea lejos de esta casa.

–No me escuchas, Nina.

Ella suspiró. Y dijo, con tristeza:

–Eres tú el que no escucha.

Se hizo un silencio.

–¿Qué es esto? –preguntó él, señalando el florero que había junto a la silla de ella.

–Acaban de llegar.

–¿Quién te las ha mandado?

Ella se encogió de hombros.

–Alguien llamado Joy.

–Pero, ¡si estas flores se pueden recoger junto a la carretera!

–Por eso se llaman flores silvestres.

Él cogió el florero y lo llevó a un rincón alejado. Luego volvió a poner los lirios orientales junto a ella.

–Éstas al menos no son simple maleza –dijo, y salió de la habitación.

Ella miró los lirios. Sí, eran hermosos. Exóticos y perfectos. Pero su intensa fragancia le revolvía el estómago. Parpadeó para alejar un inesperado acceso de llanto y posó los ojos en el sobrecito que había quedado sobre la mesa. El que acompañaba a las flores silvestres.

Joy. ¿Quién sería Joy?

Abrió el sobre y sacó la tarjeta. Sólo entonces se dio cuenta de que había algo escrito en el reverso.

«Algunos médicos dicen siempre la verdad», decía.

Y debajo había un número de teléfono.

Abby estaba sola en su casa cuando, a las cinco de la tarde, llamó Nina Voss.

–¿Es la doctora DiMatteo? –dijo una voz suave–. ¿La que siempre dice la verdad?

–¿Señora Voss? Veo que recibió mis flores.

–Sí, gracias. Y también su extraña nota.

–He intentado comunicarme con usted por todos los medios. Cartas, llamadas telefónicas.

–Hace más de una semana que estoy en casa.

–Pero no aceptaba llamadas.

Se hizo un silencio. Luego, en voz baja:

–Entiendo.

«No tiene idea de lo aislada que ha estado –pensó Abby–. No tiene idea de cómo el marido la ha apartado del mundo exterior.»

–¿Hay alguien escuchando esta conversación? –preguntó Abby.

–Estoy sola en mi habitación. ¿De qué se trata?

–Tengo que verla, señora Voss. Y tiene que ser sin que su esposo se entere. ¿Es eso posible?

–Primero dígame por qué.

–No es algo sencillo de decir por teléfono.
–No la veré si no me lo dice.
Abby dudó.
–Es sobre su corazón. El que le pusieron en Bayside.
–¿Sí?
–Al parecer, nadie sabe a quién pertenecía. Ni de dónde vino. –Hizo un silencio. Y preguntó, muy despacio–: ¿Usted lo sabe, señora Voss?
El silencio subsiguiente fue interrumpido sólo por el sonido de la respiración de Nina, rápida e irregular.
–¿Señora Voss?
–Tengo que cortar.
–Espere. ¿Dónde puedo verla?
–Mañana.
–¿Cómo? ¿Dónde?
Hubo otro silencio. Justo antes de que se cortara la comunicación, Nina dijo:
–Ya encontraré la forma.

La lluvia golpeaba con un persistente repiqueteo en el toldo a rayas bajo el que estaba Abby. Hacía ya cuarenta minutos que permanecía de pie frente a la tienda de Cellucci, temblando debajo del estrecho alero de lona. Una sucesión de camiones de reparto había parado para descargar y los hombres habían entrado carros cargados de cajas de cartón. Snapple, Frito-Lay y cigarrillos Winston.

A las cuatro y veinte de la tarde la lluvia comenzó a caer con más fuerza, empujada por el viento. Ráfagas de agua caían transversalmente debajo del toldo, empapándole los zapatos. Tenía los pics congelados. Había pasado una hora; Nina Voss no aparecía.

Abby se encogió cuando un camión de Progresso Foods arrancó de pronto, escupiendo vapores. Cuando volvió a levantar la cabeza vio una limusina negra que se había detenido al otro lado de la calle. La ventanilla del conductor bajó unos centímetros y un hombre llamó:

–¿Doctora DiMatteo? Suba al coche.

Ella dudó. Las ventanillas eran demasiado oscuras para que pudiera ver el interior, pero alcanzó a vislumbrar la silueta de un solo pasajero en el asiento trasero.

–No tenemos mucho tiempo –la apremió el conductor.

Ella cruzó la calle, con la cabeza inclinada para protegerse de la lluvia, y abrió la puerta de atrás. Con la cara empapada por la lluvia, miró al pasajero, y lo que vio le quitó el habla.

En la penumbra del coche, Nina Voss estaba pálida y encogida. La piel era de un blanco apagado.

–Por favor, suba, doctora –dijo Nina.

Abby se sentó a su lado y cerró la puerta. La limusina arrancó y se zambulló, sin hacer ruido, en la corriente del tráfico.

Nina estaba completamente envuelta en un abrigo y una chalina negros, por lo que su rostro parecía flotar, sin cuerpo, en las sombras del coche. Ésta no era la imagen de un paciente de trasplante de corazón en plena recuperación. Abby recordó la cara sonrosada de Josh O'Day, su vitalidad, su risa.

Nina Voss parecía un cadáver parlante.

–Perdón por la tardanza –dijo Nina–. Hemos tenido un problema cuando salíamos de casa.

–¿Sabe su esposo que ha venido a hablar conmigo?

–No. –Nina se reclinó en el asiento y el rostro quedó casi tragado entre tanta lana negra–. Con el correr de los años, he aprendido que hay cosas que no se le cuentan a Victor. El verdadero secreto de un matrimonio feliz, doctora DiMatteo, es el silencio.

–No me parece la mejor definición de un matrimonio feliz.

–Lo es. Aunque parezca extraño. –Nina sonrió y miró por la ventanilla. La luz acuosa arrojaba sombras distorsionadas sobre su cara–. Hay que proteger a los hombres de muchas cosas. Sobre todo de ellos mismos. Por eso nos necesitan, ¿sabe? Lo gracioso es que jamás lo admiten. Piensan que nos cuidan. Pero, siempre, nosotras sabemos la verdad. –Se volvió hacia Abby y la sonrisa se desvaneció–. Ahora yo necesito saber. ¿Qué es lo que ha hecho Victor?

–Esperaba que me lo contara usted.

–Usted dijo que tenía que ver con mi corazón. –Nina se llevó la mano al pecho. En la penumbra del coche el gesto pareció casi religioso. Padre, Hijo y Espíritu Santo–. ¿Qué sabe usted?

–Sé que su corazón no vino por los canales normales. Casi todos los órganos trasplantados son asignados a los receptores mediante un registro central. No fue así en su caso. Según el banco de órganos, usted no ha recibido ningún corazón.

La mano de Nina, todavía apoyada sobre su pecho, se había apretado hasta convertirse en una tensa pelota blanca.

–Entonces ¿de dónde ha venido éste?

–Yo no lo sé. ¿Y usted?

La cara cadavérica la miró en silencio.

–Creo que su esposo lo sabe –dijo Abby.

–¿Cómo?

–Él lo compró.

–La gente no puede comprar corazones.

–Con dinero suficiente, la gente puede comprar cualquier cosa, señora Voss.

Nina no dijo nada. Pero su silencio daba a entender que aceptaba aquella verdad fundamental. «El dinero puede comprarlo todo.»

La limusina tomó Embankment Road. Se dirigían hacia el oeste siguiendo el curso del río Charles. La superficie del río estaba gris y punteada por la lluvia que caía.

–¿Cómo se enteró? –preguntó Nina.

–Últimamente parece que tengo mucho tiempo libre. Es asombroso todo lo que se puede conseguir cuando una se queda de repente en paro. En unos pocos días he averiguado muchas cosas. No solamente sobre su trasplante sino sobre otros. Y, cuanto más sé, señora Voss, más miedo tengo.

–¿Por qué ha querido verme a mí? ¿Por qué no va a la policía?

–¿No se ha enterado? Me han puesto un apodo: Doctora Cicuta. Dicen que mato a mis pacientes con dulzura. No es cierto, por supuesto, pero la gente está siempre dispuesta a creer lo peor. –Cansada, Abby miró hacia el río–. No tengo trabajo. No tengo credibilidad. Y no tengo pruebas.

–¿Qué tiene?

Abby la miró.

–La verdad.

La limusina atravesó un charco. El agua salpicó el coche por debajo. Se habían apartado del río y el camino a Back Bay Fens volvía a girar más adelante.

–El día de su trasplante, a las diez de la noche –dijo Abby–, se recibió en Bayside una llamada según la cual se había hallado un donante en Burlington, Vermont. Tres horas después el corazón era entregado en nuestro quirófano. Supuestamente la extracción del órgano se realizó en el hospital Wilcox Memorial, por un cirujano llamado Timothy Nicholls. Se realizó el trasplante, y no hubo nada extraño. Casi todo fue como en cualquier otro trasplante realizado en Bayside. –Calló un momento–. Con una sola excepción. Nadie sabe de dónde salió el corazón donado.

–Dijo que había venido de Burlington.

–Dije que «supuestamente». Pero el doctor Nicholls ha desaparecido. Puede que esté escondido. O muerto. Y Wilcox Memorial niega cualquier conocimiento sobre una extracción aquella noche.

Nina se había refugiado en el silencio. Parecía encogerse dentro de la chaqueta de lana.

–Usted no fue el primer caso –dijo Abby.

La cara blanca la miró con expresión aturdida.

–¿Ha habido otros?

–Al menos cuatro. He visto los registros de los dos últimos años. Siempre ocurrió de la misma manera. Bayside recibía una llamada de Burlington diciendo que había un donante. El corazón era entregado en nuestro quirófano después de la medianoche. Se hacía el trasplante, y lo demás es rutina. Pero algo no funciona bien. Hablamos de cuatro corazones, de cuatro personas muertas. Una amiga y yo hemos investigado las necrológicas de Burlington correspondientes a esas fechas. No aparece ninguno de los donantes.

–Entonces ¿de dónde vienen esos corazones?

Abby hizo una pausa y, sosteniendo la mirada incrédula de Nina, dijo:

–No lo sé.

La limusina había girado hacia el norte y volvía a bordear el río Charles. Volvían a Beacon Hill.

–No tengo pruebas –dijo Abby–. No puedo recurrir al banco de órganos de Nueva Inglaterra ni a ningún otro lado. Todo el mundo sabe que estoy siendo investigada. Me consideran una chiflada. Por eso quise verla. La noche que nos conocimos en la unidad de cuidados intensivos pensé: «Yo querría tener una mujer así como amiga». –Se interrumpió–. Necesito su ayuda, señora Voss.

Durante un largo rato, Nina no dijo nada. No miraba a Abby, sino al frente, y su rostro estaba blanco como la cera. Finalmente, pareció que tomaba una decisión. Exhaló un largo suspiro y dijo:

–Ahora voy a dejarla. ¿Le va bien en esta esquina?

–Señora Voss, su marido compró ese corazón. Si él ha podido hacerlo, otros también pueden. ¡No sabemos quiénes son los donantes! No sabemos cómo los consiguen...

–¡Aquí! –le dijo Nina al conductor.

La limusina se detuvo junto al bordillo.

–Bájese, por favor –la apremió Nina.

Abby no se movió. Permaneció unos instantes sin decir una sola palabra. La lluvia golpeaba monótona en el techo.

–Por favor –susurró Nina.

–Creí que podía confiar en usted. Creí... –Despacio, Abby sacudió la cabeza–. Adiós, señora Voss.

Una mano le tocó el brazo. Abby se volvió para mirarla, y clavó sus ojos en los ojos atormentados de aquella mujer.

–Quiero a mi marido –dijo Nina–. Y él me quiere a mí.

–¿Eso lo hace todo permisible?

Nina no respondió.

Abby bajó y cerró la puerta. La limusina se alejó. Mientras miraba cómo el coche desaparecía en el crepúsculo, pensó: «Nunca volveré a verla».

Luego, con los hombros encogidos, se volvió y echó a andar.

–¿A casa, señora Voss?

La voz del conductor, sorda y metálica a través del micrófono, sobresaltó a Nina y la sacó de su trance.

–Sí –dijo–. Lléveme a casa.

Se envolvió con más fuerza en su caparazón de lana negra y miró la lluvia que cruzaba la ventanilla. Pensó en lo que le diría a Victor. Y en lo que no le diría; en lo que no podía decirle. «En esto se ha convertido nuestro amor –pensó–. Secretos y más secretos. Y él se guarda el secreto más terrible de todos.»

Bajó la cabeza y se puso a llorar, por Victor y por lo que le sucedía a su matrimonio. Lloró también por sí misma, porque sabía lo que había que hacer y tenía miedo. La lluvia caía como lágrimas por el vidrio de la ventanilla. Y la limusina la llevaba a casa, al lado de Victor.

19

Shu-Shu necesitaba un baño. Los niños mayores hacía días que se lo decían, incluso habían amenazado con tirarla al mar si Alexéi no la sometía a una buena limpieza. «Apesta –le dijeron–, y no es de extrañar, con todos tus mocos pegados en ese animalejo.» Alexéi no creía que *Shu-Shu* oliera mal. Le gustaba su olor. No la había lavado nunca, y cada perfume que tenía era como un recuerdo diferente. El olor a la salsa que le había derramado sobre la cola le recordaba la comida de la noche anterior, cuando Nadiya le había servido doble ración de todo. ¡Y le había sonreído! El olor a tabaco era el olor del tío Misha, áspero pero cálido. El olor a remolachas amargas era del último día de Pascua por la mañana, cuando se rieron y comieron huevos pasados por agua y él había derramado sopa sobre la cabeza de *Shu-Shu*. Y si cerraba los ojos e inspiraba con fuerza, a veces podía detectar otro aroma, más tenue, pero que persistía después de tantos años. No podía clasificarlo como amargo o como dulce. Más bien lo reconocía por los sentimientos que le despertaba. Por el aroma que le llegaba al corazón. Era el olor a su infancia. El olor de cuando lo acariciaban, le cantaban, lo querían.

Abrazado a *Shu-Shu*, Alexéi se hundió todavía más dentro de las mantas. «No voy a permitir que te laven», pensó.

De todas maneras, no quedaban tantos para atormentarlo. Hacía cinco días, otro barco había aparecido entre la niebla navegando junto a ellos. Todos los niños subieron a cubierta para mirar y Nadiya y Gregor se pusieron a caminar de un lado a otro, llamándolos uno a uno. «¡Nikolái Alekseienko! ¡Pavel Prebrazhenski!» Había gritos de alegría, puños alzados en el aire cada vez que se oía un nombre. «¡Sí! ¡Me han elegido!»

Más tarde, los no elegidos, los que quedaron, permanecieron apretados contra la barandilla, observando en silencio la lancha a motor que llevaba a los compañeros elegidos al otro barco.

–¿Adónde van? –preguntó Alexéi.

–A vivir con familias occidentales –respondió Nadiya–. Ahora, sal de esa barandilla. Está empezando a hacer frío aquí arriba.

Los niños no se movieron. Después de un rato, a Nadiya pareció dejar de importarle si se quedaban en la cubierta o no y ella se fue abajo.

–Las familias de Occidente han de ser estúpidas –dijo Yákov.

Alexéi se volvió para mirarlo. Yákov miraba con fiereza hacia el mar, con la barbilla echada hacia delante, como quien se muere de ganas de pelear.

–Para ti todos son estúpidos –dijo Alexéi.

–Lo son. En este barco, todos son estúpidos.

–Eso quiere decir que tú también.

Yákov no respondió. Simplemente estaba aferrado a la barandilla con su única mano y tenía la mirada clavada en el otro barco que comenzaba a desaparecer en la niebla. Entonces Yákov se fue.

En los días siguientes, Alexéi casi no lo vio.

Aquella noche, como siempre, Yákov desapareció tras la cena. Probablemente estaría en su estúpido país de las maravillas, pensó Alexéi. Escondido en aquella caja con toda aquella mierda de ratón.

Alexéi se tapó la cabeza con la manta. Y así se quedó dormido, hecho un ovillo en la litera con la sucia *Shu-Shu* apretada contra la cara.

Una mano lo sacudió. Una voz dijo, con suavidad, en medio de la noche:

–Alexéi. Alexéi.

–¿Mami? –preguntó él.

–Alexéi, tienes que despertarte. Tengo una sorpresa para ti.

Despacio, él emergió de entre las capas del sueño y se despertó en la oscuridad. La mano seguía sacudiéndolo. Reconoció el perfume de Nadiya.

–Es hora de irse –susurró ella.

–¿Adónde voy?

–Tienes que prepararte para conocer a tu nueva madre.

–¿Está aquí?

–Te llevaré a verla, Alexéi. Entre todos los niños, te ha elegido a ti. Tienes mucha suerte. Ahora vamos. Pero no hagas ruido.

Alexéi se sentó en la cama. Todavía no estaba despierto del todo, ni seguro de no estar soñando. Nadiya lo ayudó a bajar de la litera.

–*Shu-Shu* –dijo él.

Nadiya le puso la perrita en los brazos.

–Claro que puedes llevarte a tu *Shu-Shu*.

Lo cogió de la mano. Nunca lo había cogido de la mano. La súbita alegría lo despertó del todo. Ella le estaba dando la mano y caminaban juntos, yendo al encuentro de su madre. Estaba oscuro y él le tenía miedo a la oscuridad, pero Nadiya lo cuidaría para que no le sucediera nada. Recordó, por alguna razón recordó: «Así es ir de la mano de la madre».

Salieron del camarote y anduvieron por un pasillo mal iluminado. Tropezaba a causa de su feliz aturdimiento, sin prestar atención a dónde iban, porque Nadiya se ocuparía de todo. Cogieron otro pasillo que él no reconoció. Empujaron una puerta.

Entraron en el país de las maravillas.

La plataforma de acero se extendía ante ellos. Al otro lado estaba la puerta azul.

Alexéi se detuvo.

–¿Qué pasa? –preguntó Nadiya.

–No quiero entrar ahí.

–Pero tienes que hacerlo.

–Hay gente que vive ahí.

–Alexéi, no seas testarudo. –Nadiya le cogió la mano con más firmeza–. Ahí es donde vas a entrar.

–¿Por qué?

De pronto ella pareció entender que se imponía una táctica diferente. Se agachó, para que quedaran los dos a la misma altura, y lo cogió con firmeza de los hombros.

–¿Quieres echarlo todo a perder? ¿Quieres que tu mamá se enfade? Ella quiere un niño obediente y tú te estás poniendo desagradable.

A él le temblaron los labios. Trató con todas sus fuerzas de no llorar, porque sabía cómo odian los adultos las lágrimas de los niños. Pero las lágrimas comenzaron a brotar de todos modos, y probablemente ya lo habría echado todo a perder. Como había dicho Nadiya, él siempre lo echaba todo a perder.

–Todavía no hay nada arreglado –dijo Nadiya–. Puede elegir a otro niño. ¿Es eso lo que quieres?

Alexéi sollozó.

–Entonces ¿por qué no te portas bien?

–Le tengo miedo a la gente de las perdices.

–¿Qué? No seas ridículo. No me sorprendería que nunca te eligiera nadie. –Se incorporó y volvió a cogerlo de la mano–. Vamos.

Alexéi miró la puerta azul. Susurró:

–Llévame en brazos.

–Pesas demasiado. Me vas a romper la espalda.

–Por favor, llévame en brazos.

–Tienes que caminar, Alexéi. Ahora date prisa, o llegaremos tarde.

Le pasó un brazo por los hombros.

Él comenzó a caminar, sólo porque ella estaba allí, a su lado, abrazándolo. Igual que él abrazaba a *Shu-Shu*. Mientras se abrazaran entre sí los tres, no sucedería nada malo.

Nadiya llamó a la puerta azul.

La puerta se abrió.

Yákov los oyó en la pasarela de arriba. Los gimoteos de Alexéi; los apremios impacientes de Nadiya. Gateó hasta el borde de la caja y con cuidado los observó. En aquel momento cruzaban hacia la puerta azul. Un momento más tarde había desaparecido por ella.

«¿Por qué se llevan a Alexéi y no a mí?»

Yákov salió de la caja y subió las escaleras hasta la puerta azul. Trató de abrirla, pero, como siempre, estaba cerrada. Vencido, volvió a la caja. Se había convertido en un escondite bastante cómodo. En la última semana había sustraído una manta, una linterna y una serie de revistas con mujeres desnudas. También le había robado a Kubichev un encendedor y un paquete de cigarrillos. A veces, Yákov se fumaba uno, pero tenía tan pocos que los ahorraba. Una vez había prendido fuego, accidentalmente, a la viruta. Había sido emocionante. Pero casi siempre se complacía solamente teniendo los cigarrillos cerca, es decir, apretando el paquete en la mano, leyendo una y otra vez la etiqueta a la luz de la linterna.

Eso hacía cuando oyó a Alexéi y a Nadiya en la pasarela.

En aquel momento esperaba a que salieran de nuevo por la puerta azul. Tardaban mucho. ¿Qué hacían allí dentro?

Yákov arrojó los cigarrillos. No era justo.

Miró algunas fotografías de las revistas. Practicó encendiendo y apagando el encendedor. Después decidió que tenía sueño. Se arrebujó en la manta y se durmió.

Más tarde, se despertó al oír un ruido ronco. Al principio pensó que les pasaba algo a los motores del barco, pero se dio cuenta de que el ruido se hacía más fuerte, y que no venía de abajo sino de la cubierta, de arriba.

Era el helicóptero.

Gregor ató el extremo superior y puso la bolsa de plástico en el refrigerador. Se la dio a Nadiya.

–Bueno, tómala.

Ella pareció no haber oído. Luego lo miró, con la cara blanca como la cera, y él pensó: «Esta hija de puta no puede».

–Necesita hielo. Vamos, hazlo.

Empujó el refrigerador hacia Nadiya

Ella pareció retroceder, espantada. Pero respiró hondo, la cogió, la llevó al otro extremo de la habitación y la puso sobre una mesa. Comenzó a picar hielo dentro del refrigerador. Él vio que ella no tenía las piernas muy firmes. La primera vez siempre producía una gran impresión. Él incluso había sentido náuseas. Pero se recuperaría.

Gregor se volvió hacia el quirófano. El anestesista ya le había subido la cremallera a la mortaja y estaba recogiendo las vendas ensangrentadas. El cirujano no se había ofrecido a ayudar y permanecía apoyado contra la mesa, como intentando recuperar el aliento. Gregor lo miró con desagrado. Había algo particularmente repugnante en un médico que engorda de una manera tan grotesca. El cirujano no tenía buen aspecto aquella noche. Había jadeado durante todo el procedimiento y las manos le habían temblado más que de costumbre.

–Me duele la cabeza –gimió.

–Ha bebido demasiado. Probablemente sea eso.

Gregor se acercó a la mesa de operaciones y cogió un extremo de la mortaja. Juntos, él y el anestesista, levantaron el bulto y lo pusieron sobre la camilla. Entonces Gregor recogió el montón de ropa sucia y también la puso sobre la camilla. Casi se deja la perra de peluche. Estaba tirada en el suelo y la piel color ratón estaba empapada en sangre. La arrojó encima de la ropa sucia y entonces él y el anestesista acercaron la camilla al conducto de evacuación. Abrieron la compuerta y depositaron la mortaja, la ropa y la perra.

El cirujano gimió.

–Qué dolor de cabeza tan espantoso...

Gregor hizo caso omiso de él. Se quitó los guantes y fue al lavabo a lavarse las manos. Uno nunca sabe lo que puede coger tocando aquella ropa mugrienta. Hasta piojos. Se restregó tan a fondo como un médico que se preparara para operar.

Hubo un estruendo, el ruido de instrumentos de metal que caían. Gregor se volvió.

El cirujano estaba tendido en el suelo, con la cara roja y los miembros sacudiéndose como un títere fuera de control.

Nadiya y el anestesista se quedaron paralizados por el horror.

–¿Qué le pasa? –preguntó Gregor.

–¡No sé! –dijo el anestesista.

–Pero ¡haga algo!

El anestesista se arrodilló junto al hombre e hizo algunos inútiles intentos por reanimarlo. Le aflojó la bata de operar y le puso una mascarilla de oxígeno. En aquel momento, las convulsiones eran peores; los brazos se agitaban como alas de ganso.

–¡Sostenga la mascarilla! –dijo el anestesista–. ¡Voy a ponerle una inyección!

Gregor se arrodilló junto a la cabeza del hombre y cogió la mascarilla. La piel del cirujano era asquerosa, blanda y grasienta. Le había salido saliva de la boca y la mascarilla de oxígeno estaba resbaladiza. La piel se le estaba poniendo azul. Gregor supo entonces, mirando la cianosis cada vez más oscura, que sus esfuerzos eran en vano.

Momentos después, el hombre estaba muerto.

Durante un rato, los tres se quedaron mirando el cadáver. Parecía haberse hinchado aún más, lo que le confería un aspecto todavía más grotesco. El estómago se había dilatado y los pliegues carnosos de la cara estaban extendidos como una medusa.

–¿Y ahora qué cojones hacemos? –preguntó el anestesista.

–Necesitamos otro cirujano –dijo Gregor.

–No lo encontraremos aquí, en medio del mar. Tendremos que ir a puerto antes de lo planeado.

–O transferir la carga viva. –De pronto Gregor miró hacia arriba. Nadiya y el anestesista también. En ese momento los tres lo oyeron: el *chop-chop* del helicóptero. Gregor miró el refrigerador que estaba sobre la mesa–. ¿Está lista?

–La he envuelto con hielo –dijo Nadiya.

–Entonces ve. Llévasela. –Gregor miró hacia atrás, hacia el cuerpo del cirujano muerto. Le dio una patada de asco–. Nosotros nos haremos cargo de la ballena.

Los ojos azules brillaban en la cubierta.

Desde su escondite debajo de la escalera del puente, Yákov había observado primero el resplandor de la luz azul, seguido por el círculo de luces blancas. En aquel momento, todas estaban encendidas a la máxima potencia y brillaban tanto que no podía mirarlas directamente. Desvió la vista hacia el cielo, hacia el helicóptero revoloteando encima de su cabeza. Descendía de las tinieblas, y Yákov cerró los ojos cuando la ráfaga de los rotores le sopló en la cara. Cuando volvió a abrirlos, vio que el helicóptero había aterrizado.

La puerta se abrió, pero no apareció nadie. Estaba esperando a que alguien subiera.

Yákov se asomó para poder mirar el helicóptero por el espacio que había entre dos escalones. «Tiene suerte Alexéi –pensó–. Se irá esta noche.»

Oyó el ruido de una puerta que se cerraba y una figura apareció en el borde del círculo de luz. Era Nadiya. Cruzó la cubierta, doblada por la cintura. Tenía miedo de que las hélices le arrancaran aquella estúpida cabeza suya. Se inclinó dentro del helicóptero, con el trasero todavía echado hacia atrás mientras hablaba con el piloto. Después retrocedió y volvió al borde de las luces.

Un momento después, el helicóptero se elevó.

Las luces se apagaron, dejando la cubierta en sombras.

Yákov se asomó más para ver el helicóptero mientras se elevaba. Vio la cola que se alejaba como un péndulo gigante colgado de una cuerda. Entonces el aparato avanzó, roncando, descendió hacia el agua y desapareció en la noche.

Una mano lo cogió por el hombro. Gritó cuando lo empujaron y lo hicieron girar en redondo.

–¿Qué demonios haces tú aquí arriba? –preguntó Gregor.

–¡Nada!

–¿Qué has visto?

–El helicóptero...

–¿Qué has visto?

Yákov se limitó a mirarlo, demasiado asustado para responder.

Nadiya había oído las voces. En aquel momento cruzaba la cubierta hacia ellos.

–¿Qué pasa?

–Ha estado mirando otra vez. Pensé que habías cerrado el camarote.

–Y lo cerré. Seguramente ya había salido. –Miró a Yákov–. Siempre es el mismo. No puedo vigilarlo continuamente.

–Ya estoy harto de este niño. –Gregor le tiró del brazo y lo empujó hacia la compuerta de la escalera–. No puede volver con los otros.

Se volvió para abrir la compuerta.

Yákov le dio un puntapié en la corva.

Gregor gritó y lo soltó.

Entonces salió corriendo. Oyó los gritos de Nadiya, y pisadas detrás de él. Luego más pisadas, resonando en la escalera del puente. Se dirigió hacia proa. Pero se dio cuenta demasiado tarde de que había corrido directamente hacia la cubierta de aterrizaje.

Se oyó un estrépito y se encendieron las luces de cubierta.

Yákov quedó atrapado justo en medio de la zona iluminada. Cubriéndose los ojos, trastabilló a ciegas alejándose de los ruidos de la persecución. Pero en aquel momento lo tenían rodeado, estrechaban el círculo y lo cogieron de la camisa. Se soltó.

Alguien le dio un bofetón. El golpe lo hizo caer al suelo. Trató de escapar gateando, pero entonces le propinaron un puntapié en las piernas.

–¡Basta! –gritó Nadiya–. ¡Lo vas a matar!

–¡Hijo de puta! –gruñó Gregor.

Lo levantaron por el pelo. Gregor lo tiró por la cubierta, hacia la compuerta de la escalera. Yákov seguía trastabillando, y lo volvieron a agarrar por el pelo. No veía adónde iban. Sólo sabía que bajaban unos escalones, que recorrían un pasillo. Gregor iba soltando maldiciones todo el camino. También cojeaba un poco, lo que le dio a Yákov cierta satisfacción.

Una puerta se abrió y Yákov fue arrojado a una estancia oscura.

–Puedes pudrirte ahí dentro –dijo Gregor y cerró la puerta de un golpe.

Yákov oyó cómo se cerraba la puerta. Oyó pisadas que se alejaban. Estaba solo en la oscuridad.

Apretó las rodillas contra el pecho y se quedó abrazado a sí mismo. Un extraño temblor se apoderó de su cuerpo; trató de detenerlo pero no pudo. Oía cómo le castañeteaban los dientes, no de frío, sino de algo que pasaba en lo más profundo de su alma. Cerró los ojos y revivió las imágenes de lo que había visto aquella noche. Nadiya cruzando la cubierta, flotando en un campo etéreo de luz. La puerta del helicóptero abierta y esperando. Después Nadiya inclinada, estirada, alcanzándole algo al piloto.

Una caja.

Yákov apretó las piernas contra el pecho, pero el temblor no disminuía.

Gimiendo, se metió el pulgar en la boca para chupárselo.

20

Para Abby, lo peor eran las mañanas. Se despertaba sintiendo aquel primer impulso de expectación por el día que comienza. Pero de pronto recordaba: «No tengo adónde ir». La certeza la hería con tanta crueldad como un golpe físico. Se quedaba en la cama y oía a Mark mientras se vestía. Lo oía moverse por el dormitorio aún oscuro y se sentía tan hundida en la depresión que no podía decirle ni una palabra. Compartían una casa y una cama pero hacía días que apenas habían intercambiado una frase.

«Así es como muere el amor –pensó Abby cuando lo oyó salir de la casa–. No con palabras airadas, sino con el silencio.»

Cuando Abby tenía doce años, su padre fue despedido del trabajo en una curtiduría. Pero él siguió con la misma rutina cada mañana, durante semanas, como si se fuera a trabajar. Abby nunca descubrió adónde iba o qué hacía. Nunca se lo dijo. Lo único que Abby supo es que su padre tenía terror a quedarse en casa afrontando su propio fracaso. De manera que siguió con la farsa, saliendo todas las mañanas de su casa.

Lo mismo que iba a hacer Abby aquel día.

Dejó el coche aparcado en casa y se fue caminando, una manzana tras otra, sin que le importase adónde iba. La noche anterior había empezado a hacer frío y, cuando por fin se detuvo ante una pastelería, tenía la cara aterida. Compró café y un roscón de semillas de sésamo y se sentó a una de las mesas. Había comido sólo dos bocados cuando miró al hombre de la mesa de al lado. Estaba leyendo el *Boston Herald*.

Su foto aparecía en la primera plana.

Tuvo ganas de salir de puntillas. Dirigió una mirada furtiva a su alrededor, en parte esperando que todo el mundo estuviera mirándola, pero no la miraba nadie.

Saltó de su asiento, tiró el roscón a la basura y salió. Había perdido el apetito. Una manzana más allá compró en un quiosco un ejemplar del *Herald* y se acurrucó, temblando, en un portal, mientras leía el artículo.

LOS EXCESOS DE LAS PRÁCTICAS QUIRÚRGICAS PUEDEN HABER CAUSADO LA TRAGEDIA

La doctora Abigail DiMatteo era, en todos los aspectos, una residente notable, una de las mejores del Centro Médico Bayside, según el presidente del departamento, doctor Colin Wettig. Pero durante los últimos meses, tras iniciar su segundo año, las cosas comenzaron a ir mal...

Abby tuvo que dejar de leer; respiraba demasiado agitada y entrecortadamente. Tardó un momento en calmarse lo suficiente para terminar el artículo. Cuando por fin lo hizo, se sentía enferma.

El periodista lo mencionaba todo. Los juicios. La muerte de Mary Allen. La discusión a gritos con Brenda. Nada era mentira. Todos los elementos, tomados en conjunto, retrataban a una personalidad inestable, incluso peligrosa. Apuntaba directamente al temor secreto de la gente de quedar a merced de un médico desequilibrado.

«No puedo creer que sea de mí de quien hablan.»

Aunque lograra retener su licencia médica, aunque terminara una residencia, un artículo como aquél la perseguiría toda la vida. Igual que las dudas. Ningún paciente en su sano juicio se sometería al bisturí de una psicópata.

No supo cuánto había caminado con el diario apretado en la mano, hasta que por fin se detuvo. Estaba de pie en el parque de la Universidad de Harvard; le dolían las orejas por el frío. Se dio cuenta de que ya hacía rato que había pasado la hora del almuerzo. Había caminado toda la mañana y en aquel momento había perdido medio día. Las demás personas que había en el parque: estudiantes con mochilas, desgreñados profesores con trajes de lana, parecían tener un rumbo. Ella, no.

Miró otra vez el diario. La fotografía que habían utilizado era la de la guía de residentes, una instantánea sacada cuando era interna. Había sonreído frente a la cámara, con el rostro fresco y entusiasta, el aspecto de la muchacha dispuesta a trabajar para alcanzar su sueño.

Arrojó el diario en la papelera más cercana y se fue caminando a su casa, con un solo pensamiento: «Presentar batalla. Tengo que presentar batalla».

Pero Vivian y ella se habían quedado sin pistas. El día anterior Vivian había volado a Burlington. Cuando llamó a Abby por la noche, tenía malas noticias: Tim Nicholls había cerrado el consultorio y nadie sabía nada de él. Punto muerto. Además, el Wilcox Memorial no tenía registros de extracciones de órganos en aquellas cuatro fechas. Otro punto muerto. Finalmente, Vivian había acudido a la policía local y éstos le habían dicho que no tenían registradas a personas desaparecidas o cuerpos no identificados a los que les hubieran extraído los corazones. Punto muerto final.

«Taparon sus huellas. Jamás los venceremos.»

Apenas llegó a la puerta, vio que la luz del contestador automático se encendía y apagaba. Era un mensaje de Vivian para que la llamara. Le dejaba un número de Burlington. Abby marcó el número pero no contestó nadie, así que colgó.

Llamó entonces al banco de órganos de Nueva Inglaterra pero, como siempre, se negaron a ponerla con Helen Lewis. Al parecer, nadie quería oír las últimas teorías de la delirante doctora DiMatteo. No sabía a quién más llamar. Recorrió la lista de todas las personas que conocía en Bayside: el doctor Wettig, Mark, Mohandas y Zwick. Susan

Casado. Jeremiah Parr. No confiaba en ninguno de ellos. En ninguno.

Acababa de levantar el auricular para volver a llamar a Vivian cuando miró casualmente por la ventana. Aparcado en la esquina había un camión rojo.

«¡Hijo de puta! ¡Esta vez no te me escapas!»

Corrió al armario del vestíbulo y cogió los prismáticos. Desde la ventana, alcanzó a ver la matrícula.

«Te tengo –pensó con satisfacción–. Ya te tengo.»

Cogió el teléfono y marcó el número de Katzka. Entonces, mientras esperaba a que el policía se pusiera, se dio cuenta de lo extraño que era que lo hubiera llamado a él. Tal vez fuera una reacción automática. Cuando uno necesita ayuda llama a la policía. Y él era el único policía al que conocía.

–Detective Katzka –dijo él con su tono tranquilo y profesional de costumbre.

–¡El camión otra vez! –farfulló ella.

–¿Cómo?

–Soy Abby DiMatteo. El camión que me había estado siguiendo... está aparcado delante de mi casa. El número de la matrícula es cinco tres nueve TDV, de Massachusetts.

Se hizo un silencio mientras él tomaba nota.

–Usted vive en Brewster Street, ¿verdad?

–Sí. Por favor, mande a alguien enseguida. No sé lo que va a pasar.

–Quédese quieta, siéntese, cierre todas las puertas con llave. ¿Entendido?

–Sí. –Respiró fuerte a causa de los nervios–. Sí, entendido.

Sabía que las puertas ya estaban cerradas, pero, de todas maneras, lo comprobó. Todo estaba seguro. Volvió a la sala y se sentó cerca de la cortina, mirando de vez en cuando hacia fuera para asegurarse de que el camión seguía allí. Quería que se quedara allí. Quería ver la reacción del conductor cuando llegara la policía.

Quince minutos después, un Volvo verde conocido aparcaba en la calle, delante del camión. Ella no esperaba que el mismo Katzka apareciera, pero allí estaba, bajándose del coche. Al verlo, sintió un inmenso alivio. «Sabe lo que se hace», pensó. Katzka era bastante inteligente para hacer frente a cualquier situación.

Cruzó la calle y se aproximó despacio al camión.

Abby se apretó contra la ventana y sintió que el corazón le golpeaba en el pecho. Se preguntó si a Katzka el pulso le latiría con la misma fuerza. Lo vio avanzar con una gracia casi indiferente hacia la puerta del conductor. Sólo cuando se volvió un poco hacia Abby ésta se dio cuenta de que había desenfundado el arma. Ni siquiera lo había visto acercar la mano a la pistolera.

En aquel momento Abby tenía miedo de mirar. Miedo por él.

Katzka se acercó y miró por la ventanilla. Al parecer, no vio nada sospechoso. Rodeó el camión por la parte de atrás y miró por la ventanilla trasera. Entonces guardó la pistola y escrutó la calle en ambas direcciones.

En una casa cercana se abrió de pronto la puerta y un hombre vestido con un mono gris bajó a zancadas los escalones del porche, gritando y moviendo los brazos. Katzka le respondió con la impasibilidad que era su principal rasgo de carácter y sacó la placa de identificación. El otro hombre la miró y se la devolvió. Entonces sacó la billetera y mostró «su» identificación.

Por un momento ambos hombres estuvieron hablando, señalando de vez en cuando el camión y la casa. Finalmente, el hombre volvió a entrar en la casa cercana.

Katzka caminó hacia donde estaba Abby.

Ella le abrió la puerta.

–¿Qué ha pasado?

–Nada.

–¿Quién es el conductor? ¿Por qué me seguía?

–Dice que no tiene la menor idea de lo que usted me cuenta.

Ella lo siguió al interior de la sala.

–¡No estoy ciega! He visto ese camión antes. En esta calle.

–El conductor dice que nunca había estado por aquí.

–¿Y quién es el conductor?

Katzka sacó la libreta.

–John Doherty, treinta y seis años, residente en Massachusetts. Fontanero con licencia. Dice que es la primera vez que viene a Brewster Street. El camión pertenece a Instalaciones Back Bay. Y está lleno de herramientas.

Cerró la libreta y se la guardó en el bolsillo de la americana. Luego la miró con su indiferencia habitual.

–Estaba segura –murmuró ella–. Estaba tan segura de que era el mismo...

–¿Insiste en que había un camión?

–¡Sí, claro que insisto! –gritó ella–. ¡Claro que había un camión!

Él reaccionó a la vehemencia de ella con una ceja apenas levantada. Ella se obligó a respirar hondo. Una explosión temperamental era lo último a lo que aquel hombre podría responder. Era lógica pura, razón pura. El señor Spock con placa.

–No me estoy imaginando nada –dijo, ya más tranquila–. Y tampoco me lo invento.

Él cerró la libreta con mucha calma.

–Si cree que vuelve a ver el camión, anote el número de matrícula.

–¿Si «creo» verlo?

–Voy a llamar a Instalaciones Back Bay para confirmar la información de Doherty. Pero le creo cuando dice que es fontanero. –Katzka miró la sala. El teléfono sonaba–. ¿No va a contestar?

–Por favor, no se vaya. No se vaya todavía. Tengo algunas cosas que contarle.

Él ya había alargado la mano hacia el pomo. Se detuvo y la miró mientras ella cogía el teléfono.

–¿Diga? –dijo ella.

Una voz de mujer habló suavemente.

–¿Doctora DiMatteo?

Al instante la mirada de Abby se clavó en la de Katzka. Él pareció comprender, sólo por la mirada de ella, que la llamada era importante.

–¿Señora Voss? –dijo Abby.

–Me he enterado de una cosa –dijo Nina–. No sé lo que significa. Si es que realmente significa algo.

Katzka se acercó a Abby. Lo había hecho tan rápido, tan silenciosamente, que ella casi no se había dado cuenta. Él inclinó la cabeza hacia el auricular para escuchar.

–¿Qué ha averiguado? –preguntó Abby.

–Hice algunas llamadas. Al banco y a nuestro contable. El veintitrés de septiembre, Victor transfirió fondos a una compañía llamada Amity Corporation. Una compañía de Boston.

–¿Está segura de la fecha?

–Sí.

«3 de septiembre», pensó Abby. Un día antes del trasplante de Nina Voss.

–¿Qué sabe de Amity? –preguntó Abby.

–Nada. Victor nunca ha mencionado ese nombre. Tratándose de una transacción de esa cuantía, normalmente me lo habría comentado. –Se hizo un silencio. Abby oyó voces de fondo y luego otro ruido. La voz de Nina volvió a la línea, pero más tensa, más queda–. Tengo que colgar.

–Dice que fue una transacción importante. ¿Cuánto?

Por un momento no hubo respuesta. Abby pensó que quizá Nina ya había colgado. Pero oyó la respuesta susurrada:

–Cinco millones –dijo Nina–. Transfirió cinco millones de dólares.

Nina colgó el teléfono. Oyó las pisadas de Victor pero no levantó la mirada cuando él entró en la habitación.

–¿Con quién hablabas? –preguntó él.

–Con Cynthia. He llamado para agradecerle las flores.

–¿Qué flores te ha enviado?

–Las orquídeas.

Él miró el florero que había sobre la cómoda.

–Ah, sí. Muy bonitas.

–Dice Cynthia que la primavera próxima van a Grecia. Creo que se han cansado del Caribe.

¡Con qué facilidad le mentía! ¿Cuándo había empezado? ¿Cuándo habían dejado de decirse la verdad?

Victor se sentó sobre la cama. Ella sintió que la observaba.

–Cuando estés mejor –dijo él– tal vez volvamos a Grecia. Tal vez incluso vayamos con Cynthia y Robert. ¿No te gustaría?

Ella asintió y bajó la mirada hasta la colcha. Hasta sus manos, con los dedos huesudos y envejecidos. «Pero si yo no voy a estar mejor nunca. Los dos lo sabemos.»

Sacó las piernas de debajo de las mantas.

–Tengo que ir al baño –dijo.

–¿Te ayudo?

–No, estoy bien.

Al ponerse de pie sintió un leve mareo. Últimamente se mareaba a menudo, cada vez que se ponía de pie o hacía algún esfuerzo, por leve que fuera. No le dijo nada a Victor; esperó a que se le pasara. Luego continuó despacio hacia el baño.

Lo oyó coger el teléfono.

Sólo cuando ya había cerrado la puerta del baño se dio cuenta de su error. El último número marcado seguía en la memoria del teléfono. Lo único que Victor tenía que hacer era pulsar el botón para volver a llamar al mismo número y sabría que ella le había mentido. Eso sería lo que haría. Se enteraría de que ella no había llamado a Cynthia. Lo averiguaría, de alguna manera averiguaría que era a la doctora Abby DiMatteo a quien había llamado.

Nina se quedó con la espalda apoyada contra la puerta del baño, escuchando. Oyó que volvía a colgar el auricular y luego la llamaba.

–Nina...

Otro mareo. Dejó caer la cabeza, luchando contra la oscuridad que comenzaba a hacerle perder la visión. Sintió que las piernas se le aflojaban. Sintió que se desplomaba.

Él golpeó la puerta.

–Nina, tengo que hablar contigo.

–Victor –susurró ella, pero supo que él no la oiría. Nadie la oiría.

Yacía tendida en el suelo del baño, demasiado débil para moverse, demasiado débil para llamarlo.

Sintió que el corazón se agitaba en su pecho como las alas de una mariposa.

–No puede ser en este lugar –dijo Abby.

Ella y Katzka habían aparcado en una calle desolada de Roxbury. Era un barrio de fachadas tapiadas y negocios a punto de cerrar. La única empresa en apariencia floreciente era un gimnasio que quedaba unas puertas más allá. A través de las ventanas abiertas del gimnasio se oía el ruido de las pesas y, de vez en cuando, risas masculinas. Al lado del gimnasio había un edificio vacío con un cartel de «Se alquila». Y junto a éste, el edificio de Amity, una construcción de piedra arenisca de cuatro pisos. En la entrada se veía un cartel que decía:

SUMINISTROS MÉDICOS AMITY
Ventas y mantenimiento

Detrás de las ventanas enrejadas que se abrían en la fachada había una muestra un poco envejecida de productos de la compañía: muletas y bastones. Tanques de oxígeno. Almohadones de espuma para prevenir llagas e irritaciones. Sillas retrete. Un maniquí con uniforme y gorro de enfermera de los años sesenta.

Abby miró al otro lado de la calle el desangelado escaparate y dijo:

–Esta Amity no puede ser la que buscamos.

–Es la única que aparece en la guía telefónica –contestó Katzka.

–¿Por qué Voss iba a transferir cinco millones de dólares a esta tienda?

–Puede ser filial de una compañía más grande. Tal vez una inversión.

Ella negó con la cabeza.

–No era el momento más indicado. Póngase en la situación de Victor Voss. La mujer se le estaba muriendo. Él estaba desesperado por conseguir que le hicieran la operación que necesitaba. No estaría para inversiones.

–Depende de cuánto le importara su mujer.

–Mucho.

–¿Cómo lo sabe?

Ella lo miró.

–Lo sé.

Katzka le devolvió la mirada con aquella calma tan característica. Qué extraño, pensó ella, que su mirada ya no la hiciera sentirse incómoda.

Él abrió la puerta.

–Voy a ver qué puedo averiguar.

–¿Qué va a hacer?

–Echar un vistazo. Hacer algunas preguntas.

–Voy con usted.

–No, usted se queda en el coche.

Fue a bajar, pero ella lo retuvo.

–Escuche –dijo–, yo soy quien puede perderlo todo. Ya he perdido el trabajo. Voy a perder la licencia. Y ahora la gente me llama asesina o psicótica o las dos cosas. Es mi vida la que están destruyendo. Puede que ésta sea mi única oportunidad de luchar.

–Entonces no la estropeemos, ¿eh? Alguien puede reconocerla ahí dentro. Eso los pondría en alerta. ¿Quiere correr el riesgo?

Ella se encogió de hombros. Katzka tenía razón, joder. Es más, él no había querido que lo acompañara hasta allí, pero ella había insistido. Le había dicho que podría ir sola, con él o sin él. De modo que ahí estaba, y no podía ni entrar en el edificio. Ya ni siquiera podía librar sus propias batallas. Eso también se lo habían quitado. Permaneció sentada, sacudiendo la cabeza, enfadada ante su propia impotencia. Enfadada con Katzka por habérsela señalado.

–Cierre las puertas –dijo él. Y bajó del coche.

Lo vio cruzar la calle, entrar por la puerta sucia. Se imaginó lo que encontraría dentro. Una exposición deprimente de sillas de ruedas y recipientes para vomitar. Perchas con uniformes de enfermera debajo de fundas de plástico amarillo. Cajas de zapatos ortopédicos. Se imaginaba cada detalle porque ella había visitado establecimientos como aquél cuando compró su primer uniforme.

Pasaron cinco minutos. Luego diez.

«Katzka, Katzka. ¿Qué estarás haciendo ahí dentro?»

Le había dicho que iba a hacer unas cuantas preguntas, pero sin llamar demasiado la atención. Ella confiaba en su juicio. El promedio de inteligencia de los policías de homicidios, pensó, era probablemente más alto que el de los cirujanos, pero no más que el de los internistas. Era la broma típica entre el personal de los hospitales: la estupidez de los cirujanos. Los internistas confiaban en su cerebro; los cirujanos, en sus preciosas manos. Si un internista va a entrar en un ascensor y se le empieza a cerrar la puerta, meterá la mano para pararla. Un cirujano pondrá la cabeza. Ja, ja.

Ya habían pasado veinte minutos; eran más de las cinco y la débil luz del sol se había desvanecido hasta convertirse en un crepúsculo sombrío.

A través de la ranura de la ventanilla alcanzaba a oír el ruido continuo del tráfico del Martin Luther King Boulevard. Hora punta. En la esquina, dos hombres con bíceps de dimensiones heroicas salieron del gimnasio y avanzaron hacia sus coches.

Ella seguía mirando la entrada, esperando que apareciera Katzka.

Eran las cinco y veinte.

El tráfico comenzaba a aumentar, incluso en aquella calle. A través de la corriente de coches veía intermitentemente la entrada. Hasta que de pronto, el tráfico se aclaró y se encontró mirando directamente a la fachada del edificio en el momento en que de la puerta lateral salía un hombre. Se detuvo en la acera y miró el reloj. Cuando levantó la cabeza, Abby sintió que el corazón le saltaba dentro del pecho. Reconoció aquel rostro, aquellas cejas excesivamente gruesas, aquella nariz ganchuda. Era el doctor Mapes. El correo que había entregado el corazón donado a Nina Voss en el quirófano.

Mapes echó a andar. Media manzana más adelante se detuvo ante una Trans-Am azul aparcada sobre el bordillo. Sacó unas llaves.

Abby miró hacia atrás, al edificio de Amity, esperando, rogando que apareciera Katzka. «¡Vamos, vamos. Voy a perder a Mapes!» Miró la Trans-Am. Mapes ya había subido y se ajustaba el cinturón de seguridad. Puso en marcha el motor y esperó a que el tráfico le permitiera avanzar.

Abby dirigió una mirada frenética al contacto y vio que Katzka había dejado las llaves puestas.

Aquélla podía ser su oportunidad. La única.

La Trans-Am azul se metió en el tráfico.

No había tiempo para pensar.

Abby se cambió al asiento del conductor y puso en marcha el coche. Se metió en el tráfico, haciendo caso omiso de un chirriar de neumáticos y un bocinazo airado del coche de detrás.

Una manzana más adelante, Mapes giró cuando la luz ya se ponía roja.

Abby paró. Había cuatro coches entre ella y el cruce

y no tenía manera de pasarlos. Cuando la luz volviera a ponerse verde, Mapes estaría a varias manzanas de distancia. Contó los segundos, maldiciendo los semáforos de Boston, a los conductores de Boston y a su propia indecisión. ¡Si hubiera arrancado antes! La Trans-Am apenas se veía, un reflejo azul en un río de coches. ¿Qué cojones pasaba con aquella luz?

Por fin se puso verde, pero nadie se movía. El conductor de delante estaría dormido. Abby se apoyó contra la bocina, haciendo un ruido espantoso. Los coches por fin comenzaron a moverse. Pisó el acelerador.

Alguien golpeó el costado derecho del coche.

Al mirar para ver qué pasaba, vio a Katzka que corría al lado del coche. Frenó.

Él abrió la puerta.

–¿Qué diablos hace?

–Suba.

–No. Primero aparque y...

–¡Suba, joder!

Él parpadeó, sorprendido. Y subió.

Ella volvió a pisar el acelerador a fondo y salieron disparados. Dos manzanas más adelante, un resplandor azul giró a la derecha. La Trans-Am tomó por Cottage Street. Si no se quedaba detrás del otro, lo perdería en el tráfico que venía en sentido contrario. Giró a la izquierda por encima de una línea doble, pasó tres coches seguidos y volvió a meterse en su carril con un chirrido de neumáticos, justo a tiempo. Oyó que Katzka se ajustaba el cinturón de seguridad. Mejor. Porque la carrera sería salvaje. Tomaron Cottage.

–¿Me lo va a contar? –preguntó él.

–Salió de la puerta lateral del edificio de Amity. El del coche azul.

–¿Quién es?

–El correo de órganos. Dijo que su nombre era Mapes.

Vio otro claro en el tráfico e hizo otra maniobra hacia la izquierda; luego volvió otra vez.

–Creo que será mejor que conduzca yo –intervino Katzka.

–Se dirige a la glorieta. ¿Hacia dónde irá? ¿Hacia dónde...?

La Trans-Am rodeó la glorieta y luego se dirigió rumbo al oeste.

–Va hacia la autopista –dijo Katzka.

–Y nosotros también.

Abby se metió en la glorieta y siguió a la Trans-Am.

Katzka había acertado. Mapes se dirigía a la entrada de la autopista. Ella lo siguió, con el corazón golpeándole el pecho y las manos húmedas sobre el volante. Allí podía perderlo. A las cinco y media de la tarde la autopista era como una pista de autos de choque a cien kilómetros por hora, en la que cada conductor era un demente desesperado por llegar a su casa. Se metió en el tráfico y vio que Mapes cogía el carril de la izquierda.

Trató de hacer la misma maniobra pero un camión se negó a cederle el paso. Abby le hizo señales y se acercó al carril del camión. Éste se arrimó todavía más. Aquello se estaba convirtiendo en un juego muy peligroso: Abby se aproximaba al camión y el camión no cedía. Ella tenía la adrenalina demasiado alta para tener miedo, estaba demasiado desesperada por la posibilidad de perder a Mapes. Al volante, se había transformado en otra mujer, en una mujer desesperada y malhablada en quien apenas se reconocía. Les estaba haciendo frente, y eso le sentaba bien. Se sentía poderosa. Abby DiMatteo producía testosterona.

Pisó otra vez el acelerador y se fue hacia la izquierda, situándose a la altura del camión.

–¡Joder! –gritó Katzka–. ¿Quiere que nos matemos?

–Me importa un rábano. Quiero a ese tipo.

–¿Es igual en el quirófano?

–Ah, sí, soy un peligro. ¿No lo sabía?

–Recuérdeme que no debo ponerme enfermo.

–¿Y ahora qué hace?

Más adelante, la Trans-Am volvía a cambiar de carril. Viró hacia la derecha, hacia la salida del túnel de Callahan.

–¡Mierda! –dijo Abby, dio un golpe de volante hacia la derecha, cruzó dos carriles y entró en la penumbra del túnel.

Las pintadas pasaron a la velocidad de la luz. Las paredes de hormigón devolvían el ruido de los neumáticos sobre el suelo, el *uosh* de los coches que cortaban el aire.

Volver a emerger a la luz gris del crepúsculo fue una conmoción para sus ojos.

En ese momento, la Trans-Am dejaba la autopista. Abby la siguió.

Ahora estaban en Boston Este, la antesala del aeropuerto internacional de Logan. Hacia allí se dirigiría Mapes, pensó Abby. Al aeropuerto.

Por eso se sorprendió cuando cruzó de repente una vía de tren y se dirigió al oeste, alejándose de la carretera del aeropuerto. Se metió en un laberinto de calles.

Abby redujo la velocidad, dándole un poco de espacio al otro. El flujo de adrenalina que sintió durante la frenética persecución en la autopista se le estaba pasando. La Trans-Am no iba a perdérsele en aquella zona. Su objetivo ahora era evitar que la viera. Recorrieron los muelles del puerto interior de Boston. Detrás de una valla de alambre había filas y filas de contenedores no usados amontonados de tres en tres como Legos gigantes. Y al otro lado del depósito de contenedores, estaba el muelle industrial. Frente al sol poniente se elevaban las siluetas de las grúas de carga y de los buques del puerto. La Trans-Am giró a la izquierda, cruzó la valla por una puerta y se metió en el depósito de contenedores.

Abby se detuvo junto a la valla y aparcó. Miró por entre una carretilla elevadora y un contenedor y vio que la Trans-Am avanzaba hasta el borde del muelle y se paraba allí. Mapes se bajó del vehículo y caminó hasta donde había un buque atracado. Parecía un carguero pequeño, de unos sesenta metros.

Mapes gritó algo. Tras un momento, apareció un hombre en la cubierta y le indicó que subiera. Subió por la pasarela y desapareció dentro del buque.

–¿Por qué habrá venido hasta aquí? –preguntó ella–. ¿Por qué a un barco?

–¿Está segura de que es el mismo hombre?

–Si no lo es, es un doble de Mapes que trabaja en Amity. –Se interrumpió de pronto, al recordar dónde había pasado Katzka la última media hora–. Después de todo, ¿qué averiguó usted allí?

–¿Antes de ver que robaban el coche? –Se encogió de hombros–. Parece que es lo que aparenta ser. Un negocio de venta de suministros médicos. Les dije que necesitaba una cama anatómica para mi esposa y me mostraron algunos de los últimos modelos.

–¿Cuántas personas había en el edificio?

–Vi tres. Uno en el salón de ventas. Dos en el primer piso a cargo de los pedidos telefónicos. Ninguno parecía muy contento de trabajar allí.

–¿Y los dos pisos superiores?

–Espacio para depósito, supongo. No hay nada en el edificio que valga la pena investigar.

Ella miró más allá de la valla, a la Trans-Am azul.

–Podría citarlos para ver los libros de contabilidad. Averiguar adónde fueron los cinco millones de Voss.

–No tenemos ninguna base para investigarlos.

–¿Qué evidencia necesita? ¡Yo sé que ese hombre fue el correo! Yo sé lo que está haciendo esa gente.

–Su testimonio no va a conmover a ningún juez. No, dadas las circunstancias. –La respuesta de él había sido sincera, y brusca–. Lo siento, Abby, pero usted sabe tan bien como yo que tiene un serio problema de credibilidad.

Ella sintió que lo rechazaba, que se encerraba en su cólera.

–Tiene toda la razón del mundo –le contestó–. ¿Quién va a creerme? No es más que la psicótica doctora DiMatteo, otra vez diciendo tonterías.

Él no respondió al comentario autocompasivo. En el silencio que siguió ella lamentó haberlo hecho. El sonido de su propia voz, herida y sarcástica, pareció pender entre los dos.

No dijeron nada durante un rato. Por encima de sus cabezas tronó un reactor, y la sombra de sus alas los oscureció como las de un ave de presa. Se elevó, resplandeciente bajo la última luz del sol poniente. Sólo cuando el ruido del reactor desapareció, Katzka volvió a hablar.

–No es que yo no le crea –dijo.

Ella lo miró.

–Nadie me cree. ¿Por qué iba a creerme usted?

–Por el doctor Levi. Y por cómo murió. –Miró hacia delante, al camino que se oscurecía–. Los suicidas por lo general no se matan así. En una habitación donde no va a encontrarlos nadie durante días. A nadie le gusta pensar en la descomposición del cuerpo. Queremos que nos encuentren antes de que los gusanos pongan manos a la obra. Antes de tornarnos negros e hincharnos. Mientras todavía se nos pueda reconocer como seres humanos. Además, están todos los planes que hizo. El viaje al Caribe. El Día de Acción de Gracias con el hijo. Miraba hacia el futuro, confiaba en él. –Katzka miró hacia un lado, a una farola que acababa de encenderse en la creciente penumbra–. Y por último la esposa, Elaine. A menudo tengo que hablar con cónyuges supervivientes. Algunos están en estado de conmoción; otros sufren. Los hay que demuestran sin tapujos el alivio que ha significado para ellos. Yo soy viudo. Recuerdo que, después de la muerte de mi esposa, lo que podía hacer era levantarme de la cama todas las mañanas. Pero ¿qué hace Elaine Levi? Llama a una empresa de mudanzas, coge todos los bártulos y se va de la ciudad. No es lo que haría una esposa dolida. Es lo que hace alguien cuando se siente culpable. O cuando tiene miedo.

Abby asintió. Era lo mismo que ella había pensado. Que Elaine tenía miedo.

–Después, usted me habló de Kunstler y de Hennessy –dijo él–. Y de pronto ya no estoy ante una sola muerte, sino ante una serie de muertes. Y la de Aaron Levi se parece cada vez menos a un suicidio.

Otro reactor despegó y el ruido de los motores acalló la conversación. Viró a la izquierda, atravesando la niebla vespertina que empezaba a cerrarse sobre el puerto. Incluso después de que el reactor desapareciera en el cielo del oeste, Abby seguía sintiendo el ruido en los oídos.

–El doctor Levi no se ahorcó –dijo Katzka.

Abby frunció el entrecejo.

–Yo creía que la autopsia lo había confirmado.

–Encontramos algo en toxicología. La semana pasada recibimos los resultados del laboratorio de criminología.

–¿Apareció algo?

–En el tejido muscular. Encontraron rastros de sucinilcolina.

Ella lo miró. «Sucinilcolina.» Los anestesistas la usaban todos los días para inducir la relajación muscular durante la cirugía. En el quirófano, era un fármaco muy importante. Fuera del quirófano, su administración causaría la más terrible de las muertes. Parálisis completa en un sujeto totalmente lúcido. Aunque despierto y consciente, la persona no podría moverse ni respirar. Como ahogarse en un mar de aire.

Tragó saliva, la garganta se le había secado de pronto.

–No fue suicidio.

–No.

Abby respiró hondo y expulsó el aire muy despacio. Por un momento se sintió demasiado horrorizada como para hablar. Ni siquiera se atrevió a pensar en cómo habría sido la muerte de Aaron. Miró a través de la valla, hacia el muelle. Una niebla nocturna estaba formándose sobre el puerto y empezaba a deshilacharse en delgados jirones por todo el muelle. Mapes no había vuelto a aparecer. El carguero se erguía, negro y silencioso, en la luz mortecina.

–Quiero saber lo que hay en ese barco –dijo–. Quiero saber por qué ha subido Mapes.

Apoyó la mano en la puerta.

Él la detuvo.

–Todavía no.

–¿Cuándo?

–Sigamos una manzana más. Podemos esperar un poco más lejos. –Miró al cielo y luego a la niebla que se hacía más densa por encima del agua–. Pronto oscurecerá.

21

–¿Cuánto tiempo ha pasado?

–Sólo una hora –dijo Katzka.

Abby se rodeó el cuerpo con los brazos y se estremeció. La noche era en aquel momento aún más fría y dentro del coche la respiración de ambos empañaba los vidrios. En la niebla del exterior, el lejano farol de la calle emitía un resplandor del color del azufre.

–Es interesante que lo haya dicho de esa manera. «Sólo una hora.» Para mí es como si hubiera sido toda la noche.

–Es una cuestión de perspectiva. Yo he pasado mucho tiempo en vigilias así. Cuando comenzaba en esta profesión.

Katzka de joven..., ella no podía imaginarlo, no podía representárselo como un policía novato de rostro lozano.

–¿Por qué quiso ser policía? –preguntó.

Él se encogió de hombros: una sombra en la penumbra del coche.

–Me convenía.

–Supongo que es una buena explicación.

–¿Por qué quiso ser médica?

Ella dibujó una raya en el parabrisas empañado y miró las montañas cuadradas que formaban los contenedores.

–No sé bien qué responder a eso.

–¿Es una pregunta tan difícil?

–La respuesta es complicada.

–Así que no fue una razón sencilla. Como «por amor a la humanidad».

Esta vez le tocó a ella encogerse de hombros.

–La humanidad casi no notará mi ausencia.

–Fue ocho años a la universidad. Hizo otros cinco años de prácticas. Tiene que ser una razón bastante poderosa.

La ventanilla había vuelto a empañarse. Ella la limpió con la mano y sintió el agua condensada extrañamente tibia en la piel.

–Creo que, si tuviera que darle una razón, sería mi hermano. Tuvieron que hospitalizarlo a los diez años. Pasé mucho tiempo observando a sus médicos. Viendo cómo trabajaban.

Katzka esperó a que ella continuara pero, como no lo hizo, él preguntó, con suavidad:

–¿Su hermano no se salvó?

Ella negó con la cabeza.

–Fue hace mucho tiempo.

Miró la humedad que brillaba en su mano. Tibia como las lágrimas, pensó. Y por un fugaz momento pensó que podría ponerse a derramar lágrimas de verdad. Se alegró de que Katzka no dijera nada; no tenía ganas de contestar más preguntas ni de revivir las imágenes de la sala de urgencias: Pete tendido en la camilla, la sangre sobre las flamantes zapatillas de tenis. Qué pequeños le habían parecido los zapatos, demasiado pequeños para un niño de diez años. Y, después, meses enteros viéndolo en coma, mientras la carne se le consumía, los miembros se contraían en un permanente estremecimiento. La noche en que murió, Abby lo había levantado de la cama y se lo había sentado en la falda, para mecerlo. Lo había sentido tan ligero y frágil como un bebé.

No le contó nada de esto a Katzka, pero sintió que él entendía todo lo que necesitaba saber. Comunicación por empatía. No habría sospechado que él tuviera un talento como aquél. Pero había tantas cosas de Katzka que a ella le parecían sorprendentes...

Él miró hacia la noche y dijo:

–Creo que ya ha oscurecido bastante.

Bajaron del coche, pasaron por la valla abierta y entraron en el depósito de contenedores.

El carguero se elevaba en medio de la niebla. La única luz a bordo del buque era un resplandor de un verde espectral que salía de uno de los ojos de buey inferiores. Por lo demás, el barco parecía abandonado. Recorrieron el muelle, pasando por una torre de cajas vacías apiladas sobre un andén de carga.

Se detuvieron ante la pasarela del barco, oyendo el golpeteo del agua contra el casco, los mil gemidos de acero y cable. El ruido de otro reactor que despegó los sobresaltó.

Abby miró al cielo y, mientras observaba las luces del reactor que se alejaban, tuvo la desorientadora sensación de que era ella la que se movía a través del tiempo y el espacio. Estuvo a punto de apoyarse en Katzka para no caerse.

«¿Cómo es que he terminado en este muelle, con este hombre? –se preguntó–. ¿Qué extraña cadena de hechos me ha traído a este inesperado momento de mi vida?»

Katzka le tocó el brazo y su contacto fue cálido y firme.

–Voy a subir a bordo, a mirar.

Subió a la pasarela. Tan sólo había dado unos pocos pasos hacia el barco cuando se detuvo y miró hacia atrás.

Un par de faros acababan de dar la vuelta por la entrada de la valla. El vehículo se dirigía hacia ellos, cruzando el depósito de contenedores. Era un camión.

Abby no pudo correr para esconderse detrás de las cajas. La luz de los faros ya la había localizado, atrapándola al final del muelle.

El camión se detuvo. Cubriéndose los ojos, Abby trató en vano de ver algo, pero sí oyó puertas que se abrían y se cerraban. Oyó el ruido de pisadas sobre la grava al moverse los hombres para evitar cualquier intento de huida.

Katzka apareció a su lado. Abby no lo había oído bajar de la pasarela pero de pronto estaba allí, interponiéndose entre ella y el camión.

–Bueno, retrocedan –dijo–. No queremos meternos en líos.

Los dos hombres, recortados por la luz de los faros, vacilaron sólo un segundo. Luego comenzaron a avanzar.

–¡Déjennos pasar! –gritó Katzka.

La visión de Abby estaba en parte obstaculizada por la espalda de Katzka. Y por lo tanto no vio lo que sucedió a continuación. Lo único que vio fue que de pronto se agachó, que hubo un ruido de disparos simultáneos y el silbido de algo que rebotó en el muelle de hormigón, a sus espaldas.

Ella y Katzka corrieron al mismo tiempo a protegerse detrás de las cajas. Él le empujó la cabeza hacia el suelo cuando tronaron más disparos, que arrancaron astillas de las cajas.

Katzka devolvió el fuego. Tres rápidas explosiones.

Hubo un rumor de pasos que se alejaban. Un breve intercambio de voces.

Luego el ruido del camión que arrancaba, el motor que aceleraba y los neumáticos que salían escupiendo grava.

Abby levantó la cabeza para mirar. Espantada, vio que el camión avanzaba hacia ellos, en dirección a las cajas como un ariete.

Katzka apuntó y disparó. Cuatro disparos que destrozaron el parabrisas.

El camión se movió incontrolado sobre el muelle, giró a la derecha, luego a la izquierda: un ariete sin dirección.

Katzka disparó los dos últimos tiros a la desesperada.

El camión seguía avanzando.

Abby vio el resplandor enceguecedor de los faros. Saltó del muelle y cayó en la oscuridad más absoluta.

La zambullida en el agua helada fue espantosa. Salió a la superficie, ahogada por la sal y el gasóleo derramado, manoteando en el agua negra. Oyó gritos de hombres en el muelle y enseguida un ruido de zambullida. El agua se agitó y le cayó encima. Volvió a emerger, tosiendo. Hacia el final del muelle el agua parecía relumbrar con un verde fosforescente. El camión. Se estaba hundiendo. Los faros arrojaban dos acuosos rayos de luz. Mientras se hundía, el resplandor verdoso se volvía negro.

Katzka. ¿Dónde estaba Katzka?

Giró en redondo en el agua, moviendo los brazos y escudriñando la oscuridad. La superficie seguía arremolinada y el oleaje que se había levantado le daba en la cara; luchó por ver a pesar de que le ardían los ojos debido al agua salada.

Oyó una zambullida suave y una cabeza salió de entre la espuma a pocos metros de distancia. Chorreando agua, Katzka miró en su dirección y vio que ella se aguantaba. Entonces miró hacia arriba: se oían más voces, ¿del barco? Había dos hombres, tal vez tres, cuyas pisadas resonaban de un lado para otro del muelle. Se gritaban, pero los gritos parecían confusos e ininteligibles.

«No es inglés», pensó Abby, pero no pudo identificar el idioma.

Por encima de sus cabezas apareció una luz; el haz cortó la niebla y recorrió el agua despacio.

Katzka se sumergió. Abby también. Nadó todo lo lejos que le permitió la respiración, alejándose del muelle, hacia la oscuridad del mar abierto. Una y otra vez salió a la superficie, tomó aire y volvió a sumergirse. Cuando salió por quinta vez, estaba rodeada de oscuridad.

En aquel momento había dos luces moviéndose en el muelle; escrutaban la niebla como un par de ojos despiadados. Abby oyó un ruido en el agua, cerca, y luego una aspiración rápida. Supo entonces que Katzka había salido a la superficie cerca de ella.

–He perdido el revólver –dijo él sin dejar de jadear.

–¿Qué diablos está pasando?

–Siga nadando. Vamos hasta el próximo espigón.

La noche se iluminó súbitamente con un brillo impresionante. El carguero había encendido las luces de cubierta e iluminaba cada detalle del muelle. En la pasarela se podía ver a un hombre, y a otro agachado en el borde del muelle con una linterna. Por encima de los dos había un tercer hombre, apuntando al agua con un fusil.

–Vamos –dijo Katzka.

Abby se sumergió, abriéndose camino a través de la oscuridad líquida. Nunca había sido buena nadadora. Las aguas profundas le daban miedo y en aquel momento nadaba en un agua tan negra que podría no tener fondo. Salió a respirar pero, por más que lo hiciera, parecía que no podía aspirar el aire suficiente.

–¡Abby, sigue moviéndote! –la apremió Katzka–. ¡Tienes que llegar a aquel muelle!

Abby miró hacia atrás, hacia el carguero. Vio que las linternas trazaban un círculo más amplio sobre el agua. Que la luz se acercaba a ellos.

Se sumergió, una vez más.

Cuando por fin consiguieron salir a la superficie, Abby apenas podía mover los brazos y las piernas. Trepó por unas rocas resbaladizas, llenas de restos de gasóleo y de algas. Agachada en la oscuridad y con restos de mejillones clavándosele en las rodillas, vomitó en el agua.

Katzka la cogió del brazo y la sostuvo. Abby temblaba con tanta violencia por el agotamiento, que pensó que, de no ser por él, se desmoronaría.

Finalmente, no le quedó nada en el estómago. Sin energía, levantó la cabeza.

–¿Mejor? –susurró él.

–Estoy congelada.

–Vamos a un lugar más cálido. –Miró hacia el muelle que se elevaba por encima de ellos–. Creo que podríamos llegar arriba. Vamos.

Juntos treparon por las rocas, resbalándose a cada momento por culpa del moho y las algas. Katzka llegó el primero al muelle, entonces le tendió el brazo y la levantó. Se quedaron en cuclillas.

La linterna atravesó la niebla y los atrapó en su resplandor.

Una bala rebotó en el suelo justo detrás de Abby.

–¡Muévete! –dijo Katzka.

Salieron corriendo. La linterna los persiguió; la luz zigzagueaba atravesando la oscuridad. En aquel momento habían dejado atrás el muelle de hormigón y corrían hacia el depósito de contenedores. Las balas levantaban la grava alrededor de ellos. Más allá se erguían los contenedores, envueltos en un gigantesco laberinto de sombras. Se metieron detrás de la primera fila y oyeron cómo las balas pegaban contra el metal. Entonces cesó el fuego.

Abby caminaba un poco más despacio para recuperar el aliento. Estaba agotada, debilitada por los vómitos, y en aquel momento temblaba con tanta fuerza que tropezaba.

Se acercaban voces. Parecían venir de dos direcciones al mismo tiempo.

Katzka la cogió de la mano y la arrastró hacia adentro por el laberinto de contenedores.

Corrieron hasta el final de la fila, doblaron a la izquierda y siguieron corriendo. Entonces los dos se detuvieron.

Al final de la fila, brilló una luz.

«¡Están delante de nosotros!»

Katzka giró a la derecha y entró por otra calle. Los contenedores apilados se erguían a ambos lados de ellos como las paredes de un abismo. Oyeron voces y corrigieron el rumbo. Entonces ya habían girado tantas veces que Abby no sabía si no estaban moviéndose en círculos, o si habían pasado por el mismo lugar unos segundos antes.

Una luz bailoteó delante de ellos.

Se detuvieron y giraron en redondo para desandar el camino. Pero vieron otra luz delante. Iluminaba a izquierda y derecha, avanzando hacia ellos.

«Los tenemos delante y detrás.»

Llena de pánico, Abby tropezó hacia atrás. Al tratar de agarrarse de algo para no caerse, metió la mano en una hendedura entre dos contenedores. La separación era suficiente para meterse.

El haz de luz de la linterna se acercaba.

Cogió a Katzka del brazo, se metió dentro de la abertura y lo arrastró tras ella. Se adentró más y más, a través de una filigrana de telarañas, hasta chocar contra la pared de otro contenedor. No había salida hacia delante. Estaban atrapados allí, apretados en un espacio más estrecho que un féretro.

El ruido de las pisadas sobre la grava se acercaba.

La mano de Katzka buscó la de ella, pero el contacto de él no pudo calmar su pánico. El corazón le golpeaba en el pecho. Los pasos se acercaban.

En aquel momento oyó voces: un hombre que le gritaba a otro y luego un segundo hombre que respondía en un idioma irreconocible. ¿O era la sangre que le retumbaba en los oídos y hacía que las voces parecieran incomprensibles?

Una luz bailó en la hendedura. Los dos hombres estaban cerca, hablaban. Parecían no entender. Sólo con alumbrar la hendedura habrían capturado a su presa. Alguien dio una patada en el suelo y la grava saltó y resonó contra el contenedor.

Abby cerró los ojos, demasiado asustada para mirar. No quería ver el momento en que la luz inundara su escondite. La mano de Katzka apretó con más fuerza su mano. Tenía los miembros rígidos por la tensión y la respiración era rápida y agitada. Oyó de nuevo el ruido de las pisadas sobre el suelo de grava.

Hasta que se alejaron.

Abby no se atrevía a moverse. No estaba segura de poder hacerlo: sentía las piernas clavadas en el suelo.

«Dentro de muchos años –pensó–, me van a encontrar aquí, un esqueleto congelado de terror.»

Fue Katzka quien hizo el primer movimiento. Se acercó a la hendedura y en el momento en que iba a asomar la cabeza para mirar, oyó un ruido seco. Una luz se encendió y se apagó. Alguien había encendido una cerilla. Katzka se quedó inmóvil. A través de la oscuridad les llegó el olor a humo de cigarrillo.

En algún lugar, alguien llamaba.

El fumador gruñó su respuesta y entonces sus pisadas comenzaron a alejarse.

Katzka no se movió.

Permanecieron paralizados, con las manos apretadas. Ninguno de los dos se atrevía a susurrar una palabra. Dos veces oyeron pasar a sus perseguidores. Las dos veces sin que éstos se detuvieran.

Se oyó un murmullo lejano, como de un trueno en el horizonte.

Después, durante un largo rato, no oyeron nada.

Pasaron horas antes de que por fin pudieran salir de su escondite. Recorrieron la fila de contenedores y se detuvieron para escudriñar el muelle. La noche era deprimentemente silenciosa. La niebla se había levantado y, por encima de sus cabezas, las estrellas brillaban débilmente en un cielo dominado por las luces de la ciudad.

La escollera siguiente estaba en silencio. No vieron luces, ni hombres, ni siquiera el brillo de un ojo de buey. Sólo la silueta larga y baja del muelle de hormigón que sobresalía, y el resplandor de la luz de la luna sobre el agua.

El carguero no estaba.

22

La alarma del monitor cardíaco estaba fuera de control; la línea trazaba una caótica danza de la muerte en la pantalla.

–Señor Voss. –Una enfermera cogió del brazo a Victor, tratando de apartarlo de la cama de Nina–. Los doctores necesitan trabajar.

–No voy a dejarla sola.

–¡Señor Voss, no pueden trabajar con usted aquí!

Victor se soltó de la mano de la enfermera con una violencia que la hizo retroceder, como si la hubiera golpeado. Permaneció erguido a los pies de la cama de su esposa, aferrado con tanta fuerza a los barrotes que los nudillos parecían el hueso desnudo.

–¡Atrás! –fue la orden–. ¡Todo el mundo, atrás!

–¡Señor Voss! –Era el doctor Archer, cuya voz se imponía en medio de aquel alboroto–. ¡Tenemos que provocar un *shock* en el corazón de su esposa! ¡Tiene que apartarse ahora mismo de la cama!

Victor soltó los barrotes de los pies de la cama y retrocedió.

El *shock* recorrió el cuerpo de Nina en una sacudida única y brutal. ¡Era demasiado pequeña, demasiado frágil para que la maltrataran así! Furioso, dio un paso adelante, dispuesto a arrancar los tubos. Pero se detuvo.

En el monitor, que estaba más alto que la cama, la línea dentada se había transformado en una serie de destellos rítmicos acompasados. Oyó que alguien respiraba aliviado y sintió que su propia respiración salía en una sola bocanada.

–La sistólica es sesenta. Hasta sesenta y cinco...

–Parece que el ritmo se mantiene.
–Hasta setenta y cinco sistólica.
–Bien, bajen la intravenosa.
–Mueve el brazo. ¿Alguien puede ponerle una muñequera?

Victor se abrió paso entre las enfermeras hasta Nina. Nadie intentó detenerlo. Le cogió la mano y la apretó contra sus labios. Y notó, en la piel de ella, la sal de sus propias lágrimas.

«Quédate conmigo. Por favor. Por favor, quédate.»

–¿Señor Voss?

La voz parecía llamarlo desde una gran distancia. Al volverse, vio la cara del doctor Archer.

–¿Podemos salir un momento? –dijo éste.

Victor negó con la cabeza.

–Está bien por ahora –le aseguró Archer–. Toda esta gente la está cuidando. Nos quedaremos aquí en la puerta. Necesito hablar con usted, ahora mismo.

Por fin Victor asintió. Con ternura, dejó la mano de Nina y siguió a Archer fuera de la habitación.

Estaban de pie, en un rincón tranquilo de cuidados intensivos. Habían bajado las luces porque era de noche y, contra las mamparas verdes, se veía la silueta de la enfermera de control, sentada quieta y en silencio.

–Se ha pospuesto el trasplante –dijo Archer–. Ha habido un problema con la extracción.

–¿Qué quiere decir?

–No han podido hacerlo hoy. Tenemos que dejarlo para mañana.

Victor miró hacia el cubículo de su esposa. A través de la cortina abierta vio que ella movía la cabeza. Se estaba despertando. Lo necesitaba a su lado.

–Mañana y sin errores –espetó.

–Claro que no.

–Es lo que me contestó después del primer trasplante.

–No siempre podemos solucionar un rechazo de órganos. Por mucho que tratemos de impedirlo, sucede.

–¿Cómo sé que no volverá a suceder con un segundo corazón?

–No puedo prometer nada. Pero a estas alturas, señor Voss, no tenemos otra alternativa. La ciclosporina falló. Y su esposa tuvo una reacción anafiláctica al OKT-tres. No queda más remedio que realizar otro trasplante.

–¿Y lo harán mañana?

Archer asintió.

–Seguro que se hará mañana.

Nina no estaba del todo consciente cuando Victor volvió a su lado. Muchas veces la había observado mientras dormía. A través de los años había tomado nota de los cambios en el rostro de ella. Los delicados surcos que se habían formado a los lados de la boca. La línea de la mandíbula, más caída. El asomo de canas en los cabellos. Había lamentado cada cambio, porque le recordaba que el camino de los dos juntos no era más que un paso provisional a través de una eternidad fría y solitaria.

Y sin embargo, como era la cara de ella, había amado cada uno de aquellos cambios.

Horas más tarde, ella abrió los ojos. Al principio, Victor no se dio cuenta de que estaba despierta. Permanecía sentado en una silla junto a la cama, con los hombros caídos, agotado, cuando algo le hizo levantar la cabeza y volverse hacia ella.

Nina lo miraba y abrió una mano en un silencioso gesto para pedir la suya. Él se la cogió y la besó.

–Todo va a salir bien –susurró ella.

Él sonrió.

–Sí. Por supuesto.

–He tenido mucha suerte, Victor. Mucha suerte.

–Los dos.

–Pero ahora tienes que aprender a dejarme ir.

La sonrisa de Victor desapareció. Sacudió la cabeza.

–No digas eso.

–Tienes tanto por delante...

–Nosotros tenemos. –En aquel momento apretaba la

mano de Nina entre las suyas, como quien trata de aferrarse al agua que se le escapa de entre los dedos–. ¡Tú y yo, Nina, nosotros no somos como el resto del mundo! Siempre nos lo decíamos. ¿No lo recuerdas? Que éramos diferentes. Éramos especiales. Y nada malo podía sucedernos jamás.

–Pero no ha sido así, Victor –murmuró ella–. Algo me ha sucedido a mí.

–Y yo me voy a ocupar de eso.

Ella no dijo nada; sólo movió la cabeza, triste.

A Victor le pareció que lo último que vio, antes de que Nina volviera a cerrar los ojos, fue una mirada de sereno desafío. Le miró la mano, la mano que él sostenía con gesto de posesión. Y vio que estaba cerrada en un puño.

Era casi medianoche cuando el detective Lundquist dejó a Abby exhausta frente a la puerta de su casa. Ella vio que el coche de Mark no estaba aparcado en la entrada. Cuando abrió la puerta de la casa sintió el vacío con la misma claridad con que uno siente un abismo que se abre ante los pies. «Habrá tenido una emergencia en el hospital», pensó. No era extraño que él saliera de casa a horas avanzadas de la noche, porque había recibido un aviso de Bayside para atender una herida de bala o un apuñalamiento. Intentó recordarlo como lo había visto tantas veces en el quirófano, con la mascarilla azul y la mirada hacia abajo; pero ahora le era difícil evocar su imagen. Era como si el recuerdo, la vieja realidad, se hubiera borrado.

Se acercó al contestador automático esperando que le hubiera dejado un mensaje. Lo único que encontró fue dos mensajes de Vivian, y el número que dejaba tenía prefijo de otro estado. Seguía en Burlington. En aquel momento era demasiado tarde para llamarla. Lo intentaría por la mañana.

Arriba, se quitó la ropa mojada, la arrojó a la lavadora y se metió en la ducha. Vio que las baldosas estaban secas: Mark no se había duchado aquella noche. ¿Habría estado en casa?

Mientras el agua caliente golpeaba en los hombros cerró los ojos y pensó. Tenía miedo de hablar con Mark. Por eso había vuelto a casa aquella noche. Había llegado el momento de enfrentarse con él, de pedir explicaciones. La incertidumbre se había vuelto insoportable.

Después de la ducha se sentó en la cama y mandó un mensaje al buscapersonas de Mark. Se sorprendió cuando sonó el teléfono, casi enseguida.

–¿Abby? –No era Mark, sino Katzka–. Quería comprobar que estabas bien. He llamado hace un ratito y no contestó nadie.

–Estaba en la ducha. Me encuentro bien, Katzka. Estoy esperando a Mark.

Hubo una pausa.

–¿Estás sola?

El tono de preocupación la hizo esbozar una sonrisa. Si se rascaba un poco la armadura allí debajo se descubría un hombre de verdad, después de todo.

–He cerrado todas las puertas y ventanas –contestó–. Como me dijiste. –A través de la línea se oía el murmullo de voces junto con el pitido de una radio policial, y se lo imaginó de pie en el muelle, con las luces azules intermitentes iluminándole la cara–. ¿Qué pasa por ahí?

–Estamos esperando a los buzos. El equipo ya está preparado.

–¿De verdad crees que el conductor está atrapado en el camión?

–Eso me temo.

Y suspiró revelando un cansancio tan profundo que ella se preocupó.

–Tendrías que irte a tu casa, Katzka. Necesitas una ducha caliente y caldo de pollo. Es mi receta.

Él rió. Fue una sorpresa; era la primera vez que lo oía reír.

–Si pudiera encontrar una farmacia donde me lo prepararan. –Alguien le habló. Parecía otro policía, preguntando algo sobre trayectorias de balas. Katzka se volvió para responder a aquel hombre y reanudó la conversación–. Tengo que irme. ¿Seguro que estás bien ahí? ¿No preferirías irte a un hotel?

–Estoy bien.

–Bueno. –Ella volvió a oír el suspiro de Katzka–. Pero mañana temprano llama a un cerrajero. Que instale cerrojos en todas las puertas. Con más motivo si vas a pasar muchas noches sola en casa.

–Lo haré.

Se hizo un breve silencio. Él tenía asuntos urgentes que atender, y sin embargo parecía reacio a cortar. Por fin, dijo:

–Te llamo por la mañana.

–Gracias, Katzka –contestó ella y colgó.

Volvió a enviar un mensaje a Mark. Luego se tendió en la cama y esperó su llamada. Pero Mark no llamó.

A medida que pasaban las horas trató de calmar sus crecientes temores enumerando todas las posibles razones para que no le respondiera. Podía estar dormido en una de las habitaciones de guardia del hospital. Podía habérsele estropeado el buscapersonas. Podía estar en el quirófano.

O podía estar muerto. Como Aaron Levi. Como Kunstler y Hennessy.

Volvió a llamarlo. Y más tarde otra vez.

A las tres de la mañana por fin sonó el teléfono. En un instante ella estuvo despierta y con el auricular en la mano.

–Abby, soy yo.

La voz de Mark sonó con eco, como si la llamada fuera a larga distancia.

–Hace horas que te llamo –dijo ella–. ¿Dónde estás?

–En el coche, voy camino del hospital. –Se hizo un silencio–. Abby, tenemos que hablar. Las cosas han..., han cambiado.

–Entre nosotros, quieres decir –dijo ella, suavemente.

–No. No, esto no tiene nada que ver contigo. Nunca ha tenido nada que ver contigo. Sino conmigo. Tú te quedaste en medio, Abby. Yo traté de detenerlos, pero han llevado el asunto demasiado lejos.

–¿Quiénes?

–El equipo.

Ella tuvo miedo de formular la siguiente pregunta, pero no le quedaba otra opción.

–¿Todos vosotros? ¿Estáis todos involucrados?

–Ya no. –La comunicación se perdió por un momento y ella oyó lo que parecía el tráfico de la calle. La voz de él recuperó volumen–. Esta noche Mohandas y yo hemos tomado una decisión. Ahí era donde estaba, en casa de él. Hemos estado hablando, intercambiando opiniones. Abby, nos estamos jugando la cabeza. Pero hemos decidido que ya es hora de acabar con esto de una vez. No podemos seguir haciéndolo. Vamos a deshacer esto, Mohandas y yo. Y que se vayan a la mierda los demás. Que Bayside se vaya a la mierda. –Hubo un silencio; se le quebró la voz–. He sido un cobarde. Lo siento.

Ella cerró los ojos.

–Tú lo sabías. Lo has sabido siempre.

–Conocía parte del asunto, no todo. No tenía idea de hasta dónde había llegado Archer. No quería saberlo. Hasta que tú empezaste a hacer preguntas. Y ya no pude esconderme de la verdad... –Exhaló un largo suspiro y susurró–: Esto va a destruirme, Abby.

Ella seguía con los ojos cerrados. Lo veía en la oscuridad del coche, con una mano en el volante y la otra aferrada al teléfono móvil. Se imaginaba el dolor en la cara de él. Y la determinación, más que nada, la determinación.

–Te quiero –susurró él.

–Ven a casa, Mark, por favor.

–Todavía no. Mohandas y yo hemos quedado en el hospital. Vamos a buscar los registros de esos donantes.

–¿Sabes dónde los guardan?
–Más o menos. Pero como sólo somos dos vamos a tardar un buen rato en buscarlos. Si tú nos ayudaras podríamos acabar mañana por la mañana.
Ella se incorporó en la cama.
–De todos modos, esta noche no iba a dormir mucho. ¿Dónde has quedado con Mohandas?
–En archivos médicos. Él tiene la llave. –Mark vaciló–. ¿Estás segura de que quieres involucrarte en esto, Abby?
–Quiero estar donde tú estés. Haremos esto juntos. ¿Te parece bien?
–Sí –dijo él, en voz baja–. Nos vemos dentro de un rato.
Cinco minutos después, Abby salía de casa y subía al coche.
Las calles de West Cambridge estaban desiertas. Giró en Memorial Drive y bordeó el río Charles dirigiéndose hacia el sudeste, hacia el puente de River Street. Eran las tres y cuarto de la madrugada pero ella no recordaba haberse sentido nunca tan despierta. Tan viva.
«¡Por fin vamos a vencerlos! –pensó–. Y lo haremos juntos. Como tendría que haber sido desde el principio.»
Cruzó el puente y se dirigió a la autopista. Había pocos coches a aquella hora, por lo que no le costó demasiado mezclarse con el escaso tráfico que iba al este.
Seis kilómetros más adelante, la autopista terminaba. Cambió de carril, preparándose para tomar la rampa de acceso a la autopista del Sur. Al girar, reparó de pronto en un par de faros detrás de ella.
Aceleró, mezclándose con el tráfico que se dirigía al sur.
Las luces se acercaron más; eran luces altas que se reflejaban en el espejo retrovisor y la deslumbraban. ¿Cuánto hacía que la seguían? No tenía ni idea. Pero en aquel momento se abalanzaban sobre ella como murciélagos salidos del infierno.

Aceleró.

Lo mismo hizo el otro coche. Súbitamente la adelantó por la izquierda y se metió en el carril contiguo. Se aproximó a ella hasta que quedaron casi a la misma altura.

Ella miró a un lado y vio que el cristal del otro coche estaba bajado. Vislumbró el perfil de un hombre en el asiento trasero.

Llena de pánico, pisó el acelerador.

No tuvo tiempo de darse cuenta de que el otro coche se metía delante de ella. Frenó. El coche giró sobre sí mismo y rebotó contra la barrera de hormigón. Súbitamente el mundo se inclinó hacia un lado. Y todo empezó a dar vueltas y más vueltas. Vio oscuridad y luz. Oscuridad y luz.

Oscuridad.

–...repito, unidad móvil cuarenta y uno. Nuestro tiempo aproximado de llegada es tres minutos. ¿Recibido?

–Recibido, cuarenta y uno. ¿Cómo están los signos vitales?

–La sistólica se mantiene en noventa y cinco. Pulso ciento once. Tenemos suero normal entrando en una cánula periférica. Atención, parece que se mueve.

–Manténganla inmovilizada.

–La tenemos entablillada en cuello y columna.

–Bien. Estamos preparados y esperándolos.

–Llegamos dentro de un minuto, Bayside...

...luz.

Y dolor. Breves explosiones agudas en la cabeza.

Trató de gritar, pero no pudo emitir sonido alguno. Trató de apartarse de aquella luz penetrante, pero parecía que tenía el cuello aprisionado por un soporte. Pensó que si pudiera escapar de aquella luz y volver a cobijarse en la oscuridad, se le iría el dolor. Con todas sus fuerzas se retorció, luchando por librarse de la parálisis que se había apoderado de sus miembros.

–¡Abby, Abby, quieta! –ordenó una voz–. Tengo que mirarle los ojos.

Ella se retorció hacia el otro lado, sintió que estaba atada por las muñecas, por los tobillos. Y se dio cuenta de que no era una parálisis lo que le impedía el movimiento. Estaba atada, de pies y manos, a la camilla.

–Abby, soy el doctor Wettig. Míreme. Mire la luz. Vamos, abra los ojos. ¡Abra!

Abrió los ojos, se obligó a mantenerlos abiertos, a pesar de que la luz de la linterna parecía una aguja que le atravesaba el cráneo.

–Siga la luz. Vamos. Así es, Abby. Bien, las dos pupilas reaccionan. Los movimientos extraoculares son normales. –La linterna, gracias a Dios, se apagó–. De todos modos quiero la tomografía.

En aquel momento, Abby podía discernir formas. Veía la sombra de la cabeza del doctor Wettig bajo el brillo difuso de las luces del techo. Había otras cabezas que se movían alrededor, en la periferia de su visión, y una cortina blanca ondulaba como una nube en la distancia. Sintió una punzada de dolor en el brazo izquierdo y se sacudió.

–Tranquila, Abby. –Era una voz de mujer, suave, tranquilizadora–. Debo sacarte sangre. Estáte muy quieta. Tengo muchos tubos que llenar.

Y una tercera voz.

–Doctor Wettig. Los rayos X están listos.

–Espere un minuto –dijo Wettig–. Quiero una canalización más ancha para la intravenosa. De dieciséis. Venga.

Abby sintió otro pinchazo, esta vez en el brazo derecho. El dolor penetró a través de su confusión y le puso la mente en su centro. Supo exactamente dónde estaba. No podía recordar cómo había llegado hasta allí, pero sabía que era la sala de urgencias del Bayside y que seguramente había ocurrido algo terrible.

–Mark –dijo, y trató de incorporarse–. ¿Dónde está Mark?

–¡No te muevas! ¡Vamos a perder esta intravenosa!

Una mano se cerró sobre su hombro, aplastándole el brazo contra la camilla. Era demasiado firme para ser suave. Todos le hacían daño, la pinchaban con sus agujas, la maniataban como a un animal cautivo.

–¡Mark! –gritó.

–Abby, escúcheme. –Era Wettig otra vez, en voz baja e impaciente–. Estamos tratando de localizar a Mark. Estoy seguro de que va a llegar en cualquier momento. Pero ahora tiene que cooperar o no podremos ayudarla. ¿Entiende, Abby? ¿Entiende?

Ella lo miró a la cara y se quedó muy quieta. Muchas veces, como residente, se había sentido intimidada por aquellos ojos azules sin brillo. En aquel momento, atada e indefensa bajo aquella mirada, se sintió más que intimidada. Se sintió real y profundamente asustada. Miró a su alrededor, buscando una cara amiga, pero todos estaban demasiado ocupados atendiendo intravenosas, tubos de sangre y signos vitales.

Oyó que la cortina se abría de golpe, sintió una sacudida cuando la camilla comenzó a moverse. En aquel momento el techo pasaba a toda velocidad en una sucesión de luces, y supo que la llevaban a otro lugar del hospital. Al corazón del enemigo. Ni siquiera trató de luchar; era imposible romper las ataduras. «Tengo que pensar –se dijo–. Tengo que pensar.»

Doblaron una esquina y entraron en rayos X. En aquel momento otra cara, una cara de hombre, apareció sobre la camilla. El radiólogo. ¿Amigo o enemigo? Ya no lo sabía. La pusieron sobre una mesa y la sujetaron con correas a la altura del pecho y las caderas.

–Quédese muy quieta –le ordenó el radiólogo–, o tendremos que repetirla varias veces.

Cuando el tomógrafo comenzó a deslizarse sobre su cabeza sintió un súbito ataque de claustrofobia. Recordó cómo lo habían descrito otros pacientes: como tener la cabeza metida en un sacapuntas. Abby cerró los ojos. La maquinaria chasqueaba y rechinaba alrededor de su cabeza. Trató de pensar, de recordar el accidente.

Recordaba haber subido al coche. Y haber conducido hasta la autopista. Luego su memoria tenía un blanco. Amnesia retrógrada: el accidente mismo era un blanco absoluto. Pero los hechos que llevaban a él lentamente se aclaraban.

Cuando terminaron el estudio había logrado unir suficientes fragmentos de su memoria como para comprender lo que tenía que hacer, si quería seguir con vida.

Se quedó quieta y cooperó mientras el radiólogo la volvía a poner en la camilla. Cooperó tanto, de hecho, que el hombre le dejó las muñecas libres y le ató sólo la correa del pecho. Entonces la llevó a la antesala de rayos X.

–Enseguida vienen a buscarla de la sala de urgencias –dijo–. Si me necesita, llámeme. Estoy en la sala de al lado.

A través de la puerta abierta ella lo oyó hablar por teléfono.

–Sí, de tomografía. Ya hemos terminado. El doctor Blaise está viendo el estudio. ¿Quiere venir a buscarla?

Abby se incorporó y sin hacer el menor ruido desató la correa. Cuando se sentó, la habitación comenzó a dar vueltas a su alrededor. Se apretó las sienes y todo pareció volver a la normalidad.

La intravenosa.

Se arrancó la tela adhesiva del brazo, encogiéndose de dolor, y se arrancó el catéter. La solución salina se derramó del tubo y cayó al suelo. Ella se olvidó de la solución, concentrada en detener el flujo de sangre de su vena. Un pinchazo del dieciséis es un agujero muy grande. Aunque lo apretó con la tela adhesiva, siguió sangrando. Pero en aquel momento no podía preocuparse de eso. Iban a buscarla.

Se bajó de la camilla; con los pies descalzos pisó un charco de solución salina. En la sala de al lado, el radiólogo limpiaba la mesa de la tomografía. Podía oír el ruido del papel, el tintineo del cubo de la basura.

Cogió una bata de laboratorio de la percha de detrás de la puerta y se la puso por encima del camisón de hospital. Aquel esfuerzo bastó para agotarla. Luchó por pensar, por ver a través de la niebla blanca de dolor, mientras se dirigía a la puerta. Sentía las piernas pesadas, como si estuviera vadeando un pantano. Llegó al pasillo.

Estaba vacío.

Todavía moviendo las piernas con dificultad, avanzó por el pasillo, apoyándose de vez en cuando en la pared para sostenerse. Dobló una esquina. Al final del pasillo había una salida de emergencia. Luchó por llegar a ella, mientras pensaba: «Si llego a esa puerta, estaré a salvo».

En algún lugar detrás de ella, en lo que parecía una gran distancia, oyó voces. El ruido de pisadas que se acercaban con rapidez.

Se arrojó contra la puerta de emergencia, empujó y salió a la noche. Comenzaron a sonar las alarmas. Se puso a correr, llena de pánico, huyendo hacia la oscuridad. Se metió en el aparcamiento. Trozos de vidrios rotos y grava se le clavaron en los pies descalzos. No tenía plan de escape, ni ningún destino en mente. Sólo sabía que tenía que escapar de Bayside.

Oyó voces a su espalda. Un grito.

Miró hacia atrás y vio a tres guardias de seguridad corriendo hacia la entrada de urgencias.

Se ocultó detrás de un coche, pero demasiado tarde. La habían visto.

Logró ponerse de pie y echó a correr de nuevo. Las piernas todavía no le respondían. Tropezaba mientras corría entre los coches aparcados.

Las pisadas de sus perseguidores se oían más cerca, moviéndose en dos direcciones al mismo tiempo.

Giró a la izquierda, entre dos coches.

La rodearon. Un guardia la cogió del brazo izquierdo y el otro del derecho. Ella repartió patadas y puñetazos. Trató de morderlos.

Pero ellos eran tres. Se la llevaron a rastras a la sala de urgencias, con el doctor Wettig.

–¡Me van a matar! –gritó–. ¡Suéltenme! ¡Me van a matar!

–Nadie va a hacerle daño, señora.

–Ustedes no lo entienden. ¡No entienden!

Las puertas de urgencias se abrieron. La introdujeron de nuevo en la luz, y la pusieron en una camilla. La ataron, a pesar de que pataleó y forcejeó.

Entonces apareció la cara del doctor Wettig, blanca y tensa, por encima de ella.

–Cinco miligramos de Haldol intramuscular –exclamó.

–¡No! –gritó ella–. ¡No!

–¡Vamos, enseguida!

Vino una enfermera con una jeringa en la mano y le quitó el capuchón a la aguja.

Abby se movió, tratando de liberarse de las correas.

–Sosténganla –dijo Wettig–. Mierda, ¿no pueden inmovilizarla?

Unas manos se abalanzaron sobre sus muñecas. La volvieron de lado y le descubrieron la nalga.

–Por favor –rogó Abby, mirando a la enfermera–. No le permita hacerme daño. No se lo deje hacer.

Sintió la caricia helada del alcohol y luego el pinchazo de la aguja que se hundía en su nalga.

–Por favor –susurró.

Pero sabía que era demasiado tarde.

–Todo va bien –le dijo la enfermera. Y le sonrió–. Todo va bien.

23

–No hay huellas de frenazos en el muelle –intervino el detective Carrier–. El parabrisas está hecho añicos. Y el conductor tiene lo que a mí me parece un agujero de bala encima del ojo derecho. Ya conoces la rutina, Babosa. Lo siento, pero vamos a necesitar tu arma.

Katzka asintió. Y miró hacia el agua con expresión de hastío.

–Dile al buzo que encontrará mi revólver. A menos que la corriente lo haya arrastrado.

–¿Crees que disparaste ocho balas?

–Tal vez más. Sé que empecé con un cargador lleno.

Carrier asintió y le dio una palmadita en el hombro.

–Vete a casa. Pareces mierda recalentada, Babosa.

–¿Tan bien estoy? –contestó él.

Y volvió por el muelle, pasando por entre el personal del laboratorio de criminología. Hacía horas que habían sacado el camión del agua y en aquel momento estaba sobre el muelle, justo delante del depósito de contenedores. Las algas se habían enredado en el eje. El aire de los neumáticos había hecho que el camión diera la vuelta debajo del agua, por lo que el techo había quedado hundido en el lodo del fondo. El parabrisas estaba cubierto de barro. Ya habían rastreado el registro y pertenecía al Hospital Bayside, Operaciones y Transporte. Según el gerente de transporte, el camión era uno de los tres que tenía el hospital para transportar suministros y personal a las clínicas externas. El gerente no supo que le faltaba un camión hasta que recibió la llamada de la policía una hora antes.

En aquel momento, la puerta del conductor estaba

abierta y un fotógrafo se inclinaba hacia dentro y sacaba fotos del salpicadero. Hacía media hora que habían retirado el cadáver. La licencia de conductor lo identificaba como Oleg Boravoy, de treinta y nueve años, residente en Newark, Nueva Jersey. Esperaban más información.

Katzka sabía que no debía aproximarse al vehículo. Su actuación no estaba muy clara y por lo tanto debía mantenerse alejado de las pruebas. Atravesó el depósito de contenedores hasta donde estaba aparcado su coche, al otro lado de la valla, y se metió dentro. Después de lanzar un gemido, dejó caer la cabeza entre las manos. A las dos de la madrugada se había marchado a su casa a darse una ducha y a dormir un rato, pero poco después del amanecer había vuelto al muelle.

«Soy demasiado viejo para esto –pensó–. Al menos diez años demasiado viejo.»

Toda aquella historia de correr y disparar en la oscuridad era para los leones jóvenes, no para un policía de su edad. Y él sentía que su edad era ya bastante considerable.

Alguien golpeó en la ventanilla. Miró y vio que era Lundquist. Katzka bajó el vidrio.

–Eh, Babosa. ¿Estás bien?

–Me voy a casa a dormir un poco.

–¡Ah!, pensaba que antes de irte querrías saber algo del conductor.

–¿Qué se sabe?

–Entraron el nombre Oleg Boravoy en el ordenador, y ¡bingo!, existía. Inmigrante ruso, vino en el ochenta y nueve. Último domicilio conocido, Newark, Nueva Jersey. Tres arrestos, ninguna condena.

–¿Acusado de qué?

–Secuestro y extorsión. Las acusaciones no prosperaron porque los testigos desaparecieron todos. –Lundquist se inclinó hacia delante y dijo en un murmullo–: Anoche tropezaste con algo muy gordo. La policía de Newark dice que Boravoy es de la mafia rusa.

–¿Están seguros?

–Se supone que tienen que saberlo. La mafia rusa tiene su base en Nueva Jersey. Al lado de esos tipos, los colombianos quedan como el club de los Rotarios. No se trata sólo de que te maten, no. Primero te cortan los dedos de las manos y de los pies para divertirse.

Katzka frunció el entrecejo y recordó el pánico de la noche anterior. Metidos en el agua, en la oscuridad, con aquellos hombres que corrían por el muelle, gritándose en un idioma que él no comprendía. En aquel momento tuvo visiones de dedos cortados, de calles de Boston cubiertas de cuerpos descuartizados. Lo que lo llevó a pensar en bisturíes. En quirófanos.

–¿Cuál es la conexión entre Boravoy y Bayside? –preguntó.

–No lo sabemos.

–Conducía un camión del hospital.

–Y el camión está lleno de suministros médicos –dijo Lundquist–. Por valor de varios miles de dólares. Tal vez se trate de mercado negro. Boravoy puede tener socios en Bayside que le pasan medicamentos y suministros. Y tú lo descubriste entregando la mercancía a ese carguero.

–¿Y qué se sabe del carguero? ¿Has hablado con el jefe de puerto?

–El barco está registrado bajo una firma de Nueva Jersey llamada Sigayev Company. La última escala fue el puerto de Riga.

–¿Dónde queda eso?

–En Letonia. Creo que es una de las repúblicas que se separaron de Rusia.

Otra vez los rusos, pensó Katzka. Si de verdad aquello era la mafia rusa, entonces se hallaban ante delincuentes conocidos por su despiadado salvajismo. Con cada grupo de inmigrantes legales llegaba otro de depredadores, delincuentes organizados que seguían a sus compatriotas a la tierra de las oportunidades. La tierra de las presas fáciles.

Pensó en Abby DiMatteo y su preocupación creció. No había hablado con ella desde la llamada de la una de la madrugada. Hacía una hora había estado a punto de llamarla otra vez. Pero mientras marcaba el número se dio cuenta de que se le había acelerado el pulso. Y reconoció las señales. Era alegría. Un deseo gozoso, completamente irracional de oír su voz. Eran sentimientos que hacía años no experimentaba y comprendió, con pesar, lo que significaban.

Había colgado rápidamente y pasado la última hora sumido en una creciente depresión.

Miró el muelle y le dijo a Lundquist:

–Quiero todo lo que haya sobre la Sigayev Company. Todas las posibles relaciones con Amity y con el Hospital Bayside.

–A tus órdenes, Babosa.

Katzka puso en marcha el coche. Miró a Lundquist.

–¿Tu hermano sigue en la guardia costera?

–No. Pero tiene buenos amigos dentro.

–Habla con ellos. A ver si últimamente han abordado ese carguero.

–Lo dudo. Si acaba de llegar de Riga...

Lundquist hizo una pausa y miró a Katzka. El detective Carrier se acercaba a ellos, haciéndoles señas.

–Hola, Babosa –dijo Carrier–. ¿Has recibido el mensaje sobre la doctora DiMatteo?

Katzka apagó el motor, pero no pudo apagar la agitación de su pulso. Miró a Carrier, esperando lo peor.

–Ha tenido un accidente.

Un carro con comida pasó traqueteando por el pasillo. Abby se despertó sobresaltada y notó que las sábanas estaban empapadas de sudor. El corazón le golpeaba en el pecho; lógico después de tener una pesadilla. Entonces, trató de darse la vuelta en la cama pero no pudo: tenía las manos atadas; le dolían las muñecas por el roce. Y se dio cuenta de que no soñaba: aquélla era la pesadilla; una pesadilla de la que no podía despertar.

Con un sollozo de impotencia se dejó caer sobre la almohada y miró al techo. Oyó el crujido de una silla. Volvió la cabeza.

Katzka estaba sentado junto a la ventana. En el resplandor del mediodía, el rostro sin afeitar parecía más viejo y cansado de lo que lo había visto nunca.

–Le he pedido que te desaten las correas –dijo–. Pero me han dicho que ya te has arrancado demasiadas cánulas intravenosas. –Se levantó y se acercó a la cama. Allí se quedó, mirándola–. Bienvenida, Abby. Eres una joven muy afortunada.

–No me acuerdo de lo que pasó.

–Tuviste un accidente. Tu coche volcó en la autopista del Sur.

–¿Alguien más...?

Él negó con la cabeza.

–Nadie más resultó herido. Pero el coche ha quedado destrozado.

Se hizo un silencio. Abby se dio cuenta de que Katzka ya no la miraba a ella, sino a un punto en la almohada.

–¿Katzka? –preguntó ella, con voz queda–. ¿Fue culpa mía?

Él asintió con desgana.

–Basándonos en la huella de las ruedas, parece que ibas muy deprisa. Habrás frenado para evitar un vehículo que iba por tu mismo carril. Tu coche se fue contra una de las vallas de la autopista. Y volcó, rodando por dos carriles.

Ella cerró los ojos.

–¡Ay!, Dios mío.

Hubo otro silencio.

–Creo que no sabes nada del resto –dijo él–. Hablé con el policía encargado del caso. Encontraron en el coche un envase de vodka roto.

Ella abrió mucho los ojos y lo miró.

–Eso es imposible.

–Abby, no puedes recordar lo que sucedió. La experiencia de anoche en el muelle fue muy traumática. Tal vez sentiste la necesidad de relajarte. Tomar algo.

–¡Me acordaría! Me acordaría si hubiera bebido...

–Escucha, ahora lo que importa es que...

–¡Esto es lo que importa! Katzka, ¿no te das cuenta? ¡Es otra trampa que me han puesto!

Él se restregó los ojos con la palma de la mano con el gesto de quien lucha por mantenerse despierto.

–Lo siento, Abby –murmuró–. Sé que esto no puede ser fácil de admitir. Pero el doctor Wettig acaba de mostrarme el nivel de alcohol en tu sangre. Te sacaron sangre anoche en el quirófano. Era de cero punto veintiuno.

En aquel momento no la miraba a ella sino hacia la ventana, como si el acto de mirarla le hubiera exigido mucho esfuerzo. Abby no podía siquiera volver el cuerpo para mirarlo cara a cara; las ataduras se lo impedían. Dio un violento tirón y el dolor en las muñecas le llenó los ojos de lágrimas. No iba a llorar. ¡Joder!, no iba a llorar.

Cerró los ojos y se concentró en canalizar la rabia. Era todo lo que le quedaba, la única arma con la que podía presentar batalla. Le habían quitado todo lo demás, incluso a Katzka.

Dijo, despacio:

–No estuve bebiendo. Tienes que creerme. No estaba borracha.

–¿Puedes decirme adónde ibas a las tres de la madrugada?

–Venía aquí, a Bayside. Eso lo recuerdo. Mark me llamó y yo venía a... –Se interrumpió–. ¿Estuvo aquí? ¿Por qué Mark no está aquí?

El silencio de él era escalofriante. Ella volvió la cabeza para mirarlo, pero no podía verle la cara.

–¿Katzka?

–Mark Hodell no contesta las llamadas al buscapersonas.

–¿Qué?

–Su coche no está en el aparcamiento del hospital. Al parecer, nadie sabe dónde se encuentra.

Ella trató de hablar, pero tenía la garganta como hinchada y el único sonido que pudo emitir fue un «No» susurrado.

–Es demasiado pronto para llegar a ninguna conclusión, Abby. Puede que se le haya estropeado el buscapersonas. Todavía no sabemos nada.

Pero Abby sí lo sabía. Lo supo con una certeza a la vez inmediata y estremecedora. De pronto sintió todo el cuerpo dormido. Sin vida. No se dio cuenta de que estaba llorando, ni siquiera sentía las lágrimas que le corrían por la cara hasta que Katzka se levantó con un pañuelo de papel en la mano y le secó la mejilla con suavidad.

–Lo siento –murmuró. Le apartó el pelo de la cara y, por un momento, su mano se detuvo allí, los dedos se posaron en un gesto protector sobre la frente de ella. Dijo, con más dulzura–: Lo siento.

–Encuéntralo –susurró–. Por favor. Por favor, encuéntralo.

–Lo haré.

Un momento después lo oyó salir de la habitación. Sólo entonces se dio cuenta de que le había desatado las correas. Podía levantarse de la cama, salir de la habitación. Volvió la cara contra la almohada y lloró.

Al mediodía una enfermera fue a quitarle la cánula intravenosa y a dejarle una bandeja con el almuerzo. Abby ni tocó la comida. Más tarde se llevaron la bandeja intacta.

A las dos de la tarde entró el doctor Wettig. Se detuvo junto a la cama, hojeando las páginas de su historial, haciendo ruiditos con la boca mientras revisaba los resultados del laboratorio. Por fin cerró la carpeta y la miró.

–¿Doctora DiMatteo?

Ella no respondió.

–El detective Katzka me ha dicho que niega haber bebido alcohol anoche.

Ella no contestó.

Wettig suspiró.

–El primer paso hacia la recuperación es admitir que tiene un problema. Pero yo tendría que haber estado más alerta. Tendría que haberme dado cuenta de que usted estaba luchando contra eso. Es hora de hacer frente al problema.

Ella lo miró.

–¿Y qué sentido tiene? –dijo, hastiada.

–El sentido es que usted tiene un futuro que vale la pena salvar. Una licencia cancelada es un serio revés, pero usted es una mujer inteligente. Se le abrirán otras profesiones además de la medicina.

La respuesta de ella fue el silencio. Que la apartaran de su profesión le pareció algo insignificante en aquel momento, comparado con el dolor que sentía por la desaparición de Mark.

–Le pedí al doctor O'Connor que la visitara –dijo Wettig–. Vendrá hoy.

–No necesito un psiquiatra.

–Yo creo que sí, Abby. Creo que necesita mucha ayuda. Tiene que superar esas manías persecutorias. No voy a darle el alta hasta que no se la dé O'Connor. Puede ordenar que la transfieran a la unidad de psiquiatría. Es decisión de él. No podemos permitir que usted se siga haciendo daño, Abby. Me preocupa. Por eso pedí una evaluación psiquiátrica. Es por su propio bien, créame.

Ella lo miró fijamente a la cara.

–Váyase a la mierda, general.

Para inmensa satisfacción de Abby, él se encogió de hombros y se apartó de la cama. Cerró la carpeta.

–Vendré a verla más tarde, doctora DiMatteo –dijo, y salió de la habitación.

Durante un largo rato se quedó mirando al techo.

Momentos antes de la entrada de Wettig se había sentido demasiado cansada para luchar, pero ahora cada músculo se había tensado de nuevo y tenía un remolino en el estómago. Le dolían las manos. Miró hacia abajo y vio que las tenía cerradas en un puño.

«Váyanse todos a la mierda.»

Se incorporó en la cama. El mareo le duró sólo unos segundos y se le pasó. Llevaba demasiado tiempo acostada. Ya era hora de ponerse en movimiento; de recuperar el control sobre su propia vida.

Atravesó la habitación y abrió la puerta.

Una enfermera levantó la cabeza desde su escritorio y miró a Abby a la cara. La placa con el nombre decía «W. Soriano, ATS».

–¿Necesita algo?

–Eh..., no –dijo Abby y rápidamente cerró la puerta y se apoyó detrás.

Joder, la tenían presa.

Descalza, se puso a caminar en círculos por la habitación, tratando de planear su próximo movimiento. En aquel momento no podía pensar en Mark, de lo contrario se acurrucaría en la cama y se pondría a llorar. Eso era lo que querían que hiciera, lo que esperaban que hiciera.

Se acercó a la silla que había junto a la ventana y se sentó a pensar. Consideró las posibilidades que se le presentaban pero no se le ocurrió ninguna. La noche anterior Mark le había dicho que Mohandas estaba de su lado, pero ahora había desaparecido. Por lo tanto, tampoco podía confiar en Mohandas. Ni en nadie de aquel hospital.

Fue a la mesilla de noche y cogió el teléfono. Tenía señal. Llamó a Vivian y escuchó un mensaje. Entonces recordó que seguía en Burlington.

Llamó a su casa, marcó el código de acceso y escuchó los mensajes grabados en su contestador automático. Había otra llamada de Vivian y, por el tono de voz, había sido urgente. Dejaba un número de Burlington.

Abby lo marcó.
Esta vez contestó Vivian.
–Casi no me encuentras. Estaba a punto de irme de aquí.
–¿Vuelves ya?
–Tengo un vuelo a Logan a las seis. Escucha, este viaje ha sido inútil. No se han practicado extracciones de órganos en Burlington.
–¿Cómo lo sabes?
–Lo verifiqué en el aeropuerto. Y en todos los aeródromos de los alrededores. En las noches de los trasplantes no hubo vuelos nocturnos desde aquí hacia Boston. Ni un avión de papel. Burlington es una pantalla para ellos. Y Tim Nicholls suministró los documentos oficiales.
–Y ahora Nicholls ha desaparecido.
–O se han librado de él.
Las dos se quedaron en silencio unos segundos. Después, Abby dijo en voz baja:
–Mark no aparece.
–¿Qué?
–Nadie sabe dónde está. El detective Katzka dice que no pueden encontrar el coche. Y Mark no contesta las llamadas al buscapersonas –se interrumpió, con un nudo en la garganta.
–¡Oh!, Abby... –A Vivian le tembló la voz.
En el breve silencio, Abby oyó un clic en la línea. Apretaba el auricular con tanta fuerza que le dolían los dedos.
–¿Vivian? –dijo.
Se oyó otro clic. Y luego la línea se quedó muda.
Colgó e intentó volver a llamar, pero no había señal. Trató de comunicarse con la telefonista; colgó y descolgó una y otra vez. Nada.
El hospital había desconectado su teléfono.

Katzka estaba en la estrecha acera del puente Tobin mirando hacia el agua. Desde el oeste corría el río Mystic, para unirse a las aguas del río Chelsea antes de desembocar en el puerto de Boston y en el mar. Era un largo recorrido, pensó Katzka, imaginándose el impacto que recibiría un cuerpo al chocar contra el agua. Una caída fatal.

Se volvió y miró, más allá del tráfico del atardecer, que pasaba zumbando, la parte de río que quedaba bajo el puente. Trazó la secuencia hipotética de acontecimientos que seguirían a la caída de un cuerpo. El cadáver sería llevado al puerto por la corriente. Al principio, iría a la deriva, hundido, incluso raspando el limo del fondo. Finalmente, los gases internos del cuerpo se expandirían. Esto tardaría entre unas horas o unos días. Dependería de la temperatura del agua y de la velocidad con que las bacterias que forman el gas se multiplicaran en los intestinos en putrefacción. En un momento determinado, el cadáver subiría a la superficie.

Entonces lo encontrarían. En un día o dos. Hinchado e irreconocible.

Katzka se volvió al policía que se encontraba a su lado. Tuvo que gritar por encima del ruido del tráfico.

–¿A qué hora encontró el coche?

–A eso de las cinco de la tarde. Estaba aparcado donde se separa el carril que va al norte. Ahí. –Señaló a través de los carriles por donde circulaban los coches–. Un precioso BMW verde. Yo me detuve de inmediato.

–¿No vio a nadie cerca del BMW?

–No, señor. Parecía abandonado. Verifiqué el número de matrícula y confirmé que no había denuncia de robo. Supuse que el conductor habría tenido algún problema con el motor y habría ido a buscar ayuda. Pero era un peligro dejarlo allí, así que llamé a la grúa.

–¿Tenía las llaves puestas? ¿Había alguna nota?

–Nada, señor. Limpio.

Katzka miró otra vez hacia el agua. Se preguntó qué

profundidad tendría el río en aquel punto y a qué velocidad se movería la corriente.

–Traté de llamar a la casa del doctor Hodell, pero no contestaba nadie –dijo el policía–. No sabía que había desaparecido.

Katzka no dijo nada. Siguió mirando hacia el río, pensando en Abby, preguntándose qué iba a decirle. La había visto tan conmovedoramente frágil en aquella cama de hospital, que no soportaba la idea de infligirle más golpes. Más sufrimiento.

«No le voy a decir nada. Todavía no –pensó–. No hasta que encontremos el cuerpo.»

El policía también miró el río.

–Dios santo. ¿Cree que se tiró?

–Si está ahí abajo –dijo Katzka–, no se tiró.

Los teléfonos habían sonado todo el día, había dos enfermeras de baja y la enfermera responsable, Wendy Soriano, no había almorzado. No estaba de humor para hacer doble turno. Y sin embargo allí estaba, a las tres y media de la tarde, ante la perspectiva de otras ocho horas de guardia.

Sus hijos habían llamado dos veces. «Mami, Jeffy me está pegando. Mami, ¿a qué hora viene papá? Mami, ¿podemos usar el microondas? Te prometemos que no vamos a incendiar la casa.» Mami, mami, mami.

¿Por qué nunca llamaban a su padre al trabajo?

«Porque el trabajo de papá es mucho más importante.»

Wendy dejó caer la cabeza entre las manos y miró el montón de historias clínicas con órdenes de los médicos. A los residentes les encantaba escribir órdenes. Iban muy campantes con sus preciosos bolígrafos Cross y garabateaban instrucciones como: «Leche de magnesia para el estreñimiento» o «Subir las barandillas durante la noche». Después les entregaban las carpetas a las enfermeras como si fueran Dios entregando las tablas de la ley a Moisés. «No tolerarás el estreñimiento.»

Con un suspiro, Wendy cogió la primera carpeta.

Sonó el teléfono. Que no fueran otra vez los niños, pensó. Que no fuera otro «Mami, me está pegando». Contestó con un irritado:

–Seis Este, Wendy.

–Soy el doctor Wettig.

–Ah. –Automáticamente se sentó derecha. Uno no se despatarraba en la silla cuando estaba hablando con el doctor Wettig. Ni por teléfono–. Sí, doctor.

–Quiero que se ocupe del grado de alcohol en la sangre de la doctora DiMatteo. Mándelo a MedMark Labs.

–A nuestro laboratorio ¿no?

–No. Mándelo directamente a MedMark.

–Claro, doctor –dijo Wendy, y escribió la orden.

Era una petición extraña, pero no se debía poner en duda algo ordenado por el general.

–¿Cómo está la doctora? –preguntó él.

–Un poco inquieta.

–¿Ha tratado de escapar?

–No. Ni siquiera ha salido de su habitación.

–Bien. Asegúrese de que siga ahí. Absolutamente ninguna visita. Eso incluye a todo el personal médico, con excepción de los que yo especifique en mis órdenes.

–Muy bien, doctor Wettig.

Wendy colgó y miró su escritorio. Mientras hablaba le habían dejado tres carpetas más. ¡Joder! Se pasaría toda la noche tramitando órdenes. De pronto se sintió mareada por el hambre. Aún no había comido nada, no había tenido un respiro en horas.

Miró a su alrededor y vio a dos enfermeras charlando en el pasillo. ¿Ella era la única que se rompía el culo trabajando?

Arrancó la orden para analizar el grado de alcohol en sangre y la depositó en la caja del laboratorio. Cuando se iba a levantar del escritorio, el teléfono empezó a sonar. No le prestó atención: después de todo, para eso estaban las secretarias.

Se fue oyendo dos teléfonos sonando al unísono.

Por una vez, que alguien contestara aquel maldito teléfono.

La vampiro volvía con la bandeja de los tubos llenos de sangre, los papelitos del laboratorio y las agujas.

–Lo siento, doctora DiMatteo, pero tengo que pincharla otra vez.

De pie junto a la ventana, Abby se limitó a mirar a la enfermera. Luego volvió la vista hacia el paisaje.

–Este hospital me ha sacado toda la sangre que tenía para dar –dijo y miró el panorama desolador del otro lado de la ventana.

En el parque, las enfermeras se apresuraban hacia las puertas del hospital, con el pelo y los abrigos ondeando al viento. Hacia el este se habían concentrado unas nubes negras y amenazadoras. «¿Los cielos no se despejarán jamás?», se preguntó Abby.

Detrás de ella se oyó el ruido de los tubos de vidrio.

–Doctora, de verdad, tengo que sacarle sangre.

–No necesito más estudios.

–Pero los ha ordenado el doctor Wettig –añadió la enfermera, con una nota contenida de desesperación–: Por favor, no me ponga las cosas más difíciles aún.

Abby se volvió y miró a la mujer. Parecía muy joven. Abby pensó en ella misma, hace mucho tiempo. En la época en que también le había tenido terror a Wettig; terror a equivocarse, terror a perder todo aquello por lo que había trabajado. Ya no le temía a ninguna de aquellas cosas. Pero aquella mujer, sí.

Después de dejar escapar un suspiro, Abby volvió a la cama y se sentó.

La enfermera apoyó la bandeja sobre la mesita de noche y comenzó a abrir paquetes esterilizados con gasa, una aguja desechable y una jeringa Vacutainer. A juzgar por la cantidad de tubos llenos de sangre que llevaba, debía de haber hecho esto mismo docenas de veces aquel día. Le quedaban pocos tubos vacíos.

–Bien, ¿qué brazo prefiere?

Abby estiró el izquierdo y miró con gesto impasible mientras le ponían el torniquete de goma en su lugar con un movimiento rápido.

Cerró el puño. La vena se hinchó y apareció a la vista, castigada por todos los pinchazos anteriores. Cuando la aguja atravesó la piel, apartó los ojos. Pero su mirada se dirigió a la bandeja de la enfermera con todos los tubos con sangre cuidadosamente etiquetados. La caja de bombones de un vampiro.

De pronto vio un tubo en especial, uno lleno hasta el borde con la etiqueta hacia ella. Miró el nombre.

VOS, NINA
UCIC, CAMA 8

–Ya está –dijo la vampiro mientras sacaba la aguja–. ¿Quiere sujetar la gasa, por favor?

Abby la miró.

–¿Qué?

–Sujete la gasa, ahora mismo le traigo una tirita.

Automáticamente, Abby se apretó la gasa contra el brazo. Miró el tubo con la sangre de Nina Voss. Sólo se veía el nombre del médico responsable: Dr. Archer.

«Nina Voss está en el hospital otra vez –pensó Abby–. Otra vez en el servicio cardiotorácico.»

La enfermera se fue.

Abby se dirigió a la ventana y miró hacia las nubes que se oscurecían. Por el aparcamiento volaban papeles. La ventana vibró, sacudida por una ráfaga de viento.

«Ha pasado algo con el corazón nuevo.»

Tendría que haberse dado cuenta antes, aquel día en que se encontraron en la limusina. Recordó el aspecto de

Nina en la oscuridad del coche. La cara pálida, el tono azulado de los labios. El trasplante estaba fallando.

Se dirigió al armario. Allí encontró una bolsa de plástico etiquetada «Pertenencias del paciente». Contenía sus zapatos, los pantalones manchados de sangre y el bolso. Faltaba la billetera; probablemente estaba guardada en la caja fuerte del hospital. Un registro concienzudo del bolso hizo salir algunas monedas. Necesitaría hasta el último centavo.

Se subió la cremallera de los pantalones, se metió por dentro la blusa del hospital y se puso los zapatos. Entonces se acercó a la puerta y miró hacia fuera.

La enfermera Soriano no estaba ante su escritorio. Pero había otras dos enfermeras, una hablando por teléfono y la otra inclinada sobre unos papeles. Ninguna miraba hacia ella.

Escudriñó el pasillo y vio el carro con la cena que entraba traqueteando en la sala, empujado por una señora mayor, una voluntaria con vestido rosa. El carro se detuvo frente al escritorio de las enfermeras. La señora cogió dos bandejas con comida y las llevó a una habitación cercana.

Entonces Abby salió al pasillo. El carro con la comida tapaba la visión de las enfermeras y Abby pudo pasar frente al escritorio y salir de allí.

No podía arriesgarse a que la vieran en los ascensores; se dirigió a la escalera.

Seis rellanos más arriba, salió al piso doce. Enfrente estaba el ala de quirófanos y, volviendo la esquina, la UCIC. Del carro de la ropa que había en el pasillo del quirófano cogió una bata, un gorro y unas polainas. Vestida completamente de verde como todos los demás, pasaría inadvertida.

Dobló la esquina y entró en la UCIC.

Dentro se encontró con el caos. El paciente de la cama dos había entrado en crisis. A juzgar por las voces tensas y por la cantidad de personal amontonado dentro del cubículo, la reanimación no iba bien. Nadie miró a Abby cuando ésta pasó frente a la estación de control y se dirigió al cubículo 8.

Se detuvo frente a la ventanilla de observación lo suficiente para confirmar que, en efecto, era Nina Voss quien estaba en la cama. Entonces entró en el cubículo. La puerta se cerró a sus espaldas, ahogando las voces del equipo de urgencias. Cerró las cortinas cubriendo la ventana, para impedir que vieran dentro de la habitación, y se volvió hacia la cama.

Nina dormía serena, inconsciente de la frenética actividad que tenía lugar al otro lado de la puerta. Parecía haberse encogido desde la última vez que la había visto, como una vela consumida lentamente por la llama de su enfermedad. Debajo de aquellas sábanas, su cuerpo parecía tan pequeño como el de un niño.

Abby cogió los gráficos colgados a los pies de la cama. En un momento vio todos los parámetros consignados allí: la creciente presión pulmonar, el volumen sistólico en lento descenso, la titulación ascendente de dobutamina en un vano intento de estimular la actividad cardíaca.

Colgó los gráficos de su gancho. Al incorporarse, vio que los ojos de Nina estaban abiertos y la miraban.

–Hola, señora Voss –dijo Abby.

Nina sonrió y murmuró:

–Es la doctora que siempre dice la verdad.

–¿Cómo se siente?

–Contenta. –Nina suspiró–. Estoy contenta.

Abby se acercó a un lado de la cama. Se miraron, pero ninguna de las dos habló.

–No tiene que decirme nada –dijo Nina entonces–. Ya lo sé.

–¿Qué es lo que sabe, señora Voss?

–Que casi ha terminado.

Nina cerró los ojos y respiró hondo.

Abby le cogió la mano.

–No había tenido ocasión de darle las gracias por tratar de ayudarme.

–Fue a Victor a quien quise ayudar.

–No entiendo.

–Él es como el hombre de aquel mito griego. El que fue al Hades a buscar a su mujer.

–Orfeo.

–Sí. Victor es como Orfeo. Quiere hacerme volver. No le importa el esfuerzo, ni a qué precio. –Abrió los ojos y su mirada era sorprendentemente clara–. Al final –susurró–, le costará demasiado.

No hablaba de dinero. Abby lo entendió de inmediato. Hablaba de almas.

De pronto, la puerta del cubículo se abrió. Abby se volvió y vio a una enfermera que la miraba sorprendida.

–¡Ah, doctora DiMatteo! ¿Qué está haciendo aquí?

Miró las cortinas cerradas y entonces su mirada evaluó rápidamente todos los monitores y las cánulas intravenosas. «Está mirando para ver si hay evidencia de sabotaje.»

–No he tocado nada –dijo Abby.

–¿Querría salir, por favor?

–He venido de visita. Me enteré de que la señora Voss estaba de nuevo en la UCIC y...

–La señora Voss necesita descansar. –La enfermera abrió la puerta y rápidamente sacó a Abby del cubículo–. ¿No ha visto el cartel de «Prohibidas las visitas»? La operan esta noche. No se la puede molestar.

–¿De qué la operan?

–Un nuevo trasplante. Han encontrado un donante.

Abby miró la puerta cerrada del cubículo 8. Preguntó, suavemente:

–¿La señora Voss lo sabe?

–¿El qué?

–¿Ha dado su consentimiento para esa operación?

–El esposo lo firmó por ella. Ahora, por favor, váyase.

Sin decir ni una palabra más, Abby se volvió y salió

de la unidad. No sabía si alguien había notado su ausencia. Siguió caminando por el pasillo hasta llegar a los ascensores. Se abrió la puerta y vio que el ascensor estaba lleno. Subió y rápidamente se puso de espaldas a los otros pasajeros, mirando hacia la puerta.

«Han encontrado un donante –pensó, mientras el ascensor descendía–. De alguna manera han encontrado un donante. Esta noche, Nina Voss tendrá un corazón nuevo.»

Cuando el ascensor llegó al vestíbulo, Abby ya había revivido la secuencia de acontecimientos que tendrían lugar aquella misma noche. Había leído los informes de otros trasplantes en Bayside; sabía qué sucedería. Cerca de la medianoche, llevarían a Nina al quirófano, donde el equipo de Archer la prepararía para la operación. Allí esperarían la llamada. Y en aquel preciso momento un equipo de cirujanos diferente, en un quirófano diferente, estaría ya reunido alrededor de otro paciente. Cogerían los bisturíes y comenzarían a cortar piel y músculo. Las sierras cortarían huesos. Se levantarían las costillas, dejando expuesto el tesoro que ocultaban. Un corazón vivo y palpitante.

La extracción sería rápida y limpia.

«Esta noche –pensó– sucederá igual que otras veces.» La puerta del ascensor se abrió. Ella salió, con la cabeza gacha y los ojos clavados en el suelo. Salió y se encontró con el viento.

A dos manzanas de allí, se metió en una cabina telefónica temblando de frío y utilizó su preciosa reserva de monedas; marcó el número de Katzka.

No estaba en su mesa. El policía que atendió en su extensión se ofreció a coger el mensaje.

–Soy Abby DiMatteo –dijo ella–. ¡Tengo que hablar con él ahora mismo! ¿No tiene buscapersonas o algo parecido?

–Le pongo con la operadora.

Abby oyó dos clics y enseguida la voz de la operadora.

–Le estoy mandando un mensaje al coche –le dijo.

Un momento después, la operadora volvió a la línea.

–Lo siento, pero seguimos esperando que el detective Katzka responda. ¿Puede llamarla a su número?

–Sí. Bueno, no sé. Trataré de llamarlo más tarde.

Abby colgó. Se había quedado sin monedas, sin llamadas telefónicas.

Se volvió, miró fuera de la cabina telefónica y vio los restos de un diario que pasaba volando. No quiso salir otra vez al exterior, pero no sabía qué hacer.

Llamaría a la única persona que podía ayudarla.

La mitad de la guía telefónica había desaparecido. Con un sentimiento de desesperanza, buscó de todas maneras en las páginas blancas. Se sorprendió de encontrarlo en la guía: I. Tarasoff.

Le temblaban las manos cuando llamó por cobro revertido. «Por favor, acepte mi llamada. Por favor.»

Sonó cuatro veces antes de oír su suave «Diga».

Abby oyó el ruido de porcelana, los sonidos de cuando se pone una mesa, los dulces acordes de la música clásica. Y luego:

–Sí, acepto la llamada.

Se sintió tan aliviada que las palabras le salieron todas a la vez.

–¡No sabía a quién más llamar! No puedo comunicarme con Vivian. Y nadie más está dispuesto a escucharme. ¡Usted tiene que ir a la policía! ¡Tiene que hacer que me escuchen!

–Tranquilícese, Abby. Cuénteme lo que ha sucedido.

Ella respiró hondo. Sintió que el corazón le pesaba con la necesidad de compartir su peso.

–Esta noche le hacen un segundo trasplante a Nina Voss –dijo–. Doctor Tarasoff, creo que ya sé cómo funciona. No traen los corazones en avión desde ningún otro lado. Las extracciones de órganos se practican aquí mismo. En Boston.

–¿Dónde? ¿En qué hospital?

La mirada de ella se fijó sin querer en un coche que pasaba muy despacio. Contuvo el aliento hasta que el coche dobló la esquina y desapareció.

–¿Abby?

–Sí, estoy aquí.

–Escúcheme, Abby, el señor Parr me ha dicho que últimamente ha estado sometida a grandes tensiones. ¿No sería posible que...?

–¡Escúcheme! ¡Por favor, escúcheme! –Cerró los ojos, obligándose a no perder la calma, para parecer razonable. Él no debía tener la menor duda sobre su cordura–. Hoy me llamó Vivian desde Burlington. Averiguó que allí no se hizo ninguna extracción. Los órganos no provenían de Vermont.

–Entonces ¿dónde se practicaron esas extracciones?

–No estoy completamente segura. Pero creo que en un edificio en Roxbury. Suministros Médicos Amity. La policía tiene que llegar antes de la medianoche. Antes de que se realice esa extracción.

–No sé si podré convencerlos.

–¡Tiene que hacerlo! Hable con el detective Katzka, de homicidios. Si podemos localizarlo, creo que él nos hará caso. Doctor Tarasoff, no se trata de un servicio que consigue órganos. Están fabricando donantes. Están matando gente.

Al fondo, Abby oyó que una mujer llamaba:

–Ivan, ¿no vienes a comer? Se enfría.

–No voy a poder, querida –dijo Tarasoff–. Hay una emergencia. –Su voz volvió a la línea, suave y angustiada–. No hace falta que le diga que todo esto me asusta, Abby.

–A mí también, me aterra.

–Entonces vayamos directamente a la policía. Que ellos se hagan cargo. Es demasiado peligroso para que lo hagamos nosotros.

–Estoy completamente de acuerdo con usted.

–Lo haremos juntos. Cuanto mayor sea el coro, más convincente el mensaje.

Ella vaciló.

–Me temo que llevarme a mí perjudicará la causa.

–Yo no conozco los detalles, Abby. Usted, sí.

–Está bien –dijo ella tras un silencio–. Está bien, iremos juntos. ¿Podría venir a buscarme? Me estoy congelando. Y tengo miedo.

–¿Dónde está?

Ella miró al exterior de la cabina telefónica. A dos manzanas de distancia, las luces del hospital parecían titilar en la oscuridad.

–En una cabina telefónica. No sé en qué calle. Unas manzanas al este de Bayside.

–La buscaré.

–Doctor Tarasoff.

–¿Sí?

–Por favor –susurró–. Dése prisa.

24

Cuando su avión aterrizó en el aeropuerto internacional de Logan, Vivian Chao sintió que crecía la ansiedad dentro de ella. No era el vuelo lo que la había conmocionado. Vivian era una pasajera impasible, capaz de dormir profundamente en medio de las peores turbulencias. No, lo que la preocupaba en aquel momento, mientras el avión se detenía y ella recogía su bolso de mano del portaequipajes que estaba encima de los asientos, era aquella última conversación con Abby. La interrupción súbita. El hecho de que Abby no hubiera vuelto a llamar.

Vivian había tratado de llamarla a su casa, pero no le había contestado. Sin dejar de pensar en ello durante todo el vuelo de vuelta, se dio cuenta de que no sabía desde dónde la había llamado. La comunicación se había cortado demasiado rápido y no había tenido tiempo de preguntárselo.

Con el bolso en la mano, salió del avión y entró en la terminal del aeropuerto. Se asombró al ver la multitud que esperaba junto a la puerta. Había un bosque de globos de todos los colores y una muchedumbre de adolescentes con carteles que decían: «¡Bienvenido a casa, Dave!», «¡Héroe!» y «¡Viva Dave!». Fuera quien fuese el tal Dave, tenía un público que lo adoraba. Oyó vítores, se volvió y vio a un muchacho sonriente que salía de la pasarela elevada que había detrás de ella. La multitud avanzó, prácticamente tragándose a Vivian en su deseo de saludar a Dave, el héroe local. Vivian tuvo que abrirse paso entre todos aquellos críos que no dejaban de gritar.

Críos era una manera de hablar, pues ella les llegaba al hombro a todos.

Tuvo que apelar a sus conocimientos de lucha libre para abrirse paso. Cuando emergió de la multitud, iba con tanto impulso que estuvo a punto de derribar a un hombre que estaba de pie fuera del barullo. Balbuceó una disculpa y siguió caminando. Pocos pasos después se dio cuenta de que aquel hombre ni siquiera le había contestado.

Su primera parada fue el baño. Tanta ansiedad le oprimía la vejiga. Se precipitó dentro, usó los lavabos y volvió a salir.

Entonces volvió a ver al hombre con el que había chocado hacía un momento. Estaba de pie junto a una tienda de regalos frente al servicio de señoras. Parecía estar leyendo un diario. Supo que era él porque tenía vuelto el cuello del impermeable. Cuando chocó con él, sus ojos se habían fijado en la solapa.

Siguió caminando para ir a recuperar su equipaje.

En aquel largo camino a través de una interminable sucesión de puertas de diferentes aerolíneas, una luz se encendió en su cabeza. ¿Por qué aquel hombre esperaba ante la puerta si no era para recibir a alguien? Y si esa persona ya había llegado, ¿por qué seguía estando solo?

Se detuvo ante un quiosco, cogió una revista al azar y se dirigió a la caja. Mientras la mujer registraba la compra, Vivian se volvió lo suficiente para echar una mirada furtiva a su alrededor.

El hombre estaba de pie junto a un mostrador de seguros de vuelo «hágalo usted mismo». Parecía estar leyendo las instrucciones.

«Bien, Chao, conque te está siguiendo. Tal vez sea amor a primera vista. Tal vez te ha visto y se ha dado cuenta de que no puede soportar la vida sin ti.»

Mientras pagaba la revista el corazón le golpeaba en el pecho. «Piensa. ¿Por qué te sigue?»

Esa pregunta era fácil. La llamada telefónica de Abby. Si alguien había escuchado, sabría que Vivian llegaba a Logan en un vuelo de las seis de la tarde procedente de Burlington. Justo antes de que se cortara la llamada, ella había oído ruidos en la línea.

Decidió quedarse un rato en el quiosco. Hurgó entre los libros, recorriendo las tapas con los ojos y con la mente trabajando a toda velocidad. Lo más seguro es que no fuera armado, de lo contrario no podría haber pasado por los controles de seguridad del aeropuerto. Así que, mientras no saliera del aeropuerto estaría a salvo.

Con cuidado miró por encima del estante de los libros.

Ya no estaba.

Salió del quiosco y miró a su alrededor. No había rastro de él por ningún lado.

«Eres idiota. No te seguía nadie.»

Siguió caminando, pasó el control de seguridad y bajó la escalera hacia donde la esperaba su equipaje.

El equipaje del vuelo de Burlington comenzaba a girar en la cinta transportadora. Vio su Samsonite roja bajando por la rampa. Iba a acercarse cuando reconoció al hombre del impermeable. Estaba de pie cerca de la salida del aeropuerto, leyendo el periódico.

De inmediato apartó la mirada. El pulso le martillaba en la garganta. Esperaba a que ella recogiera su equipaje, que pasara junto a él y saliera a la oscuridad de la noche.

La Samsonite roja dio otra vuelta.

Vivian respiró hondo y se abrió paso entre el gentío que esperaba su equipaje. La Samsonite pasaba otra vez. Ella no la cogió sino que la siguió en su lenta trayectoria. Cuando se encontró al otro lado de la rampa, vio que la cinta del equipaje le tapaba la visión al hombre del impermeable.

Vivían dejó caer su bolso de mano y corrió.

Había dos cintas más frente a ella, las dos paradas en aquel momento. Las eludió y salió corriendo del edificio.

Pronto se encontró rodeada por la noche ventosa. A la izquierda oyó una conmoción. El hombre del impermeable acababa de abrirse camino por la otra puerta. Otro hombre salió a pocos pasos del primero. Uno de ellos señaló a Vivian y exclamó algo incomprensible.

Vivían salió a todo correr. Sabía que aquellos hombres la perseguían; oyó el ruido de un carro con equipajes que se volcaba y los gritos airados de un maletero; también pudo oír un sonido sordo, como un «pop» al tiempo que sintió que algo le rozaba el pelo.

«Una bala.»

El corazón se le salía del pecho y los pulmones tragaban el aire mezclado con el humo que despedían los autobuses.

Divisó una entrada. Se metió dentro y corrió hacia las escaleras mecánicas más cercanas. Las primeras que encontró bajaban en vez de subir. Corrió escaleras arriba subiendo de dos en dos los escalones. Cuando llegó al piso superior oyó otro «pop». Esta vez sintió un dolor en la sien y algo caliente que le corría por la mejilla.

Se hallaba frente al mostrador de American Airlines; éste estaba lleno de personal y tenía delante una cola de pasajeros.

Vivian oyó pisadas que resonaban en la escalera mecánica detrás de ella. Oyó que uno de los hombres gritaba palabras que no entendió.

Se dirigió al mostrador, empujó a un hombre y un carrito para equipaje y saltó al mostrador. El impulso que llevaba la hizo pasar al otro lado. Cayó sobre la cinta transportadora de equipajes.

Cuatro empleados de la aerolínea la miraban atónitos.

Le temblaban las piernas cuando se puso de pie. Con cuidado miró por encima del mostrador. Vio sólo una multitud de mirones asombrados. Los hombres habían desaparecido.

Vivian miró a los empleados, que seguían paralizados.

–¿Es que no van a llamar a seguridad?

Sin mediar palabra, una de las mujeres cogió un teléfono.

–Y ya que está en ello –añadió–, por favor, llame también a la policía.

Un Mercedes oscuro se acercaba despacio por la calle y se detuvo junto a la cabina telefónica. Abby sólo vislumbró el perfil del conductor, iluminado por las luces de un coche que pasaba. Era Tarasoff.

Corrió hacia la puerta del acompañante y subió al coche.

–Gracias a Dios que ha venido.

–Debe de estar congelándose. ¿Por qué no se pone mi abrigo? Está en el asiento de atrás.

–¡Por favor, vamos ya! Salgamos de aquí.

Mientras Tarasoff arrancaba, ella miró hacia atrás para ver si los seguía alguien. La calle estaba oscura.

–¿Ve algún coche? –preguntó él.

–No. Creo que estamos solos.

Tarasoff exhaló un suspiro de intranquilidad.

–No sirvo para esto. Ni siquiera me gustan las películas de suspense.

–Está bien. Ahora sólo tenemos que llegar a la comisaría. Podemos llamar a Vivian para encontrarnos con ella allí.

Tarasoff miró por el espejo retrovisor.

–Me parece haber visto un coche.

–¿Qué?

Abby miró hacia atrás, pero no vio nada.

–Voy a girar por aquí. Veamos qué pasa.

–Adelante. Yo vigilo.

Mientras doblaban la esquina Abby miró hacia atrás. No vio faros ni ningún otro coche. Sólo cuando aminoraron la marcha y se detuvieron ella se volvió y miró hacia delante.

–¿Qué pasa?

–No pasa nada.

Tarasoff apagó las luces.

–¿Por qué apaga…?

Las palabras se le helaron en la garganta.

Tarasoff acababa de soltar el seguro de las puertas.

Ella miró hacia la derecha llena de pánico en el momento en que su puerta se abría bruscamente. Entró una bocanada de viento. De pronto unas manos la arrastraron hacia la noche. Le cayó el pelo sobre los ojos, impidiéndole la visión. Luchó a ciegas contra sus captores pero no pudo soltarse. Le pusieron las manos a la espalda y la oscuridad la envolvió. Le taparon la boca. Luego la levantaron y la arrojaron en el maletero de otro coche.

Cerraron el maletero y la oscuridad la envolvió.

Se movían.

Se giró hasta quedar de espaldas y golpeó la tapa del maletero. Una y otra vez la golpeó con los pies hasta que le dolieron las piernas, hasta que apenas pudo levantarlas. Era inútil: no podía oírla nadie.

Agotada, se encogió de costado y se obligó a pensar. «Tarasoff. ¿Qué tiene que ver Tarasoff?»

Poco a poco, el rompecabezas fue cobrando forma. Encogida allí en la estrecha oscuridad, con la carretera que retumbaba bajo su cuerpo, comenzó a entender. Tarasoff era el jefe de uno de los equipos de trasplante cardíaco más respetados de la costa Este. Su reputación atraía a pacientes muy enfermos de todo el mundo, pacientes con el dinero y los medios suficientes para acudir al cirujano que quisieran. Exigían lo mejor y podían pagarlo.

Pero lo que no podían comprar, lo que el sistema jamás les permitiría comprar, era lo que necesitaban para mantenerse con vida: corazones. Corazones humanos.

Y eso era precisamente lo que el equipo de trasplantes de Bayside podía proporcionar. Recordó lo que Tarasoff había dicho una vez: «Continuamente envío pacientes a Bayside».

Él era el intermediario de Bayside. El casamentero.

Sintió que el coche se detenía y giraba. Las ruedas giraron sobre grava y se detuvieron. Se oyó un ruido distante, que Abby reconoció como el que hace un reactor cuando despega. Sabía exactamente dónde estaban.

Se abrió la tapa del maletero. La sacaron a un viento cortante que olía a gasóleo y a mar y la llevaron, casi a rastras, por el muelle y por la pasarela. La mordaza ahogaba sus gritos, perdidos en el tronar del avión. Alcanzó a vislumbrar sólo la cubierta del carguero, la oscuridad y las sombras geométricas que se movían. Y luego la condujeron hacia abajo, por unos escalones que crujían. Un escalón, otro.

Una puerta se abrió con un chirrido y la arrojaron dentro, a la oscuridad. Todavía tenía las manos atadas a la espalda, por lo que no pudo atenuar el impacto de la caída. Golpeó con la barbilla contra el suelo de metal y el choque le produjo un intenso dolor. Estaba demasiado aturdida para moverse, para emitir siquiera un quejido cuando el dolor le atravesó la cabeza como una estaca.

Otras pisadas resonaron bajando por la escalera. Oyó que Tarasoff decía:

–Por lo menos no todo es desperdicio. Quítenle la mordaza. No quiero que se asfixie.

Ella se giró hasta quedar de espaldas y se esforzó por distinguir lo que tenía delante. Pudo ver la silueta de Tarasoff de pie en el umbral mal iluminado. Abby se encogió cuando uno de los hombres se agachó y le arrancó la mordaza.

–¿Por qué? –preguntó. Era la única pregunta que se le ocurría–. ¿Por qué?

La silueta se encogió de hombros, como si la pregunta fuera innecesaria. Los otros dos hombres salieron de la habitación. Se disponían a dejarla encerrada allí dentro.

–¿Es por el dinero? –gritó ella–. ¿Es tan sencilla la respuesta?

–El dinero no significa nada –dijo Tarasoff–, si no puede comprar lo que uno necesita.

–¿Como por ejemplo un corazón?

–Como por ejemplo la vida de un hijo. O la de tu esposa, de tu hermano o hermana. Usted tendría que entenderlo mejor que nadie, doctora DiMatteo. Todos conocemos la historia del pequeño Pete y su accidente. Sólo diez años tenía, ¿verdad? Sabemos que vivió su propia tragedia. Piense, doctora, ¿qué habría dado para salvar la vida de su hermano?

Ella no dijo nada. Por su silencio, él supo la respuesta.

–¿No habría dado cualquier cosa? ¿No hubiera hecho cualquier cosa?

«Sí –pensó ella, y admitirlo no le exigió la menor reflexión–. Sí.»

–Imagínese cómo puede ser –dijo él– ver morir a tu hija. Tener todo el dinero del mundo y saber que de todas formas ella tiene que esperar su turno. Después de los alcohólicos y los drogadictos. De los débiles mentales. Y de los sinvergüenzas que viven de la seguridad social que no han trabajado ni un solo día en su vida. –Hizo una pausa. Y añadió, suavemente–: Imagíneselo.

La puerta se cerró. El cerrojo bajó ruidosamente.

Abby estaba en la oscuridad más absoluta. Oyó el traqueteo de la escalera al subir los tres hombres a la cubierta, y el ruido sordo de una escotilla que se cerraba. Luego, durante un rato, no oyó más que el viento y el movimiento del barco que tensaba los cables.

«Imagíneselo.»

Cerró los ojos y trató de no pensar en Pete. Pero allí estaba, de pie frente a ella, orgulloso de su uniforme de *boy scout*. Pensó en lo que le había dicho cuando tenía cinco años: que Abby era la única chica con la que se casaría. Y recordó lo contrariado que quedó cuando le dijeron que no podía casarse con su propia hermana.

«¿Qué habría hecho para salvarte? Cualquier cosa. Todo.»

En la oscuridad, algo crujió.

Abby se quedó paralizada. Volvió a oírlo, un ruido casi imperceptible, un movimiento. «Ratas.»

Se encogió en un intento por alejarse del sonido y logró ponerse de rodillas. No veía nada, sólo podía imaginarse roedores gigantes correteando por el suelo a su alrededor. Logró ponerse de pie.

Se produjo un suave «clic».

El fogonazo súbito de luz le inundó las retinas. Retrocedió. Una bombilla desnuda pendía del techo y tintineó al chocar contra la cadena que la encendía.

No era una rata lo que había oído moverse en la oscuridad. Era un niño.

Se miraron. Ninguno de los dos dijo nada. Aunque él estaba muy quieto, ella vio el cansancio en sus ojos. Las piernas, delgadas y desnudas debajo del pantalón corto, estaban tensas, preparadas para la huida. Pero no se podía huir.

Debía de tener unos diez años y era muy pálido y muy rubio, y el cabello parecía casi de plata bajo la luz de la bombilla oscilante. Abby notó una mancha azulada en la mejilla y se dio cuenta con indignación de que no era suciedad sino un hematoma. Los profundos ojos del niño eran como dos hematomas más en su cara pálida.

Dio un paso hacia él. De inmediato éste retrocedió.

–No te voy a hacer daño –dijo Abby–. Sólo quiero hablar contigo.

Él frunció el entrecejo. Negó con la cabeza.

–Te juro que no te voy a hacer nada.

El niño dijo algo pero la respuesta era incomprensible. En aquel momento fue ella la que frunció el entrecejo y negó con la cabeza.

Se miraron, asombrados los dos.

De pronto ambos miraron hacia arriba. Los motores del barco se habían puesto en marcha.

Abby se puso tensa al oír el ruido de la cadena, el chirrido de las máquinas. Momentos después sintió el balanceo del casco de la nave que atravesaba el agua. Habían salido de puerto y navegaban.

«Aunque me soltara y consiguiera salir de esta habitación, no tendría adónde ir.»

Desesperada, miró al niño.

Él ya no prestaba atención al ruido de los motores. Su mirada se había posado en la cintura de ella. Despacio, se acercó de lado y le miró las muñecas atadas a la espalda. Se miró el brazo. Sólo entonces vio Abby que le faltaba la mano derecha, que el brazo terminaba en un muñón. El niño tenía el brazo pegado al cuerpo, ocultando la deformidad. En aquel momento parecía observar el muñón.

La miró y volvió a hablar.

–No entiendo lo que dices –dijo ella.

Él lo repitió, esta vez con un dejo de malhumor en la voz. ¿Cómo no podía entenderle? ¿Qué le pasaba?

Ella sencillamente sacudió la cabeza.

Se miraron, frustrados. Entonces el niño levantó la barbilla. Ella se dio cuenta de que había tomado alguna decisión. Se puso detrás de Abby y tiró de sus muñecas, tratando de desatarla con su única mano. La cuerda estaba demasiado apretada. Se arrodilló detrás de ella. Abby sintió el borde de los dientes de él, el calor de su aliento contra la piel. Mientras la bombilla se balanceaba encima de sus cabezas, el niño comenzó a mordisquear las ataduras, como un ratón pequeño pero decidido.

–Lo siento, pero ya no es hora de visitas –dijo una enfermera–. Espere, no puede pasar. ¡Un momento!

Katzka y Vivian pasaron frente al mostrador de las enfermeras y entraron en la habitación 621.

–¿Dónde está Abby? –preguntó Katzka.

El doctor Wettig se volvió a mirarlos.

–La doctora DiMatteo ha desaparecido.

–Usted me dijo que aquí la vigilarían –dijo Katzka–. Me aseguró que no podía sucederle nada.

–Estaba vigilada. No entraba nadie sin una orden mía.

–Entonces ¿qué ha pasado?

–Ésa pregunta hágasela a la doctora DiMatteo.

Fue la voz indiferente de Wettig lo que le irritó. Eso y su mirada fría. Era un hombre que no revelaba nada, un hombre que mantenía el control. Mirando el rostro inescrutable del doctor, de pronto Katzka se reconoció a sí mismo, y la revelación fue sorprendente.

–Estaba bajo su cuidado, doctor. ¿Qué le ha hecho su personal?

–No me gusta lo que está dando a entender.

Katzka atravesó la habitación, cogió a Wettig de la solapa de la bata y lo puso contra la pared.

–Cojones –dijo–. ¿Adónde la han llevado?

Los ojos azules de Wettig por fin dejaron ver un destello de temor.

–¡Ya le he dicho que no sé dónde está! Las enfermeras me llamaron a las seis y media y me dijeron que se había ido. Avisamos a seguridad. La han buscado por todo el hospital y no han podido encontrarla.

–Usted sabe dónde está, ¿no?

Wettig negó con la cabeza.

–¿No lo sabe? –Katzka le dio otro empujón.

–¡No lo sé! –gimió Wettig.

Vivian dio un paso adelante e intentó separarlos.

–¡Basta! ¡Lo está ahogando! ¡Katzka, suéltelo!

Bruscamente, Katzka soltó a Wettig. El otro se fue contra la pared, respirando pesadamente.

–Pensé, dado su estado alucinatorio, que estaría más segura en el hospital.

Wettig se enderezó y se restregó el cuello donde el borde de la bata le había dejado una marca roja. Katzka miró la marca, impresionado por la prueba de su propia violencia.

–No me di cuenta –dijo Wettig– de que después de todo, ella podía estar diciendo la verdad. –Wettig sacó un papel del bolsillo y se lo dio a Vivian–. Las enfermeras acaban de darme esto.

–¿Qué es? –preguntó Katzka.

Vivian frunció el entrecejo.

–El grado de alcohol de Abby. Aquí dice cero.

–Lo repetí esta tarde y lo mandé a un laboratorio independiente –explicó Wettig–. Ella insistía en que no había bebido. Pensé que si podía presentarle una evidencia innegable, quebraría su negativa...

–¿Este resultado es de un laboratorio externo?

Wettig asintió.

–Completamente independiente de Bayside.

–Usted me dijo que su grado de alcohol era de cero veintiuno.

–Ése fue el que se hizo a las cuatro de la madrugada en el laboratorio de Bayside.

–La vida media del alcohol en la sangre es de dos a catorce horas –dijo Vivian–. Si era tan alto a las cuatro, entonces este estudio debería mostrar al menos un resto.

–Pero no hay alcohol en su sangre –dijo Katzka.

–Lo que significa que, o su hígado es asombrosamente rápido para metabolizarlo, o que el laboratorio de Bayside cometió un error –intervino Wettig.

–¿Usted lo llama así? –espetó Katzka–. ¿Error?

Wettig no dijo nada. Se lo veía exhausto. Y muy viejo. Se sentó sobre la cama deshecha.

–No me di cuenta... no quise considerar la posibilidad...

–¿De que Abby estuviera diciendo la verdad? –preguntó Vivian.

Wettig sacudió la cabeza.

–Dios mío... –murmuró–. Tienen que cerrar este hospital. Si lo que ella dice es cierto, tienen que cerrarlo.

Katzka sintió la mirada de Vivian. La miró.

–¿Es que todavía lo duda? –dijo ella, suavemente.

Durante horas el niño había dormido en sus brazos y su respiración le había arrojado su cálido aliento en el cuello. Estaba fláccido, con los brazos y las piernas abiertos, durmiendo como duermen los niños cuando confían plenamente. Temblaba cuando lo abrazó. Ella le había dado masajes en las piernas desnudas y eran como palos fríos y secos. Finalmente había dejado de temblar y la respiración se le había hecho más lenta, entonces Abby sintió aquel calor que emiten los niños cuando por fin se quedan dormidos. Ella también había dormido un rato.

Cuando despertó el viento soplaba más fuerte. Lo oía entre los crujidos del barco. Por encima de su cabeza, la bombilla se balanceaba de un lado a otro.

El niño se quejó y se movió.

«Hay algo conmovedor en el olor de los niños –pensó ella–, como el aroma a hierba húmeda. Algo que tiene que ver con la dulce androginia de sus cuerpos.»

Recordó cómo sentía a su hermano Pete, apoyado en su hombro, dormido, en el asiento trasero del coche de la familia. Durante kilómetros y kilómetros, mientras su padre conducía, Abby sentía el suave latir del corazón de Pete, idéntico al de aquel niño, que latía en la prisión del pecho.

Él emitió un suave gemido y se despertó, estremecido. La miró y lentamente el reconocimiento apareció en sus ojos.

–A... bi... –susurró.

Ella asintió.

–Eso es. Abby. Te acuerdas. –Sonriendo, le acarició la cara. Recorrió el hematoma con un dedo–. Y tú eres... Yákov.

Él asintió.

Los dos sonrieron.

Fuera, el viento gemía y Abby sintió que el suelo se mecía bajo ellos. Las sombras cruzaron el rostro del niño. La miraba con una expresión casi desesperada.

–Yákov –volvió a decir ella.

Rozó con los labios una sedosa ceja rubia. Al levantar la cabeza, sintió la humedad en los labios. Las lágrimas no eran del niño, sino suyas. Volvió la cabeza contra el hombro para secárselas. Cuando se giró de nuevo notó que él seguía mirándola con aquel extraño silencio suyo.

–Estoy aquí –murmuró ella.

Y, sonriendo, le acarició el pelo.

Después de un rato, los párpados de él se cerraron y el cuerpo volvió a caer en la confiada flaccidez del sueño.

–Al diablo con la orden de allanamiento –dijo Lundquist, y dio una patada a la puerta. Ésta se abrió y dio un golpe contra la pared. Con cuidado, Lundquist entró en la habitación y se quedó paralizado–. ¿Qué es esto?

Katzka encendió la luz.

Los dos parpadearon cuando la luz se encendió. Brillaba con la cegadora intensidad de tres lámparas que pendían del techo. Katzka veía superficies relucientes por todos lados. Armarios de acero inoxidable. Bandejas con instrumental y pies para las cánulas intravenosas. Monitores con botones e interruptores.

En el centro de la habitación había una mesa de operaciones.

Katzka se acercó a la mesa y miró las correas que colgaban a ambos lados. Dos para las muñecas, dos para los tobillos, dos más largas para cintura y pecho.

Su mirada se dirigió al carrito de anestesia, situado cerca de la cabecera de la mesa. Se aproximó a él y abrió el cajón superior. Dentro había una hilera de jeringas y agujas con tapa de plástico.

–¿Qué diablos hace todo esto aquí? –preguntó Lundquist.

Katzka cerró el cajón y abrió el siguiente. Dentro vio pequeños frascos de vidrio. Sacó uno. «Cloruro de potasio.» Estaba medio vacío.

–Este equipo está usado –dijo.

–Es rarísimo. ¿Qué clase de cirugía se hará aquí?

Katzka volvió a mirar la mesa. Las correas. De pronto pensó en Abby, en sus muñecas atadas a la cama, en las lágrimas que le resbalaban por las mejillas. El recuerdo fue tan doloroso que sacudió la cabeza para apartar la imagen. El miedo no le dejaba pensar. Y si no pensaba con claridad, no podría ayudarla. No podría salvarla. Bruscamente se apartó de la mesa.

–¿Babosa? –Lundquist lo miraba, intrigado–. ¿Estás bien?

–Sí. –Katzka se volvió y salió–. Estoy bien.

Una vez que estuvieron de nuevo en la calle, enfrentados a aquel viento huracanado, se paró y miró el edificio de Amity. Desde fuera no se podía apreciar nada extraño. Otro edificio ruinoso en una calle ruinosa. Una sucia fachada de piedra arenisca, ventanas con aparatos de aire acondicionado que sobresalían. Cuando había estado dentro el día anterior, sólo había visto lo que esperaba ver. Lo que se suponía que debía ver. La tienda y los expositores desordenados, los escritorios destartalados cubiertos de catálogos de suministros. Algunos vendedores hablando con desgana por teléfono. No había subido al piso superior, ni siquiera había sospechado por un momento que un trayecto en ascensor lo llevaría a aquella habitación.

A aquella mesa con correas.

Menos de una hora antes, Lundquist había averiguado que el edificio pertenecía a la Sigayev Company, la misma compañía de Nueva Jersey para la cual estaba registrado el barco. Otra vez la conexión con la mafia rusa. ¿Hasta qué punto estaría infiltrada en Bayside? ¿O los rusos eran sencillamente aliados de alguien allí dentro? ¿Un socio comercial, tal vez, en productos para el mercado negro?

El buscapersonas de Lundquist sonó. Miró la pantalla y fue al coche a hablar por el teléfono móvil.

Katzka permaneció frente al edificio. Sus pensamientos se centraban ahora en Abby, y en el lugar en que debía buscar en aquel momento. Ya habían registrado todas las habitaciones del hospital, al igual que el aparcamiento y zonas aledañas. Al parecer, Abby había salido sola del hospital. ¿Adónde habría ido? ¿A quién habría llamado? Tenía que ser a alguien en quien confiaba.

–¡Babosa!

Katzka se volvió y vio a Lundquist señalándole el teléfono.

–¿Quién es?

–La guardia costera. Tienen un helicóptero esperándonos.

En la escalera resonaron pisadas.

Abby levantó la cabeza. En sus brazos, Yákov seguía durmiendo, ignorante de todo. A ella le latía tan fuerte el corazón que pensó que iba a despertarlo, pero él no se movió.

Se abrió la puerta y apareció Tarasoff flanqueado por dos hombres. La miró.

–Es hora de irnos.

–¿Adónde? –preguntó ella.

–Será un paseo corto. –Tarasoff miró a Yákov–. Despiértelo. Viene con nosotros.

Abby abrazó más fuerte a Yákov.

–El niño no –dijo.

–Especialmente el niño.

Ella negó con la cabeza.

–¿Por qué?

–Porque es AB positivo. El único AB que tenemos en este momento.

Ella miró a Tarasoff. Luego miró a Yákov, con su cara ruborizada por el sueño. A través del delgado pecho del niño sintió el suave latir del corazón.

«Nina Voss –pensó–. Nina Voss es AB positiva.»

Uno de los hombres la cogió del brazo y la hizo ponerse de pie. Ella perdió el equilibrio y el niño cayó al suelo, donde se quedó parpadeando, confundido. El otro hombre empujó con fuerza a Yákov con el pie y le gritó una orden en ruso.

Adormilado, el niño se puso de pie.

Tarasoff iba primero. Bajaron por un pasillo en penumbra y cruzaron por una escotilla. Subieron por una escalera y pasaron por otra escotilla, hasta una pasarela de acero. Frente a ésta había una puerta azul. Cuando Tarasoff fue a cruzarla, la pasarela crujió bajo su peso.

De pronto el niño se lo impidió. Se soltó y salió corriendo hacia atrás, por donde habían venido. Uno de los hombres lo agarró de la camisa. Yákov giró en redondo y le hundió los dientes en el brazo. Éste soltó un grito de dolor y le dio una bofetada. El impacto fue tan brutal que lo arrojó al suelo.

–¡Basta! –gritó Abby.

El hombre levantó a Yákov del suelo y le dio otra bofetada. En aquel momento el niño cayó sobre Abby. De inmediato ella lo cogió en brazos. Yákov se abrazó a ella, sollozando en su hombro. El hombre avanzó hacia ella, para separarlos.

–¡No se acerque a él, cojones! –gritó Abby.

Yákov temblaba, sollozando palabras incomprensibles. Ella apretó los labios contra sus cabellos y le susurró:

–Mi amor, estoy contigo. Estoy aquí, contigo.

El niño levantó la cabeza. Al ver su mirada de terror, Abby pensó: «Sabe lo que nos va a suceder».

La empujaron. Cruzó la pasarela y entró por la puerta azul.

Entraron en un mundo diferente.

El pasillo del otro lado estaba forrado de madera blanca y el suelo era de linóleo también blanco. Encima de sus cabezas brillaba una luz suave y difusa. Las pisadas resonaron cuando pasaron cerca de una escalera de caracol y doblaron una esquina. Al final del pasillo había una puerta ancha.

En aquel momento, el niño temblaba más. Se estaba haciendo difícil de cargar. Ella lo dejó en el suelo y le cogió la cara entre las manos. Durante un segundo, las miradas de los dos se encontraron y lo que no podían comunicarse con palabras lo compartieron en aquella única mirada. Abby cogió a Yákov de la mano y se la apretó. Juntos caminaron hacia la puerta. Un hombre iba delante de ellos y otro detrás. Tarasoff encabezaba la marcha. Cuando abrió la puerta, Abby echó todo el peso de su cuerpo hacia delante, con todos los músculos tensos para dar el próximo paso. Ya había soltado la mano de Yákov.

Tarasoff empujó la puerta, que se abrió y reveló una habitación de un blanco impecable.

Abby se abalanzó. Con el hombro golpeó al hombre de delante, empujándolo contra Tarasoff, que trastabilló sobre el umbral y cayó de rodillas.

–¡Hijos de puta! –gritó Abby, golpeándolos–. ¡Hijos de puta!

El hombre de detrás trató de cogerla de los brazos. Ella giró en redondo y le hizo frente. Le pegó un buen puñetazo. Percibió un movimiento. Era Yákov, que salía disparado y desaparecía dando la vuelta a una esquina. En aquel momento, el hombre al que había empujado ya estaba otra vez de pie y se lanzaba contra ella por el otro lado. La sujetaron entre los dos y la levantaron en el aire. Ella no dejó de forcejear y de patalear mientras la llevaban dentro de la habitación blanca.

–¡Tienen que controlarla! –dijo Tarasoff.

–El niño...

–¡El niño no importa! No puede ir a ningún lado. ¡Pónganla sobre la mesa!

–¡No se está quieta!

–¡Hijos de puta! –gritaba Abby, soltando una pierna a patadas.

Oyó que Tarasoff hurgaba en los armarios. Hasta que dijo:

–¡Denme su brazo! ¡Necesito su brazo!

Tarasoff se acercó con una jeringa en la mano. Abby

gritó cuando la aguja le penetró en la carne. Se retorció, pero no pudo soltarse. Volvió a retorcerse, pero la segunda vez sus miembros casi no le respondieron. Le costaba ver con claridad. Los párpados se le caían. La voz le salió como un suspiro. Trató de gritar, pero no pudo ni siquiera respirar profundamente.

«¿Qué me pasa? ¿Por qué no puedo moverme?»

–¡Llévenla a la habitación de al lado! –gritó Tarasoff–. Tenemos que intubarla ahora o se nos muere.

Los hombres la llevaron a la habitación de al lado y la pusieron sobre una mesa. Unas luces cegadoras se encendieron sobre ella. Aunque estaba despierta, y completamente lúcida, no podía mover un solo músculo. Pero lo sentía todo. Las correas que se ajustaban a sus muñecas y tobillos. La presión de la mano de Tarasoff en su frente, manteniéndole la cabeza contra la mesa. La fría hoja de acero del laringoscopio que le metían en la garganta. Su grito de horror resonó sólo en su cabeza: no hubo sonido alguno. Sintió el tubo esofágico plástico que le metían en la garganta, ahogándola, sofocándola al pasar por las cuerdas vocales y metérsele en la tráquea. No podía volverse, ni siquiera podía luchar para respirar. Le habían pegado el tubo esofágico a la cara y lo habían conectado a una bolsa. Tarasoff apretó la bolsa y el pecho de Abby se elevó y bajó en tres rápidas inspiraciones salvadoras. Luego le sacó la bolsa y conectó el tubo a un respirador. La máquina funcionó, enviándole aire a los pulmones a intervalos regulares.

–¡Ahora traigan al niño! –exclamó Tarasoff–. No, los dos no. Necesito a uno para que me asista.

Uno de los hombres se fue. El otro se aproximó a la mesa.

–Ajuste la correa del pecho –dijo Tarasoff–. El efecto de la sucinilcolina se le pasará en uno o dos minutos. No quiero que se mueva cuando le ponga la cánula intravenosa.

«Sucinilcolina. Así murió Aaron. Sin poder luchar. Sin poder respirar.»

El efecto del fármaco ya empezaba a disiparse. Abby sintió que los músculos del pecho reaccionaban con espasmos a la agresión del tubo. Y en aquel momento pudo levantar los párpados, pudo ver la cara del hombre que estaba frente a ella. Le estaba cortando la ropa para quitársela, con un brillo de interés en la mirada cuando le dejó libres los pechos, el abdomen.

Tarasoff le puso la intravenosa en el brazo. Cuando se incorporó, vio que Abby tenía los ojos muy abiertos y que lo miraba. Leyó la pregunta en los ojos de ella.

–Un hígado sano –dijo– no se puede despreciar. Hay un caballero en Connecticut que espera un donante desde hace un año. –Tarasoff cogió una segunda bolsa de intravenosa y la colgó del gancho. Luego miró a Abby–. Quedó encantado cuando le dijimos que por fin habíamos encontrado uno compatible.

«Toda la sangre que me sacaron en urgencias –pensó ella–, la usaron para determinar el tipo de tejido.»

Él siguió con su tarea. Conectando la segunda bolsa a la cánula. Metiendo fármacos en las jeringas. Ella sólo podía mirarlo en silencio mientras el respirador insuflaba aire a sus pulmones. Las funciones musculares comenzaban a activarse. Ya podía mover los dedos, mover los hombros. Una gota de sudor le resbaló por la sien. Sudaba con el esfuerzo que hacía para moverse. Para recuperar el control de su cuerpo. En un reloj que había sobre la pared se leía las once y cuarto.

Tarasoff había terminado de preparar la bandeja con las jeringas. Oyó el sonido de la puerta que se abría y se cerraba y se volvió.

–El niño no aparece –dijo–. Siguen buscándolo. Así que primero sacaremos el hígado.

Unas pisadas se acercaron a la mesa. Otra cara apareció ante la visión de Abby y la miró.

Muchas veces había mirado aquella cara al otro lado

de la mesa de operaciones. Muchas veces había visto aquellos ojos sonriéndole por encima de una mascarilla. Pero en aquel momento no sonreían.

«No –sollozó Abby, pero el único sonido que salió fue una bocanada de aire por el tubo de la intravenosa–. No...»

Era Mark.

25

Gregor sabía que la única salida del sector de popa del barco era a través de la puerta azul, y estaba cerrada. El niño tendría que haberse ido por la escalera de caracol.

Miró escaleras arriba pero sólo vio sombras curvas. Comenzó a subir y la frágil escalera resonó bajo su peso. Todavía le dolía el brazo que el niño le había mordido. Hijo de puta. Aquél había causado problemas desde el principio.

Llegó al nivel superior, dejó la escalera y pisó la espesa alfombra. En aquel momento estaba en el sector de vivienda del cirujano y del asistente del cirujano. Hacia proa había dos camarotes privados con baño y ducha compartidos. En el extremo de delante una sala. La única salida de aquel sector era bajando por la escalera. El niño estaba atrapado.

Gregor fue primero a proa.

El primer camarote al que llegó era el del cirujano muerto. Apestaba a tabaco. Encendió la luz y vio una cama sin hacer, un armario con la puerta abierta y un escritorio con un cenicero rebosante de colillas. Fue hasta el armario. Dentro encontró ropa que olía a humo, una botella vacía de vodka y un montón escondido de revistas pornográficas. Del niño, nada.

Entonces Gregor registró el camarote del asistente del cirujano. Estaba mucho más ordenado, con la cama tendida y la ropa del armario planchada con esmero. Allí tampoco estaba el niño.

Miró en el baño y se dirigió a la sala. Antes de llegar oyó el ruido. Era un gemido ahogado.

Entró en el salón y encendió las luces. Rápidamente

su mirada barrió el recinto, incluyendo el sofá, la mesa, las sillas del comedor y el televisor con el montón de cintas de vídeo. ¿Dónde estaba el niño? Recorrió la habitación y se detuvo, con la mirada clavada en la pared de enfrente.

El montacargas.

Corrió hacia él y abrió las puertas. Todo lo que vio fueron cables. Oprimió el botón de subir y el cable comenzó a moverse, traqueteando mientras elevaba su carga. Gregor se inclinó hacia delante, dispuesto a atrapar al niño.

Pero se encontró frente al montacargas vacío.

Yákov ya había escapado a la cocina.

Gregor bajó por la escalera. No era ninguna catástrofe porque la cocina ya estaba cerrada. Él mismo la había empezado a cerrar todas las noches con candado, después de descubrir que la tripulación robaba comida de la alacena. Así que allí estaría.

Gregor empujó la puerta azul y avanzó por la pasarela.

–Lo siento, Abby –dijo Mark–. Jamás creí que llegarías tan lejos.

«Por favor –pensó ella–. Por favor, no me hagas esto...»

–Si hubiera otra salida... –Él negó con la cabeza–. Apretaste mucho la soga. Y yo no pude detenerte. No pude controlarte.

Una lágrima le resbaló y le cayó entre los cabellos.

Por un instante, vio un relámpago de pena en la cara de él. Pero Mark se volvió.

–Es hora de cambiarse –dijo Tarasoff–. ¿Quieres hacer los honores? –Le alcanzó una jeringa a Mark–. Nembutal. Queremos ser humanos, después de todo.

Mark vaciló. Luego cogió la jeringa y se volvió al gancho de la cánula intravenosa. Destapó la aguja y la clavó en el punto de inserción. Volvió a vacilar. Miró a Abby.

«Yo te quería –pensó ella–. Te quería tanto...»

Él apretó la cánula.

Las luces comenzaron a diluirse. Ella vio que la cara de él se desdibujaba y luego desaparecía en una profunda penumbra gris.

«Te quería.»

«Te quería...»

La puerta de la cocina estaba cerrada.

Yákov volvió a mover el tirador pero la puerta no se movió. ¿Y ahora? ¿Otra vez al montacargas? Volvió a él corriendo y apretó el botón. No sucedió nada.

Desesperado, miró a su alrededor, a la cocina, considerando todos los escondites posibles. La alacena. Los armarios. El refrigerador. Todos ofrecían un escondite demasiado efímero. Ellos buscarían en todos esos lugares y al final lo encontrarían.

Tenía que ponerles las cosas difíciles.

Miró las luces. Había tres bombillas desnudas encendidas por encima de su cabeza. Corrió al armario y sacó una pesada taza de cerámica. La arrojó a la luz más cercana.

La bombilla se rompió y se apagó.

Buscó más tazas. Tres tiros y la segunda bombilla quedó hecha pedazos.

Iba a romper la última cuando su mirada se posó de pronto en la radio del cocinero. Estaba en el lugar de costumbre, en el último estante del armario. Su mirada siguió el cable de extensión de la radio que llegaba a la encimera, donde estaba la tostadora.

Yákov miró la cocina y vio una olla vacía. Sacó la olla del fogón y la llevó a la pila. Abrió el grifo.

Una radio sonaba a todo volumen.

Gregor empujó la puerta de la cocina y entró. La música tronaba en la oscuridad. Batería y guitarras eléctricas. Buscó el interruptor en la pared y lo accionó. No sucedió nada. Probó otra vez pero no se encendió ninguna luz. Dio un paso hacia delante y la suela de cuero de su zapato pisó vidrio.

«Este hijo de puta ha roto las bombillas. Quiere sorprenderme en la oscuridad.»

Gregor cerró la puerta. A la luz de una cerilla, metió la llave en la cerradura y corrió el cerrojo. En aquel momento no había escapatoria. La cerilla se apagó.

Se volvió en la oscuridad.

–¡Vamos, niño! –gritó–. ¡No te va a pasar nada!

Oyó la radio a todo volumen, ahogando cualquier otro ruido. Avanzó hacia el sonido y se detuvo para encender otra cerilla. La radio estaba sobre la encimera, justo enfrente de él. Cuando la apagó vio el cuchillo de la carne sobre la encimera. Junto a él había restos de lo que parecía una goma marrón.

«Así que ha cogido los cuchillos del cocinero, ¿eh?»

La cerilla se apagó.

Gregor sacó el revólver y llamó:

–¡Niño!

Sólo entonces se dio cuenta de que tenía los pies mojados.

Encendió una tercera cerilla y miró hacia abajo.

Estaba de pie sobre un charco de agua. Los zapatos de cuero se le habían empapado, probablemente quedarían inservibles. ¿De dónde salía el agua? A la luz vacilante de la llama escudriñó la zona donde tenía los pies y vio que el agua se había extendido por medio suelo. Entonces vio el cable, con la punta cortada y el alambre reluciente al borde del charco. Asustado, siguió el recorrido del cable, que serpenteaba por el suelo y subía hasta una silla.

Justo antes de que se le apagara la cerilla, la última imagen que registró Gregor fue el suave brillo de los cabellos rubios y la figura del niño, con el brazo estirado hacia el enchufe de la pared.

Tenía el extremo del cable colgándole de la mano.

Tarasoff sostuvo el bisturí.

–Haz la primera incisión –dijo, y vio la mirada de desolación en los ojos de Mark.

«No tienes otra opción, Hodell –pensó–. Tú fuiste quien trató de captarla para introducirla en el grupo. Tú cometiste el error. Ahora tienes que corregirlo.»

Hodell cogió el bisturí. No habían empezado a operar y ya tenía la frente empapada de sudor. Se detuvo, con la hoja suspendida sobre el abdomen expuesto. Los dos sabían que era una prueba, tal vez la más difícil.

«Adelante. Archer ya hizo su parte cuando se encargó de Mary Allen. Igual que Zwick con Aaron Levi. Ahora te toca a ti. Demuestra que todavía eres parte del equipo, que sigues siendo uno de nosotros. Corta a la mujer a la que hasta hace poco le hacías el amor. Corta.»

Mark movió el bisturí en la mano, como tratando de cogerlo mejor. Entonces respiró hondo y apretó la hoja contra la piel.

«Hazlo.»

Cortó. Una incisión larga y curvada. La piel se abrió y una línea de sangre se juntó y corrió hacia las gasas.

Tarasoff aflojó la tensión. Después de todo, Hodell no sería ningún problema. De hecho, hacía años que había pasado el examen preliminar como compañero cirujano. Una noche de alcohol, un poquito de cocaína. A la mañana siguiente, una cama extraña, y una bonita estudiante de enfermería estrangulada sobre la almohada a su lado. Y Hodell sin la menor idea de lo que le había sucedido. Todo fue muy convincente.

Y luego el dinero, para cimentar su fidelidad.

La zanahoria atada al palo. Funcionaba casi siempre. Había funcionado con Archer, con Zwick y con Mohandas. Y con Aaron Levi también, por un tiempo. La suya había sido una sociedad cerrada, meticulosa en lo que respecta a guardar los secretos y también en las ganancias. Nadie más en Bayside, ni Colin Wettig ni Jeremiah Parr, podían ni imaginarse cuánto dinero había cambiado de manos. Suficiente para comprar a los mejores médicos, al mejor equipo, un equipo creado por Tarasoff. Los rusos simplemente ponían la materia prima y, cuando era necesario, la fuerza bruta. En el quirófano, era el equipo el que hacía los milagros.

El dinero no había sido suficiente para retener a Aaron Levi. Pero Hodell seguía siendo del grupo. En aquel momento lo estaba demostrando con cada corte del bisturí.

Lo asistía Tarasoff, poniendo los retractores en su lugar, colocando gasa. Era un placer trabajar con tejido tan joven y saludable. La mujer estaba en un excelente estado. Tenía un mínimo de grasa subcutánea y los músculos del abdomen eran planos y firmes, tan firmes que el asistente, que estaba de pie a la cabecera de la mesa, tuvo que aplicar más sucinilcolina para relajarlos y obtener una retracción más fácil.

La hoja del bisturí penetró en la musculatura. En aquel momento estaban en la cavidad abdominal. Tarasoff ensanchó los retractores. Debajo de un delicado velo de tejido peritoneal brillaba el hígado y unas vueltas de intestino delgado. ¡Todo saludable, tan saludable! El organismo humano era algo hermoso de ver.

La luz tintineó y estuvo a punto de apagarse.

–¿Qué pasa? –preguntó Hodell.

Los dos miraron hacia las lámparas, que volvieron a brillar en toda su intensidad.

–Un fallo –dijo Tarasoff–. Oigo el generador.

–No es que éste sea el entorno ideal. Un barco que se mueve. La electricidad que falla...

–Es provisional. Hasta que encontremos un lugar para reemplazar el edificio de Amity. –Hizo una señal hacia el campo operatorio–. Procede.

Hodell esgrimió el bisturí y se detuvo. Se había especializado como cirujano torácico; una resección de hígado era algo que había hecho sólo un par de veces en su vida. Tal vez necesitara una guía. O tal vez es que empezaba a darse cuenta de lo que estaba haciendo.

–¿Algún problema? –preguntó Tarasoff.

–No.

Mark tragó saliva. Otra vez comenzó a cortar pero le temblaba la mano. Levantó el bisturí y respiró hondo unas cuantas veces.

–No tenemos demasiado tiempo, doctor Hodell. Hay otro donante para una extracción.

–Es que... ¿no hace calor aquí?

–A mí no me lo parece. Procede.

Hodell asintió. Cogió el bisturí y en el momento en que iba a hacer otra incisión se quedó petrificado.

Tarasoff oyó un ruido a sus espaldas, el susurro de una puerta que se cerraba.

Mark miró hacia delante y levantó el bisturí.

La explosión pareció darle un puñetazo en medio de la cara. La cabeza de Hodell se sacudió hacia atrás. Sangre y fragmentos de hueso se desparramaron sobre la mesa.

Tarasoff se volvió para mirar la puerta y alcanzó a ver unos cabellos rubios y la cara blanca del niño.

El revólver disparó por segunda vez.

El disparo salió sin dirección fijo. La bala hizo añicos una puerta de vidrio del armario de provisiones. Los fragmentos cayeron al suelo.

El anestesista se refugió detrás del respirador.

Tarasoff retrocedió, sin apartar la mirada del revólver. Era el revólver de Gregor, lo suficientemente compacto y ligero como para que un niño lo utilizara. Pero la mano que lo sostenía temblaba demasiado para disparar derecho. «No es más que un niño», pensó Tarasoff. Un niño asustado cuyo brazo iba indeciso del anestesista a Tarasoff y otra vez al anestesista.

Tarasoff miró de reojo la bandeja de instrumentos y vio la jeringa con sucinilcolina. Todavía contenía más que suficiente para paralizarlo. Lentamente se movió hacia un lado, pasando por encima del cuerpo de Hodell y el charco de sangre que comenzaba a formarse. Pero el revólver giró hacia él, y se quedó inmóvil.

En aquel momento el niño se puso a llorar y su respiración se tornó rápida y entrecortada.

–Tranquilo –dijo Tarasoff. Y le sonrió–. No tengas miedo. Voy a ayudar a tu amiga. Voy a curarla. Estaba muy enferma. ¿No lo sabías? Necesita un médico.

La mirada del niño se fijó en la mesa. En la mujer. Dio un paso hacia delante, y enseguida otro. De pronto la respiración se le escapó en un largo y dolido alarido. No oyó al anestesista que pasó junto a él y salió de la habitación. Tampoco pareció oír el ruido apagado del helicóptero que se acercaba, preparándose a aterrizar para recoger su carga.

Tarasoff cogió la jeringa de la bandeja y se acercó despacio a la mesa.

El niño levantó la cabeza y el grito se elevó hasta convertirse en un alarido desgarrador.

Tarasoff levantó la jeringa.

En aquel instante el niño lo miró. Y ya no era miedo, sino odio lo que relampagueó en sus ojos cuando apuntó el revólver de Gregor.

Y disparó por última vez.

26

El niño no quería alejarse de allí. Desde el momento en que las enfermeras la sacaron de recuperación y la llevaron a la UCIC, se había quedado junto a ella, una pequeña sombra pálida merodeando alrededor de la cama. Dos veces las enfermeras lo habían cogido de la mano y sacado del cubículo y dos veces el niño había logrado volver a entrar. En aquel momento estaba aferrado a la barandilla con una mirada que le rogaba en silencio que despertara. Al menos ya no estaba histérico, como lo había encontrado Katzka en el barco, inclinado sobre el cuerpo atormentado de Abby, llorando, implorándole que viviera. Katzka no entendía una palabra de lo que decía, pero había entendido perfectamente su pánico. Su desolación.

Golpearon en la ventana del cubículo.

Katzka se volvió y vio a Vivian Chao que le hacía señas. Abrió la puerta y se reunió con ella fuera.

–Este niño no puede quedarse aquí toda la noche –dijo ella–. Está estorbando. Además, no es que vaya demasiado limpio.

–Cada vez que tratan de sacarlo se pone a gritar.

–¿No puede hablar con él?

–Yo no hablo ruso. ¿Y usted?

–Seguimos esperando al intérprete. ¿Por qué no ejerce un poco de autoridad masculina? Sáquelo y punto.

–Denle un poco de tiempo, ¿eh?

Katzka se volvió y miró la cama a través de la ventana. Y se encontró luchando por apartar aquella imagen que lo acompañaría por el resto de sus días: Abby tendida sobre la mesa, con el abdomen abierto y los intestinos reluciendo debajo de las luces del quirófano. El niño sollozando, cogiéndole la cara. Y en el suelo, yaciendo en el charco de su propia sangre, los dos hombres: Hodell ya muerto y Tarasoff inconsciente y sangrando, pero vivo. Como todos los demás ocupantes del carguero, Tarasoff había sido encarcelado.

Pronto habría más detenciones. La investigación sólo había comenzado. Incluso en aquel momento, las autoridades federales cerraban el círculo sobre la Sigayev Company. A partir de lo que había dicho la tripulación del carguero, se sabía que el alcance de la operación de venta de órganos era mayor, y mucho más aterrador, de lo que Katzka podía haber imaginado.

Parpadeó y volvió a concentrarse en el aquí y ahora: Abby, al otro lado de aquella ventana, con el abdomen envuelto en vendas. El pecho que subía y bajaba. El monitor que reflejaba el ritmo acompasado de su corazón. Sólo por un instante sintió el mismo pánico que experimentó en el barco, cuando los latidos del corazón de Abby comenzaron a dar brincos en el monitor. Cuando pensó que la perdía, mientras que el helicóptero que conducía al barco a Vivian y a Wettig se hallaba todavía a kilómetros de distancia. Tocó el vidrio y se sorprendió parpadeando una y otra vez.

Detrás de él, Vivian dijo, suavemente:

–Katzka, se va a curar. El general y yo somos buenos.

Katzka asintió. Sin una palabra, volvió al cubículo.

El niño lo miró, con la mirada tan húmeda como la de Katzka.

–A-bee –susurró.

–Sí, criatura. Ése es su nombre –sonrió Katzka.

Los dos miraron la cama. Pareció que pasaba mucho rato. El silencio era interrumpido sólo por el sonido suave y uniforme del monitor cardíaco.

Los dos estaban uno al lado del otro, compartiendo la vigilia de aquella mujer a la que ninguno de los dos conocía bien, pero a la que ambos amaban profundamente.

Finalmente, Katzka le tendió la mano.

–Vamos. Tienes que dormir, hijo. Y ella también.

El niño vaciló. Por un momento estudió a Katzka. Luego, sin muchas ganas, cogió la mano que se le ofrecía.

Juntos atravesaron la UCIC. Las polainas del niño se arrastraban sobre el linóleo. Sin aviso, se detuvo.

–¿Qué pasa? –preguntó Katzka.

El niño se había detenido frente a otro cubículo. Katzka también miró por la ventanilla.

Al otro lado había un hombre de cabellos plateados sentado junto a la cama de una paciente. Tenía la cabeza entre las manos y todo el cuerpo se le sacudía con sollozos silenciosos.

«Hay cosas que ni siquiera Victor Voss puede comprar –pensó Katzka–. Ahora está a punto de perderlo todo. Su esposa. Su libertad.»

Katzka miró a la mujer que yacía en la cama. El rostro era blanco y frágil como la porcelana. Los ojos, entreabiertos, tenían el pálido brillo de la muerte inminente.

El niño se apretó contra el vidrio.

En aquel instante, cuando él se inclinó hacia delante, los ojos de la mujer parecieron emitir un último destello de vida. Observó la cara de aquella criatura. Despacio, los labios se curvaron en una sonrisa silenciosa. Y entonces cerró los ojos.

–Es hora de irnos –dijo Katzka.

El niño lo miró. Con firmeza, negó con la cabeza. Mientras Katzka lo miraba en un silencio impotente, el niño se volvió y entró otra vez en el cubículo de Abby.

De pronto Katzka sintió un cansancio indecible. Miró a Victor Voss, un hombre destruido, sentado allí con el cuerpo encogido en medio de su desolación. Miró a la mujer acostada en la cama, cuya alma se escapaba en aquel preciso momento. Y pensó: «Tan poco tiempo. Tenemos tan poco tiempo en esta tierra para estar con las personas que amamos».

Suspiró. Entonces él también se volvió y entró en el cubículo de Abby.

Y se puso al lado de Yákov.

Título de la edición original: *Harvest*
Traducción del inglés: Diana Trujillo,
cedida por Emecé Editores
Diseño: Eva Mutter
Ilustración: Javier Masero

Círculo de Lectores, S.A. (Sociedad Unipersonal)
Travessera de Gràcia, 47-49, 08021 Barcelona
www.circulolectores.com
1 3 5 7 9 8 9 1 2 8 6 4 2

Licencia editorial para Círculo de Lectores
por cortesía de Emecé Editores.

Depósito legal: B. 44571-1998
Fotocomposición: Víctor Igual, S.L., Barcelona
Impresión y encuadernación: Printer industria gráfica, s.a.
N. II, Cuatro caminos s/n, 08620 Sant Vicenç dels Horts
Barcelona, 1998. Impreso en España
ISBN 84-226-7477-7
N.° 32532